SCIENCE FICTION

Herausgegeben
von Wolfgang Jeschke

Von **Timothy Zahn** erschien in der Reihe
HEYNE SCIENCE FICTION & FANTASY:

Astra · 0604645
Totmannschaltung · 0604737
Kriegspferd · 0604941
Zeitbombe · 0605084

BLACKCOLLAR ZYKLUS:

Die Blackcollar-Elite · 0604586; auch 0607003
Die Backlash-Mission · 0604587; auch 0607004

Science Fiction WARP 7 zum Kennenlernen

herausgegeben von
WOLFGANG JESCHKE

TIMOTHY ZAHN

DIE BLACKCOLLAR ELITE

Roman

WILHELM HEYNE VERLAG
MÜNCHEN

HEYNE SCIENCE FICTION & FANTASY
Band 0607003

Titel der amerikanischen Originalausgabe
THE BLACKCOLLAR

Aus dem Amerikanischen von
HILDE LINNERT
Das Cover ist von
JIM BURNS

Dieser Roman erschien
erstmals als Heyne Taschenbuch
unter demselben Titel
mit der Nummer 0604586

Umwelthinweis:
Dieses Buch wurde auf
chlor- und säurefreiem Papier gedruckt.

Redaktion: Wolfgang Jeschke

Printed in Germany Juli 1997
Umschlaggestaltung: Atelier Ingrid Schütz, München
Technische Betreuung: M. Spinola
Satz: Schaber Satz- und Datentechnik, Wels
Druck und Bindung: Elsnerdruck, Berlin

ISBN 3-453-12805-2

1. Kapitel

Die Vormittagssonne brannte vom leuchtendblauen Himmel herab, doch es gelang ihr nicht, die Kältewelle zu vertreiben, dic den Frühling in beinahe ganz Mitteleuropa unterbrochen hatte. Allen Caine stellte als Schutz gegen den vom Genfersee wehenden Nordwind den Kragen auf. Es wäre schön gewesen, wenigstens einen Teil der Strecke zu fahren, jedoch nur jemand vollkommen Uninformierter unternahm am Victory Day den Versuch, im Ostteil von Neu-Genf ein Taxi aufzutreiben. Im Stadion fand wie jedes Jahr die Feier zur Beendigung des Krieges zwischen Terranern und Ryqril statt, und die Regierungsbeamten, die daran teilnehmen wollten, hatten die meisten Fahrzeuge mit Beschlag belegt. Caine hatte eigentlich erwartet, daß die Beteiligung infolge der Kälte gering sein würde – die Loyalitätskonditionierung erstreckte sich nicht auf etwas so Triviales wie Versammlungen –, aber es waren etliche Ryqril anwesend, und die Beamten in Neu-Genf wußten genau, von wem die Butter aufs Brot kam. Obwohl Caine noch gute drei Kilometer vom Stadion entfernt war, hatte er bereits gedämpft Beifall vernommen. Eine erstaunlich schamlose Zurschaustellung von Heuchelei, dachte er verbittert; noch dazu fand diese Veranstaltung seit neunundzwanzig Jahren statt, war also überraschend langlebig. Ein Fremder, der zu Besuch hier war, hätte daraus geschlossen, daß das Terranische Demokratische Empire den Krieg gewonnen hatte.

Wie üblich herrschte auf den Straßen an diesem Ende der Stadt rege Geschäftigkeit – das gewöhnliche Volk stand dem Victory Day verdrossen und gleichgültig gegenüber – und deshalb fiel es Caine nicht schwer, in der Menge unterzutauchen. Er war erst vor zwei Wochen in

Neu-Genf eingetroffen – er betrachtete die Reise als verspätetes Geburtstagsgeschenk –, kam sich aber bereits wie ein Einheimischer vor. Wie jede andere Menschengruppe auf der Erde verfügte auch diese über charakteristische Gesten und Eigenheiten, und Caine hatte den Auftrag gehabt, sie sich anzueignen. Zusammen mit seinem adretten Aussehen ermöglichte ihm diese Vorbereitung, sich als Student, als aufstrebender Jungmanager, oder – wenn er seinen Bart in der richtigen Art stutzen ließ – als Angehöriger der halb freiberuflichen Vereinigungen Neu-Genfs auszugeben. Natürlich war es in diesem Sektor leicht, nicht aufzufallen, aber er machte sich noch nicht allzu viele Sorgen, denn er würde erst in einigen Wochen in den Regierungsbezirk übersiedeln. Vermutlich würde er bis dahin auch dafür bereit sein.

Seine Kleidung war für das Wetter etwas zu leicht, aber Caine erreichte sein Ziel, bevor er zu unterkühlt war. In dem schäbigen Mittelstandsviertel der Stadt war zwischen zwei Bars ein kleiner Kassetten- und Bücherladen eingezwängt, in dessen Schaufenstern verblaßte Bänder von Dickens und Heinlein standen. Caine trat ein und blieb einen Augenblick lang bei der Tür stehen, damit sich seine Augen an die relative Dunkelheit gewöhnten. Der Besitzer des Ladens lehnte einige Meter von ihm entfernt an seiner Registrierkasse und musterte ihn. »Wird es draußen wärmer?« erkundigte er sich.

»Eigentlich nicht«, erwiderte Caine und sah sich im Geschäft um. Drei oder vier Männer schmökerten zwischen den Regalen. Caine wandte sich dem Besitzer zu und zog fragend die Augenbrauen hoch. Dieser nickte unmerklich; daraufhin schlenderte Caine durch einen der beiden Gänge und tat, als lese er die Buchtitel. Er arbeitete sich gemächlich bis zur Rückwand durch. Dort befand sich halb hinter einem Regal verborgen eine Tür mit dem Schild ›Nur für Angestellte‹.

Caine wartete, bis ihm alle Kunden den Rücken zukehrten, dann schlüpfte er geräuschlos durch die Tür und den dahinter liegenden, vollgestellten Lagerraum. Er ging in der Mitte des alten Steinbodens in die Hocke und drückte sanft auf eine der Platten. Er wurde sichtlich erwartet; ein zwei Quadratmeter großes Stück des Bodens glitt zur Seite. Er tastete mit dem Fuß nach der Holztreppe und stieg in den Schacht hinunter. Dann bückte er sich und ließ den Fußboden wieder an seinen Platz gleiten. Sobald der Einstieg geschlossen war, schob sich eine Eisenstange geräuschlos vor und verriegelte die Falltür. Caine drehte sich um und ging die schwach beleuchtete Treppe hinunter.

Am Fuß der Treppe erwartete ihn ein kurzer Korridor, an dessen Ende sich eine Tür befand. Caine öffnete sie und betrat einen dunklen Raum. Die Tür fiel hinter ihm von selbst ins Schloß.

Unvermutet leuchtete grelles Licht auf. Er hob schützend den Arm vor die Augen und trat unwillkürlich einen Schritt zurück.

»Wer sind Sie?« fragte eine Stimme.

Caines Antwort erfolgte sofort. »Ich bin Alain Rienzi, Adjutant des Senators Auriol«, erwiderte er scharf. »Schalten Sie das verdammte Licht aus!«

Der Scheinwerfer wurde ausgeschaltet, und statt dessen gingen gedämpftere Lampen an. Vor Caines Augen schwebte noch immer ein roter Lichtfleck, aber er erkannte undeutlich drei Männer und eine Frau, die um einen niedrigen Tisch saßen. »Ausgezeichnet«, sagte einer der Männer, vor dem ein schuhkartongroßes Gerät stand. »Kein Zögern, kein merkbarer Lügnerstreß, und genau das richtige Maß an Arroganz. Er ist soweit, Morris.«

Ein anderer Mann nickte und machte eine Handbewegung. »Setzen Sie sich, Allen!«

Caine nahm auf dem angegebenen Stuhl Platz und musterte die Anwesenden; als seine Augen wieder deutlich sehen konnten, begann sein Herz, schneller zu schlagen. Das war keine Routinezusammenkunft. Die vier Leute, die ihm gegenübersaßen, waren wahrscheinlich die obersten Führer des Widerstandes in ganz Europa. Der Mann mit der Schachtel war Bruno Hürlimann, ehemaliger Captain in der terranischen Raumflotte; der zweite Mann war Raul Marinos, der während des größten Teils der vergangenen neunundzwanzig Jahre Sabotageakte gegen die Ryqril geplant und durchgeführt hatte; die Frau war Jayne Gibbs, ein ehemaliges Mitglied des vor langer Zeit aufgelösten Parlaments; und ›Morris‹ war General Morris Kratochwil persönlich, der letzte Befehlshaber der terranischen Verteidigungskräfte in der Endphase des Krieges. Natürlich sah keiner von ihnen so alt aus, wie er wirklich war; trotz der Kontrollen durch die Regierung gelangte genügend geschmuggeltes Idunin über den Schwarzen Markt zum Widerstand, so daß der zweiundneunzigjährige Kratochwil biologisch einem Fünfundvierzigjährigen entsprach. Caine hatte jeden der vier irgendwann einzeln kennengelernt, aber sie noch nie beisammen gesehen. Etwas Wichtiges mußte im Gang sein.

Es war, als hätte General Kratochwil Caines Gedanken gelesen. »Es sieht so aus, als wäre Ihr Einführungslehrgang abrupt zu Ende, Allen«, meinte er. »Wir beschleunigen unsere Maßnahmen drastisch. Die Teilchen haben sich unerwartet zu einem Ganzen gefügt, und Sie werden in kaum zwanzig Stunden nach Plinry abreisen.«

Caines Mund war trocken. »Ich habe geglaubt, daß ich zuerst für ein paar Wochen Alain Rienzi ersetzen soll.«

»Das haben wir auch geglaubt«, erwiderte der General, »aber jetzt stellt sich heraus, daß es nicht notwendig sein wird. Rienzi ist gestern in Urlaub gefahren und hat anscheinend niemandem verraten, wohin. Es ist genau die richtige Gelegenheit, und wir haben beschlossen, sie zu ergreifen.«

Damit konnte Allen seine restliche Ausbildung vergessen ... aber wenn er nicht oft mit Regierungsleuten zusammenkam, würde er es wahrscheinlich schaffen. »Sie haben Rienzi aus dem Verkehr gezogen?«

Marinos nickte. »Wir haben ihn heute früh abgeholt. Keine Probleme.« Er zeigte auf ein Kuvert, das auf dem Tisch lag. »Da drin ist sein Ausweis – natürlich entsprechend verändert – und Ihr übriges Zeug.«

Caine griff nach dem Päckchen, achtete aber darauf, nicht an den pilzförmigen ›Wanzenstörer‹ in der Mitte des Tisches zu stoßen, der alle in der Nähe befindlichen Überwachungsgeräte elektronisch lahmlegte. Er öffnete den Umschlag und entnahm ihm einen blauen Personalausweis sowie eine Brieftasche, die Regierungs- und persönliche Kreditplättchen, mehrere hundert Mark in knisternden TDE-Banknoten und ein nicht bestätigtes Ticket zur fernen Welt Plinry enthielt. »Das Ticket ist eigentlich nur eine Reservierung«, erklärte Marinos. »Sie müssen Ihren Ausweis am Flughafen überprüfen lassen, bevor Sie an Bord gehen können.«

Das Gesicht im Ausweis war länglich, hager und von sorgfältig frisiertem braunen Haar umgeben – eine glattrasierte Ausgabe von Caines Gesicht. Doch unterhalb des angeblich fälschungssicheren Plastiks gab es auch Fingerabdrücke und Netzhautmuster – Kopien dieser Muster waren in einem kaum zehn Kilometer entfernten, schwer bewachten Computersystem gespeichert. »Sind Sie sicher, daß meine Fingerabdrücke und Netzhautmuster in die Regierungsunterlagen gelangt sind?« fragte Caine.

»Das ist alles erledigt«, beruhigte ihn Marinos. Sein lässiger Ton bagatellisierte die Schwierigkeiten, die sie überwunden hatten. Es war kein Honiglecken, das Sicherheitssystem der Ryqril auszutricksen.

»Wir besitzen noch nicht die Bewilligung, mit der Sie Einblick in die Archive von Plinry nehmen können«, erklärte Kratochwil, »aber wir bekommen sie heute um 18

Uhr. Wenn Sie Glück haben, müssen Sie nur hineingehen. Ihr Seemannsgarn über ein Buch spinnen, die richtige Aufzeichnung einstecken und abhauen.« Er lächelte ironisch. »In der Praxis ist es natürlich nie so einfach. Aber Sie werden bestimmt imstande sein, mit allen Problemen fertigzuwerden, vor die man Sie stellen wird.«

Caine nickte. Er war zwar noch nie mit einer Aufgabe betraut worden, doch er verfügte über die beste psychisch-mentale und kämpferische Ausbildung, die der Widerstand anzubieten hatte. »Wie sieht der letzte militärische Lagebericht aus, und wie wird er sich voraussichtlich auf die Situation in Plinry auswirken? Vermutlich unterhalten die Ryqril dort eine Basis, stimmt's?«

»Wir nehmen es an, aber das sollte Sie nicht stören.« Kratochwil wandte sich an Hürlimann. »Captain?«

»Die Berichte über einen großen Ryqril-Sieg über die Chryselli in der Nähe von Regulus scheinen zu stimmen«, berichtete Hürlimann. Seine Sprechweise erinnerte Caine an einen Collegeprofessor. »Es scheint sie aber mehr gekostet zu haben, als sie zugeben. Sie haben bereits zwei Truppentransporter der Elefantenklasse und ein vollständiges Geschwader von Korsaren von verschiedenen Basen auf der Erde abgezogen und sie vermutlich an die Chrysellifront in Marsch gesetzt. Falls es auf Plinry eine Basis gibt, könnte dort die gleiche Art von Mobilmachung in Gang sein. Aber das sollte kein Problem darstellen; solange Sie über die richtigen Papiere verfügen, kann Ihnen jedes zusätzliche Durcheinander nur von Vorteil sein.« Er lächelte. »Und je stärker die Ryqril im Gebiet der Chryselli gebunden sind, desto besser für uns.«

»Wie gesagt, die Situation entwickelt sich zu unseren Gunsten«, meinte Kratochwil. »Wenn Sie mit den Informationen zurückkommen, werden die Mannschaften hoffentlich soweit sein, daß sie aufbrechen können.« Er sah die anderen an. »Noch etwas?«

»Unterstützung auf Plinry«, murmelte Jayne Gibbs.

»Richtig. Seit Plinry besetzt wurde, also seit fünfunddreißig Jahren, haben wir mit ihm keinen Kontakt mehr. Deshalb wissen wir nicht, worauf Sie dort stoßen werden. Wir erwarten eine ähnliche politische Struktur wie auf der Erde – eine Gruppe Ryqril, die mit Hilfe einer zur Loyalität konditionierten menschlichen Regierung herrscht –, aber wir können es nicht mit Sicherheit annehmen. Wenn Sie mit Problemen konfrontiert werden, sollten Sie versuchen, was immer es an Untergrund gibt zu kontaktieren und sich seine Hilfe zu sichern.«

»Vorausgesetzt, daß es einen Untergrund gibt«, wandte Caine ein.

»Richtig«, stimmte Kratochwil zu. »Ich hoffe jedoch, daß General Avril Lepkowski die Eroberung des Planeten überlebt hat. Merken Sie sich diesen Namen, Allen: wenn Plinry einen Untergrund besitzt, dann ist wahrscheinlich Lepkowski der führende Kopf. Bei Kriegsende gab es dort ungefähr dreihundert Blackcollars – einige von ihnen könnten noch am Leben sein.«

Blackcollars. Bei dem Wort streckte sich Caine ein wenig. Er hatte nie einen dieser hervorragend ausgebildeten Guerillakämpfer kennengelernt, aber ihre Heldentaten im Krieg waren legendär. Auf der Erde gab es nur noch wenige von ihnen, und die meisten hatten ihre Uniformen verbrannt und waren in der Bevölkerung untergetaucht. Die Handvoll, die noch aktiv war, machte den Ryqril angeblich in Nordamerika das Leben zur Hölle.

Kratochwil sprach noch immer. »Ich werde versuchen, bis heute abend die Namen von einigen Leuten in Erfahrung zu bringen, die sich vielleicht auf Plinry aufhalten. Für den Fall, daß Sie General Lepkowski finden, werde ich auch einen Mikro-Einführungsbrief für Sie verfassen. Es stellt sicherlich ein gewisses Risiko dar, wenn Sie ihn bei sich tragen, aber ich finde, daß er das

Risiko wert ist. Natürlich liegt die Entscheidung bei Ihnen.« Er erhob sich und die übrigen sprangen auf. »Das ist wohl alles, was wir im Augenblick unternehmen können. Seien Sie heute abend um 18 Uhr hier, um Ihre restlichen Papiere und vielleicht weitere Anweisungen entgegenzunehmen, die uns noch einfallen. Bis dahin können Sie Ihren Bart behalten; es ist zwar unwahrscheinlich, daß Sie hier über einen Bekannten von Rienzi stolpern, aber es hat keinen Sinn, dieses Risiko einzugehen. Außerdem wird es ab heute zwölf Uhr mittags einen Zwei-Stunden-Sicherheitszyklus im Buchladen geben. Achten Sie darauf!«

»Ich verstehe.«

»Gut.« Der General ergriff über den Tisch hinweg Caines Hand. »Wenn Sie heute abend kommen, bin ich vielleicht nicht hier, deshalb verabschiede ich mich schon jetzt. Sie sind sehr wertvoll für uns, Allen, und wir möchten natürlich, daß Sie vorsichtig und auf Ihren Schutz bedacht sind. Gleichzeitig handelt es sich jedoch wahrscheinlich um den wichtigsten Auftrag der letzten zwanzig Jahre, und es ist keine Übertreibung, wenn ich feststelle, daß die Chancen, die Erde zu befreien, von Ihnen abhängen. Wir werden vielleicht nie wieder in der Lage sein, jemanden für eine solche geheime Erkundung auf einen anderen Planeten zu befördern, und Sie wissen, daß es unmöglich ist, mit Gewalt an die Informationen heranzukommen. Enttäuschen Sie uns nicht.«

Caine sah dem General in die Augen, während er ihm die Hand schüttelte. Kratochwils braune Augen waren klar, wach und dank des Idunins relativ jung. Aber in ihnen lag noch etwas, das keine Jugenddroge beeinflussen konnte. Zweiundneunzig Lebensjahre, davon dreizehn in einem aussichtslosen Krieg und weitere neunundzwanzig unter feindlicher Herrschaft hatten diese Augen alt gemacht, und Caine fühlte sich plötzlich wieder wie ein Kind. Die selbstsichere Erklärung, die er abgeben wollte, verflüchtigte sich. »Ich werde mein Bestes tun, Sir«, murmelte er statt dessen.

Es war fünf vor sechs, als sich Caine durch die übliche Menge von heimwärtsstrebenden Arbeitern drängte und sich wieder dem Buchladen näherte. Die Victory-Day-Feiern waren vorbei, und auf den Straßen kurvten wieder Automat-Taxis und dazwischen gelegentlich ein privater Wagen herum; dadurch blieb ihm reichlich Zeit, in das Geschäft zu schlüpfen, sich seine restlichen Papiere zu holen, und wieder in der Menge unterzutauchen.

Er war beinahe am Ziel angelangt und drängte sich zum Rand des Gehsteigs durch, um die Straße zu überqueren, als ihn etwas an der Auslage erstarren ließ. Bei einem Zweistundenzyklus wäre die Auslage seit seinem Vormittagsbesuch dreimal verändert worden. Der Heinlein mußte um neunzig Grad rotiert haben, und am Dickens mußte eine Kassette lehnen. Aber die Kassette war nicht vorhanden und die Auslage befand sich im Vierzehn-Uhr-Zustand. Jemand hat es vergessen, war sein erster, hoffnungsvoller Gedanke, doch er dachte ihn nicht einmal zu Ende. Er wußte, daß es nur eine einzige Erklärung gab.

In dem Buchladen hatte in den letzten vier Stunden eine Razzia stattgefunden.

Diese Möglichkeit hatte natürlich immer bestanden, aber es hatte sich nie in seiner unmittelbaren Nähe abgespielt, und der Schock betäubte ihn. Weil die bewußte Kontrolle durch sein Gehirn aussetzte, trat seine Ausbildung an ihre Stelle, so daß er ohne zu zögern am Buchladen vorbeiging. Als sein Gehirn wieder zu funktionieren begann, befand er sich zwei Häuserblocks weiter und in Sicherheit.

In Sicherheit. Aber wie lang? Wenn die Regierung den Buchladen überwacht hatte, dann wußte sie, daß Caine innerhalb der letzten zwei Wochen viermal hier gewesen war. Auch wenn sie dieser Tatsache noch keine Bedeutung beimaßen, würden sie über kurz oder lang alles über ihn herausfinden. Bestimmt war mindestens einer der vier Leiter des Widerstands anwesend gewesen, als die Sicherheitskräfte eintrafen, und wurde jetzt unter Anwendung von Verifin oder Neurotrace einem Verhör unterzogen. Caine mußte fliehen ... aber wohin? Der Widerstand hatte zahlreiche Schlupflöcher angelegt, aber man konnte sich jetzt keinem anvertrauen. Kratochwil und die anderen hatten die beste verfügbare Psychor-Ausbildung erhalten, doch auch das nützte bei einem Neurotrace-Auswerter nur kurze Zeit. Irgendwann würden sie zusammenbrechen ... und dann würde die Regierung imstande sein, ihn überall auf der Erde aufzuspüren.

Es dauerte eine Sekunde, bis ihm das klar wurde; doch dabei erinnerte sich Caine an das dicke Päckchen in seiner inneren Jackentasche. Rienzis Ausweis, ein kleiner Geldbetrag ... und ein Rundflugticket nach Plinry. Falls Kratochwil zu den Festgenommenen gehörte, hatte wahrscheinlich für den Widerstand in diesem Gebiet die letzte Stunde geschlagen – aber das galt nicht unbedingt für Caines Auftrag. Wenn er sich die Hilfe von General Lepkowski und dem Plinry-Untergrund sichern konnte, gab es noch eine geringe Möglichkeit, daß er es schaffen würde. Gering, verdammt – mikroskopisch klein. Aber er hatte keine andere Wahl. Und wenn es schief ging, hatte er wenigstens die kleine Befriedigung, daß ihm die Ryqril über acht Parseks Weltraum nachjagen mußten.

Er benötigte nicht ganz eine Stunde, um in seine Wohnung zurückzukehren, sich den Bart abzurasieren, sich umzuziehen, und alle Allen Caine betreffenden Dokumente zu vernichten. Er nahm den eleganteren Koffer, der zu einem Regierungsbeamten zweiten Ranges paßte, und fuhr mit einem Automat-Taxi zum westlichen Ende der Stadt. Mit Rienzis Ausweis gelangte er ohne Schwierigkeiten durch die Absperrungen und betrat zum ersten Mal in seinem Leben den Regierungsbezirk von Neu-Genf.

Die erste Hürde – den Wächter am Tor – hatte er hinter sich; aber jetzt stand er vor einem unerwarteten Problem. Bis zum Start seines Raumschiffs um sechs Uhr früh waren es noch elf Stunden – viel zu lang, um im Flughafen zu bleiben. Falls er ein Zimmer in einem Hotel nahm, mußte er jedoch Rienzis Ausweis herzeigen, und je seltener er den benützte, desto besser.

Die Lösung war einfach. Er fuhr mit dem Taxi zum Flughafen und steckte sein Gepäck in ein Schließfach. Dann begab er sich mit dem Geld, das ihm Rienzi dankenswerterweise zur Verfügung gestellt hatte, auf eine Besichtigungstour von Neu-Genf. Er besuchte Bars, Restaurants und Vergnügungsetablissements, und brachte die Nacht hinter sich, ohne erkannt zu werden. Als der Himmel im Osten endlich hell wurde, kehrte er zum Flughafen zurück.

Sogar um diese Zeit herrschte dort geschäftiges Treiben. Neu-Genf war erst nach dem Krieg zur Hauptstadt der Erde ernannt worden, und der Flughafen war sowohl für Flugzeuge als auch für Raumschiffe ausgelegt. Vor dem Krieg wäre er dadurch hoffnungslos überlastet gewesen; aber weil jetzt nur Regierungsbeamte und akkreditierte Geschäftsleute fliegen durften, konnte der Betrieb aufrechterhalten werden. Caine holte sein Gepäck. Als er durch den langen Korridor zum Raumflugterminal ging, pochte sein Herz schmerzhaft.

Das Check-in-Gebäude kam in Sicht; ein halbes Dutzend Leute schlenderte herum oder saß in den Stühlen in der Nähe des Gates. Daneben lehnte an einer Wand ein gelangweilter Wächter. Caine verzog das Gesicht. Das Ganze sah wie die klassische Falle für Anfänger aus, bei der in einem Umkreis von zweihundert Metern jeder Zivilist ein Sicherheitsmann war. Doch für einen Rückzug war es zu spät. Wenn es eine Falle war, hatte man ihn bestimmt schon entdeckt und identifiziert, und wenn er jetzt umkehrte, würde die Falle nur etwas früher zuschnappen. Er biß die Zähne zusammen und ging weiter.

Der Angestellte lächelte, als Caine zum Schalter trat. »Ja, Sir?«

»Alain Rienzi, mit Ziel Plinry«, antwortete Caine mit steifen Lippen. Er zog seine Ticketreservierung und Rienzis Ausweis heraus, ohne dabei den Angestellten aus den Augen zu lassen.

Es erfolgte keine sichtbare Reaktion. »Ja, Sir.« Der Angestellte schob den Ausweis in einen Schlitz im Steuerpult. »Würden Sie bitte Ihre Daumen auf diese Platte drücken und dort hinüberschauen ...«

Es war soweit. Im Gegensatz zur einfachen visuellen Überprüfung, die der Sicherheitsmann vor ein paar Stunden am äußeren Tor vorgenommen hatte, erwartete Caine jetzt ein gründlicher Check. Seine Daumenabdrücke und sein Netzhautmuster würden mit jenen auf Rienzis Ausweis und mit den Aufzeichnungen des Computers verglichen werden. Wenn Marinos kein Wunder vollbracht und die Aufzeichnungen verändert hatte, war hier Endstation.

Licht flackerte beinahe zu schnell auf, um wahrgenommen zu werden, traf seine Augen, und die Platten an seinen Daumen fühlten sich warm an. Der Angestellte drückte auf einen Knopf. Caine hielt den Atem an ... und auf dem Steuerpult ging ein grünes Lämpchen an. »Alles erledigt, Mr. Rienzi. Von welchem Konto sollen wir den Flug abbuchen?«

Die Spannung löste sich schlagartig, und Caine begann wieder zu atmen. Dann reichte er dem Angestellten Rienzis persönliche Scheckkarte. Dieser steckte sie in einen Schlitz, und einige Sekunden darauf spuckte die Maschine ein offizielles Ticket, Caines Ausweis, seine Scheckkarte und eine kleine Magnetkarte aus. Caine musterte letztere mit gerunzelter Stirn. »Was ist das?«

»Medizinische Daten, Sir«, erklärte der Angestellte. »Offenbar gibt es in der Umwelt von Plinry etwas, das Ihnen Schwierigkeiten bereiten könnte. Sie können das Rezept bei dem Schalter dort drüben einlösen.«

Caine wollte gerade fragen, wie, zum Teufel, irgendwer eine Ahnung davon haben konnte, was für Tabletten er auf Plinry brauchen würde, überlegte es sich aber gerade noch rechtzeitig. Natürlich enthielten die Akten der Regierungsbeamten auch ihre medizinischen Daten, und der Computer hatte Rienzis medizinisches Diagramm mit den Bedingungen auf Plinry verglichen und eine rasche Diagnose erstellt. »Okay, danke«, antwortete er.

»Gern geschehen, Sir. Sie können in zehn Minuten an Bord gehen.«

Es dauerte beinahe fünfzehn Minuten, bis der Apotheker das Medikament laut Rezept hergestellt hatte, und deshalb konnte Caine den zum Raumschiff führenden Korridor direkt von dort aus benützen und damit dem gelangweilten Wächter ausweichen, der vermutlich nie erfahren würde, wie knapp er an einer Beförderung vorübergegangen war. Die Tabletten in der kleinen Phiole in Caines Tasche klapperten mahnend, und er hatte keine Ahnung, was er mit ihnen anfangen sollte. Es war nicht anzunehmen, daß er und Rienzi einander physisch so ähnlich waren, daß die Tabletten ihm nützen konnten; anderseits war es möglich, daß Marinos alle Aufzeichnungen über Rienzi durch Caines Daten ersetzt hatte, und in diesem Fall würden ihn unter Umständen die Tabletten auf Plinry am Leben erhalten. Er mußte sie einfach schlucken und hoffen, daß das Medikament, was immer es war, ihn wenigstens rasch umbringen würde.

Krankheit war jedoch seine geringste Sorge. Bis jetzt hatte sich seine Aufmerksamkeit darauf konzentriert, Neu-Genf zu verlassen und in ein Raumschiff zu gelangen, bevor die Widerstandsbewegung wie ein Kartenhaus zusammenbrach. Nachdem er diese beiden Programmpunkte jetzt beinahe erledigt hatte, konnte er sich den ungeheuren Problemen zuwenden, vor denen er noch immer stand. Ohne Kratochwils gefälschte Bewilligung würden ihn die Behörden auf Plinry bestimmt nicht einmal in die Nähe der Aufzeichnungen lassen, auf die er es abgesehen hatte. Und ohne Einführungsschreiben würde es genauso schwierig sein, sich die Kooperation des Untergrunds von Plinry zu sichern. Seine einzige Hoffnung bestand darin, daß General Lepkowski tatsächlich der Führer des Untergrunds war. Wenn er Lepkowski davon überzeugen konnte, daß er ein Mitarbeiter von Kratochwil war, dann würde ihm dieser vielleicht helfen. Und sobald er die Information besaß ... Caine schüttelte den Kopf. Es hatte keinen Sinn, soweit vorauszudenken; es lagen schon so genügend unmögliche Aufgaben vor ihm. Er mußte eins nach dem anderen erledigen.

Er gelangte aus dem Korridor zu der Rampe, an der das Passagierraumschiff – seinem Aussehen nach ein umgebauter Vorkriegsfrachter – wartete. Er wechselte den Koffer in die andere Hand, blieb dabei stehen und sah sich um. Die Rampe führte vom Erdboden zum Einstieg, und man erblickte von ihr aus große Teile der Stadt, des Sees und der umliegenden Berge. Doch obwohl Caine den Anblick genoß, zog es seinen Blick beinahe magnetisch nach Südwesten. Dort lag in sieben Kilometern Entfernung das geschwärzte Gebiet, das einmal Genf gewesen war. Caine erschauerte und ging weiter auf das Schiff zu.

Er wußte, daß die Ryqril dieses Spiel gewinnen wollten.

2. Kapitel

Zum ersten Kontakt war es Anfang 2370 gekommen, als ein TDE-Erkundungsschiff zwei Parseks von der terranischen Kolonialwelt Llano entfernt über einen Vorposten der Ryqril stolperte. Innerhalb von zehn Jahren kam es zu einer regelmäßigen Kommunikation zwischen den Menschen und den hochgewachsenen lederhäutigen Zweibeinern, und verschiedene Handelsübereinkommen befanden sich in Vorbereitung. Die Ryqril waren seltsam zugeknöpft, wenn es sich um sie selbst und ihr Empire handelte, doch das wurde allgemein als normale Zurückhaltung betrachtet; den Gerüchten, daß die Aliens an einer weit entfernten Grenze einen Eroberungskrieg führten, wurde nie nachgegangen.

Vierzig Jahre später änderte sich die Situation schlagartig. Die Bemühungen zu einer ›Normalisierung der Beziehungen‹ zwischen den beiden Rassen – die Ryqrils hatten diese Bemühungen bewußt verschleppt – wurde aufgegeben, und neue Erkundungssonden deckten endlich die Wahrheit auf. Die Ryqril hatten tatsächlich einen Eroberungskrieg geführt und vor beinahe zwei Jahren gewonnen. Alles deutete darauf hin, daß ihre Nachkriegsaufrüstung beinahe beendet war, und daß ihr nächstes Ziel das Terranische Demokratische Empire sein würde.

Man begann sofort mit den Vorbereitungen, obwohl man erkannte, daß es zwecklos war. Das TDE beherrschte achtundzwanzig Planeten; die Ryqril hundertvierzig. Dennoch stand es außer Frage, daß das TDE kämpfend untergehen würde.

Und es kämpfte. Von dem Augenblick an, in dem es erkannte, daß es als leichte Beute betrachtet wurde, bis zum Ausbruch des totalen Krieges vergingen acht Jahre, und in dieser Zeit entwarf, erzeugte und testete die Menschheit eine beeindruckende Menge von neuen Waffen – von Gewehren bis zu Kriegsschiffen der Supernovaklasse. Obwohl das TDE nie gegen eine fremde Rasse gekämpft hatte, gab es in seiner Geschichte genügend Kabbeleien, so daß es etliches über den Krieg im Weltraum gelernt hatte. Zahllose Vorkriegsscharmützel mit den Ryqril boten den Menschen außerdem Gelegenheit, ihre Fertigkeiten zu vervollkommnen. Die Situation war dennoch hoffnungslos; in ihrer Verzweiflung war die Menschheit gezwungen, die akzeptierten militärischen Theorien zu überdenken, zum Beispiel auch die Frage, was genau man unter einer Waffe verstand.

Das Ergebnis waren die Blackcollars, die Schwarzkragen.

Caine hatte sich immer für diese Elitetruppe interessiert, aber auf der Erde gelangten Bürger, die keine Regierungsmitglieder waren, nur sehr schwer an Informationen heran. Jetzt saß er jedoch zehn Tage lang in einem Raumschiff fest, das über eine ansehnliche Sammlung von Geschichtskassetten verfügte, und hatte Zeit, seine Neugierde zu befriedigen.

Doch die Kassetten waren eine Enttäuschung, denn er erfuhr nur wenig, was er nicht schon wußte. Das Blackcollarprogramm war im Jahr 2416, also zwei Jahre vor Kriegsausbruch, gestartet und bis zur Kapitulation der Erde fortgesetzt worden. Außer einer intensiven Kampfausbildung, die größtenteils auf den alten asiatischen Kampfsportarten beruhte, erhielten die Blackcollars eine Version der gleichen Psychor-Mental-Konditionierung wie Caine. Seltsamerweise – dachte Caine zunächst – wurden in den Kassetten die verschiedenen Drogen nicht erwähnt, die seinen Informationen zufolge das Wichtigste an dem Projekt gewesen waren. Man hatte mindestens drei Drogen verwendet: gewöhnliches Idunin, das in kleinen Dosen Muskeln, Knochen und Gelenke jugendlich erhielt, während der Kämpfer äußerlich normal alterte; ein RNS-Derivat, das die Lernfähigkeit förderte, so daß die Ausbildungszeit drastisch verkürzt werden konnte; und eine spezielle Droge mit dem Codenamen ›Backlash‹, die angeblich die Schnelligkeit und die Reflexe eines Blackcollars verdoppelte. Das Ergebnis war ein Soldat, der in jeder Menschenmenge untertauchen, nur durch eine vollständige körperliche und biochemische Untersuchung identifiziert werden und theoretisch sogar in einem Kampf ohne Waffen mit einem Ryqril fertigwerden konnte. Sie waren gefährliche Gegner – und vielleicht waren die Kassetten deshalb unvollständig. Die Informationen waren offensichtlich für subalterne Regierungsbeamte bestimmt, und die höheren Ränge hatten offenbar beschlossen, die Gefahr, die überlebende Blackcollars vielleicht darstellten, herunterzuspielen. Die sich daraus ergebende Schlußfolgerung war keineswegs ermutigend: wenn die Blackcollars immer noch als Bedrohung galten, dann hielten sich diejenigen von ihnen, die es auf Plinry noch gab, so gut versteckt, daß Caine sie wahrscheinlich nie finden würde.

Caine war der einzige Passagier, der auf Plinry von Bord ging. Der Planet war die dritte Haltestelle einer Sieben-Planeten-Rundreise, aber er war auch Tankstelle, und deshalb entging Caine einer Shuttle-Landung. Statt dessen blieb er angeschnallt in seiner Kabine sitzen, während die Schwerkraft des Schiffes langsam verringert und durch echte Schwerkraft ersetzt wurde. Schließlich dockte das Raumschiff mit einem sanften Stoß an.

Wenige Minuten später befand sich Caine bei der Ausgangsrampe, wo ihn der Kapitän und der Kabinen-Steward erwarteten, um sich von ihm zu verabschieden. Der Abschied war kurz; dann ging Caine die Rampe hinunter und versuchte, alles gleichzeitig zu sehen.

Er befand sich am Ende eines großen Flugfeldes mit glatter Oberfläche, das offensichtlich für dichten Verkehr ausgelegt war. Rechts von ihm standen ein halbes Dutzend Raumschiffe, mittelgroße Frachter, sowie einige offiziell aussehende Senkrechtstarter-Flugzeuge. Links von ihm, in größerer Entfernung und durch einen Drahtzaun vom Rest des Flughafens getrennt, bot sich ihm ein Anblick, der ihm den Magen umdrehte. Ordentlich aufgereiht standen dort mindestens dreißig Korsaren, die Aufklärungs-Kampfschiffe mit großer Reichweite, die die Angriffsspitze der Ryqril-Kriegsmaschinerie bildeten. Da die Besatzungen dieser Schiffe eine bis drei Personen umfaßten, und das Bodenpersonal vier Mann, hatten die Aliens allein in diesem Teil von Plinry eine zweihundert Mann starke Garnison stationiert. Hundert Meter jenseits der Korsaren gab es einen widerstandsfähigeren Zaun, der den gesamten Flughafen umschloß und eine Barriere zwischen der glatten Oberfläche und den Grasflächen mit dem spärlichen Baumbestand außerhalb von ihm bildete. Unmittelbar vor Caine lag ein aus mehreren Gebäuden bestehender Komplex – eindeutig das Verwaltungs- und Service-Zentrum des Flughafens. Eines der Gebäude schien ein Hangar zu sein; ein anderes in der Nähe der Korsaren sah wie eine Kaserne aus.

Und am Fuß der Rampe warteten zwei Männer in graugrünen Uniformen.

Caines Herz setzte kurz aus, doch er wurde nicht einmal langsamer. Er wußte, daß ein Korsar die Strecke von der Erde hierher in etwas mehr als vier Tagen zurücklegen konnte, und wenn es der terranischen Regierung gelungen war, aus den Führern des Widerstandes Informationen herauszuholen, dann wußte inzwischen ganz Plinry über ihn Bescheid. Doch es blieb ihm nichts anderes übrig als weiterzugehen.

Als Caine näher kam, trat der größere der beiden Männer einen Schritt vor. »Mr. Rienzi?« fragte er. Als

Caine nickte, fuhr er fort: »Ich bin Präfekt Jamus Galway, der Leiter des planetarischen Sicherheitsdienstes; das ist mein Adjutant. Officer Ragusin. Willkommen auf Plinry, Sir.«

»Danke. Kommen Sie immer zum Flughafen, um die Touristen zu begrüßen?«

Galways Lächeln war beinahe albern, und dieses Lächeln verriet Caine mehr als jede Äußerung des Präfekten. Der Leiter des Sicherheitsdienstes, der einen mutmaßlichen Rebellen begrüßte, hätte bestimmt nicht so gelächelt; so lächelte ein Politiker einen hohen Regierungsbeamten an, der über mehr Einfluß verfügte als er selbst. Caines Tarnung war also noch nicht aufgeflogen.

»Ich habe es mir tatsächlich zur Gewohnheit gemacht, Besucher, die zum ersten Mal hier sind, persönlich zu begrüßen, und ihnen zu erklären, über welche Einrichtungen wir verfügen«, erwiderte Galway. »Das erspart allen Beteiligten Zeit.« Er zeigte auf die Gebäude. »Wenn es Ihnen recht ist, gehe ich mit Ihnen durch den Zoll. Danach würde ich Sie bitten, uns zu einem Identitätscheck in Capstone zu begleiten.«

Caine nickte lässig. Er hatte die Kontrollen auf der Erde ohne Schwierigkeiten hinter sich gebracht; es war nicht anzunehmen, daß sie auf Plinry gründlicher sein würden. »Selbstverständlich, Präfekt. Gehen Sie voraus!«

Die Zollkontrolle war reine Formsache. Außer seiner Kleidung hatte Caine nur einen Taschenvideorecorder, ein paar Reservekassetten und die Pillen mitgebracht, die man ihm am Flughafen von Neu-Genf gegeben hatte. Bereits wenige Minuten später fuhren Caine und Galway auf dem Rücksitz eines Streifenwagens nach Capstone. Der schweigsame Ragusin saß am Lenkrad.

Bis jetzt hatte Caine keine Zeit gehabt, seine Aufmerksamkeit dem Planeten zuzuwenden, und als er nun aus dem Fenster blickte, war er darüber erstaunt, wie groß die Ähnlichkeit und gleichzeitig die Unterschiede zur Erde waren. Auch hier war die vorherrschende Farbe der Vegetation Grün; aber auf Plinry wies das Grün einen bläulichen Stich auf, und es gab ungewöhnlich viele Pflanzen, die gelb, purpurrot und sogar orangefarben waren. Aus einem fahrenden Auto konnte man die kleinere, niedrigere Flora kaum deutlich erkennen, doch die Blätter waren zu breit, als daß es sich um Gras handeln konnte. Die Bäume und Büsche wieder sahen wie Hirschgeweihe aus, auf denen spanisches Moos hing. Zwischen den Bäumen bewegten sich kleinere Geschöpfe, die zu stromlinienförmig wirkten, um Vögel zu sein. »Sie haben einen hübschen Planeten«, bemerkte Caine. »Sehr farbig.«

Galway nickte. »Es war nicht immer so. Während meiner Kindheit waren die meisten Pflanzen grün oder blau. Die anderen Farben tauchten erst nach dem Krieg auf – Mutationen infolge einer Substanz in den Ryqril-Geschossen. Die meisten werden vermutlich irgendwann aussterben.«

Caine wandte dem Fenster den Rücken zu; ihn fröstelte. In Galways Stimme hatte kein Bedauern oder gar Feindseligkeit gelegen, als er von den Verwüstungen sprach, die die Ryqril seiner Welt zugefügt hatten. Als würde er auf ihrer Seite stehen – was natürlich der Fall war. Die TDE-Regierung beschäftigte ausschließlich Leute, die vorher einer Loyalitätskonditionierung unterzogen worden waren. Ob diese Konditionierung die Einstellung des Betreffenden tatsächlich veränderte oder sie nur wirkungslos machte, war ungeklärt; doch die grundlegende Tatsache blieb bestehen: Eine konditionierte Person konnte sich weder in Worten noch in Taten gegen die Autorität der Ryqril auflehnen. Man konnte sie weder erpressen noch bestechen – nur überlisten oder durch bessere Waffen besiegen. Caine besaß keinerlei Waffen.

Sie fuhren jetzt durch die Außenbezirke der Stadt, in

denen offensichtlich die Mittelklasse oder Bürger gehobenen Standes wohnten. Wohn- und Geschäftsviertel waren im Gegensatz zur Erde miteinander vermischt. Caine erkundigte sich danach.

»Auf Plinry gibt es nur wenige Fahrzeuge«, erklärte Galway. »Sogar gut situierte Leute müssen in der Lage sein, ihre Arbeitsplätze und Geschäfte zu Fuß zu erreichen. Hier draußen, in den neueren Stadtteilen, sind Wohnsitz und Arbeitsplatz etwas weiter voneinander entfernt. Weiter drin, in den ärmeren Bezirken, arbeiten die Menschen oft in dem Gebäude, in dem sie wohnen. In der Nabe liegen die Dinge natürlich anders. Dort gibt es genügend Automat-Taxis, deshalb werden Sie ohne Schwierigkeiten überall hingelangen können.«

»Die Nabe ist vermutlich das Regierungszentrum, nicht wahr?«

»Ja, und dort leben auch die meisten Regierungsfamilien.« Galway zeigte nach vorn. »Von hier aus sehen Sie einige der wichtigsten Gebäude.«

Die Gebäude waren nur wenige Kilometer von ihnen entfernt, und sie waren also keineswegs Wolkenkratzer, aber sie überragten dennoch die ein- bis zweistökkigen Gebäude ringsum. Capstone war offensichtlich eine sehr flache Stadt.

Wie Galway erwähnt hatte, wirkte die Stadt immer ärmlicher, je weiter sie hineinfuhren. In beinahe allen Geschäftsgebäuden gab es Stockwerke mit Wohnungen. Auf den Gehsteigen waren mehr Menschen unterwegs als in den Außenbezirken, und sie waren schäbiger gekleidet. Es war schwierig, ihren Gesichtsausdruck abzuschätzen, aber Caine bildete sich ein, daß die Blicke, die sie dem Streifenwagen zuwarfen, unfreundlich und sogar feindlich waren. Das war ein gutes Zeichen. Hätten die Menschen die Regierung respektiert, so hätte er kaum eine Chance gehabt, eine brauchbare Untergrundbewegung zu finden.

Der Wagen bog um eine Ecke, und eine graue Mauer

versperrte ihnen den Weg. In ihr befand sich ein Gittertor, neben dem zwei Wachposten in der gleichen graugrünen Uniform standen, wie sie Galway und der Fahrer trugen. Der Wagen hielt und einer der Posten trat ans Fenster. »Ihre Ausweise, bitte.«

Alle drei reichten ihm ihre Ausweise. Er blätterte sie durch, gab sie ihnen zurück und winkte einem dritten Wachposten an der Innenseite des Tors, der prompt hinter der Mauer zu seiner Linken verschwand. Das Tor glitt auf und wieder zu, sobald der Wagen durchgefahren war. »Neuer Rekrut?« fragte Caine.

»Keineswegs«, erwiderte Galway. »Unsere Sicherheitschecks werden immer noch vorschriftsmäßig durchgeführt.« In seiner Stimme lag ein Anflug von Stolz.

Es war nicht weit zu dem vierstöckigen Gebäude mit der Aufschrift *Planetarischer Sicherheitsdienst Plinry.* Galway und Caine stiegen beim Haupteingang aus und ließen Caines Gepäck im Wagen bei Ragusin. Im ersten Stockwerk betraten sie einen kleinen Raum, in dem sich zwei Stühle, ein Tisch, ein Telefon und ein Gerät befanden, an das sich Caine aus dem Flughafen in Neu-Genf erinnerte. »Dürfte ich Sie um Ihren Ausweis bitten, Mr. Rienzi? Würden Sie bitte Ihre Daumen auf diese Platte drücken und dort hinüberschauen ...«

Wieder flackerte das Licht kurz auf und glitt über Caines Augen. Galway betätigte einen Schalter und nickte Caine zu. »Sie können sich jetzt entspannen, Sir. Es wird leider noch einige Minuten dauern – einer der Computer der Stadt ist gestern zusammengebrochen, und die anderen beiden sind nun überlastet.« Er blieb neben der Maschine stehen, als wolle er den Computer dazu überreden, schneller zu arbeiten.

»Kein Problem«, beruhigte ihn Caine. »Es gibt keinen Grund, warum routinemäßige Sicherheitschecks Priorität genießen sollten.«

Galway entspannte sich ein wenig. »Ich bin froh, daß

Sie soviel Verständnis zeigen. Werden Sie länger auf Plinry bleiben?«

»Nur zehn Tage, bis zum nächsten Flug zur Erde. Dort wartet Arbeit auf mich.«

»Ach ja – der Kapitän hat uns über Funk mitgeteilt, daß Sie Mitglied des Senats sind. Adjutant von Senator Auriand – oder jemand genauso Wichtigem.«

»Auriol«, stellte Caine automatisch richtig. »Ja, ich bin einer seiner Adjutanten. Es handelt sich um einen untergeordneten Posten, aber Dad war der Ansicht, daß es eine gute Gelegenheit ist, Erfahrung in der Politik zu sammeln.«

»Ihr Vater arbeitet auch für die Regierung?«

»Ja. Seit Kriegsende. Er hat als Ratsherr in Mailand begonnen und ist jetzt dritter Minister für Erziehung.«

»Sie wurden also sehr zeitig vorbereitet?«

Vorbereitet war eine Umschreibung für loyalitätskonditioniert. Das Gespräch entwickelte sich in eine unangenehme Richtung. »Im Alter von fünf Jahren«, antwortete Caine kurz, und sein Ton wurde um einige Grad kälter. Der Adjutant eines Senators sollte nicht mit solchen Fragen belästigt werden.

Galway begriff und trat hastig den Rückzug an. »Entschuldigen Sie, Mr. Rienzi – ich wollte nicht persönlich werden, sondern war nur neugierig.« Er unterbrach sich unvermittelt, und Caine hörte beinahe, wie er verzweifelt nach einem unverfänglichen Gesprächsthema suchte. »Sind Sie geschäftlich hier oder machen Sie nur Urlaub?«

Caine befand sich wieder auf sicherem Boden. »Eigentlich beides. Ich habe Urlaub und bin auf eigene Kosten hier, aber ich werde auch arbeiten.« Er strahlte sein Gegenüber schüchtern und zugleich stolz an. »Ich werde ein Buch schreiben.«

Galway zog höflich erstaunt die Augenbrauen hoch. »Tatsächlich? Über Plinry?«

»Nein, über den Krieg. Ich weiß, daß bereits eine

Menge Bücher darüber geschrieben wurden, aber die meisten konzentrieren sich auf die Erde oder auf die Centaurus-Welten. Mein Buch soll den Standpunkt der Menschen auf den äußeren Welten des TDE aufzeigen. Da Plinry Hauptstadt dieses Sektors und eine wichtige Militärbasis gewesen ist, nehme ich an, daß ich hier alle Unterlagen finden werde, die ich benötige.«

»Wir besitzen umfassende Archive«, versicherte Galway. »Sie verfügen natürlich über die erforderlichen Bewilligungen?«

Das war der Punkt, an dem sich die im letzten Augenblick erfolgte Razzia der Regierung auswirken würde. »Was, man braucht hier eine Erlaubnis, um Bücher zu schreiben?« fragte Caine lächelnd.

»Natürlich nicht, ich meine die Bewilligung, in die Unterlagen Einsicht zu nehmen. Sie besitzen sie doch, nicht wahr?«

Caines Lächeln verschwand. »Was soll das für eine Bewilligung sein?«

Jetzt runzelte Galway die Stirn. »Das Standardformular des TDE für Forschungsarbeit. Sie brauchen es jedes Mal, wenn Sie in offizielle Dokumente Einsicht nehmen wollen.«

»Verdammt! Kein Mensch hat mir gesagt, daß ich hier so etwas brauchen würde.« Caine mimte Entrüstung. »Hören Sie, ich bin Mitglied der TDE-Regierung, und keine einzige der Unterlagen, die ich brauche, ist geheim. Kann ich mir die Dinger nicht ansehen, während mir ein Wächter über die Schulter schaut?«

Galway zuckte die Achseln. »Sie können sich ja im Archiv erkundigen, aber ich glaube nicht, daß Sie die Erlaubnis bekommen werden. Tut mir leid.«

»Verdammt!« Caine blickte mißmutig zu Boden, dann sah er zur Verifizierungsmaschine hinüber. »Ist der verdammte Computer noch immer nicht fertig?« fragte er verärgert.

»Ich will mal nachsehen, ob ich es beschleunigen

kann.« Galway berührte einen Schalter; Sekunden später leuchtete ein grünes Lämpchen auf und Caines Ausweis erschien. »Na also, alles erledigt.« Galway gab Caine den Ausweis zurück.

Das Timing war perfekt, dachte dieser. Er nahm nicht an, daß es sich um einen Zufall handelte, hatte aber nicht vor, eine entsprechende Bemerkung zu machen. Er begann nämlich allmählich daran zu zweifeln, daß der Präfekt ein dienstbeflissenes geistiges Fliegengewicht war. Zum Glück konnte bei diesem Spiel jeder den grinsenden Idioten mimen. Falls Galway die Verifizierungsmaschine tatsächlich daran gehindert hatte, ihre Arbeit zu verrichten, hatte Caine guten Grund, zornig zu sein; es war aber vorteilhafter für ihn, wenn er bei dem Präfekten den Eindruck erweckte, daß er geistig beschränkt war. Er steckte also den Ausweis ein und erhob sich. »Ist das alles?«

»Ja. Während wir hinausgehen, werde ich Ihnen ein Informationspaket übergeben. Es führt Restaurants und Unterhaltungslokale auf, enthält Informationen über Automat-Taxis und Flugverbindungen, einen Stadtplan, eine Karte der Umgebung und so weiter.« Er zögerte. »Leider kann ich Ihnen keinen Führer zur Verfügung stellen. Wir sind etwas knapp an Personal.«

»Das geht schon in Ordnung«, meinte Caine großzügig. Ein offizieller Babysitter war das letzte, was er brauchen konnte. »Es sieht ohnehin nicht so aus, als hätte ich viel Verwendung für ihn.«

»Was wollen Sie unternehmen?« erkundigte sich Galway, während sie den Raum verließen und durch den Korridor zu den Lifts gingen.

Caine antwortete langsam, als hätte er sich nicht bereits alles zurechtgelegt. »Ich möchte nicht, daß die Reise reine Zeitverschwendung ist – Sie glauben nicht, was das Ticket kostet. Vielleicht kann ich in Capstone mit Leuten sprechen, die den Krieg miterlebt haben. Ich wollte es eigentlich erst tun, nachdem ich Hintergrundinformationen gesammelt hätte, aber ...« – er zuckte die Achseln, dann runzelte er die Stirn – »ich glaube mich zu erinnern, daß es auf Plinry bei Kriegsende einen hohen Admiral oder General gegeben hat, aber mir fällt der Name nicht ein. Wissen Sie, wen ich meine?«

Auch Galway runzelte die Stirn. »Hmmm. Handelt es sich vielleicht um General Lepkowski? Als dieser Sektor erobert wurde, war er hier Kommandant.«

»Möglich. Ich weiß noch, daß der Name wladimirianisch klang.«

»Ich glaube, daß Lepkowski tatsächlich von Wladimir stammte. Aber ich befürchte, daß Sie auch hier Pech haben – er ist im Krieg gefallen.«

Caines Magen krampfte sich zusammen. »Sind Sie sicher?« fragte er so beiläufig wie möglich.

»Ja. Er befand sich in seiner Kommandozentrale, als sie durch das Bodenfeuer zerstört wurde; so heißt es jedenfalls.« Galway machte eine Pause, als würde er nachdenken. »Mir fällt sonst niemand ein, der über die Informationen verfügen könnte, die Sie suchen. Zwar hat eine Menge Menschen den Krieg überlebt – ich selbst zum Beispiel –, aber keiner von uns wußte viel über die großen Zusammenhänge.«

»Vielleicht werde ich trotzdem mit ein paar von ihnen sprechen.« Caine spürte jetzt einen leichten Druck in der Brust; außerdem klang seine Stimme plötzlich heiser. »Unter Umständen kann ich damit etwas anfangen – der Standpunkt des kleinen Mannes oder so.«

»Was ist mit Ihrer Stimme los?« fragte Galway unvermittelt. Er hatte die Hand ausgestreckt, um auf den Fahrstuhlknopf zu drücken, ergriff aber statt dessen Caines Arm und stützte ihn.

»Ich weiß nicht.« Er krächzte jetzt, und wenn er atmete, hatte er stechende Schmerzen.

»Aber ich weiß es.« Halb führte, halb zog der Präfekt Caine zu einem Erfrischungsstand am Ende des Korridors. Mit einer Hand betätigte er die Taste für ein Glas

Wasser; mit der anderen griff er geschickt in Caines Jakkentasche und zog die Phiole mit den Pillen heraus. Er reichte Caine das Glas, las das Etikett auf der Phiole und klopfte zwei Kapseln auf seine Hand. »Nehmen Sie das!« befahl er.

Caine gehorchte. Er hätte sich liebend gern hingesetzt, aber im Korridor gab es weder Bänke noch Stühle, und Galway hatte offensichtlich keine Lust, ihn in eines der Büros zu führen. Doch das Medikament wirkte zum Glück rasch, und nach wenigen Minuten konnte Galway ihn loslassen. Caine holte vorsichtig Luft. Der Schmerz war fort, die Heiserkeit beinahe verschwunden. »Ich bin wieder in Ordnung, danke.«

»Gern geschehen.« Er reichte Caine die Phiole. »Ich hatte angenommen, daß Sie die Tabletten vor der Landung geschluckt haben, sonst hätte ich Sie daran erinnert, als wir durch den Zoll gingen. Ich hoffe, daß Sie in Zukunft weniger vergeßlich sein werden.«

»Worauf Sie sich verlassen können. Was, zum Teufel, hat mir eigentlich gefehlt?«

»Tormatyses Asthma. Befällt etwa drei Prozent der Besucher von anderen Welten. Ausgelöst wird es durch einen Bestandteil der Luft – ich weiß nicht genau welchen –, aber es ist harmlos, so lange man täglich seine Dosis Histrophyn nimmt. Sind Sie schon imstande, ein Fahrzeug zu benützen?«

»Klar.«

Galway führte ihn zu den Fahrstühlen zurück, und Minuten später stand Caine mit einem dicken Päckchen in der Hand vor dem Haupteingang des Gebäudes. »Ihr Gepäck sollte bereits in Ihrem Hotelzimmer sein«, meinte Galway. »In der Nabe gibt es ein einziges Hotel für auswärtige Gäste – das Coronet – deshalb habe ich mir erlaubt, Ihre Sachen dorthin zu schicken.«

»In Ordnung.« Sie hatten zweifellos sein Gepäck unterwegs durchsucht, aber es gab nichts, was sie finden konnten. Je früher der Sicherheitsdienst zu der Einsicht gelangte, daß Alain Rienzi ein echtes, wenn auch nicht sonderlich intelligentes Regierungsmitglied war, desto besser war es für Caine. »Danke für Ihre Hilfe, Präfekt. Ich hoffe, daß wir einander wiedersehen.«

Galway lächelte. »Das ist sehr wahrscheinlich. Genießen Sie Ihren Aufenthalt, Mr. Rienzi!«

Das Coronet war vermutlich das luxuriöseste Hotel, das Caine je kennengelernt hatte, auch wenn ein Regierungsmitglied es bestenfalls als guten Durchschnitt bezeichnen würde. In seinem Zimmer befand sich ein übergroßes französisches Bett mit eingebautem Fernsehapparat und weiterem Zubehör, das Badezimmer war riesig, es gab einen Aufzug für den Zimmerservice und ein Unterhaltungscenter, das sogar einen Computerterminal besaß.

Er packte sorgfältig aus und brachte seine Kleidung in dem begehbaren Schrank und in den Schubladen unter, die in die Bettumrandung eingebaut waren. Dabei hielt er Ausschau nach versteckten Kameras oder Wanzen, entdeckte aber keine. Außerdem war es unwichtig – er wußte, daß die Wanzen irgendwo verborgen waren, aber er würde in dem Zimmer ohnehin nichts Wesentliches erledigen.

Als er mit dem Auspacken fertig war, las er die Speisekarte neben dem Telefon und gab eine Bestellung auf. Dann stieg er aus den Halbstiefeln und legte sich mit dem Gesicht nach unten quer über das Bett, weil ihn plötzlich die Müdigkeit überwältigte. Draußen befand sich Plinrys Sonne erst auf halbem Weg zwischen Zenith und Horizont; in dem Dreißigstundentag war es jetzt Nachmittag. Aber Caines biologische Uhr war noch immer auf Schiffszeit eingestellt, und für ihn war es beinahe Mitternacht. Er hätte sich noch ein, zwei Stunden auf den Beinen halten können, falls es erforderlich gewesen wäre, aber es hatte keinen Sinn. Es genügte, wenn er sich am nächsten Morgen an die Arbeit machte.

Er drehte sich auf den Rücken, schob sich ein Kissen

unter den Kopf und überdachte die Situation. Seine Identität als Alain Rienzi konnte jetzt, vor allem nach dem Asthmaanfall, nicht mehr in Zweifel gezogen werden. Die Kapseln entsprachen offenkundig Rienzis medizinischen Daten, die Präfekt Galway bestimmt zu Gesicht bekommen hatte. Caine hatte keine Ahnung, wie es Marinos auf der Erde gelungen war, die Unterlagen auszutauschen – es war schon ein Wunder, daß er überhaupt daran gedacht hatte. Aber es hatte funktioniert und dadurch hoffentlich jeden eventuellen Verdacht Galways entkräftet.

Galway. Caine veränderte nervös seine Lage, als er versuchte, sich ein Bild von dem Mann zu machen. Das leicht angeberische, leicht kriecherische, leicht dümmliche Image, das Caines erster Eindruck gewesen war, stand in deutlichem Gegensatz zu dem Verhalten des Präfekten während des Asthmaanfalls. Er hatte rasch die richtige Diagnose gestellt und ohne eine Sekunde zu verlieren die entsprechenden Maßnahmen ergriffen – er hatte sich sogar daran erinnert, wohin Caine seine Tabletten gesteckt hatte. Ein fähiger, selbstsicherer Mann, der sich sehr bemühte, dem anderen ein falsches Bild von sich vorzugaukeln. Weshalb? Benahm er sich jedem Besucher gegenüber so, oder war Caine für ihn ein Sonderfall? Im Augenblick wußte Caine es noch nicht, aber es beunruhigte ihn. Vielleicht war das der Zweck der Übung.

Ein leiser Glockenton ließ ihn zusammenzucken, und es dauerte einen Augenblick, bis er begriff, daß es das Signal für sein Abendessen war. Er erhob sich, holte das Tablett aus dem Speisenaufzug und trug es durchs Zimmer, weil aus der gegenüberliegenden Wand ein Tisch und ein Stuhl herausklappten. Wahrscheinlich hatte die Glocke den Mechanismus ausgelöst.

Die Speisen waren ihm fremd, schmeckten ihm aber trotzdem, und das Essen hob seine Stimmung ein wenig. Er stand zwar erst am Anfang seiner Mission, war aber besser weitergekommen, als er erwartet hatte. Er hatte Plinry erreicht, war ungefährdet in feindliches Gebiet eingedrungen, und hatte einen Vorwand dafür gefunden, warum er auf Plinry spazierengehen und Fragen an die Einwohner von Capstone stellen würde. Aus dem Fenster im dritten Stock konnte er gerade noch den oberen Rand der grauen Mauer sehen, die die Nabe vom Rest der Stadt trennte. Er hob das Glas an die Lippen und trank stumm den Menschen auf der anderen Seite zu. Selbst wenn General Lepkowski tatsächlich tot war, hatte das einfache Volk ganz bestimmt eine Untergrundbewegung gegen die Ryqril und die Nabe organisiert.

Morgen würde er sich auf die Suche machen.

3. Kapitel

LEITER DER ARCHIVABTEILUNG war eine jung aussehende Frau, an deren Augen man jedoch ihr hohes Alter erkannte. Sie war streng, lächelte nicht und verteidigte ihre Unterlagen wie eine Löwin ihre Jungen. »Es gibt keine Ausnahmen, Mr. Rienzi«, erklärte sie Caine entschieden. »Ich habe mich hoffentlich deutlich genug ausgedrückt. Ich bedaure.« Sie sah nicht so aus, als bedaure sie es, und Caine war nicht darüber erstaunt, daß er keinen Erfolg hatte, aber er hatte es versuchen müssen. »Okay. Ich verstehe Ihren Standpunkt. Jedenfalls vielen Dank.«

Er marschierte wieder in das Licht des frühen Morgens hinaus. In der Nabe herrschte bereits hektisches Treiben; die Plinryaner nahmen die Arbeit offenbar ernst. Caine fand in der Nähe des Archivgebäudes eine Bank, setzte sich und orientierte sich anhand des Stadtplans von Capstone, den Galway ihm gegeben hatte. Er konnte es nicht erwarten, auf die andere Seite der Mauer zu gelangen und den Untergrund zu suchen, aber zuerst mußte er ein paar Stunden lang einige Regierungsbeamte in der Nabe mit den Recherchen für sein ›Buch‹ belästigen. Es war reine Zeitverschwendung, aber es würde merkwürdig aussehen, wenn er mit seinen Ermittlungen nicht an der Spitze anfing und sich erst dann auf die unterste Ebene der Gesellschaft begab. Natürlich immer vorausgesetzt, daß ihn jemand beobachtete – und vermutlich beobachtete ihn jemand.

Die Gespräche verliefen beinahe beunruhigend glatt. Bis auf die wenigen wirklich überlasteten Beamten waren alle bereit, ihre Zeitpläne rettungslos durcheinanderzubringen, um dem Besucher von der Erde einen Gefallen zu erweisen. Irgendwie war es amüsant, solchen Einfluß auf seine Feinde zu besitzen, aber Caine wußte genau, daß es sich um ein zweischneidiges Schwert handelte. Zuviel Aufmerksamkeit und Publicity konnten gefährlich werden.

Er nahm die Kriegserinnerungen von sieben Beamten beinahe vier Stunden lang auf Band auf, bevor er es gut sein ließ. Der Nachmittag war halb vorbei, und er konnte es sich nicht leisten, noch mehr Zeit in der Nabe zu vergeuden. Es konnte Tage dauern, bis er den Untergrund fand, und er verfügte nicht über sehr viele Tage. Er bestellte ein Automat-Taxi und fuhr zur grauen Mauer.

Der Wagen setzte ihn am Nordtor ab, durch das er am vorhergehenden Tag hereingekommen war. »Ich möchte hinaus«, erklärte er dem Posten.

»Ja, Sir«, erwiderte der junge Mann. »Steigen Sie nur wieder in Ihr Automat-Taxi, und ich öffne das Tor.«

Caine schüttelte den Kopf. »Ich gehe zu Fuß.«

Der Wachposten blinzelte überrascht. »Ja ... aber das ist nicht empfehlenswert, Sir.«

»Warum nicht?«

»Die einfachen Leute sind manchmal nicht sehr freundlich. Sie könnten Schwierigkeiten bekommen.«

Caine wischte die Warnung mit einer Handbewegung beiseite. »Ach, es wird schon alles in Ordnung gehen. Kommen Sie, öffnen Sie das Tor.«

»Ja, Sir.« Der Posten war sichtlich noch nicht überzeugt, aber er trat zu einer kleinen Schalttafel, und das Gitter glitt einen Meter zur Seite. Caine dankte mit einem Nicken und marschierte hindurch.

Er ging langsam und spannte alle Sinne an, um die neuen Eindrücke zu erfassen. Die Stadt war zumindest oberflächlich anders als alle Städte, die er kannte. Aber unterschwellig spürte er den gleichen bitteren Geschmack, den die Ryqril auf der Erde hinterlassen hatten. Die staubigen, ein bis zwei Stockwerke hohen Gebäude sahen aus wie Schachteln und waren kalt funktionell; sie wiesen noch weniger Fassadenschmuck auf als ihre terranischen Gegenstücke. Die ›Architektur der Besiegten‹ wurden sie genannt; und es war kaum zu übersehen, daß Plinry unter dem Krieg wesentlich mehr gelitten hatte als die Erde. Die Menschen, die durch die Straßen schlurften, befanden sich in kaum besserem Zustand als die Häuser. Sie waren ärmlich gekleidet, und ihre Gesichter drückten Resignation, Hoffnungslosigkeit, oder einfach Leere aus. Die meisten sahen ältlich oder alt aus; offenbar gelangte auf diese Seite der Mauer nur wenig Idunin. Trotzdem mußte es irgendwo junge Männer und Frauen geben, und Caine hätte gern gewußt, wo sie sich versteckten.

Zwei Häuserblocks weiter fand er einen Teil der Antwort. In einer Seitenstraße gab es eine Art Straßencafé, aus dem das Geräusch von Gesprächen und gelegentlich Gelächter drang. Caine trat neugierig näher.

Es war anscheinend eine Bar. Caine überblickte einen Augenblick lang das Lokal. Etwa zwanzig kleine Tische standen in der Nähe des Gehsteigs im Freien; weitere fünfzig befanden sich in einiger Entfernung von der Straße in einem Raum, der dadurch entstanden war, daß man die Vorderwand eines eingeschossigen Hauses niedergerissen hatte. Etwa ein Viertel der Tische war besetzt – von älteren Männern, die allein oder zu zweit an ihnen saßen, oder von jungen Leuten in Gruppen von einem halben Dutzend oder mehr. Der Lärm wurde hauptsächlich von diesen Gruppen erzeugt.

An einer Wand des überdachten Raumes stand ein hufeisenförmiger Tisch, und ein Mann in mittleren Jahren beobachtete von dort aus die Teenager. Caine zögerte und ging dann zu ihm, ohne die Blicke zu beachten, die ihm folgten.

Der Barmann begrüßte Caine. »Schönen Tag, Freund. Was wollen Sie gluckern?«

Caine begriff, was er meinte. »Bier. Die Marke ist mir egal.«

Der Mann nickte und holte eine Flasche unter der Theke hervor. »Ich habe Sie noch nie gesehen, was?« fragte er beiläufig, während er das Bier in ein ausgeschlagenes Glas einschenkte. »Sind Sie neu in der Stadt?«

»Nur auf Besuch«, antwortete Caine, während er vorsichtig trank. Das Bier schmeckte merkwürdig; woraus es wohl gebraut war? »Ich heiße Rienzi.«

»Ich bin John, Mr. Rienzi«, erwiderte der Barkeeper. »Wo kommen Sie her?«

»Von der Erde.«

Johns Augen weiteten sich überrascht, und er schien sich in sich zurückzuziehen. »Ich verstehe.« Seine Stimme klang plötzlich gleichgültig. »Sie sehen sich wohl mal die Slums an, nicht wahr?«

Caine überhörte die Provokation und schüttelte den Kopf. »Ich schreibe ein Buch über den Krieg vom Standpunkt der äußeren Welten aus. Ich habe geglaubt, daß ich hier ehemalige Soldaten oder Raumfahrer finden werde, mit denen ich mich darüber unterhalten kann.«

Der andere schwieg einen Augenblick lang. »Es leben noch ein paar in dieser Gegend«, meinte er schließlich. »Aber ich bezweifle, daß das, was sie zu sagen haben, in ein Kollie-Buch paßt!«

»Kollie?«

John wurde rot. »Der Slangausdruck für Leute von der Regierung«, murmelte er. »Die Abkürzung für ›Kollaborateur‹.«

»Oh. Ihre Ansichten würden also nicht sehr schmeichelhaft sein?«

»Man kann ihnen daraus kaum einen Vorwurf machen.« Er unterbrach sich unvermittelt, als hätte er bereits zuviel gesagt, griff nach einem Glas und einem Geschirrtuch und begann es eifrig zu polieren.

Caine ließ das Schweigen noch einige Sekunden lang andauern, bevor er sprach. »Ich bin nur ein sehr unbedeutender Regierungsbeamter, aber ich habe Zugang zu einem TDE-Senator. Falls es auf Plinry Probleme gibt, kann man sicherlich etwas dagegen unternehmen.«

»Sie können nur dann etwas dagegen unternehmen, wenn Sie eine Million Arbeitsplätze aus der Tasche zaubern.« John stellte seufzend das Glas hin. »Sehen Sie, wir sind von den Ryqril niedergewalzt worden. Durch die verdammte Bodenfeuertechnik sind drei Viertel unserer Bevölkerung ausradiert worden und sieben Achtel unseres Landes wurden unbewohnbar. Beinahe unsere gesamte Industrie und eine Unmenge Ackerland sind zugrunde gegangen. Im ersten Winter ist eine weitere Million Menschen erfroren oder verhungert.« Er holte tief Luft. »Ich will Sie nicht mit Einzelheiten langweilen. Es wird allmählich besser, aber es gibt noch immer nicht genügend Arbeit für alle. Warum würden diese Leute sonst um diese Tageszeit hier sitzen?« Er zeigte mit dem Daumen auf die Teenager.

Caine musterte die jungen Leute, während er sein Bier trank. Jetzt erst fiel ihm die Niedergeschlagenheit in ihren Gesichtern auf, die kaum unterdrückte Verbitterung, und die vielen leeren und halbleeren Flaschen vor ihnen. »Ich verstehe«, meinte er. »Aber ich bin sicher, daß man Plinry irgendwie helfen kann. Sobald ich wieder auf der Erde bin, werde ich Senator Auriel über die Situation informieren. Doch inzwischen können Sie mir vielleicht vorschlagen, mit wem ich hier über Plinrys Probleme und über den Krieg sprechen kann.«

John preßte die Lippen zusammen, und Caine konnte seine Gedanken lesen: ›Außer seinem verdammten Buch kümmert ihn überhaupt nichts.‹ »Wenn Sie eine ehrliche Meinung hören wollen, dann sollten Sie es mit Damon Lathe versuchen. Er sitzt dort drüben.« Er zeigte an Caines Ohr vorbei.

Caine drehte sich um und sah einen grauhaarigen, alten Mann mit buschigem Bart, der allein an einem Tisch im Freien saß. Er war mittelgroß und Caine schätzte ihn auf sechzig oder darüber. »Danke. Bei welcher Waffengattung war er?«

»Er war ein Blackcollar.«

»Tatsächlich?« Caine zeigte sein Interesse offen. Er legte einen Geldschein auf die Theke, griff nach seinem Glas und ging zum Tisch des alten Mannes.

Lathe, der geistesabwesend in sein Glas starrte, rührte sich nicht, als Caine an den Tisch trat; er blickte erst auf, als dieser sich räusperte. »Mr. Lathe?« fragte er vorsichtig. »Ich heiße Alain Rienzi und würde mich gern einen Augenblick lang mit Ihnen unterhalten.«

Lathe zuckte die Achseln und zeigte auf einen Stuhl. »Warum nicht? Ich habe ohnehin nicht viel zu tun. Ich glaube nicht, daß ich Sie kenne, oder?«

Caine nahm ihm gegenüber Platz; er mußte erst mit dem Unterschied zwischen der Wirklichkeit und seiner idealistischen Vorstellung fertigwerden. Lathe hatte nicht die geringste Ähnlichkeit mit dem jugendlichen, aktiven Blackcollar, den er immer vor Augen gehabt hatte. Er hatte sich nicht überlegt, wie sich fünfunddreißig Jahre ohne Idunin auf einen Menschen auswirkten. »Nein, ich bin erst eben angekommen – von der Erde.«

»Ach, ein Kollie. Wie steht es daheim?«

Caine hatte eine ähnlich negative Reaktion wie die des Barmanns erwartet. Lathe überraschte ihn. »Recht gut. Sie stammen von der Erde?«

»Ja. Ich wurde in Odense – das liegt in Dänemark – geboren und bin dort aufgewachsen. Ich lebte dort, bis ich mich 2420 zu den Blackcollars meldete. Ich bin schon etliche Jahre nicht mehr unten gewesen – Sie wissen ja, der Krieg. Haben Sie gewußt, daß ich ein Blackcollar bin?« Er öffnete den obersten Knopf seines Hemdes und klopfte auf den eng anliegenden, schwarzen Rollkragenpullover, den er darunter trug. »Das ist echter Flexarmor – das Zeug, das wir alle trugen.« Er ließ die Hand wieder auf den Tisch sinken, seufzte, und seine wäßrigen Augen blickten in die Vergangenheit. »Ja, das waren noch Zeiten. Die anderen sind nicht mehr da. Alle sind fort.«

Caine nickte schweigend; er fühlte sich unbehaglich, als hätte er verbotenes Gebiet betreten. Ganz gleich, was Lathe einmal gewesen war, die Ryqril und die Jahre hatten es ihm genommen, und jetzt war er nur noch ein nutzloses Wrack. Caine war im Begriff, aufzustehen und sich zu verabschieden, als Lathes Augen wieder klar wurden. »Worüber wollten Sie mit mir sprechen, Mister ...?«

»Rienzi«, ergänzte Caine. »Ich bin auf der Suche nach den alten Soldaten auf Plinry, um mit ihnen zu sprechen, weil ich ein Buch über den Krieg schreiben möchte. Haben Sie zufällig eine Ahnung, wo ich solche Leute finden kann?«

»Aber natürlich. Wir Blackcollars kommen oft zusammen und unterhalten uns über den Krieg.« Er spielte nachdenklich mit dem Ring, den er am Mittelfinger der rechten Hand trug.

Der Ring war Caine bereits aufgefallen. Er bestand aus einem silbrigen, schweren Metall und hatte die Form eines Reptilkopfes, aus dessen Hinterkopf ein breiter Kamm in Form eines Fledermausflügels ragte und Lathes Knöchel bedeckte. Zwei leuchtendrote Edelsteine stellten die Augen des Reptils dar.

»Gefällt er Ihnen?« fragte Lathe und hob die Hand, so daß Caine den Ring besser sehen konnte. Caine fiel auf, daß die Hand trotz der runzeligen Haut kraftvoll wirkte.

»O ja. Ich habe noch nie etwas Ähnliches gesehen.«

»Das überrascht mich nicht. Der Fächerdrache von Carno war unser Symbol. Sie sind schnelle kleine Teufel und auch geschickte Jäger. Nur Blackcollars durften diese Drachenköpfe tragen.« Er schnaubte verächtlich. »Heutzutage trägt sie niemand mehr. Die Kollies mögen sie nicht, und die Ryqril hassen sie. Aber ich trage meinen trotzdem.« Er blickte plötzlich auf und sah Caine scharf an. »Von der Erde, was? Das muß ein wichtiges Buch sein.«

»Na ja ... für mich ist es wichtig.«

Lathe nickte, als leuchte ihm das vollkommen ein. »Klar. Ich würde Ihnen sehr gern helfen, mein Sohn – Mr. Rienzi. Aber mein Gedächtnis ist nicht mehr das, was es einmal war.« Er fuhr leicht über die roten Augen des Drachenkopfes. »Ich war ein Comsquare – Sie würden es als Befehlshaber einer Kommandoeinheit bezeichnen. Haben Sie das gewußt? Ja, Comsquare Lathe, verantwortlich für elf weitere Blackcollars – die verdammt beste Kampftruppe in der Galaxis.« Er schüttelte seufzend den Kopf. »Jetzt bin nur noch ich übrig.«

»Sind alle Ihre Männer tot?«

Lathe nickte. Er strich noch einmal über den Ring, dann blickte er wieder auf. »Aber das ist alles Vergangenheit. Was kann ich für Sie tun – ach richtig, Sie wollten mit anderen Blackcollars sprechen. Das sollte nicht allzu schwierig sein –« Er unterbrach sich und sah sich um. »Da kommt sogar einer. He, Skyler! Kommen Sie mal kurz rüber!«

Caine drehte sich um und erblickte einen großen, kräftigen Mann, der über den Gehsteig auf sie zukam. Als er merkte, daß Lathe nicht allein war, zögerte er kurz, preßte dann die Lippen zusammen und trat an den Tisch. »Hallo, Lathe.« Seine Stimme klang kräftig und in ihr schwang eine Andeutung von guter Laune mit. »Wer ist Ihr Freund?«

»Er kommt von der Erde und heißt Rienzi. Das da ist Rafe Skyler, mein Sohn – ein guter Kumpel von mir.«

Caine nickte. »Ich freue mich, Sie kennenzulernen.«

»Soso, von der Erde.« Skyler musterte Caine kühl. »Befinden Sie sich auf dieser Seite der Mauer nicht in der falschen Umgebung?«

Caine zuckte die Achseln. »Ich suche Leute, mit denen ich über den Krieg sprechen kann.«

»Ach so.« Skyler drehte sich ostentativ zu Lathe um.

»Ich habe mir gedacht, Lathe, daß es vielleicht eine gute Idee wäre, wenn wir übermorgen zusammen zur Hütte hinausfahren. Es wird Zeit, daß wir für einige Tage aus diesem Rattenloch hinauskommen.«

»Klar, warum nicht? Ich habe ohnehin nichts vor.« Er schlug unvermittelt mit der Hand auf den Tisch. »Hören Sie mal, das wäre doch eine großartige Chance für Rienzi, mit den anderen über sein Buch zu sprechen. Wie wär's, Rienzi? Hätten Sie Lust, mit uns für ein paar Tage in die Hütte zu kommen?«

»Lathe!« rief Skyler entsetzt. »Er kann nicht mitkommen.«

Lathe schob herausfordernd das Kinn vor. »Warum nicht?«

»Er ist ein Außenstehender. Und ein Kollie.«

Lathe hielt Skyler seine Faust vor die Nase und klopfte auf den Ring. »Ich bin ein Comsquare – wissen Sie das noch? Die roten Augen beweisen es. Wenn ich sage, daß er mitkommen kann, dann kommt er mit!«

»Aber ...« Skyler fuhr sich mit der Hand durch das schütter werdende Haar. »Verdammt noch mal, von mir aus. Falls er überhaupt will. Aber den anderen wird es nicht recht sein.«

Beide wandten sich Caine zu. »Also?« fragte Skyler.

Caine überlegte rasch. Der geistige Verfall, unter dem Lathe litt, war offensichtlich nicht allgemein – Skyler war nur wenig jünger, aber geistig wesentlich frischer. Die Blackcollars waren die natürlichen Sammelpunkte für Untergrundbewegungen, und es bestand eine gute Chance dafür, daß einige der Männer, die in die Hütte kamen, über die richtigen Verbindungen verfügten. Er konnte es sich nicht leisten, die Gelegenheit zu versäumen. »Wenn ich Sie nicht allzu sehr störe«, sagte er vorsichtig, »würde ich sehr gern mitkommen. Für mein Projekt wäre es sehr wichtig.«

»Na also.« Lathe nickte Skyler zu. »Ich habe gewußt, daß er mitkommen will.« Er wandte sich an Caine. »Die

Hütte liegt östlich von Capstone in den Greenheart Mountains. Haben Sie einen Wagen?«

»Ich könnte mir wahrscheinlich einen beschaffen.«

»Vergessen Sie's«, mischte sich Skyler ein. »Jemand wird Sie abholen. Seien Sie übermorgen um sechs Uhr dreißig am Osttor der Nabe.«

»Wird gemacht. Danke vielmals ...« Caine unterbrach sich, als ein Streifenwagen der Sicherheitsabteilung um die Ecke bog und vor der Bar hielt. Drei Männer stiegen aus und kamen auf sie zu.

Lauf! riet Caine die Ausbildung, die er im Widerstand erhalten hatte, und er brauchte seine gesamte Willenskraft, um den Impuls zu unterdrücken. An der Spitze des Sicherheitsteams befand sich Präsident Galway persönlich; er entdeckte Caine sofort und kam zum Tisch; seine Männer warteten auf dem Gehsteig.

»Unser Sicherheitspräfekt besucht die Insassen.« Lathes Ton war unbekümmert, doch in ihm lag eine Schärfe, die Caine bis jetzt noch nicht bemerkt hatte. Es war nicht zu überhören, daß der alte Mann Galway nicht mochte, und daß es ihm gleichgültig war, ob Galway es wußte.

Galway nickte den beiden Blackcollars zu. »Guten Tag, Comsquare Lathe, Kommandomann Skyler.« Skyler nickte ebenfalls, allerdings ohne etwas zu sagen. Galway wandte seine Aufmerksamkeit Caine zu. »Ich war sehr besorgt, Mr. Rienzi, als ich erfuhr, daß Sie die Nabe allein verlassen haben. Wahrscheinlich habe ich vergessen, zu erwähnen, daß dieser Teil der Stadt gefährlich ist.«

»Tatsächlich?« fragte Caine erstaunt. »Es tut mir leid, ich wollte Ihnen keine Schwierigkeiten machen. Ich habe nur Menschen gesucht, mit denen ich über mein Buch sprechen kann. Und stellen Sie sich nur vor, man hat mich aufgefordert, mit einer ganzen Gruppe von Blackcollars zusammenzukommen!«

Skylers Gesicht verzog sich einen Augenblick lang

angewidert, und Caine wußte, daß ihm diese Bemerkung bei dem kräftigen Mann Minuspunkte eingetragen hatte. Aber er war beinahe sicher, daß Galway früher oder später von der Einladung erfuhr, und Caine wollte ihm die Information selbst geben, bevor er danach gefragt wurde. Das Letzte, was er im Augenblick brauchen konnte, war Mißtrauen von seiten des Präfekten.

»Ich weiß nicht, ob das sehr klug ist«, meinte Galway langsam. »Aber darüber können wir später sprechen. Wenn Sie hier fertig sind, bringe ich Sie gern in die Nabe zurück; wenn nicht, lasse ich Ihnen einen meiner Männer als Begleiter da.«

»Ich kann gleich mitkommen.« Caine stand auf und nickte den Blackcollars zu. »Ich habe mich gefreut, Sie kennenzulernen. Auf Wiedersehen in zwei Tagen.«

»Bis dann«, sagte Lathe und winkte ihm zu. Skyler starrte schweigend auf den Tisch.

»Ich halte es für besser, wenn Sie nicht mit den Männern hinausfahren«, erklärte Galway Caine, als der Wagen sich in Bewegung setzte.

»Warum nicht? Es klingt nach einem Treffen von Armeeangehörigen; alte Kameraden kommen zusammen, um wieder Soldaten zu spielen.«

»Das sind aber keine gewöhnlichen Soldaten, sondern Blackcollars.«

Caine zuckte die Achseln. »Das ist über ein Vierteljahrhundert her. Sie sind ganz bestimmt nicht mehr gefährlich, sonst hätten Sie sie ja längst hinter Gitter gebracht.«

Galway sah ihn verärgert an. Caine begriff, daß er eine Spur zu weit gegangen war und trat den Rückzug an. »Hören Sie, ich habe schon die Gelegenheit verpfuscht, Ihre Archive zu benutzen. Die Blackcollars sind vielleicht meine einzige Chance, aus dieser Reise doch noch Nutzen zu ziehen. Mir wird ganz bestimmt nichts geschehen, glauben Sie mir.«

Galway starrte lange wortlos vor sich hin, dann nickte er kurz. »Also gut. Vermutlich habe ich ohnehin nicht das Recht, Sie zurückzuhalten.«

Caine unterdrückte ein Lächeln und lehnte sich zurück. »Danke, Präfekt«, sagte er unterwürfig.

Auf Galways Schreibtisch lag ein Dutzend Berichte, ein stummer Beweis dafür, daß er mit seiner Arbeit im Rückstand war. Er lehnte sich zurück, spielte ungeduldig mit einem Schreibstift und musterte den Stoß. Wo, zum Teufel, steckte Ragusin mit dem Bericht?

Es klopfte. »Herein«, rief er.

Die Tür ging auf und der junge Sicherheitsoffizier trat mit einer Kassette und einem Bündel Papiere in der Hand ein. »Ich hab das Zeug, das Sie wollten, Präfekt.«

»Her damit!«

Ragusin legte die Kassette und die Hälfte der Papiere auf den Schreibtisch und nahm Galway gegenüber Platz. »Soweit wir es beurteilen können, ist alles in Ordnung. Der Vorschlag zu einer Zusammenkunft der Blackcollars kam von Skyler, nicht von Lathe, obwohl der Einfall, Rienzi dazu einzuladen, von Lathe stammte. Die beiden hatten keine Möglichkeit, es miteinander abzusprechen.«

»Es sei denn, sie wußten bereits, daß Rienzi hier ist, und hatten sich das Ganze schon vorher zurechtgelegt.«

»Das halte ich für etwas weit hergeholt«, widersprach Ragusin.

»Das stimmt«, gab Galway zu. Er überlegte kurz. »Was ist mit Handzeichen? Hätte Lathe Skyler andeuten können, daß er die Hütte erwähnen soll?«

Jetzt dachte Ragusin nach. »Das weiß ich nicht.«

»Dann wollen wir es herausfinden.« Galway griff nach der Kassette und schloß sie an sein Intercom an. Ragusin hatte den entsprechenden Abschnitt markiert, und zwar von dem Augenblick an, in dem Rienzi die Bar betrat. Galway spielte das Band ab und beobachtete es genau. »Sehr hübsch«, knurrte er. »Sehen Sie, daß sich Lathes linke Hand zufällig unter dem Tisch befindet, als Skyler auftritt? Die Kamera kann sie nicht sehen, aber ich wette, daß Skyler es kann.«

»Ohne Ihnen nahetreten zu wollen, Sir, glaube ich, daß Sie der Szene zuviel Bedeutung beimessen. Die Blackcollars sind seit Kriegsende zwei- bis dreimal jährlich in ihrer schäbigen Hütte zusammengekommen. Wir haben sie fünfzehn Jahre lang genau beobachtet und sie nie bei etwas ertappt. Was stört Sie diesmal so?«

Galway schüttelte den Kopf. Er konnte seinem Adjutanten nicht erklären, warum er den Blackcollars instinktiv mißtraute, genausowenig wie er ihm erklären konnte, warum er in bezug auf Alain Rienzi ein so ungutes Gefühl hatte. Er wählte die Erklärung, die er am leichtesten in Worte fassen konnte. »Es geht darum, daß sie von ihren Gewohnheiten abgehen. Sie haben noch nie jemanden in die Hütte eingeladen; und schon gar nicht einen Angehörigen der Regierung.«

»Entschuldigen Sie, Präfekt, aber das ist nicht ganz richtig. Erinnern Sie sich daran, daß Skyler und ein paar seiner Gesinnungsgenossen vor etwa sechs Jahren versucht haben, für die arbeitslosen Teenager Kurse in den asiatischen Kampfsportarten zu veranstalten? Etwa zwanzig ihrer besten Schüler sind in diesem Herbst in die Hütte eingeladen worden.«

»Das habe ich tatsächlich vergessen«, gab Galway zu. »Wenn ich mich richtig erinnere, sind diese Kurse bald darauf wegen mangelndem Interesse eingestellt worden.«

Ragusin nickte. »Es handelt sich also um keinen Präzedenzfall. Und es war tatsächlich Lathe, der Rienzi eingeladen hat. Wer kann schon sagen, was derzeit in Lathes Geist vorgeht?«

»Lathe. Ja.« Galway lehnte sich zurück und spielte wieder mit seinem Schreibstift. »Was wissen wir wirklich über ihn?«

Ragusin blätterte in seinen Papieren. »Ich habe seine Akte mitgebracht. Er wurde am 27. Juli 2403 in Odense in Dänemark geboren. Die Ausbildung zum Blackcollar begann …«

»Nicht dieses Zeug«, unterbrach ihn Galway. »Das hat uns Lathe nach der Kapitulation alles selbst erzählt. Ich möchte nur wissen, was wir außer seinen Aussagen von ihm besitzen.«

»Ich fürchte, nur sehr wenig. Auf der Erde sind alle militärischen Aufzeichnungen über die Blackcollars vernichtet worden. Lathe ist aus seinem Versteck herausgekrochen, als die Amnestie verkündet wurde, und hat uns erzählt, wer er ist. Das haben alle Blackcollars getan. Jeder von ihnen kann in Wirklichkeit jemand ganz anderer sein – meines Wissens haben wir nie gesehen, wie einer von ihnen kämpfte.«

»O doch«, widersprach Galway. »Vor zehn Jahren, als Mordecai von sechs Rowdies überfallen wurde.«

»Na ja, wenn Sie diese Prügelei wirklich als Kampf betrachten. Vermutlich verlieren sogar die Blackcollars ihre Fähigkeiten, wenn sie nicht ständig im Training sind.«

»Hm.« Galway klopfte mit dem Schreibstift auf den Tisch. »Ich möchte, daß Sie die Hütte genau im Auge behalten. Haben Sie genügend Wanzen angebracht?«

Ragusin nickte. »Bis auf die Sachen, die Rienzi im Augenblick trägt, haben wir in seine gesamte Oberbekleidung Mikrophone eingenäht. Bei den letzten Stükken besorgen wir es heute nacht, wenn sie in die Reinigung kommen. Die Wanzen in der Hütte sind natürlich noch in Betrieb.«

»Gut. Haben wir schon eine Antwort auf mein Ansuchen um einen Verbindungsmann, mit dessen Hilfe wir Rienzis Identität überprüfen können?«

»Leider noch nicht, Sir. Die Ryqril haben dagegen Einspruch erhoben. Sie haben keinen Grund angegeben, aber ich habe den Eindruck, daß sie es für Zeitverschwendung halten. Im Grunde verstehe ich sie. Rienzis Ausweis war in Ordnung, und diese Ausweise sind angeblich fälschungssicher.«

»Ich weiß«, knurrte Galway. »Trotzdem macht er mir Kopfschmerzen.«

»Halten Sie ihn vielleicht für einen Spion der Ryqril?«

Galway lachte höhnisch. Das einzige, was ihn an der Ryqril-Besatzung wirklich störte, war die Gewohnheit der Aliens, in den besetzten Territorien eigene Spione einzusetzen. Wenn Galway seine Arbeit ordentlich machen wollte, mußte er als Sicherheitspräfekt wissen, wer wo spionierte, und er schätzte es nicht, wenn er nicht über alle Vorgänge informiert war. Aber in diesem Fall ... »Ich bezweifle, daß Rienzi zu den Ryqril gehört. Wenn er uns ausspionieren sollte, dann hätten sie ihn als neuernannten Beamten hergeschickt; wenn er unter der Durchschnittsbevölkerung arbeiten sollte, hätten sie ihn heimlich irgendwo abgesetzt. Nein, mich stört die Geschichte mit der Bewilligung, die er angeblich vergessen hat. Das und seine Persönlichkeit überhaupt.« Galway betrachtete mißmutig die Kassette in seinem Intercom. Dann legte er seinen Stift auf den Schreibtisch. »Im Augenblick können wir ohnehin nichts anderes tun als warten.« Er warf einen Blick auf seine Uhr. »Sie können genausogut nach Hause gehen. Teilen Sie nur vorher noch jemanden ein, der übermorgen das Osttor bewacht – ich möchte wissen, durch wen Skyler Rienzi abholen läßt. Und lassen Sie die Akten hier.«

»Ja, Sir.« Ragusin legte sein Aktenbündel auf eine Ecke des Schreibtisches und stand auf. »Gute Nacht, Präfekt.«

Galway wartete, bis sein Adjutant den Raum verlassen hatte, und griff dann erst nach den Akten. So verdammt wenig Informationen – und nichts davon war zuverlässig. Er bedauerte nicht zum ersten Mal, daß er vor dreißig Jahren, als die Blackcollars im Austausch für die Amnestie endlich ihren Guerillakrieg eingestellt hatten, noch nicht Leiter des Sicherheitsdienstes gewesen war. Ganz gleich, was man den Blackcollars versprochen hatte, er hätte darauf bestanden, daß sie sofort unter Anwendung von Verifin verhört wurden. Wenn er es jetzt versuchte, würde die Öffentlichkeit erfahren, daß sie ihr Wort brachen. Instinktives Unbehagen wurde von den Ryqril nicht zur Kenntnis genommen.

Plötzlich warf Galway die Akten wieder auf den Schreibtisch und schob sie zur Seite. Er griff nach einem der Berichte, die vor ihm lagen, und zwang sich, ihn zu lesen.

4. Kapitel

DIE NABE ERWACHTE gerade erst, als Caine um punkt sechs Uhr zwanzig das Tor passierte und zu seiner Überraschung feststellte, daß im Nicht-Regierungsviertel bereits reger Betrieb herrschte. Männer in abgetragenen Arbeitsoveralls eilten mit ihren Lunchpaketen durch die Straßen; im Licht der über die Berge im Osten blickenden Morgensonne warfen sie lange Schatten auf das Pflaster. Andere Männer und Frauen waren damit beschäftigt, ihre Geschäfte aufzusperren: sie wuschen Auslagenscheiben, fegten Gehsteige, ließen Sonnenplanen herunter und arrangierten die Waren in den Schaufenstern.

Fünfzig Meter von der Mauer entfernt wartete ein einsames Fahrzeug: ein verbeulter Kastenwagen, auf dessen Seitenwänden der teilweise unleserliche Name eines Metzgerladens stand. An der Tür zum Fahrersitz lehnte ein kleiner, drahtiger Mann mit dunklem Haar, dunkler Haut und markanter Nase, der die Arme über der Brust verschränkt hatte. Caine ging zögernd auf ihn zu.

Der Mann sprach als erster. »Sind Sie Rienzi?« Er fixierte Caine mürrisch. Als dieser nickte, stellte sich der Fremde vor: »Ich bin Mordecai; Skyler schickt mich. Steigen Sie ein!«

Caine gehorchte und stellte überrascht fest, daß der Platz hinter den Vordersitzen mit Decken und Wanderausrüstungen vollgeladen war.

»Sie sind gut ausgestattet«, bemerkte er, während Mordecai startete.

»Der Wagen gehört uns allen: wir haben ihn in der Werkstatt gekauft, in der ich arbeite«, erklärte Modecai betont förmlich. »Beinahe alle anderen kommen zu Fuß oder mit dem Fahrrad zur Hütte, deshalb befördere ich die Ausrüstung.«

»Die Hütte verfügt also kaum über Annehmlichkeiten.«

»Seit Jahren nicht mehr.« Er sah zu Caine hinüber. »Hören Sie, Rienzi, ich weiß nicht, warum Lathe ausgerechnet Sie eingeladen hat. Wir lassen ihm seinen Willen, deshalb werde ich versuchen, Ihnen gegenüber höflich zu sein. Aber ich bin nicht verpflichtet, Sie zu mögen – und ich mag Sie nicht. Also reden Sie möglichst wenig, ja?«

Caine schluckte krampfhaft. Der zornige Unterton in dieser Stimme ... würden alle Blackcollars ihm so ablehnend gegenüberstehen? Er musterte verstohlen das von Falten durchzogene, unbeirrt nach vorn blickende Gesicht. Über die rechte Wange des Blackcollars verlief eine dünne Narbe. Caine entdeckte keine Lachfältchen und keine Andeutung von guter Laune; Mordecai war offenbar seit langem in grimmiger Stimmung.

Caine seufzte innerlich und machte sich auf eine lange, unangenehme Fahrt gefaßt.

Die Hamner Lodge lag am Westhang der Greenheart Mountains sechzehn Kilometer nordöstlich von Capstone. Sie war einmal eine elegante Jagdhütte gewesen, die von den wohlhabenden einflußreichen Bürgern von Plinry benützt wurde. Sie besaß sogar eine eigene Station an der Untergrundbahn, die Capstone mit der Stadt Neu-Karachi auf der anderen Seite des Gebirgszugs verband.

Durch den Krieg war alles anders geworden. Neu-Karachi war jetzt eine flache Mulde in einem geschwärzten Gebiet, die U-Bahnröhre war nicht mehr in Verwendung und verfallen, und die Hütte stand leer ... jedenfalls die meiste Zeit über.

»Wir kommen seit 2440 zwei- bis viermal jährlich hier heraus«, erklärte Caine ein munterer alter Herr namens

Frank Dodds, während sie durch das Waldgebiet marschierten, in dem die Hütte lag. Kurz nachdem Caine mit Mordecai eingetroffen war, hatte Dodds sich ihm als Fremdenführer zur Verfügung gestellt, und setzte ihn über Geographie und Geschichte ins Bild. Caine war froh, daß er einen anderen Babysitter bekommen hatte; obwohl Dodds ihn nicht gerade mit offenen Armen empfangen hatte, benahm er sich wenigstens halbwegs freundlich.

»Ich wundere mich darüber, daß die Besitzer die Hütte nach dem Krieg nicht instandgesetzt haben«, bemerkte Caine, der in der kühlen Bergluft ein wenig fröstelte. »Aber sie befindet sich noch in ganz gutem Zustand.«

»Die Besitzer haben in Neu-Karachi gelebt.«

»Oh.« Caine war ins Fettnäpfchen getreten.

Dodds sah ihn an. »Ihre Kleidung paßt nicht ganz zu der Temperatur hier oben.«

»Es geht schon.«

»Hmmm. Skyler hat jedenfalls zusätzliche Kleidungsstücke für Sie mitgebracht, für den Fall, daß Sie nicht richtig ausgerüstet sind. Sie sollten sich umziehen.«

»Das ist sehr freundlich von Ihnen, und ich werde es gern tun.« Caine bemerkte zwischen den Bäumen links von ihm eine Bewegung. »Wer ist dort drüben?«

»Vermutlich die Jagdgruppe.« Dodds blickte ebenfalls hinüber. »Sehen wir mal nach.«

Sie legten etwa zwanzig Meter durch Unterholz und welke Blätter zurück, und gelangten zu einer kleinen Lichtung, auf der sie drei Männer erwarteten. »Wir haben euch kommen gehört«, bemerkte einer von ihnen, ein hagerer Mann mit schlohweißem Haar. Unter ihren Jacken trugen alle drei den gleichen schwarzen Rollkragenpullover wie Lathe; und jeder besaß einen Drachenkopfring mit geschlitzten Metallaugen. Sie haben den Mut, den verhaßten Ring zu tragen, wenn niemand anderer dabei ist, dachte Caine zynisch.

Dodds stellte sie einander vor. »Alain Rienzi; der da ist Dawis Hawking, dieser heißt Kelly O'Hara, und der da ist Charles Kwon.«

»Ich freue mich, Sie kennenzulernen«, sagte Caine. Mit ihren kräftigen Armen und Schultern sahen O'Hara und Kwon trotz ihres Alters wie ehemalige Freistilringer aus. Die leicht schräggestellten Augen von Kwon verrieten seine asiatische Abstammung.

Hawking nickte kühl, aber höflich. »Ich habe gehört, daß Sie ein Buch über den Krieg schreiben.«

»Das stimmt.«

»Vielleicht möchte Rienzi sehen, wie wir jagen«, schlug Dodds vor.

Hawking zuckte die Achseln. »Sorge dafür, daß er uns nicht in die Quere kommt.« Er griff in eine an seinem Gürtel hängende Tasche und zog einen großen, silberglänzenden Gegenstand heraus. »Haben Sie schon einmal so etwas gesehen, Junge?«

Caine trat neugierig vor. Es war ein achtzackiger Metallstern mit einem Durchmesser von etwa fünfzehn Zentimetern. Obwohl der Stern stellenweise matt war, waren seine Spitzen noch immer scharf.

»Das ist ein sogenannter Wurfstern oder *shuriken*«, erklärte Hawking. »Sehen Sie den Squirk dort drüben?«

Caine sah in die angegebene Richtung und erblickte ein graues Geschöpf mit flachem Schwanz, das in der Größe einem Affen entsprach, und gerade auf einen morschen Baumstamm hüpfte. Hawking nahm Wurfstellung ein, faßte den Stern in der Mitte und bog den Arm nach innen zur Brust. Er blieb eine Sekunde lang so stehen, dann beugte er sich vor und der Stern wirbelte durch die Luft. Doch die Reflexe des Squirk funktionierten, er sprang auf den nächsten Baum und der Stern flog an ihm vorbei. Das Tier quiekte empört, kletterte blitzschnell am Stamm hinauf und verschwand im Blattwerk.

»Verdammt«, murmelte Hawking. Er holte den Stern

und kehrte zur Gruppe zurück. »Es klappt nicht immer. Aber wenn ich es noch zweimal versuche, habe ich einen. Sie können mitkommen und zusehen.«

»Nein, danke.« Caine erschauerte wieder, und diesmal nicht nur vor Kälte. Sie spielten Soldaten; erlebten eine ruhmreiche längst vergangene Zeit noch einmal. »Ich brauche wärmere Kleidung.«

»Ja, wir möchten nicht, daß Sie sich eine Lungenentzündung oder etwas Ähnliches holen – die Kollies würden uns die Kosten wahrscheinlich von der Pension abziehen«, bemerkte O'Hara trocken.

»Kommen Sie, Rienzi, wir gehen zu Skyler«, forderte ihn Dodds auf. »Und ihr anderen solltet euch dranhalten – wenn wir zu Mittag etwas essen wollen, brauchen wir das Fleisch spätestens um dreizehn Uhr.«

»Mach dir keine Sorgen«, knurrte Hawking.

Caine standen Tränen in den Augen, als er mit Dodds zur Hütte zurückkehrte. Er drehte sich nicht mehr um.

Die drei Jäger schwiegen, bis sie hörten, wie in der Ferne die Tür der Hütte hinter Dodds und Caine zufiel. Dann steckte Hawking den großen, silbernen Stern wieder in die Gürteltasche. »Er hat ein wenig deprimiert gewirkt«, bemerkte er zu den anderen.

Kwon nickte. »Er könnte es natürlich auch nur spielenl.«

»Dann ist er aber ein sehr guter Schauspieler«, meinte O'Hara.

»Wir werden es heute nachmittag herausfinden«, sagte Hawking. »Sehen wir zu, daß wir ein Tier erlegen, solange Dodds ihn uns vom Hals hält.«

Alle drei Männer erstarrten und lauschten. Aus dem Zwitschern, Summen und Schnalzen, das aus dem Blätterdach über ihnen drang, hörte Hawking das leise Geräusch von Squirkkrallen auf der Baumrinde heraus. Er stellte fest, woher es kam, und beobachtete die richtige Stelle, als das Tier vorsichtig seine Deckung verließ.

Hawking griff nach seinem Gürtel – aber nicht in die Tasche mit dem silbernen Stern. Seine Finger glitten in eine kleinere Tasche, die hinter der ersten verborgen war, und holten einen anderen Wurfstern heraus. Er besaß ebenfalls acht Zacken – aber damit hörte die Ähnlichkeit auf. Dieser Stern war nur halb so groß wie der erste, doch er war schwerer, schärfer und tiefschwarz. Wenn man den silbernen Stern mit einem Bernhardiner verglich, dann war dies ein Wolf. Während Hawking den Squirk nicht aus den Augen ließ, lächelte er kurz über Caines Naivität – er hatte tatsächlich geglaubt, daß die Blackcollars auf der Jagd Übungs-*shuriken* verwendeten!

Bevor der Squirk reagieren konnte, flog der Stern über die Lichtung und bohrte sich tief in seinen Körper. Das Tier fiel wie ein Stein herunter, und der Krach, den es beim Sturz in den Zweigen und Blättern verursachte, löste oberhalb der Lichtung hektische Betriebsamkeit aus. Mit einer einzigen, fließenden Bewegung zog O'Hara einen Stern aus seiner Tasche und schleuderte ihn in die Höhe. Ein zweiter Squirk, der mitten im Sprung getroffen wurde, prallte an den angepeilten Baum und stürzte ebenfalls zu Boden.

»Angeber«, murmelte Hawking, während er seinen Stern und seinen Squirk holte. O'Hara grinste nur und holte seine Beute.

»Ich bringe sie in die Hütte«, schlug Kwon vor. »Wir brauchen mindestens noch vier; das Haus ist heute voll besetzt.«

»Kein Problem«, beruhigte ihn Hawking. Er winkte O'Hara und die beiden verschwanden im Wald.

Angesichts der Schwierigkeiten, die Hawking beim Werfen gehabt hatte, war Caine überrascht, als das Mittagessen pünktlich auf dem Tisch stand. Das Essen war nicht schlecht – merkwürdigerweise erinnerten ihn gebratene Squirk an sehr zähe Shrimps –, aber er befaßte sich nur nebenbei mit der Mahlzeit. Was ihn wirklich interessierte, waren die Männer, die um den großen Holztisch herumsaßen. Doch der Eindruck, den er dabei bekam, war keineswegs ermutigend.

Einunddreißig Blackcollars, die stolz ihre schwarzen Rollkragenpullover und Drachenkopfringe trugen, waren anwesend. Es gab nur noch einen Mann, der den rotäugigen Ring eines Comsquare besaß: Trevor Dhonau, der verschrumpelte Alte am Kopfende des Tisches. Lathe, der neben Caine saß, bezeichnete Dhonau als den Doyen, als das älteste Mitglied der Blackcollars von Plinry. Caine wußte nicht, ob der Titel echte Macht bezeichnete; doch es spielte ohnehin kaum noch eine Rolle. Wenn er die Gesichter rings um sich betrachtete und den Gesprächen zuhörte, wurde ihm klar, daß er hier keine Hilfe finden würde. Die Blackcollars haßten die Ryqril und ihre Herrschaft, das stand fest. Aber genauso stand fest, daß sie sich mit dieser Herrschaft abgefunden hatten. Nachträglich wurde Caine klar, daß es nicht anders zu erwarten gewesen wäre – hätten sie sich anders verhalten, so hätten die Ryqril sie kaum am Leben gelassen. Trotzdem war es eine niederschmetternde Enttäuschung.

Die Blackcollars, und das galt auch für die alten, hatten nicht die Gewohnheit, lang bei Tisch zu sitzen, und deshalb waren die Teller bald leergegessen. Am Kopfende des Tisches erhob sich Trevor Dhonau, der sein lahmes rechtes Bein schonte, mühsam. Er klopfte mit dem Messer an den Teller, bis die Gespräche verstummten, dann hob er sein Glas. »Wir sind wieder einmal zusammengekommen, Kommandomänner«, begann er etwas nuschelnd. »Widmen wir die Zeit, die wir hier verbringen, jenen unserer Kameraden, die vor uns dahingegangen sind, und geloben wir ihnen, daß ihr Opfer nicht vergeblich gewesen ist.«

Die anderen ergriffen ihre Gläser und tranken. Getreu seiner Rolle als Kollie rührte Caine sein Glas nicht an. Lathe stupste ihn. »Das Zeug schmeckt gut. Tardy

Spadafora erzeugt es selbst. Wollen Sie es nicht versuchen?«

Caine schüttelte den Kopf. »Es tut mir leid, ich hätte nicht mitkommen sollen – ich gehöre nicht hierher.« Er blickte über den Tisch zu Mordecai hinüber. »Sie haben erwähnt, daß Sie noch heute abend nach Capstone zurückfahren. Könnten Sie mich vielleicht mitnehmen?«

Mordecai sah ihn scharf an. »Durchaus möglich.«

Lathe zupfte Caine am Ärmel. »Hören Sie mal, Sie können uns nicht schon wieder verlassen. Sie versäumen die Wettbewerbe mit *shuriken* und *nunchaku*, und ...«

»Das tut mir leid.« Caine stand auf, weil ihm die jämmerliche Farce plötzlich zuwider war. »Entschuldigen Sie mich bitte.«

In dem Zimmer, das ihm Skyler zugewiesen hatte, begann er, seine Kleidung und die übrigen Sachen, die er mitgenommen hatte, einzupacken. Doch im nächsten Augenblick wurde er von heftigem Schwindel erfaßt und saß plötzlich auf dem Boden. Er kämpfte einige Sekunden lang dagegen an, aber seine Kraft verließ ihn, als würde sie ihm aus allen Poren sickern. Als er begriff, was ihm fehlte, war es zu spät, um jemanden zu rufen.

Er war bewußtlos, bevor sein Kopf auf den Boden aufschlug.

5. Kapitel

CAINE TRIEB IN EINEM dunklen Nebel, durch den Lichtpunkte zuckten. Er hatte keine Ahnung, wo er sich befand, war aber nicht munter genug, um sich darüber zu wundern. Er hatte den Eindruck, daß ihn etwas geweckt hatte, wußte jedoch nicht, was es war. Es war eine Art – ach ja, da kam es wieder, eine Stimme.

»Wer sind Sie?« fragte sie so drängend, daß es unmöglich war, ihr zu widerstehen.

Allen Caine, antwortete sein Gehirn sofort und freute sich darüber, daß es sich so genau daran erinnerte. Aber seine Zunge war anderer Ansicht. »Al ... Alain Rienzi.«

»Wer sind Sie?« fragte die Stimme wieder.

»Alain Rienzi«, wiederholte seine Zunge. Caine beobachtete interessiert die Auseinandersetzung, als wäre es ein Zauberkunststück.

»Für wen arbeiten Sie?«

Das war eine Falle. Theoretisch war Caine ein freier Agent, weit von den Leuten entfernt, an deren Namen er sich nicht erinnern konnte. Während er sich noch mit diesem Problem herumschlug, antwortete seine Zunge selbständig. »Senator Auriol vom TDE.«

Die Sache wurde langweilig. Caine beschloß, wieder einzuschlafen. »Wachen Sie auf!« verlangte die Stimme. Caine gehorchte ärgerlich.

So ging es immer weiter ...

»Also?« fragte Trevor Dhonau.

Freeman Vale schaltete die Verbindung zum Mikrophon im nächsten Raum ab, bevor er antwortete. »Er ist ganz bestimmt nicht Alain Rienzi, das steht fest. Er zögerte zu lang vor den Antworten. Wahrscheinlich ist auch seine übrige Geschichte erfunden, woraus man entweder auf eine sehr gründliche Konditionierung oder eine ausgezeichnete Psychorausbildung schließen kann.«

Dhonau nickte und blickte sich im fensterlosen Raum im Kreis der schweigenden Blackcollars um. »Kommentare?«

»Wie wäre es, wenn wir die Verifin-Dosis erhöhen?« schlug Kelly O'Hara vor.

Vale schüttelte den Kopf. »Das nützt nichts. Wir sind bereits bei der Maximaldosis angelangt. Wenn wir ihm noch mehr verabreichen, schläft er einfach schneller ein.«

»Seine Fingerabdrücke stimmen mit denen in seinem Ausweis überein«, berichtete ein anderer Blackcollar. »Warum haben sie ihm nicht seinen wirklichen Namen gelassen, wenn er ein Kolliespion ist? Wir können ja nicht zur Erde fliegen und ihn überprüfen.«

»Das ist ein einleuchtendes Argument«, stimmte Dhonau zu. »Wenn er anderseits Agent einer Untergrundbewegung ist – der weiß Gott was für einen Auftrag hat –, wie ist er dann hierhergekommen? Er hätte dazu sowohl die Sicherheitskontrolle auf der Erde als auch Galway täuschen müssen, und Galway läßt sich bestimmt nicht so leicht an der Nase herumführen.«

»Fragen wir ihn!« Lathes kühle Stimme unterbrach das Schweigen. »Auf diese Art kommen wir nicht weiter.«

Dhonau überlegte. »Du hast recht. Vale und Haven, bringt ihn her.«

Caine hatte rasende Kopfschmerzen, und seine Beine waren weich wie Gummi, während ihn die beiden Blackcollars, die ihn geweckt hatten, in den Raum, in dem die schweigende Gruppe alter Männer wartete, halb führten und halb trugen. Es war keine überwältigende Überraschung – ihm war längst klar, daß man ihn unter Drogen gesetzt hatte –, aber er war darüber erstaunt, wie viele Blackcollars daran beteiligt waren.

Vierzehn Mann – beinahe die Hälfte der gesamten Belegschaft – drängten sich in dem kleinen Raum, darunter Dhonau, Skyler, Mordecai und Lathe. Er konnte sich nicht erklären, wieso Lathe dazugehörte.

»Setzen Sie sich!« befahl Dhonau, und Caine stellte fest, daß man einen Stuhl hinter ihn geschoben hatte. Er ließ sich dankbar nieder, während seine beiden Begleiter sich an der einzigen Tür des Raums postierten.

»Beginnen wir mit Ihrem Namen«, schlug Dhonau vor. »Wir wissen, daß Sie nicht Alain Rienzi sind; wir wissen auch, daß Sie eine ganz schön esoterische psychologische Ausbildung erhalten haben. Ich weiß nicht, ob diese Ausbildung Ihre Geheimnisse bei psychischer Folter schützen würde, aber wenn es notwendig ist, können wir es herausfinden.«

Caine fröstelte. Er sah sich um und überlegte, was geschehen würde, wenn er zur Tür stürzte. Das einzige Hindernis auf seinem Weg waren zwei alte Männer, und seine Kampfausbildung war wesentlich frischer als die ihre. Aber er war durch die Drogen, die sie ihm eingeflößt hatten, noch geschwächt, und im Grunde standen diese Männer theoretisch auf seiner Seite. Außerdem lag in Dhonaus Stimme etwas, das vorher noch nicht dagewesen war.

»Also gut«, sagte er langsam. »Aber Sie müssen mir Ihr Wort darauf geben, daß Sie mich nicht verraten. Mein Leben steht auf dem Spiel.«

Jemand im Hintergrund meinte spöttisch. »Unseres vielleicht nicht?«

»Ich habe nur gemeint ...«

»Die Gefahr ist uns sehr wohl bewußt«, unterbrach ihn Dhonau. »Hinter Ihnen steht ein eingeschalteter Wanzenstörer.«

Caine wendete den Kopf und entdeckte tatsächlich in der Ecke den flachen Pilz, den er auf der Erde so oft bei geheimen Zusammenkünften des Widerstands gesehen hatte. Er drehte sich wieder zu Dhonau um und gab sich einen Ruck. »Also gut. Ich heiße Allen Caine, bin Mitglied des Widerstands auf der Erde und brauche Ihre Hilfe.«

In der Gruppe unterlieb jedes aufgeregte Gemurmel; nur der eine oder andere nickte nachdenklich. Dhonaus Gesicht blieb unbewegt. »Können Sie das beweisen?«

»Das weiß ich nicht. Ich hatte gehofft, daß ich hier General Avril Lepkowski finden würde – einer unserer Führer. General Morris Kratochwil wollte mir als Legitimation einen Brief an ihn mitgeben. Galway hat wohl nicht gelogen, als er mir erzählte, daß Lepkowski tot ist?«

Dhonau schüttelte den Kopf. »Tut mir leid. Lepkowski wurde während des Bodenfeuer-Angriffs auf Neu-Karachi mit seinem gesamten Stab in der Kommandozentrale getötet. Alle verbrannten. Haben Sie den Brief bei sich?«

»Leider hat das nicht geklappt.« Caine schilderte die Razzia im Versteck des Widerstandes und seine Flucht nach Plinry. »Ohne die entsprechenden Papiere bekomme ich keinen Zugang zu den Archiven von Plinry. Ich hatte gehofft, daß mir die örtliche Untergrundbewegung helfen kann.«

Dhonau musterte ihn nachdenklich. »Sie erwähnen ganz bewußt nicht, warum Sie in die Archive gelangen wollen. Was gibt es dort, das für Sie so wichtig ist?«

Caine holte tief Luft. Der Höhepunkt der Jahre der Vorbereitung, des Balancierens auf des Messers Schneide, um der Erde die Freiheit wiederzugeben – man hatte ihm oft genug eingehämmert, wie wichtig das Geheimnis war. Aber er hatte keine andere Wahl. »Irgendwo dort draußen«, er zeigte zum Himmel, »ist ein großer Schatz versteckt. Fünf Raumschiffe der Novaklasse – aufgetankt, bewaffnet und einsatzbereit.«

Wieder erhob sich kein Gemurmel; aber diesmal war die Stille eine Folge des Schocks. Dhonau faßte sich als erster. »Sie scherzen.« Seine Stimme klang seltsam gepreßt.

Caine schüttelte den Kopf. »Ich gebe zu, daß es unmöglich klingt. Aber dies sind die Tatsachen:

In den ersten Jahren des Krieges baute das TDE eine große Zahl von Kriegsschiffen. Anfang 2424 kam jemand im Oberkommando auf die glänzende Idee, einige voll bewaffnete und bemannte Kriegsschiffe in einem der Sternensysteme in der Nähe des Kriegsschauplatzes zu verstecken. Man wollte die Ryqril daran vorbeibrausen lassen – das konnte man ohnehin nicht verhindern –, und dann wollte man mit diesen Angriffstruppen mitten in ihre Nachschublinien hineinstoßen.«

»Das hätte auch nicht viel genützt«, murmelte jemand.

»Nichts hätte viel genützt«, konterte Dodds, der neben Lathe saß.

»Wir werden es nie genau erfahren«, meinte Caine. »Die fünf Raumschiffe wurden von Kaderbesatzungen pünktlich an Ort und Stelle gebracht, die die Schiffe versteckten und auf die Erde zurückkehrten. Der Konvoi, der die eigentlichen Besatzungen hinaufbrachte, geriet in einen Hinterhalt der Ryqril und wurde zur Gänze vernichtet; wir sind allerdings sicher, daß die Ryqril nie erfuhren, was sie damit angerichtet hatten. Da das Projekt strengster Geheimhaltung unterlag, erreichte der Bericht über die Ereignisse die Verantwortlichen erst, als es zu spät war. Die Ryqril waren bereits vorbeigebraust, und es war so gut wie unmöglich, die Mannschaften durch die Front zu den Schiffen zu befördern. Vor dem Sieg der Ryqril wurden auf der Erde alle Unterlagen vernichtet und die Leute, die das Versteck der Schiffe kannten, sind ausnahmslos tot. Deshalb hat die Handvoll Offiziere, die über das Projekt Bescheid wußte, diesen Plan fallengelassen – bis vor etwa sieben Jahren.«

»Kopien der Aufzeichnungen existieren auf Plinry?« fragte Skyler.

Caine nickte. »General Kratochwil hat einen ehemaligen Konteradmiral ausfindig gemacht, der auf Plinry stationiert war. Das Versteck der Schiffe wird in einer der zivilen, nichtmilitärischen Unterlagen im Archiv aufbewahrt. Es ist ein Spezialcode, dem der Wortlaut der Aufzeichnung überlagert ist.«

»Sprechen Sie weiter«, drängte Dhonau.

»Nein. Der Rest muß geheim bleiben.«

»Ich verstehe.« Dhonau kratzte sich am Kinn. »Was sollen Sie unternehmen, sobald Sie in den Besitz der Information gelangen?«

»Laut dem ursprünglichen Plan sollte ich als Alain Rienzi auf die Erde zurückkehren. Inzwischen sollte der Widerstand alle alten Raumfahrer zusammentrommeln, die er ausfindig machen konnte, ein paar Raumschiffe stehlen und zu den Novas fliegen, bevor die Ryqril merkten, was los ist. Jetzt ...« – er zuckte unsicher die Achseln – »jetzt weiß ich nicht recht, was ich tun werde.«

Dhonau wechselte unvermittelt das Thema. »Weil wir gerade von Alain Rienzi sprechen – wieso waren Sie in der Lage, sich für ihn auszugeben?«

»Er existiert wirklich, ist Adjutant eines TDE-Senators, gehört zu einer Regierungsfamilie mit guten Beziehungen – all das stimmt. Offenbar sehe ich ihm so ähnlich, daß ich damit durchkommen kann. Der Widerstand hat ihn entführt und seinen Ausweis sowie die Computeraufzeichnungen so verändert, daß sie zu meinen Fingerabdrücken und meinen Netzhautmustern passen.«

»Das ist unmöglich.« Hawkings entschiedener Ton ließ keinen Widerspruch zu.

Caine versuchte es trotzdem. »Ich weiß nicht, wie sie es angestellt haben, aber ...«

»Hören Sie, Caine, man kann das Plastik auf einem

Kollieausweis nicht frisieren. Ich habe Ihren Ausweis gesehen, und ich habe es mit anderen Ausweisen versucht. Und daß man unbemerkt in die Ausweisdatei eines Computers gelangen kann, ist ein noch größerer Unsinn.«

»Es ist aber offenbar geschehen.« In Caine stieg Wut auf, und er bemühte sich, sie zu unterdrücken. »Wenn es unmöglich wäre, würde ich nicht hier sitzen. Sie hätten mich schon am Flughafen von Neu-Genf geschnappt.«

»Schluß jetzt, beruhigt euch!« befahl Dhonau scharf. »Vale, Haven – begleitet Caine in den anderen Raum zurück.« Er wandte sich an Caine. »Wir brauchen Zeit, um das Ganze zu besprechen. Sie werden in Kürze erfahren, zu welchem Entschluß wir gelangt sind.«

Caine erhob sich, aber seine Muskeln waren seltsam verkrampft und er wußte nicht, was er noch hätte sagen können. Deshalb nickte er nur und ging. Die Tür fiel hinter ihm zu.

Einige Augenblicke lang herrschte Stille, während die versammelten Blackcollars über Caines Worte nachdachten. Lathe strich gedankenverloren über seinen Drachenkopfring, sah sich unauffällig um und versuchte, die Gedanken der anderen zu erraten. Ihm selbst schossen die unterschiedlichsten Ideen durch den Kopf. Dhonau ergriff als erster das Wort: »Kommentare?«

»Meiner Ansicht nach muß der erste Geschäftsordnungspunkt Caines Ausweis sein. Hast du mit deinen Ausführungen übertrieben, Hawking?« fragte Skyler.

»Keineswegs. Es ist wahrscheinlich möglich, in die Ausweisdatei eines Kolliecomputers hineinzukommen, aber das merkt ganz bestimmt jemand.«

»Noch bevor er den Planeten verlassen hat?«

»Mühelos. Die wahrscheinlichste Erklärung ist, daß die Ryqril inzwischen die Führer des Widerstandes zum Reden gebracht haben und Caine entkommen ließen, damit er sie zu den Schiffen führt.«

»Dann hätte ihn aber Galway in die Archive gelassen«, wandte O'Hara ein. »Die Kollies hätten ihm die Unterlagen auf einem silbernen Tablett servieren müssen.«

Der neben Lathe sitzende Dodds rückte sich zurecht. »Es gibt noch eine Möglichkeit. Der Widerstand hat Caine vielleicht einen sehr raffinierten Streich gespielt. Es ist möglich, daß er ein Klon von Rienzi ist.«

Dhonau kniff die Augen zusammen. »Erklären Sie das näher!«

»Schon einige Jahre nach Kriegsende kann es nicht mehr schwierig gewesen sein zu erraten, welche Kollies am wahrscheinlichsten zu Macht und Ansehen gelangen würden. Die Familie Rienzi eignete sich vorzüglich dazu. Man mußte nur ein Stückchen Haut von einem neugeborenen Rienzi in die Finger bekommen, daraus einen Klon machen, und das Kind unter Aufsicht des Widerstandes aufziehen. Es besitzt dann die gleichen Fingerabdrücke und Netzhautmuster, und die wenigen Monate Altersunterschied merkt man nicht.«

»Und was hat der Sicherheitsdienst gemacht, als sich jemand das Hautmuster holte?«

»In den ersten Jahren war der Sicherheitsdienst noch nicht so gut organisiert wie heute«, meinte Lathe.

»Möglich«, brummte Dhonau. »Hat jemand von Ihnen eine Ahnung, ob die Klontechnik zu Ende des Krieges schon soweit fortgeschritten war? Dodds?«

»Sie haben mit Hochdruck daran gearbeitet«, erwiderte Dodds. »Ich weiß, daß sie das Problem der Instabilität gelöst hatten, aber ich weiß nicht, ob sie die Methode schon anwenden konnten. Ich halte es jedoch für durchaus denkbar, daß sie soweit waren.«

»Vergessen wir dieses Thema für einige Zeit«, schlug ein großer Schwarzer namens James Novak vor. »Selbst wenn die Ryqril dahinterstecken, können wir ihnen immer um eine Nasenlänge voraus sein. Mich interessiert mehr die Frage, ob die Novas es wert sind, daß wir uns all die Mühe machen.«

»Das ist eine sehr vernünftige Überlegung«, stimmte O'Hara zu. »Schließlich muß es in der Flotte der Ryqril mindestens zweihundert vergleichbare Schiffe geben, ganz zu schweigen von einer unglaublichen Menge kleinerer Einheiten.«

»Das stimmt, aber die sind vermutlich alle im Krieg gegen die Chryselli eingesetzt«, meinte Hawking. »Im TDE sind wahrscheinlich nur noch die paar Korsaren stationiert.«

»Wir befinden uns ein gutes Stück hinter ihrer Hauptfront«, überlegte Kwon. »Jetzt, dreißig Jahre später, könnten wir uns an das ursprüngliche Drehbuch halten und ihren Nachschub angreifen.«

»Weiß vielleicht jemand etwas Genaueres über die Chryselli?« erkundigte sich Dhonau.

Kurze Zeit herrschte Stille, dann meldete sich Lathe zu Wort. »Einige Jahre nach Kriegsbeginn hat das TDE eine Delegation zu ihnen geschickt, die mit ihnen verhandeln sollte. Der Leiter der Delegation war General Lepkowski; er wurde erst später zum Oberkommandierenden auf Plinry ernannt. Einer meiner Brüder hat auf seinem Schiff gedient.« Den letzten Satz sagte Lathe vollkommen selbstverständlich. Nur Dodds wußte, daß die Behauptung nicht stimmte, doch auf ihn konnte Lathe sich verlassen.

»Wie sehen sie aus?« fragte Novak.

»Kleine, runde Geschöpfe – wie große, haarige Kugeln auf Beinen, so hat sie Paul jedenfalls beschrieben. Warmblüter, Sauerstoffatmer, den Rest habe ich vergessen. Lepkowski sollte sie dazu überreden, an unserer Seite in den Krieg einzutreten.«

»Das hat er offensichtlich nicht geschafft«, bemerkte O'Hara trocken.

»Ja, aber nicht deshalb, weil sie die Gefahr nicht erkannten. Sie waren einfach noch nicht soweit, und hielten es für vernünftiger, wenn sie aufrüsteten, während die Ryqril uns zermalmten.«

»Das nennt man wahre Nächstenliebe.«

Lathe zuckte die Achseln. »Man kann ihnen daraus kaum einen Vorwurf machen. Sogar heute, nach einer Vorbereitungszeit von fast vierzig Jahren, können sie sich gerade noch gegen die Ryqril halten, wenn man den letzten Berichten glauben kann.«

»Wenn draußen wirklich ein Gleichgewicht der Kräfte herrscht, dann stellen fünf Novaschiffe ein ernstzunehmendes Potential dar«, bemerkte Kwon.

»Dieser Meinung schließe ich mich an«, stimmte Dhonau zu. »Falls wir jedoch finden, daß die Chryselli unsere Hilfe nicht wert sind, können wir die Schiffe in eine Erdumlaufbahn bringen, so viele Schiffe der Ryqril wie möglich zerstören und versuchen, eine Revolte auszulösen. Es wäre schon eine große Hilfe, wenn wir die Isolation durchbrechen könnten, die sie unseren Welten aufgezwungen haben.«

»Vergeßt nicht, daß sie uns vom ersten Tag an jagen werden«, warnte Chelsey Jensen und fuhr sich mit den Fingern durch sein dichtes, aschblondes Haar. »Kommt also nicht auf die Idee, daß wir Massenangriffe starten können – fünf Novas, die gemeinsam unterwegs sind, würden eine sechs Parsek lange Rücktrift hinterlassen.«

»Das stellt kein Problem dar«, widersprach Skyler, »außer man zieht große Raumschlachten vor. Selbst wenn die Schiffe einzeln operieren, wären sie ein großes Plus für uns. Ich bin dafür, daß wir uns auf die Suche begeben.«

Wieder trat Stille ein. »Weitere Kommentare?« fragte Dhonau. »Nein? Schön, wer ist dann dafür, daß wir diese Aufgabe übernehmen?«

Lathe wußte, daß die Abstimmung theoretisch unnötig war. Wenn er und Dhonau, also die beiden Comsquares, sich für eine Vorgangsweise entschieden, dann waren die anderen verpflichtet, ihren Befehlen zu gehorchen. Trotzdem freute es ihn, daß sie einstimmig dafür waren. Es freute, aber es überraschte ihn nicht. Sie warteten seit langer Zeit auf eine solche Gelegenheit.

Dhonau nickte Vale und Haven zu, die Caine aus dem Nebenraum holten. Lathe beobachtete das Gesicht des Jüngeren genau. Er beherrschte sich ausgezeichnet und seine Spannung war nur andeutungsweise zu merken. Dhonau wartete, bis Caine Platz genommen hatte, bevor er sprach:

»Wir haben das Ganze besprochen, Caine, und beschlossen, Ihnen nur jede mögliche Unterstützung zuteil werden zu lassen.«

»Großartig. Ich danke Ihnen.« Caine beugte sich vor. »Wenn Sie mich dann mit dem Untergrund auf Plinry zusammenbringen könnten, werde ich ...«

»Moment mal!« Dhonau hob die Hand. »Außer uns gibt es auf Plinry keinen Untergrund.«

Man sah Caine seine Enttäuschung an. »Keinen Untergrund? Das ist doch unmöglich. Die Leute, vor allem die Jugend, sind doch unzufrieden. Ist ihr Haß auf die Ryqril nicht groß genug, damit sie sich gegen sie zur Wehr setzen?«

»Wahrscheinlich ist er groß genug. Widerstandsbewegungen bilden sich jedoch um natürliche Zentren. Wenn diese Zentren nichts unternehmen, dann unternimmt auch die Bevölkerung nichts.« Dhonau überblickte die Runde. »Das ist leider auch hier der Fall. Unser Versuch, Kurse in asiatischen Kampfsportarten abzuhalten, ist etwas zu spät erfolgt und hat kein Ergebnis gezeitigt.«

»Ich verstehe.« Caines Stimme klang kalt und höflich. »Würden Sie mir dann verraten, wie Sie mir helfen wollen?«

»Wir können die Kollies ersuchen, uns Einblick in unsere alten militärischen Unterlagen zu gewähren. Dieses Recht steht uns gesetzlich zu.«

Caine schüttelte den Kopf. »Das ist aussichtslos. Galway weiß, daß wir hier zusammengekommen sind.

Er würde sofort wissen, daß Sie meinetwegen darum ansuchen, und würde den Grund erfahren wollen. In dem Augenblick, in dem er Verdacht schöpft, können wir das Ganze vergessen.«

Dhonau kratzte sich am Ohr. »Ich war selbst nicht ganz davon überzeugt, daß es funktionieren wird. Aber machen Sie sich keine Sorgen – wir haben ja noch ein paar Tage Zeit, um uns etwas einfallen zu lassen. Fahren Sie doch heute schon mit Mordecai nach Capstone zurück, statt noch länger zu warten. Ich habe Ihre Sachen packen lassen, Sie können sich also sofort auf den Weg machen. Inzwischen werden wir hier draußen noch ein bis zwei Tage nachdenken. Sie könnten sich ja in drei Tagen mit Skyler in der Bar treffen. Sagen wir um vierzehn Uhr dreißig?«

Caine zögerte, dann zuckte er die Achseln und nickte. »In Ordnung.« Er stand auf und sah sich im Raum um, und Lathe gewann den Eindruck, daß das in seinem Lächeln dominierende Gefühl Mitleid war. »Was auch immer geschieht, ich bin Ihnen für Ihre Hilfe dankbar.«

Mordecai stand ebenfalls auf. Caine nickte noch einmal, und die beiden verließen den Raum.

»Ich fürchte, daß wir dem armen Jungen die schlimmste Enttäuschung seines Lebens bereitet haben«, murmelte O'Hara.

»Er wird darüber hinwegkommen«, bemerkte Dhonau unbeeindruckt. »Wenn die Ryqril ihn beobachten, dann müssen wir zuschlagen, solange sie nicht darauf gefaßt sind. Das Unternehmen startet heute nacht – Alarmstufe eins, abgeänderter Plan Delta.«

Lathe richtete sich auf und seine Muskeln verkrampften sich kurz, bis er sie bewußt entspannte. Jeder der im Raum Anwesenden reagierte ähnlich, und das Ergebnis war erstaunlich. Ihre Gesichter wirkten um Jahre jünger, als sie Dhonau erwartungsvoll ansahen. Lathe erblickte im Geist plötzlich eine Dschungelkatze, die im nächsten Augenblick angreifen wird.

»Sie fahren sofort nach Capstone, Vale, und spielen Paul Revere!«* Dhonaus Befehle kamen scharf wie ein Peitschenknall; er war nicht mehr ein hinfälliger, alter Mann, sondern ein Blackcollar-Comsquare, der Anweisungen erteilte. »O'Hara, Sie sind der Anführer des Köders! Skyler, Sie sind der Liberator! Kwon, Haven und Novak übernehmen den Angriff! Ich mache den Schläger, und du, Lathe, begleitest Caine in die Nabe! Irgendwelche Fragen? Der Einsatz beginnt in ...« – er sah auf die Uhr – »vier Stunden, um punkt fünfundzwanzig Uhr. Versammeln Sie Ihre Teams und setzen Sie sich in Bewegung!«

Dodds stand am Fenster, als Lathe geräuschlos durch die Tür glitt und sie hinter sich schloß. »Ich habe erwartet, daß Sie kommen.« Dodds drehte sich nicht um.

»Das überrascht mich nicht. Sie wissen vermutlich auch, worum ich Sie bitten will.«

Dodds warf einen Blick auf den summenden Wanzenstörer und drehte sich dann zu Lathe um. »Wenn Sie wollen, können Sie es mir trotzdem erklären.«

Lathe erklärte es. »Und?«

Dodds lächelte hinterhältig. »Wen würden Sie bekommen, wenn ich mich weigere? Natürlich tue ich es.«

»Gut. Halten Sie sich unbedingt im Hintergrund, bis die Schießerei vorbei ist. Ich werde Sie gemeinsam mit Haven so einsetzen, daß Sie nicht am Kampf teilnehmen – als Beobachter oder so was. Können Sie einen Korsaren fliegen?«

»Ja, aber ich muß vor dem Start das System kennenlernen.«

»Machen Sie sich deshalb keine Sorgen.« Lathe fuhr über seinen Drachenkopfring. »Sie bekommen es.«

---

* Paul Revere, 1735–1818, amerikanischer Patriot im Unabhängigkeitskrieg. Er unternahm am 18. April 1775 einen tollkühnen Ritt, um die ländlichen Bewohner Massachusetts vor den heranrückenden britischen Truppen zu warnen. – *Anm. d. Übers.*

6. Kapitel

Caine schloss die Hoteltür hinter sich und schleuderte seine Tasche quer durch das Zimmer aufs Bett. Auf der Fahrt nach Capstone hatten sich sein Zorn, seine Enttäuschung und – *ja, gib es zu!* – Verachtung verflüchtigt. Mordecai war nicht gesprächiger gewesen als auf der Hinfahrt, und falls er freundlicher war, dann hätte man es nur mit einer Lupe erkennen können. Vielleicht hatte er sich vor versteckten Mikrophonen gefürchtet, aber Caine bezweifelte es. Der andere mochte ihn einfach nicht, und Caine konnte ihm fairerweise keinen Vorwurf daraus machen. Obwohl Dhonaus unbedachtes Versprechen, ihm zu helfen, rein rhetorisch war, konnte es die Blackcollars in Schwierigkeiten bringen, falls Galway davon erfuhr. Falls – nein, wenn.

Caine ging seufzend zum Bett und begann seine Tasche auszupacken. Draußen wurde es allmählich dunkel. Er konnte an diesem Tag kaum noch etwas unternehmen; bestenfalls konnte er sich eine neue Vorgangsweise zurechtlegen. Vermutlich vergeudete er damit ... Er unterbrach seinen Gedankengang und starrte auf die Kleidungsstücke hinunter, die er auf das Bett geworfen hatte.

Seine Tabletten waren nicht dabei.

»Verdammt«, murmelte er und suchte vergeblich in Taschen und Ärmeln. Hatte er tatsächlich vergessen ...? Dann fiel ihm ein: die Blackcollars hatten das Packen besorgt. Er schluckte den nächsten Fluch hinunter, ging zum Telefon und rief das Telefonbuch ab.

Es stellte sich heraus, daß Mordecai zu jenem Drittel der Einwohner von Capstone gehörte, das nicht für die Regierung arbeitete und dennoch ein Telefon besaß. Der Blackcollar meldete sich beim sechsten Läuten.

»Ja?« fragte er, und sein Gesicht wurde sofort ausdruckslos. »Was ist los, Rienzi?«

Caine erklärte ihm, worin sein Problem bestand, und kam sich irgendwie besonders gut vor, weil er nicht erwähnte, wer daran schuld war. »Ich finde keine Telefonnummer der Hütte; wissen Sie, wie ich mich mit den Männern dort in Verbindung setzen kann?«

»Ja – mit dem Wagen oder zu Fuß.« Mordecai atmete geräuschvoll aus. »Wir treffen uns in dreißig Minuten beim Osttor; ich fahre Sie wieder hinaus.«

»Nein, das ist nicht notwendig«, widersprach Caine hastig. »Ich kann die Tabletten wahrscheinlich in der Stadt herstellen lassen ...«

»Es macht mir keine Mühe. Ich möchte nicht, daß Sie unseretwegen in Schwierigkeiten geraten. Osttor, dreißig Minuten.« Der Bildschirm wurde dunkel.

Caine griff wütend nach seinem Mantel und verließ das Zimmer.

Die Fahrt in die Berge war qualvoll. Mordecai sprach das Wort »Dummkopf« nie aus, aber Caine wußte, daß er es dachte. Es war eine Erleichterung, als sie endlich die Hütte erreichten.

Durch die Vorhänge an den Fenstern des Hauptraums fiel Licht, und als sie sich der Tür näherten, vernahm Caine laute, schon etwas heisere Stimmen. Der selbstgebrannte Schnaps floß offenbar in Strömen.

Während Mordecai nach der Türklinke griff, wandte er sich Caine zu und legte den Zeigefinger auf die Lippen. Caine runzelte die Stirn, nickte aber. Mordecai stieß die Tür auf, und sie traten in das Stimmengewirr.

Der Raum war leer.

Caine schluckte seine Fragen hinunter und sah Mordecai an, der ihn aufmerksam beobachtete. Er war offenbar mit dem, was er sah, zufrieden, denn er zeigte auf den langen Tisch, an dem sie gegessen hatten. Caine ging zum Tisch, warf einen Blick auf die Platte, hockte sich dann hin und untersuchte die Unterseite. An ihr waren fünf Kassettenrecorder befestigt und spielten sich das Herz aus dem Leib.

Er richtete sich auf. Mordecai winkte ihm von einer Tür am anderen Ende des Raumes aus. Caine folgte ihm, und die Stimmen verklangen, während ihn der Blackcollar durch ein Labyrinth von dunklen Korridoren und über Treppen abwärts führte. Dann erreichten sie einen dunklen Durchgang, der sich nach Caines Schätzung etwa fünfzig Meter unterhalb der Hütte befand. Am anderen Ende des Gangs erblickte Caine eine von zwei kleinen Lampen beleuchtete Doppeltür.

»Willkommen bei uns«, sagte plötzlich eine Stimme hinter ihm. Caine wirbelte herum, nahm automatisch eine Karate-Abwehrstellung ein und versuchte, in der Dunkelheit etwas zu erkennen.

Die Stimme kicherte. »Gute Reflexe«, lobte sie, und eine große, schwarz gekleidete Gestalt trat geräuschlos aus einer Nische. Skyler schob mit der behandschuhten Hand seine nicht reflektierende Schutzbrille zurück, grinste Caine an und warf dann Mordecai einen fragenden Blick zu.

»Gut.« Mordecai zeigte auf die Doppeltür. »Gehen wir weiter, Caine!«

Sie betraten einen großen, gut beleuchteten Raum, und Caine blieb verblüfft stehen.

Der Raum war voller Blackcollars.

Caine blinzelte, bis sich seine Augen an die Helligkeit gewöhnt hatten, und überblickte dann rasch die Anwesenden. Es war kein Irrtum – vor ihm befanden sich mindestens hundert Männer, vielleicht sogar mehr, und alle trugen den gleichen enganliegenden, schwarzen Kampfanzug wie Skyler. Die meisten überprüften ihre Ausrüstung oder trugen Schachteln zur Rückwand des Raums, wo zwei große Monorailwaggons warteten. Andere streiften gerade den Kampfanzug über. Caine starrte noch immer ungläubig, als jemand neben ihn trat. »Es tut mir leid, daß wir den Trick mit Ihrer Medizin anwenden mußten, um Sie unauffällig wieder hierher zu bekommen. Aber die Kollies haben überall Ohren.«

Caine wandte sich dem Sprecher zu und bemerkte dabei, daß Mordecai verschwunden war. Er erkannte den Mann beinahe nicht wieder, obwohl er noch nicht Kopfhörer und Schutzbrille trug. »Lathe?« fragte er ungläubig.

Lathe lächelte spöttisch. »Persönlich.«

Caine konnte die Veränderung, die mit dem Blackcollar vorgegangen war, kaum fassen. Sein Bart war säuberlich gestutzt, seine Haare wiesen wieder die ursprüngliche braune Farbe auf. Aber noch beeindruckender war die Entschlossenheit, die auf seinem Gesicht lag. Caine nahm zum ersten Mal unter der faltigen Haut den Geist der Blackcollars wahr. Er erschauerte unwillkürlich. »Sie haben sich seit heute nachmittag verändert«, brachte er schließlich heraus. »Um ungefähr fünfzehn Jahre.«

Lathe lächelte wieder, beobachtete Caine aber weiterhin scharf. »Die meisten dieser Jahre waren nur Schein. In kleinen Dosen genommen, wirkt Idunin Wunder für Muskeln und Knochen.«

»Sie haben also doch Idunin bekommen? Ich hatte es gehofft, aber ich hatte so meine Zweifel ...«

»Meine Senilität?«

»Sie haben eine gute Schau abgezogen.« Caine sah sich um. »Das gilt für alle. Ich kann kaum glauben, daß es Ihnen so lange gelungen ist, die anderen an der Nase herumzuführen.«

»Dreißig Jahre.« Lathe warf einen Blick auf die Runde und kam dann zur Sache. »Kommen Sie mit mir, damit wir Sie einkleiden. Wir haben eine Flexarmor-Ausrüstung hier, die Ihnen passen sollte.«

Er führte Caine zu einer Reihe von Spinden. »Wo befinden wir uns?« fragte Caine, als sie an einem summenden Wanzenstörer vorbeikamen; weitere vier oder fünf waren im Raum verteilt.

»Eine alte U-Bahnstation unterhalb der Hamner Lodge«, erklärte Lathe. »Sie wird seit Kriegsende nicht mehr benützt. Vor etwa fünf Jahren, als die Kollies genug davon hatten, jeden unserer Schritte zu überwachen, begannen wir, unsere Ausrüstungen aus den Verstecken zu holen und hierher zu bringen. Das Gleis zwischen hier und Capstone ist in Ordnung, und wir haben in die beiden Monorailwaggons eine eigene Energieversorgung eingebaut. Wir sind da.«

Sie waren vor einem offenen Spind stehengeblieben, und auf Lathes Befehl hin zog sich Caine aus. »Ich hoffe, daß das Zeug hält, was von ihm behauptet wird.« Er musterte Lathes Flexarmor mißtrauisch.

»Und ob«, versicherte ihm Lathe, während Caine die einteilige, weiche Unterwäsche anzog. »Es blockt alle nicht-explosiven Geschosse von Handfeuerwaffen ab, darunter solche, deren Aufprall den Getroffenen einen Meter zurückschleudert. Übrigens wird der Flexarmor bei einem solchen Aufprall steif und verteilt dadurch die Wucht auf den ganzen Körper. Ein Volltreffer mit einem Antiarmor-Laser dringt durch, aber bei der üblichen, gegen Personen gerichteten Einstellung wird nur die obere Schicht beschädigt.«

»Der zweite Schuß sitzt also.«

»Ein durchschnittlicher Schütze kommt nicht mehr dazu, einen zweiten Schuß abzufeuern.«

»Oh.« Caine schluckte.

»Ihnen muß aber klar sein, daß es sich nicht um eine mittelalterliche Eisenrüstung handelt«, fuhr der andere fort. »Bei einem Kampf Mann gegen Mann sind Sie auf sich selbst gestellt. Schläge und Tritte erfolgen zu langsam, als daß der Flexarmor steif werden könnte.«

Großartig. »Danke für den Hinweis.«

Lathe hatte offenbar den sarkastischen Unterton herausgehört. »Sie sollten froh darüber sein, daß wir eine Ausrüstung besitzen, die Sie tragen können«, bemerkte er schroff. »Ein großer Teil der Jungen, die heute nacht in den Kampf gehen, bekommen nur einfache schwarze Stoffanzüge und vielleicht eine Flexarmorweste.«

»Und warum?«

»Weil die meisten Jungen genau das sind: Jungen. Wir haben sie vor einigen Jahren während der Kurse in asiatischen Kampfsportarten angeworben – direkt vor Galways Nase. Seither trainieren sie mit uns.«

Jetzt lag in der Stimme des alten Blackcollar etwas, das Caine aufblicken ließ. »Es muß Ihnen ganz schön schwergefallen sein, nicht wahr? Der Spott und die Verachtung – ich glaube nicht, daß ich es ertragen hätte.«

»Viele von uns konnten es nicht«, murmelte Lathe, »deshalb hat der Guerillakrieg so lange gedauert. Sie wollten nicht aufhören zu kämpfen.«

»Während Sie wußten, wann Sie aufgeben mußten?«

Eine Sekunde lang glaubte Caine, daß er zuweit gegangen war, aber der Ärger verschwand so schnell aus Lathes Gesicht, wie er gekommen war. »Wir haben nicht aufgegeben, wir haben nur unsere Taktik geändert. Jedenfalls jene von uns, die das noch tun konnten.« Er stieß einen Laut aus, der halb ein Seufzer und halb Schnauben war. »Ich will Ihnen eine Geschichte erzählen.

Vor etwa siebenhundert Jahren lebte auf der Erde im alten Japan ein Adeliger namens Kira, der seinen Feind durch eine gemeine List dazu brachte, sich mit Schande zu bedecken. Asano, der Feind, beging Selbstmord, die damals in dieser Kultur übliche Reaktion, wenn man Schande auf sein Haupt geladen hatte. Asanos siebenundvierzig Samuraikrieger sollten ihm eigentlich in den Tod folgen, doch statt dessen löste sich ihre Gruppe auf, und sie verschwanden aus der vornehmen Gesellschaft. Sie verloren ihre Frauen, Familien und Freunde, und wurden von allen mit Verachtung gestraft. Natürlich gelangte Kira zu dem Schluß, daß sie harmlos waren.

Und dann erschienen an einem Wintermorgen alle

siebenundvierzig plötzlich vor Kiras Palast. Sie überwältigten die Wachen, nahmen Kira gefangen und töteten ihn. Erst dann erfüllten sie ihre Pflicht und begingen Selbstmord.«

Er verstummte. Caine wußte nicht, was er darauf antworten sollte, und konzentrierte sich auf seine Kleidung. Abgesehen von dem ungewöhnlichen Material war der Anzug die Standardausrüstung der Kommandomänner, mit eingebauten Messerscheiden an Unterarmen und Waden und quadratischen Taschen vorn auf jedem Schenkel und hinter der Gürtelschnalle. Alle waren leer, was Caine etwas merkwürdig vorkam. »Wie fühlt es sich an?« erkundigte sich Lathe.

Caine machte ein paar Schritte und versuchte eine Reihe von Karateschlägen und -tritten. Der Flexarmor war bemerkenswert elastisch. »Fühlt sich ausgezeichnet an.«

»Gut. Nehmen Sie die Handschuhe, die Kampfhaube, die Schutzbrille, und auch die Jacke und die Hose, die Sie hier getragen haben, und wir machen uns auf den Weg.«

»Wie steht es mit Waffen?«

»Sie bekommen keine.« Lathe hob die Hand und schnitt damit Caines Protest ab. »Ich weiß, ich weiß, Sie sind bis zu den Zehenspitzen für den Kampf ausgebildet und können mit jeder Waffe umgehen, die es bei uns gibt. Aber für uns sind Sie ein gefährlicher Dilettant, der uns mit unseren eigenen Waffen mehr Schaden zufügen würde als dem Feind.«

Caine wurde wütend. »Hören Sie mal, Lathe ...«

»Nein, Sie hören mal!« Lathe sprang zurück und zog aus einem langen Futteral an seiner Hüfte zwei dreißig Zentimeter lange Stäbe, die an einem Ende durch eine kurze Kette aus schwarzem Plastik verbunden waren. Lathe faßte einen Stock und wirbelte den zweiten in einem verwirrenden Muster um seinen Kopf und seinen Körper; von Zeit zu Zeit wechselte er den Stock, so daß der andere mit einer kaum sichtbaren Bewegung nach vorn und wieder zurück geschleudert wurde. Caine schluckte – er hatte noch nie erlebt, daß ein *nunchaku* mit solch tödlicher Präzision gehandhabt wurde. »Okay, Sie haben mich überzeugt – bei Nahkämpfen. Aber bei einem Kampf mit Schußwaffen brauchen Sie Gewehre, und ich habe die Ausbildung eines Scharfschützen hinter mir.«

Lathe schob die Stäbe in das Futteral zurück. »Jensen!« rief er quer durch den Raum, »gib mir ein Ziel!«

Ein blonder Mann nickte und brach ein Stück von der Plastikkiste ab, die er gerade geöffnet hatte. Er sah sich um und warf es dann in einen relativ leeren Teil des Raumes.

Caine konzentrierte sich auf das Plastik und bemerkte aus den Augenwinkeln nur eine blitzschnelle Bewegung – doch der laute Aufprall war unüberhörbar, als das Stück mitten im Flug in die Höhe schnellte. Jensen holte es und schleuderte es zu Lathe zurück. »Wir verwenden selten Gewehre«, erklärte der Comsquare, zog den tödlich aussehenden Wurfstern aus dem Plastik und steckte ihn in eine seiner Schenkeltaschen. »Sie sind zu leicht zu lokalisieren.«

Caine fand die Sprache wieder. »Also schön, Sie haben mich überzeugt.«

»Gut. Dann möchte ich Ihnen nur noch etwas sagen.« Er drehte sich um und sah Caine in die Augen. »Ich weiß noch immer nicht, ob Sie wirklich der Mann sind, für den Sie sich ausgeben, oder ein Spion, der uns verraten soll ... Aber wenn Sie uns verraten, dann schwöre ich Ihnen, daß Ihre Freunde mich nicht daran hindern können, Sie zu töten. Haben Sie mich verstanden?«

Caine zwang sich, Lathes Blick zu erwidern. »Ja. Ich werde Sie nicht verraten.«

Lathe wandte den Blick nach einer Sekunde ab, nickte kurz und trat zurück. »In Ordnung. Dann kann es losgehen.«

7. Kapitel

ALS SIE DIE HÜTTE verließen, hatte der Wind die letzten Wolken vertrieben, und die Sterne leuchteten so klar, wie Caine es auf der Erde nie erlebt hatte. Doch er bemerkte sie kaum; er war mit wichtigeren Sachen beschäftigt.

Der Kastenwagen war überfüllt. In ihm befanden sich außer Lathe und Caine noch Mordecai, Dawis Hawking und ein verschrumpelter alter Blackcollar, den Lathe als Tardy Spadafora vorstellte. Letzterer war der Fahrer; er schlug die gleiche Route in die Stadt ein wie Mordecai. Als sie sich der Nabe näherten, machte er jedoch einen kleinen Umweg und hielt in der Nähe der grauen Mauer. Als er weiterfuhr, war er mit Caine allein.

Minuten später blieben sie zwanzig Meter vor dem hellerleuchteten Osttor stehen. Caine biß die Zähne zusammen, ergriff die schwere Aktentasche, die neben Spadaforas Sitz stand, stieg aus und bemühte sich, möglichst lässig auf die Flutlichter zuzugehen. Seine Jacke und die Hose verbargen seine gesamte Flexarmorausrüstung bis auf die Stiefel, die jedoch so modisch wirkten, daß sie nicht auffielen. Dennoch dauerte es eine Ewigkeit, bis er bei den beiden Wächtern anlangte. Er übergab ihnen seinen Ausweis und wartete eine weitere Ewigkeit, bis der Sicherheitsbeamte ihn überprüft hatte und das Zeichen zum Öffnen des Tores gab. Sekunden später befand sich Caine in der Nabe.

Bei den Toren standen immer Automat-Taxis, so daß Caine sofort ein Transportmittel fand. Er befolgte seine Anweisungen und traf einige Minuten später in einer Sackgasse ein, die an der Mauer endete. Die Wohngebäude an der Straße waren dunkel; offenbar waren die meisten Bewohner bereits schlafengegangen. Bei einer der Außentreppen fehlte die Beleuchtung, so daß ein großer, dunkler Fleck entstand, und Caine trat in den Schatten, um die weitere Entwicklung abzuwarten.

»Irgendwelche Schwierigkeiten?« flüsterte eine Stimme aus der Dunkelheit und Caine verrenkte sich beinahe den Hals, als er herumwirbelte. Nicht einmal einen Meter von ihm entfernt kauerte Lathe; hinter ihm richteten sich Mordecai und Hawking auf.

»Nein, keine«, antwortete Caine. »Ich habe meine normale Kleidung unter dem Sitz liegenlassen, okay?«

»Gut. Das da nehme ich.« Lathe zeigte auf die Aktentasche. »Holen Sie bitte ein Automat-Taxi!«

Caine reichte ihm die Aktentasche und betätigte seinen Taxiruf; einen Augenblick lang fragte er sich, warum man ihm nicht einfach gesagt hatte, er solle das Taxi behalten, mit dem er eingetroffen war. Lathe wollte offensichtlich keine zu deutliche Spur hinterlassen. Er blickte die Straße hinunter, auf der sich Scheinwerfer näherten.

»Nehmen wir die Aktentasche nicht mit?« flüsterte er, als Lathe zu ihm an den Rand des Schattens trat.

Der Blackcollar schüttelte den Kopf. »Sie ist für Skylers Team bestimmt – ihre *Shuriken,* Messer und die übrige metallische Ausrüstung. Wir konnten sie nicht über die Mauer mitnehmen; an ihrer oberen Kante befindet sich ein Induktionsfeld, das den Alarm ausgelöst hätte.«

Caine betrachtete überrascht das imposante, dunkle Hindernis. »Sie sind über die Mauer gekommen? Ich habe geglaubt, daß in die Oberfläche Sensoren eingebaut sind, die genau das verhindern sollen.«

»Das stimmt«, gab Lathe zu. »Aber die Mauer wurde von Zwangsarbeitern errichtet – und wir befanden uns unter ihnen. Bestimmte Stellen der Oberfläche wurden speziell behandelt, um schneller zu verwittern als der Rest. Sie haben sich inzwischen abgelöst, und mit ihnen die Sensoren.«

»Warum haben die Ryqril sie nicht ersetzt?«

»Warum hätten sie das tun sollen? Es sieht wie normaler Zerfall aus, und die noch vorhandenen Sensoren würden jede Leiter oder jedes Hebegerät entdecken. Aber wenn man dem richtigen Weg folgt, kann man die Mauer überklettern, ohne einen Alarm auszulösen.«

Inzwischen war das Automat-Taxi eingetroffen, und die vier Männer stiegen ein. »Wohin?« fragte Caine, der den Stadtplan in der Hand hielt.

»Hundert Meter hinter das Archivgebäude«, antwortete Lathe. »Ich möchte einen Blick darauf werfen.«

Caine berührte die entsprechende Stelle auf dem Plan. Der Wagen fuhr geräuschlos die leere Straße hinunter.

Die Luft im Apex Club war zum Schneiden; der feuchte Rauch der Hasta-Zigaretten vermischte sich mit dem Geruch von Bier und billigem Eintopf. Samm Durbin saß allein an einem Tisch in der Nähe der niedrigen Bühne, sah sich um und versuchte, die Stimmung der etwa zweihundert Teenager abzuschätzen, die sich im Club drängten. Zornig, entschied er. Ein Gerücht über einen neuen Arbeitsbeschaffungsplan der Regierung war vor nicht einmal einer Stunde offiziell dementiert worden, und die arbeitslosen jungen Besucher verkrafteten den Verlust dieser geringen Hoffnung schlecht. Der Beleuchter hatte die Stimmung gespürt; die rasch wechselnden, nervös zuckenden und leicht aufreizenden Lichtmuster tendierten deutlich zu Rot. Eine Menge, die in diese Stimmung geriet, verhielt sich immer nach dem gleichen Schema: das Bier floß in Strömen, weil die Teens versuchten, sich zu betrinken; die Musik bot ihnen Gelegenheit, ihre Frustrationen im Tanz abzureagieren; und schließlich stapften sie benommen und abgebrannt nach Hause. Gelegentlich kam es zu einer Prügelei, aber das war schon das Äußerste, was passierte. Hohe Einnahmen, ein minimales Risiko – nur wenige Geschäftsleute in der Nähe der verhaßten

Mauer verdienten so gut. Kein Wunder, daß die Geschäftsleitung die zornige Menge in ihrer Haltung bestärkte.

An diesem Abend sollte es jedoch anders kommen.

Die Gruppe auf der Bühne schlug den ersten Akkord an, eine scharfe Dissonanz, die Durbin verriet, daß sie ebenfalls die Stimmung der Menge gespürt hatte. Er löffelte seinen dampfenden Eintopf und blickte verstohlen auf die Uhr. Vier Songs, vielleicht fünf, dann würde es Zeit zum Aufbruch sein.

Selbst mitten in der Nacht waren mehrere Fenster des Archivgebäudes erleuchtet. Caine drückte sich an das Haus auf der gegenüberliegenden Straßenseite, betrachtete den dreistöckigen Ziegelbau und fragte sich, wie viele Leute sich in ihm aufhielten. Er hatte Lathes Kommentar während der Taxifahrt zuerst nicht ganz erfaßt, doch jetzt kam er ihm zu Bewußtsein: Das Gebäude war ebenfalls durch ein Induktionsfeld gesichert und das bedeutete, daß sie praktisch unbewaffnet hineingehen würden. Die drei Blackcollars hatten natürlich ihre *nunchakus* dabei, und Hawking besaß sogar eine hölzerne Schleuder sowie die als Munition dienenden Steine. Aber das war alles. Ein einziger Schwenk mit einem Laser konnte sie alle vier erledigen. Caine, der unter seinem Flexarmor schwitzte, hätte gern gewußt, ob sie noch Zeit hatten, das Ganze abzublasen.

Die geflüsterte Beratung der drei Blackcollars war zu Ende, und Lathe zeigte auf die hintere Ecke des Archivgebäudes. »Das dürfte die beste Stelle sein«, erklärte er Caine. »Abgelegen, und nirgends ist Licht zu sehen. Wir überqueren die Straße einzeln – Sie sind der dritte. In der Nähe der Wand werden Sie ein Kribbeln spüren, aber kümmern Sie sich nicht darum.«

Lathe wartete Caines Reaktion nicht ab, sondern musterte die Straße in beide Richtungen und rannte dann in großen Sprüngen los. Hawking folgte ihm, und Caine war der nächste. Er lief, so schnell er konnte, aber er hatte immer noch den Eindruck, daß er doppelt so lange brauchte wie die anderen. Als er die angepeilte Ecke erreichte, war Lathe bereits mit Hilfe von Plastikhaken zwei Meter an der Mauer hinaufgeklettert. Als Mordecai eintraf, versuchte Lathe gerade, den Riegel am nächstgelegenen Fenster im ersten Stock zu öffnen.

Der Riegel hielt offenbar; Lathe gab seine Versuche auf und schob sich an der Wand entlang zum nächsten Fenster. Hier hatte er mehr Glück; es stand innerhalb von Sekunden offen. Er verschwand hinein, tauchte aber sofort wieder auf und winkte den anderen. Hawking tippte Caine auf die Schulter, lehnte sich an die Ziegel und verschränkte die Hände. Caine stieg darauf, stieß sich mit dem anderen Fuß vom Boden ab und zog sich mit den Händen die Mauer hinauf, während Hawking schob. Das Kribbeln war an der Wand am stärksten, und Caines Hände waren ein wenig taub, als er nach dem Fensterbrett griff. Lathe packte ihn am Arm und half ihm durch das offene Fenster in das kleine Büro. Caine richtete sich auf, drehte sich um und wollte dem nächsten helfen, aber zwei Hände, die Mordecai gehörten, klammerten sich bereits an das Fensterbrett; Caine streckte den Kopf hinaus und sah, daß Hawking buchstäblich über den kleineren Mann heraufkletterte, wobei er Stiefel, Gürtel und Schulter als Griffe und Tritte benützte. Er erreichte das Fenster und gelangte ohne fremde Hilfe in den Raum. Mordecai folgte ihm und schloß das Fenster hinter sich.

Lathe hatte inzwischen das Zimmer durchquert und horchte an der Tür. Als Caine und die anderen zu ihm traten, öffnete er sie einen Spalt breit. Gedämpftes Licht drang herein, während Lathe in beide Richtungen blickte und die Tür dann gerade soweit öffnete, daß er hindurchschlüpfen konnte. Die anderen folgten ihm in den schwach erleuchteten, von Türen gesäumten Korridor.

»Ein Stockwerk höher, richtig?« flüsterte Lathe.

Caine nickte. »Richtig. Das Treppenhaus liegt dort drüben.«

Sie erreichten die Treppe, ohne auf jemanden zu stoßen. Im nächsten Stockwerk öffnete Lathe geräuschlos die Tür des Treppenhauses und blickte hinaus. Er schloß sie genauso geräuschlos wieder.

»Wächter?« flüsterte Caine.

»Ein Ryq«, flüsterte Lathe zurück und zog seinen *nunchaku* aus dem Futteral.

Caines Herz setzte kurz aus. Was tat ein Alien hier, noch dazu mitten in der Nacht?

»Der hat wohl lange Ausgang, was?« flüsterte Mordecai. Er wirkte nicht sonderlich beunruhigt.

»Ja, aber er macht mir keine Sorgen«, meinte Lathe. »Er ist nicht besser bewaffnet als üblich und unterhält sich freundschaftlich mit einem Mann von der Nachtschicht.«

»Glauben Sie, daß sie Verdacht geschöpft haben?« fragte Hawking. »Oder handelt es sich nur um eine überraschende Inspektion?«

»Letzteres, würde ich sagen.«

»Sollten wir nicht etwas unternehmen?« mischte sich Caine nervös ein. Nicht stärker bewaffnet als üblich bedeutete, daß der Alien sowohl ein breites Kurzschwert als auch einen sehr tödlichen Handlaser trug. »Was ist, wenn er hier hereinkommt?«

»Entspannen Sie sich«, beruhigte ihn Hawking. »Treppenhäuser sind unter seiner Würde. Wir müssen nur warten, bis er geht. In unserem Zeitplan ist genügend Spielraum für solche Zwischenfälle vorgesehen.«

»Es sei denn, Sie möchten ihn angreifen«, schlug Lathe sanft vor.

Caine erschauerte. Allein die Vorstellung, mit einem unbewaffneten Ryq zu kämpfen, verursachte ihm Magenschmerzen, und er ärgerte sich über Lathe, der eine sehr reale Gefahr bagatellisierte.

In der Ferne begann ein Fahrstuhlmotor zu jaulen.

Lathe wartete, bis das Geräusch verstummte, und spähte dann wieder durch die Tür. Diesmal trat er in den Korridor hinaus.

Im Gegensatz zum darunterliegenden Stockwerk führten von diesem Korridor nur zwei Türen ab. Die zur Rechten hatte eine Glasscheibe, durch die helles Licht fiel. Lathe deutete hin und zog fragend die Augenbrauen hoch. »Der Hauptcomputer des Archivs«, flüsterte Caine. »Wenn der Plan des Gebäudes stimmt, werden die Archivkassetten auf der anderen Seite des Korridors aufbewahrt.«

Lathe nickte und gab Hawking ein Zeichen. Sie schlichen durch den Korridor und Lathe blickte vorsichtig durch das Fenster zum Computerraum, während Hawking sich duckte und versuchte, den Knauf der gegenüberliegenden Tür zu drehen. Einen Augenblick später kehrten beide zurück.

»Die Tür ist versperrt«, berichtete Hawking.

»Auch meine«, erklärte Lathe. »Drinnen sitzen vier Operatoren.«

»Direkt frontal?« murmelte Mordecai.

Lathe schüttelte den Kopf. »Sie sind zu weit entfernt. Der Raum ist aber zwei Stockwerke hoch, und in drei Metern Höhe befindet sich ein breiter Kabelschacht mit je einer Wartungsluke an beiden Enden. Sehen Sie es sich an!«

Mordecai ging zur Tür und warf einen Blick hinein. Als er zurückkam, deutete er nach hinten, und die vier Männer kehrten ins Treppenhaus zurück. »Kein Problem«, stellte Mordecai fest und rannte ohne weitere Erklärung die Treppe hinauf.

»Was hat er vor?« fragte Caine.

»Er räumt den Computerraum aus«, antwortete Lathe geistesabwesend.

»Allein?«

Lathe sah ihn geduldig an. »Mordecai ist zufällig der beste Nahkämpfer, den ich je erlebt habe – vielleicht der beste, der je gelebt hat. Das da drinnen ist für ihn ein Kinderspiel.«

»Zeit zu gehen«, murmelte Hawking einen Augenblick später. Lathe nickte, blickte wieder in den Korridor und ging ihnen zum Computerraum voraus. Er sah vorsichtig durch das Fenster und winkte dann Caine zu sich.

Der Raum war wirklich groß, und sein Zentrum wurde zum größten Teil von einem Pfeilercomputer terranischer Bauart aus der Vorkriegszeit eingenommen. An den Wänden standen verschiedene Nebenanlagen, und man vernahm das Summen der Kühlungsventilatoren sogar noch durch die Tür. Neben dem Pfeiler befand sich ein Schaltpult; die vier Operatoren, die Lathe erwähnt hatte, saßen darum herum. Beinahe direkt über ihnen kroch Mordecai vorsichtig am Kabelschacht entlang.

Caines Herz schlug schmerzhaft, und er fuhr sich mit der Zunge über die trockenen Lippen, ohne jedoch damit viel zu erreichen. Ganz gleich, wie gut Mordecai war, seine Chancen waren lausig. Wenn einer der Operatoren aufblickte, war alles vorbei. Und selbst wenn es dem Blackcollar gelang, die anderen zu überraschen, stand es immer noch vier zu eins. Caines Hände juckten nach einer Waffe, während er hilflos zusah, wie Mordecai über das Schaltpult gelangte – und hörte, wie am anderen Ende des Korridors die Fahrstuhltür aufging.

Caine fuhr herum, als ein scharfes Knacken ertönte, und erblickte gerade noch das erschrockene Gesicht des Wächters, bevor dieser zusammenbrach und die Fahrstuhltür blockierte. Hawking hielt die Schleuder für einen zweiten Schuß bereit, huschte hinüber und zog die zusammengesunkene Gestalt aus dem Lift. Während die Tür zuging, blickte Caine wieder in den Computerraum, weil er befürchtete, daß die Operatoren die Geräusche vernommen hatten. Er mußte zweimal hinschauen, um es zu glauben.

Alle vier Männer waren bewußtlos und lagen entweder auf dem Fußboden oder waren über dem Schaltpult zusammengesunken. Mordecai ging mit einem Schlüsselbund in der Hand auf die Tür zu.

Er öffnete sie in dem Augenblick, in dem Hawking mit dem bewußtlosen Wächter eintraf. Mordecai überreichte Lathe wortlos die Schlüssel und half Hawking, seine Last in den Computerraum zu ziehen.

»Caine!« rief Lathe von der anderen Tür aus. »Kommen Sie her und holen Sie sich ihre Kassette!«

Caine ging benommen zu ihm hinüber. Vier Männer waren an den Stellen ausgeschaltet worden, an denen sie saßen oder standen, und Mordecai hatte anscheinend nicht einmal seinen *nunchaku* dazu gebraucht.

Lathe fand den richtigen Schlüssel und betrat gemeinsam mit Caine den Raum. Caine schaltete die Dekkenbeleuchtung ein und stellte fest, daß er vor mehreren Reihen von Regalen stand, die vom Fußboden bis zur Decke reichten und hunderte Kassetten enthielten. »Eine Menge Aufzeichnungen«, brummte Lathe.

»Alles, was seit Beginn des TDE diesen Sektor betroffen hat«, erklärte Caine, der die Etiketts an den Regalen überflog. »Die Kassette, die ich brauche, befindet sich in dieser Richtung. Warum gehen Sie nicht auf die andere Seite hinüber und holen sich aufs Geratewohl drei Kassetten?«

»Gute Idee.«

Eine Minute später befanden sie sich wieder an der Tür; jeder hielt drei Kassetten in der Hand. Mordecai hielt an der Tür zum Computerraum Wache; drinnen saß Hawking am Steuerpult und studierte die Schalter.

»Haben Sie jemals einen Kolliecomputer bedient?« fragte Hawking, als Caine zu ihm trat.

»Nein, aber ich habe eine gute allgemeine Computerausbildung hinter mir.«

»Fein.« Hawking stand auf und griff nach den Kassetten. »Sie bedienen ihn. Ich lade die Kassetten.«

Der Vorgang dauerte nicht einmal drei Minuten. Sobald die sechs Kassetten eingeschoben waren, übertrug Caine von jeder zwei Aufzeichnungen auf eine leere Kassette. Elf willkürliche Ablenkungsmanöver und die eine entscheidende Aufzeichnung. Seine Hände zitterten leicht, als er die Kassette herauszog und die Bänder wieder aufspulte. »Geschafft.«

Hawking sah Lathe an. »Bringen wir die Kassetten zurück?«

»Nein, wir verschwinden lieber. Haben Sie einen Taxirufer gefunden, Mordecai? Gut – ich möchte Caines Rufer nicht öfter als notwendig verwenden. Wir gehen zur Vordertür hinaus; der Schalter für das Induktionsfeld befindet sich wahrscheinlich dort.«

Sie marschierten gemeinsam durch den Korridor. Als sie in den Fahrstuhl stiegen, sah Caine Lathe verstohlen an. Soweit Caine es unter der Kampfhaube und der Schutzbrille erkennen konnte, war der Gesichtsausdruck des alten Blackcollar nicht der eines Mannes, der seine Aufgabe beinahe erledigt hat. Caine fröstelte, aber er behielt seine Fragen für sich. Er würde bald genug erfahren, was Lathe noch vorhatte.

Die Aktentasche stand genau an der Stelle, die Lathe angegeben hatte. Skyler hockte sich in der Dunkelheit hin und leerte sie rasch, ohne die Straße aus den Augen zu lassen. Hoffentlich war das leise Geräusch eines näherkommenden Autos ein Hinweis darauf, daß Braune und Pittman Erfolg gehabt hatten. In dem Augenblick, in dem er die Aktentasche schloß, bog das Fahrzeug um die Ecke, fuhr die Straße hinunter und wendete an ihrem unteren Ende, so daß es mit dem Kühler zum Eingang der Sackgasse zeigte. Sekunden später war es wieder unterwegs, doch jetzt saß auch Skyler drin.

»Irgendwelche Schwierigkeiten?« fragte der Blackcollar, während er Messer, Wurfsterne und Funksprechgeräte austeilte.

Woody Pittman, der hinter dem Lenkrad saß, schüttelte den Kopf. »Keine. Braune hat es innerhalb einer halben Minute aufgesperrt.«

Skyler nickte. Er war nicht gerade davon begeistert, daß er zwei frisch ausgebildete Rekruten zu einem Überfall in ein Bollwerk der Kollies mitnehmen mußte, aber wenn es schon nicht anders ging, waren Pittman und Stef Braune die bestmögliche Wahl. Vor allem Pittman: Zweiundzwanzig Jahre alt, fünf Jahre geheime Kampfausbildung; er hatte das Ungestüm der Jugend hinter sich und begann allmählich, sich die abwägende Denkweise anzugewöhnen, die für einen Kämpfer unerläßlich ist. Der um drei Jahre jüngere Braune verfügte über die gleichen Charakteristika, doch waren sie noch nicht so deutlich entwickelt. Zum x-ten Mal bedauerte Skyler, daß er keine Vorräte der Backlash-Droge besessen hatte, als der Planet besetzt wurde. Ohne diese Droge würde keiner der jugendlichen Kämpfer auf Plinry jemals über die superschnellen Reflexe der Blackcollar verfügen. Dennoch ... Skyler musterte verstohlen Pittmans Gesicht. Wachsam, entschlossen, und jene Spur von Angst, die einen Menschen vorsichtig macht. Backlash oder nicht, der Junge würde irgendwann ein guter Kämpfer sein.

Die meisten Lichter, die in der Abteilung für planetarische Sicherheit eingeschaltet waren, befanden sich im Erdgeschoß: die Nachtschicht der Hüter der Ryqril-Interessen. Es war für einen Blackcollar die gefährlichste Stelle der Stadt, aber Skyler verfügte wenigstens über sein Wurfmesser und die anderen Waffen. Da die ganze Zeit über bewaffnete Sicherheitsmänner ein- und ausgingen, gab es sicherlich kein Induktionsfeld. Lathes Aufgabe war vermutlich wesentlich gefährlicher, und Skyler hätte gern gewußt, wie es seinem Freund ging.

Pittman hielt gegenüber vom Gebäude des Sicherheitsdienstes. Er und Skyler stiegen aus, während Braune hinter das Lenkrad glitt und weiterfuhr. Pittman verschwand in einer dunklen Türnische und hielt Wache, während Skyler die Messer in den Scheiden an Unterarm und Gürtel lockerte und über die Straße ging.

Das Haupttor war groß, beeindruckend und mit Glasscheiben versehen. Skyler postierte sich daneben und schaute hinein. Ein kurzes, verglastes Foyer führte direkt in einen größeren Raum, der von einem Empfangspult beherrscht wurde. Ein Sicherheitsmann lümmelte am Pult und spielte mit einem Taschenmesser; zwei seiner Kollegen lehnten ihm gegenüber an der Wand und unterhielten sich. Sie waren bewaffnet, und Skyler nahm an, daß das auch für den Mann am Pult galt. Dieser mußte das erste Ziel sein, weil er der einzige war, der sich in Reichweite der verschiedenen Alarmknöpfe befand. Die anderen mußten erledigt werden, bevor sie ziehen konnten. Skyler nahm den *nunchaku* in die linke Hand, das Messer in die rechte, riß die äußere Tür auf, durchquerte mit zwei Schritten das Foyer und stand an der Rezeption. Sie hatten sich umgedreht, als er die Außentür öffnete, waren jedoch vor Verblüffung erstarrt, und zwar so lange, daß Skyler beschloß, gnädig zu sein. »Okay, keiner rührt sich«, befahl er so autoritär wie möglich – und ihre Erstarrung platzte wie eine Seifenblase.

Der Mann am Pult langte nach seinen Alarmknöpfen und wurde durch den Griff von Skylers Messer, der zwischen seinen Augen aufprallte, zurückgeschleudert. Die beiden anderen, die noch immer wie Dilettanten nebeneinander standen, zerrten an ihren Halftern, als der *nunchaku* beide an der Stirn traf.

Der eine ging sofort zu Boden; der zweite war benommen, blieb aber stehen, bis Skyler ihn mit einem Schlag hinter das Ohr erledigte. Skyler horchte nach Alarmsignalen, während er sich seine Waffen zurückholte und dabei die Wächter untersuchte. Zwei von ihnen waren für die Dauer seines Aufenthalts ausgeschaltet, der dritte – der Mann am Pult – für immer.

Skyler betrachtete den Toten einen Augenblick lang,

und sein Magen krampfte sich schmerzhaft zusammen. Es war lange her, seit er gezwungen gewesen war, jemanden zu töten ... Er steckte sein Messer beinahe grimmig in die Scheide und wandte sich dem Zimmerverzeichnis auf dem Pult zu.

Die Liste war kurz, und es fiel Skyler nicht schwer, den Geiselraum zu finden. Er lag zu seiner Linken in dem Korridor hinter der Doppeltür. Er hielt den *nunchaku* bereit, durchquerte die Rezeption, öffnete eine der Türen und schlüpfte durch den Spalt.

Zwanzig Meter vor ihm drangen aus einer offenen Tür Licht und fröhliche Gespräche. Das war zweifellos das richtige Zimmer; nur Geiseln machten solchen Krach. Skyler ging weiter und dachte dabei daran, was für eine ironische Wendung dieses Kolliegambit genommen hatte. Kurz nach der Besetzung von Plinry hatten die Ryqril verlangt, daß führende Zivilisten in einem bestimmten Turnus als Geiseln festgehalten wurden, um sich dadurch die Kooperation der Bevölkerung zu sichern. Dieser Befehl war nie widerrufen worden, aber in den Jahren nach der Kapitulation der Blackcollars hatte sich die Einstellung zur Geiselnahme geändert. Es galt jetzt als Statussymbol, wenn man für die Viertageschicht als Geisel ausgewählt wurde – es war sozusagen ein Merkmal des Erfolgs. Der Geiselraum war luxuriös ausgestattet worden, und die Geiseln betrachteten ihren Aufenthalt als kostenlosen Urlaub – was er im Grund auch war. In vieler Hinsicht hatten sich die zehn Männer und Frauen da drinnen genauso der Kollaboration mit dem Feind schuldig gemacht wie die loyalitätskonditionierten Kollies, und es ging Skyler gegen den Strich, daß er sie herausholen mußte. Aber sie waren Geiseln – und wenn der Wirbel losging, würde sich ihr Privatclub sehr rasch sehr gründlich verändern.

Er hatte die offene Tür erreicht und trat ein, ohne zu zögern. Direkt vor ihm befanden sich die Geiseln, die seine Anwesenheit noch nicht bemerkt hatten. Zu beiden Seiten der Tür standen zwei Sicherheitsmänner: der eine lehnte an der Wand, der zweite, jüngere, hielt sich pflichtbewußt gerade. Skyler erledigte zuerst den Jüngeren mit einem Fausthieb in die Magengegend und einem Handkantenschlag gegen den Hals. Der ältere Wächter, der nach seinem Revolver griff, ging nach einem Magenhaken und zwei Faustschlägen gegen den Kopf zu Boden.

Als Skyler von den bewußtlosen Sicherheitsmännern aufblickte, herrschte im Raum Totenstille. Die Geiseln starrten ihn mit schreckgeweiteten Augen an und hatten ihre Karten, Drinks und Gespräche vergessen. »Meine Damen und Herren«, begann Skyler – und plötzlich erwachte der Pocher an seinem rechten Handgelenk zum Leben und klopfte Punkte und Striche auf zwei Hautabschnitte. Im praktischen Einsatzcode der Blackcollar bestand die Nachricht nur aus zwölf Buchstaben – aber Skyler stockte der Atem. *Ryq kommt durch Haupteingang herein – werde angreifen – ersuche um Hilfe.*

Bevor die Nachricht auch nur zu Ende war, rannte Skyler durch die Tür und den Korridor hinunter; er wußte, daß er trotzdem nicht als erster anlangen würde. Als er die Doppeltür erreichte, bestätigte ihm ein gedämpfter Aufprall seine Befürchtungen; als er die Tür aufstieß, war der Kampf bereits im Gang.

Der Ryq, der von hinten wie ein großer, aufrechtgehender, mit braunem Gummi überzogener Dobermann aussah, marschierte durch die Rezeption und schlug mit seinem Schwert erbittert nach Woody Pittman. Der Rekrut bemühte sich nach Leibeskräften, den Schlägen auszuweichen, oder sie mit seinem bereits sehr zersplitterten *nunchaku* abzuwehren, aber er verlor schnell an Boden und würde innerhalb von Sekunden mit dem Rücken zur Wand stehen. Skyler wechselte den *nunchaku* in die linke Hand, zog mit der rechten ein Messer aus seinem Gürtel, und überlegte kurz, ob er nicht womöglich Pittman statt des sich schnell bewegenden Ryq treffen würde. Doch er hatte keine Wahl. Er hob das Messer, zielte – und Pittman stolperte und fiel auf den Rücken. Mit leisem Triumphgeheul hob der Riq sein Schwert.

Skylers Messer blitzte durch den Raum und bohrte sich in den Rücken des Aliens.

Der Ryq zuckte zusammen, als hätte er einen elektrischen Schlag erhalten, und sein Schwert klirrte harmlos auf den Boden. Er hielt sich gerade noch so lange auf den Beinen, daß Skyler zwei weitere Messer in seine zähe Haut schleudern konnte, dann brach er beinahe graziös zusammen.

Als Skyler Pittman erreichte, rappelte sich dieser gerade hoch. »Bist du in Ordnung?« brummte der Blackcollar, der erst jetzt die Handvoll blutiger Schnitte in den nicht aus Flexarmor bestehenden Ärmeln und Handschuhen des Jungen bemerkte.

»Ja. Sein Laser liegt drüben beim Pult.«

»Dein Überraschungsangriff hat nicht ganz hingehauen, was? Du hast ihn aber wenigstens entwaffnet. Hol den Laser! Ich bin in einer Minute wieder da.«

Skyler holte seine Messer und rannte zum Geiselraum zurück. Die Geiseln hatten sich noch nicht vom Fleck gerührt, hatten aber den Schock überwunden; als Skyler eintrat, wandte sich ihm ein kräftiger Mann, der an einem der Spieltische saß, empört zu: »Sagen Sie mal, was tun Sie hier eigentlich?«

»Ich hole Sie heraus. Wir sind dabei, einen Angriff auf die Ryqril zu starten.«

Das Gesicht des Fragenden wurde kalkweiß. »Sind Sie verrückt? Sie werden uns alle umbringen. Habt ihr Idioten denn noch immer nicht begriffen, daß ihr nicht gegen die Ryqril kämpfen könnt?«

Skyler kümmerte sich nicht um ihn. »Alles aufstehen! Wir gehen.«

»Nein!« Die Hand des kräftigen Mannes kam mit dem

Laser eines der Wächter unter dem Tisch hervor. »Blasen Sie den Angriff ab!«

Skyler sprang rascher vor, als ihm die Waffe folgen konnte. Noch bevor er landete, flog sein Messer durch die Luft. Im nächsten Augenblick fiel der Laser auf den Boden, während sein Besitzer sich die Hand hielt, in der der Messergriff sehr wahrscheinlich einen oder zwei Knochen gebrochen hatte.

»Ich habe gesagt, wir gehen, verdammt noch mal!« Skylers Stimme war hart wie Stahl.

Die entsetzten Geiseln standen schleunigst auf. Skyler, der sich wie ein besserer Schäferhund vorkam, trieb seine Schäfchen durch den Korridor zur Rezeption.

Pittman kauerte neben dem Pult und beobachtete den Eingang. »Braune ist gerade mit dem Kastenwagen vorgefahren«, meldete er.

»Gut. Wir bringen sie auf den Weg, dann folgen wir im zweiten Wagen.«

»Aber wir dürfen die Nabe nicht verlassen«, wandte eine Geisel automatisch ein, ohne den Blick von dem toten Ryq zu wenden. »Die Torwächter ...«

»Werden bald aus dem Weg geräumt sein«, beruhigte Skyler die Dame. »Wir haben freie Bahn ... – gehen wir!«

Braune hatte den Kastenwagen offensichtlich auf dem Parkplatz des Sicherheitsdienstes gestohlen; er war zwar nicht gekennzeichnet, aber die Fahrerkabine war gegen den Laderaum hermetisch abgeschlossen, und der Wagen war deutlich für Gefangenentransporte gedacht. Skyler trieb die Geiseln hinein, erteilte Braune letzte Anweisungen, und als der Kastenwagen sich zum Südtor der Nabe in Bewegung setzte, marschierte Skyler die Straße zu ihrem ursprünglichen Fahrzeug hinunter.

Als Skyler einlangte, kletterte Pittman gerade in den Fahrersitz. »Schieb rüber, Pittman! Ich fahre.«

»Ich kann fahren, Sir.«

»Ein bißchen schwierig, wenn du dir dabei selbst die Hände verbindest. Rüber mit dir!«

Der Junge gehorchte, und einige Augenblicke später waren sie nach Süden unterwegs. Skyler warf gelegentlich einen Blick zu Pittman hinüber und bemerkte, daß der Rekrut Schwierigkeiten hatte, mit dem Verbandmaterial aus dem Erste-Hilfe-Beutel zurechtzukommen. Ganz gleich, wie realistisch Simulationen bei der Ausbildung waren, sagte sich Skyler – ein echter Einsatz war immer etwas anderes. »Du hast dich heute abend gut gehalten«, lobte er.

»Danke, Sir. Es tut mir sehr leid, daß ich den Kopf des Ryq mit dem *nunchaku* verfehlt habe.«

»Vergiß es! Es ist kaum zu glauben, wie schnell sich die Kerle bewegen können – es war übrigens ein verdammt blöder Trick von dir, dich fallenzulassen. Von Rechts wegen solltest du jetzt tot sein.«

Pittman zuckte die Achseln. »Ich habe gesehen, daß Sie mit wurfbereitem Messer hereingekommen sind und fand, daß Sie besser zielen können, wenn ich den Ryq dazu bringe, eine Sekunde stillzustehen. Meiner Meinung nach war es das Risiko wert.«

»Außerdem wolltest du nicht in meiner Wurfbahn stehen.«

»Ich wollte nicht, daß Sie sich Sorgen machen, weil Sie mich treffen könnten.«

»Ich bin dir für deine Rücksicht dankbar – aber tu das nie wieder! Duck dich, mache einen Schritt nach links oder rechts, spring über diese Küchenschaben, wenn du mußt, aber falle nie vor einem Ryq auf den Rücken! Verstanden?«

»Ja, Sir.«

Skyler legte dem Jungen die Hand auf die Schulter. »Schließlich und endlich«, fuhr er fort, »möchte ich dich nach so vielen Ausbildungsjahren nicht verlieren.«

Er spürte, wie sich Pittmans Muskeln unter seiner

Hand entspannten. »Ja, Sir. Ich werde von nun an Ihre Investition im Auge behalten.«

Skyler lächelte vor sich hin. Der Junge würde bestimmt ein verdammt guter Kämpfer werden.

Das hartnäckige Summen des Telefons auf seinem Nachtkästchen riß Präfekt Galway aus tiefem Schlaf. Er schaltete den Bildschirm ab und griff nach dem Hörer. »Galway«, gähnte er.

»Hier spricht Sergeant Grazian, Präfekt, der Überwacher von Alain Rienzi. Es tut mir leid, daß ich Sie geweckt habe, aber ich habe etwas bemerkt, das vielleicht wichtig ist.«

»Sprechen Sie weiter!« Galway rieb sich die Augen.

»Rienzi hatte seine Tabletten in der Hütte vergessen und mußte mit dem Wagen hinaufgefahren werden, um sie zu holen. Vor mir liegen die Berichte vom Osttor über seine Abfahrt und seine Ankunft, und – na ja, ich wundere mich über die zusätzliche Aktentasche, mit der er zurückgekommen ist.«

Galway war plötzlich hellwach. »Eine zusätzliche Aktentasche? Ist sie durchsucht worden?«

»Nein, Sir. Und noch etwas: Rienzi ist vor beinahe fünfzig Minuten durch das Osttor hereingekommen, aber er ist noch immer nicht in seinem Hotel eingetroffen. Und über die Wanzen in seiner Kleidung bekommen wir nur Straßengeräusche herein.«

»Rufen Sie die zentrale Dienststelle an und lassen Sie sich die Aufzeichnungen der letzten Stunde geben.«

»Ja, Sir.« Eine lange Pause. »Das ist merkwürdig. Niemand meldet sich.«

Galways Nackenmuskeln verkrampften sich vor undefinierbarer Angst. »Fahren Sie hinaus und stellen Sie fest, was los ist! Nehmen Sie zwei Männer mit!«

»Sir, er hat wahrscheinlich nur ...«

»Tun Sie's, Sergeant! Und rufen Sie mich sofort zurück – ich ziehe mich inzwischen an.«

Er legte auf, rollte aus dem Bett und war froh, daß Margaret so tief schlief. Sein Anzug hing ordentlich über einem Stuhl, und er kleidete sich so rasch wie möglich an. Er fuhr gerade in die Stiefel, als Grazian anrief und ihm berichtete, was geschehen war. »Beta-Alarm«, befahl der Präfekt. »Schicken Sie zusätzliche Leute an die Tore! Die Nabe muß hermetisch abgeriegelt werden. Sehen Sie nach, ob sie im Gebäude noch etwas unternommen haben!« – ihm fiel etwas ein –, »und schicken Sie sofort einige Leute in das Archivgebäude!«

Der Sergeant bestätigte und legte auf. Galway schnallte sich seinen Revolver um. Endlich ist es soweit, dachte er grimmig, während er die Energiereserve seines Lasers überprüfte; die Explosion, vor der er sich so viele Jahre gefürchtet hatte, war erfolgt.

Er warf einen letzten Blick auf seine schlafende Frau und verließ eilig die Wohnung.

8. Kapitel

Es war Zeit.

Die Musik im Apex Club hatte den dröhnenden Höhepunkt erreicht. Der Nachhall hing noch immer im Raum. Musik, Beleuchtung und Alkohol hatten die Menge in einen brodelnden Kessel voll Zorn und Enttäuschung verwandelt. Die Teenager waren im Begriff zu explodieren.

Der erforderliche Katalysator war ebenfalls bereit. Denis Henrikson blickte mit fragend hochgezogenen Augenbrauen von der anderen Seite der Bühne aus zu Durbin hinüber. Durbin nickte. Henrikson stand mit grimmigem Lächeln auf, betrat die Bühne und ergriff ein Mikrophon. Durbin schob seinen Stuhl zurück und machte sich für die Action bereit.

»Freunde!« Henriksons verstärkte Stimme dröhnte durch den Raum, und einige Teenager unterbrachen ihre Gespräche und blickten zur Bühne. »Warum sitzen wir hier herum? Warum lassen wir zu, daß diese verdammten Kollies uns das antun? Ist uns schon alles egal?«

Immer mehr Köpfe wandten sich ihm zu, und die Gespräche verstummten nach und nach, während Henrikson vernichtende Anschuldigungen gegen die Regierung erhob. Es waren nicht so sehr die Worte an sich, denn all das hatte jeder schon gehört, sondern die Art, wie Henrikson es brachte. Er besaß die undefinierbare Aura der Autorität, das Charisma des geborenen Führers. Seine Fähigkeiten waren durch drei Jahre geheimer Ausbildung in Psychologie und Soziologie gefördert worden, bis er zu einem meisterhaften Manipulator menschlicher Gefühle geworden war.

Und die Menge reagierte auf ihn. Der Lärm im Hintergrund nahm wieder zu – doch jetzt bestand er nicht aus frustrierten Gesprächen. Die Geräusche waren tierisch, voll Haß und Gewalt. In einer Ecke hatte ein Singsang eingesetzt: »Brennt es nieder! Brennt es nieder! Brennt es nieder!« Immer mehr Leute griffen ihn auf, und innerhalb von Sekunden erbebte das Gebäude unter zornigem Getrampel.

An dem Tisch vor Durbin griff ein dunkelhaariger Jugendlicher verstohlen in die Tasche. Durbin schob sich unbemerkt hinter ihn, und als der Teenager die Hand herauszog, versetzte ihm Durbin einen genau gezielten Nackenschlag. Der Junge brach bewußtlos über dem Tisch zusammen, und Durbin hob den Gegenstand auf, der dem anderen aus der Hand gefallen war. Es war ein winziger Kommunikator.

Befriedigt lächelnd steckte ihn Durbin dem Bewußtlosen wieder in die Tasche. Er hatte seit langem vermutet, daß der Junge ein Informant des Sicherheitsdienstes war – aus diesem Grund hatte er sich auch in seine Nähe gesetzt. Die Kollies durften nicht einmal andeutungsweise erfahren, was sich in den nächsten Augenblicken abspielen würde.

Die Menge setzte sich unerwartet in Bewegung und strömte wie von einem Sturm getrieben zum Seitenausgang hinaus. Durbin brachte sich an der Leeseite des Tisches in Sicherheit und sah gerade noch, wie Henrikson das Gebäude an der Spitze des Mobs verließ. Er schloß sich der Menge an und merkte plötzlich, daß er sich so ausschließlich auf den Handlanger der Kollies konzentriert hatte, daß er den abschließenden Höhepunkt von Henriksons Rede verpaßt hatte. Er bedauerte es sehr, denn darauf hatte er sich gefreut.

Draußen wandte sich die Menge scharf nach rechts. Zwei Häuserblocks vor ihnen ragte das Südtor der Nabe empor. Durbin lief am Rand des Mobs entlang, bis er die Mitte der Gruppe erreicht hatte, wo er notfalls als zusätzlicher Führer eingreifen konnte.

»Halt!« dröhnte vor ihnen eine Stimme – einer der Torwächter mit einem Megaphon. »Wir befehlen Ihnen, sich zu zerstreuen!«

Als Antwort drehte sich Henrikson halb um, brüllte etwas, das Durbin nicht verstand, und rannte doppelt so schnell weiter. Von den Wächtern an der Außenseite zuckten Lichtstrahlen auf und glitten über die erste Reihe. Die Waffen waren offenbar schwach eingestellt – sie verursachten Brandwunden, töteten aber nicht –, und die Menge zögerte eine Sekunde lang, als sich Schmerzensschreie in das Wutgebrüll mischten. Doch Henrikson behielt sein Tempo bei. Seine helle Stimme rief, und die Menge strömte weiter. Die beiden Wächter stellten ihre Laser neu ein, während sie sich zurückzogen. Hinter ihnen ging das Tor auf, als sie die Waffen zu einem zweiten Schuß hoben – der vermutlich tödlich war und den wahrscheinlich nicht einmal Henriksons verborgener Flexarmor abhalten konnte.

Der Schuß fiel nie. Die Köpfe der beiden Wächter kippten nach hinten, und dann brachen die Männer zusammen. Der Posten an der Innenseite des Tores starrte sie einen Herzschlag lang verständnislos an, bevor ihn O'Haras versteckte Scharfschützen ebenfalls fällten. Und das Tor stand immer noch offen.

Mit einem triumphierenden Schrei führte Henrikson die Menge durch die Mauer. Einige Teenager blieben stehen und holten sich die Waffen der erschossenen Wächter. Als Sekunden später eine Wagenladung mit Sicherheitsmännern um eine Ecke schleuderte, wurde sie, bevor sie reagieren konnte, überrumpelt und von Laserstrahlen zerfetzt. Das brachte weitere acht Waffen ein, und die Luft war bald von Laserfeuer erfüllt, als die Aufrührer ihre Wut an den umgebenden Gebäuden ausließen. Wieder rief und deutete Henrikson, und die Menge setzte sich neuerlich in Richtung auf das Geschäfts- und Regierungsviertel der Nabe in Bewegung.

Weil Durbin nach einem Angriff des Sicherheitsdienstes auf ihre Nachhut Ausschau hielt, sah er die drei Fahrzeuge – ein Taxi, einen Privatwagen und einen Kastenwagen – die aus dem offenen Tor hinter ihm glitten. *Phase eins erledigt,* dachte er und hakte im Geist einen Punkt auf der Checkliste ab. Jetzt kam Phase zwei, in der sie den Köder spielten: sie mußten den Gegenschlag der Kollies auf sich ziehen. Er erschauerte leicht, während er hinter der Menge hereilte, sich dabei aber immer wieder wachsam umsah.

Galway erhielt den Bericht, während er zum Gebäude des Sicherheitsdienstes unterwegs war. »Wie viele sind eingedrungen, Sergeant?« fragte er knapp.

»Mindestens zweihundert, Sir.« Grazian saß jetzt in der zentralen Dienststelle, und obwohl er versuchte, sich zu beherrschen, zitterte seine Stimme. »Ich weiß nicht, wie. Alle drei Wächter sind plötzlich zusammengebrochen, während das Tor offenstand, aber die Energie- und Metalldetektoren haben nichts angezeigt, was eine Waffe sein könnte.«

»Schleudern«, murmelte Galway.

»Sir?«

»Die Waffe der Blackcollar-Heckenschützen«, erklärte der Präfekt. »Geben Sie Alarmstufe sieben durch; alle Sicherheitsmänner müssen sofort in Aufruhr-Ausrüstung antreten.«

»Ja, Sir«, erwiderte Grazian. Gleichzeitig erschien auf Galways Auto-Monitor ein großes rotes A-7. »Ausgeführt, Präfekt.«

Galway drückte auf einen Knopf und das A-7 verschwand. »In Ordnung; was ist mit den anderen Männern, die wir verloren haben?«

»Es waren die vier Verstärkungen, die Sie zu dem Tor geschickt haben. Sie haben gerade gemeldet, daß sie die Aufrührer hörten, als sie getroffen wurden. Wahrscheinlich haben sie angenommen, daß sich der Mob noch außerhalb der Mauer befindet.«

»Warum?« fuhr ihn Galway an. »Sie haben es doch überwacht. Warum haben Sie sie nicht gewarnt?«

»Sir ... ich ...«, stotterte Grazian kläglich. »Alles ist so schnell gegangen ...«

»Sie sind also erstarrt, und vier Männer sind tot.« Galway sprach scharf, aber sein Zorn verwandelte sich rasch in Besorgnis. Die Blackcollars hatten jetzt die Initiative an sich gerissen – wie jeder Angreifer –, und seine Sicherheitskräfte reagierten nicht annähernd schnell genug. Sie waren natürlich für solche Zwischenfälle ausgebildet worden, aber seit Jahren hatte niemand mehr an einen Ernstfall geglaubt. Konnte er sie in der Hitze des Gefechts in den Griff bekommen? Galway war nicht sicher.

Doch in anderer Hinsicht war er sicher: wenn er zuließ, daß seine Männer durch die Verteidigung der Nabe gebunden wurden, beschwor er eine Katastrophe herauf. Er mußte den Aufruhr niederschlagen, und zwar schnell, bevor die Blackcollars alles durchführen konnten, was sie vorhatten – was immer es war. »Was haben wir in der Luft, Sergeant?«

»Alle acht Aufklärer sind aufgestiegen und koordinieren die Aktionen auf dem Boden. Die Menge ist jetzt aufgesplittert, und jede Gruppe verfügt über mindestens eine gestohlene Waffe. Der Mob beginnt, sich auch vor den anderen Toren zu sammeln, doch bis jetzt können wir ihn in Schach halten.«

Koordinieren war so ziemlich das einzige, was die Aufklärer konnten; ihnen fehlte die technisch ausgereifte Feuerkraft für genau gezielte Angriffe, mit denen man die Aufrührer treffen konnte, ohne die ganze Gegend in Schutt und Asche zu legen. Doch auf Plinry gab es Flugzeuge, die dazu imstande waren. »Rufen Sie den Flughafen an. Ich brauche sofort ihre Patrouillenboote.«

»Alle sechs?« fragte Grazian zweifelnd. »Dann verteidigt niemand mehr den Flughafen.«

»Sie haben ja den Zaun. Außerdem werden die Flugboote nicht lange brauchen, um mit den Aufrührern fertigzuwerden. Wenn sie nervös werden, können sie die Ryqril immer noch bitten, einige Korsaren starten zu lassen.«

»Ja, Sir.« Eine Pause. »Ich habe jetzt den diensthabenden Offizier des Flughafens am Apparat; Kanal drei.«

Galway schaltete um und erteilte den Befehl.

Sie kamen von Norden niedrig über der Stadt herein: sechs schlanke Flugzeuge, die die plumpen Aufklärer des Sicherheitsdienstes ersetzten; letztere stiegen höher, um ihnen Platz zu machen. Von seinem einsamen, baumbestandenen Hügel zwei Kilometer östlich der Stadt aus zählte sie Trevor Dhonau und nickte zufrieden. Galway hatte die Patrouillenboote etwas früher eingesetzt, als er erwartet hatte, aber das war in Ordnung. Dhonau und Terris Shen, der zweite Schläger, hatten ihre Positionen vor beinahe einer Stunde eingenommen.

Der Blackcollar hockte hinter dem Zielgerät seines zweirohrigen Raketenwerfers und hatte das lahme Bein mühsam weggestreckt. Jetzt gestattete er sich einen Augenblick lang einen Anflug von Bedauern. Es hatte so lange gedauert, bis der Widerstand endlich einsetzte, und er hätte so gern bis zum Ende dabeisein wollen. Aber jemand mußte den Schläger spielen, und es war besser, wenn er es tat, und nicht jemand mit zwei gesunden Beinen. Das Idunin hielt einen Menschen lange Zeit am Leben, aber für zerstörte Gewebe war eine andere Behandlung erforderlich – und daß die Kollies sich weigerten, sie zur Verfügung zu stellen, war eine weitere alte Rechnung, die er zu begleichen hatte.

Der Augenblick des Bedauerns war vorbei, und Dhonau lächelte sogar, als er nach dem Abzug griff und den Sicherheitsflügel umlegte. Jeder von ihnen mußte dafür bezahlen, und wenn es ihn härter traf als die anderen, so gehörte dies nur zu den Pflichten eines Comsquare.

Lathe hatte ebenfalls widerspruchslos seine Pflicht erfüllt. Dhonau dachte mit schlechtem Gewissen daran, wie Lathe als Kontaktmann einsam Wache gehalten, wie er in seiner demütigenden Rolle geduldig auf den Kontakt gewartet hatte, der endlich erfolgt war. Er würde ein guter Nachfolger sein. Hoffentlich war von ihm, Dhonau, morgen noch soviel übrig, daß Lathe es einsammeln konnte.

Es war beinahe soweit. Die Patrouillenboote gingen über Capstone in Position und suchten die Aufrührer. Dhonau wartete, bis sie beinahe unbeweglich in der Luft hingen, dann betätigte er den Abzug.

Die winzige Boden-Luft-Rakete schoß funkensprühend und zischend wie Wassertropfen auf einer heißen Herdplatte aus dem linken Rohr. Dhonau wechselte das Ziel und feuerte noch einmal.

Das Ergebnis war besser, als Dhonau gehofft hatte. Eine blauweiße Sonne explodierte in einem der Patrouillenboote, das wild schwankend heruntertrudelte. Ein zweites Boot, das sich krampfhaft bemühte, seinem brennenden Gefährten auszuweichen, geriet direkt in die Flugbahn der zweiten Rakete. Es hatte nicht einmal Zeit abzustürzen, sondern löste sich in der Luft auf, als sein Treibstoff und die Munition explodierten. Ein drittes Boot war durch die Explosionen in Bodennähe gedrückt worden und kämpfte um sein Gleichgewicht, als von Shens Stellung eine Rakete aufstieg und es endgültig erledigte. Es war so schnell gegangen, daß der Donner der Explosionen erst jetzt Dhonaus Hügel erreichte.

Der alte Blackcollar grinste, als er ihn hörte. Drei mit der ersten Salve erledigt – besser konnte man es nicht machen. Die anderen drei Flugboote summten jetzt herum wie Hornissen und suchten die Angreifer, aber Dhonau machte sich noch nicht allzu viele Sorgen. Obwohl die Flugboote von den Ryqril gebaut wurden, waren sie vor dem Krieg auf der Erde entwickelt worden, und Dhonau wußte, daß ihre Sensoren nicht gleichzeitig einen eng begrenzten und einen großen Bereich absuchen konnten. Da sie sich auf die Aufrührer in Capstone konzentrierten, konnten sie unmöglich die Flugbahn der Raketen beobachten. Das ist eines der grundlegenden Probleme, wenn man die Technik eines anderen stiehlt, dachte Dhonau ironisch: der ursprüngliche Besitzer weiß zu gut darüber Bescheid.

Zwei Flugboote waren inzwischen zu der Standard-Suchmethode übergegangen, während das dritte höher stieg, so daß es das gesamte Gebiet überblickte. Eine primitive Methode, die sie vielleicht teuer zu stehen kam: es konnte sie eines der niedrig fliegenden Boote kosten, wenn sie die Position beider Schläger lokalisieren wollten. Dhonau lud seine Rohre neu und wartete darauf, daß die Flugboote näherkamen. Doch plötzlich änderte eines von ihnen die Richtung und flog in einem engen Bogen nach Südwesten. Sie hatten Shen entdeckt.

Der andere Schläger erkannte dies ebenfalls und jagte zwei Raketen rasch hintereinander in die Höhe. Beide wurden vom Laser erfaßt und explodierten, ohne Schaden anzurichten.

Dhonau fluchte leise, während er die Rohre herumschwenkte und den Abzug betätigte. Er verriet damit seine Position, aber er hatte keine andere Wahl. Shen hatte beide Rohre abgefeuert und bot einige Sekunden lang, bis er wieder geladen hatte, ein leichtes Ziel.

Die Rakete flog auf ihr Ziel zu – und Dhonaus Eindruck, daß die Kolliebesatzung aus Neulingen bestand, bestätigte sich. Sie konzentrierte sich auf den wehrlosen Shen und bemerkten den Pfeil, der hinter ihnen herflog, erst, als es zu spät war. Selbst dann versuchte der Pilot noch, dem unausweichlichen Ende zu entgehen, und raste etwa hundert Meter weiter, bis ihn die Rakete einholte und seine Flucht beendete. Während Dhonau den Himmel nach den restlichen Booten absuchte, verzog er verächtlich den Mund. Ein Blackcollar hätte angesichts des sicheren Todes seine Position beibehalten und wäre auf den Feind gestürzt.

Plötzlich explodierte der Gipfel des Hügels dröhnend in blaue Flammen, und Dhonau konnte gerade noch die Augen schließen, bevor er durch das konzentrierte Laserfeuer erblindete. Das Licht erlosch genauso schnell, wie es gekommen war, und hinterließ in seinem Kielwasser nur die Flammen der brennenden Vegetation. Dhonau hatte sich auf den Boden geworfen; sein Flexarmor wurde so heiß, daß er ihm die Haut verbrannte. Er öffnete die Augen und versuchte, das rote Nachbild zu verdrängen. Er hatte Glück gehabt; wenn der Angreifer über ihm geblieben wäre, statt im Tiefflug anzugreifen, wäre er jetzt tot. Doch sein Flexarmor würde keinen zweiten Angriff überstehen. Er rollte sich auf den Rücken, suchte rasch den Himmel ab und kehrte zu dem Raketenwerfer zurück.

Schlimm. Die Raketen waren intakt, aber das dünnere Metall der Rohre hatte sich infolge der intensiven Hitze leicht verzogen. Dhonau biß die Zähne zusammen, öffnete den Verschluß des nächsten Rohres und begann, den Zündmechanismus auszubauen.

Eine Sekunde später lag er flach auf dem Boden, weil eine Explosion die Luft zerriß; er drehte den Kopf und erblickte ein getroffenes Flugboot, das hilflos abstürzte. Ein weiterer Punkt für Shen. Aber der Triumph war nur kurz; Sekunden später stieß das letzte Patrouillenboot herunter, und Shens Position wurde mit Laserfeuer zugedeckt. Shens letzte Raketen explodierten, und ein Feuerball stieg in den Himmel. Trotzdem fegte der Laser des Patrouillenbootes über das Gebiet, um sicher zu sein, daß der Feind tot war. Dhonau zog den Zündmechanismus mit einem letzten Ruck heraus. Er hob eine Rakete auf, stolperte den Hügel hinunter, und stellte dabei die Anschlüsse her.

Als das Flugboot wendete und auf ihn zukam, war er mit seiner Notlösung fertig. Der alte Blackcollar lag regungslos auf dem Hügel und hatte sich die Rakete unter einen Arm geklemmt. Er würde unweigerlich entdeckt werden; das Licht der brennenden Bäume über ihm spiegelte sich in seinem halb verdunsteten Flexarmor. Seine einzige Hoffnung bestand darin, daß er sich tot stellte und sie nahe genug für einen letzten Schuß heranlockte.

Das Boot kam auf ihn zu; nicht langsam, aber auch nicht schnell wie bei einem Tieffliegerangriff. Dhonau hielt den Atem an, wartete ... und fand endlich, daß der Feind nahe genug war. Seine linke Hand betätigte den Abzug, und die Rakete stieg empor. Die Auspuffgase verbrannten ihm den rechten Arm und die rechte Körperhälfte. Er keuchte vor Schmerz und Schock, während ihm alles vor den Augen verschwamm. Doch eines erblickte er noch: die blauweiße Flamme am Heck des Patrouillenbootes.

Er war bereits tot, als das Flugboot neben ihm auf den Boden aufschlug.

Der Schlamm außerhalb des Flughafens war kalt, und die schütteren Bäume hielten den Nordwind nicht ab. Doch James Novak bemerkte die Elemente kaum; er lag fünf Meter vor dem äußeren Zaun flach auf dem Bauch, und konzentrierte sich voll auf die wenigen Lichter in den Gebäuden auf der anderen Seite des Flugplatzes. Er beobachtete sie bereits seit einer halben Stunde und wartete auf Anzeichen dafür, daß die Blackcollars entdeckt worden waren. Doch offenbar waren die Bewegungsdetektoren nicht ausgelöst worden, weil sie bewußt langsam gekrochen waren. Nun standen nur noch der Zaun und die dazugehörenden Verteidigungseinrichtungen zwischen ihnen und den schattenhaften Korsaren.

Novak konzentrierte sich einen Augenblick lang auf den Zaun. Im Gegensatz zur Schutzmauer und der Nabe war dieses Hindernis von den Ryqril selbst unter

Berücksichtigung ihrer militärischen Spezifikationen errichtet worden. Außer den Bewegungssensoren, die in das beinahe unzerstörbare Geflecht eingelassen waren, gab es Metall- und Strahlungsdetektoren, die schwere Ausrüstungen entdecken und die Zielgenauigkeit der auf dem Tower installierten Luftabwehrlaser verbessern sollten. Zur Abwehr von Personen waren zu beiden Seiten des Zaunes Reihen von Nadelminen verlegt worden, die entweder durch Druck oder durch die Sensoren des Zaunes ausgelöst wurden. Es war nicht verwunderlich, daß der Zaun niemals angegriffen, geschweige denn durchbrochen worden war.

Doch innerhalb weniger Minuten würde das alles Schnee vom letzten Jahr sein. Vor wenigen Augenblikken waren die Besatzungen der Patrouillenboote zu ihren Maschinen gestürzt und davongebraust wie der große Bruder, der einen Schlägertyp unschädlich machen soll. Jetzt mußten sie sich bereits über Capstone befinden ...

Aus den Augenwinkeln erblickte er den ersten Blitz und wandte den Kopf so schnell, daß er auch noch den zweiten und den dritten sah. Novak schaute zu den Gebäuden des Flughafens zurück und versuchte, das richtige Timing abzuschätzen. Die Patrouillenboote mußten so beschäftigt sein, daß sie den Kampf nicht ohne weiteres abbrechen und zurückkehren konnten, doch er durfte auch nicht zulassen, daß die Ryqril zuerst bei den Korsaren eintrafen.

In der Kaserne ging plötzlich ein Licht an.

Novak wartete nicht länger. Er griff nach links und legte den Schalter auf dem kurzen, mörserähnlichen Gerät um, das er vor zwanzig Minuten sorgfältig im Schlamm verankert hatte. In der Nähe des Zaunes waren normale Leitern nutzlos; entweder waren sie so groß, daß sie die Bewegungssensoren aktivierten, oder es dauerte zu lang, bis man sie zusammengesteckt hatte. Allerdings ...

Druckluft zischte, ein ausziehbares, halbsteifes Rohr schlängelte sich aus dem Rohr des Mörsers und kroch zwei Meter oberhalb des Zauns auf die andere Seite hinüber. Noch bevor der Bogen vollendet war, strömte eine weiße Flüssigkeit durch das Rohr, bildete auf dem Boden jenseits des Zaunes eine Pfütze und quoll reichlich durch die über den ganzen Schlauch verteilten Löcher. Die Flüssigkeit erstarrte an der Luft rasch, und binnen Sekunden war eine solide, einen halben Meter breite Brücke vorhanden. Novak schaltete die Flüssigkeitszufuhr ab und begann zu klettern, wobei er die erstarrten Wirbel als Griffe und Tritte benützte.

Unter ihm explodierten nacheinander drei Minen, doch die Nadeln fügten der Brücke nur geringfügige Schäden zu, und der zähe Schaum bremste sie so stark ab, daß der Flexarmor ihnen ohne weiteres widerstand. Links von ihm erfolgten ähnliche Explosionen, weil Kwon und Haven ebenfalls ihre Teams hinüberführten.

Die Laser auf dem Tower waren offensichtlich nicht darauf programmiert, automatisch auf Eindringlinge auf dem Boden zu feuern – Novak war davon überzeugt, daß die Kollies diese Tatsache sehr bald bedauern würden –, und er erreichte die andere Seite, ohne daß auf ihn geschossen wurde. Sein zwanzig Mann starkes Team hielt sich dicht hinter ihm, und die zwölf Rekruten kletterten beinahe genausogut wie die acht Schwarzkragen. Novak kauerte neben dem Ende der Brücke und wartete, bis alle da waren.

»Alle bereit?« flüsterte er.

»Ryqril!« zischte jemand und deutete auf die Kaserne.

Novak hatte bereits die aus den Unterkünften strömenden Aliens erblickt. »Kein Problem«, meinte er zuversichtlich, obwohl sich sein Mund ungewöhnlich trocken anfühlte. »Gehen wir!«

Sie schwärmten fächerförmig in die Dunkelheit aus; die Blackcollars schnitten den näherkommenden Aliens den Weg ab, und die Rekruten verteilten sich zwischen den abgestellten Korsaren. Die Ryqril hatten inzwischen natürlich bemerkt, daß die Ersatz-Flutlichter nicht funktionierten – dafür hatten Havens Scharfschützen kurz zuvor gesorgt –, und ihnen war klar, daß ein größerer Angriff im Gang war. Novak schluckte krampfhaft, während er durch die Reihen der abgestellten Jagdflugzeuge schlüpfte und sich außer Übung und sehr verwundbar fühlte. In dem im Sternenlicht liegenden Raum zwischen den Korsaren und der Ryqrilkaserne war bereits eine einseitige Schlacht im Gang, weil die versteckten Blackcollars die näherkommenden Aliens mit Steinschleudern und Wurfsternen außer Gefecht setzten. Gelegentlich beleuchtete ein aufblitzender Laserstrahl kurz das Schlachtfeld, aber die Ryqril waren verständlicherweise vorsichtig, um nicht womöglich ihre Korsaren zu beschädigen.

Doch diese Phase war bald zu Ende, als die überlebenden Ryqril die Schattenflächen um die Korsaren erreichten. Novak kauerte neben der vorderen Gleitkufe eines Jagdflugzeuges und merkte, daß sich der Kampf zu einem makabren Blindekuhspiel entwickelte. Die Aliens hatten erkannt, daß das Abfeuern eines Lasers beinahe gleichbedeutend mit einem raschen Tod war, und hatten die abwartende Technik der Blackcollars übernommen, wobei sie sich auf ihre Kurzschwerter und ihre übermenschliche Schnelligkeit verließen. Das Spiel war für beide Seiten riskant: die Ryqril waren zahlenmäßig im Vorteil, doch je länger sie das naheliegende Gambit, einen oder mehrere Korsaren in die Luft zu schicken, hinauszögerten, desto größer wurden die Chancen der Blackcollars. Novak fuhr mit dem behandschuhten Finger in seinen rechten Ärmel und gab auf seinem Pocher eine Nachricht durch: *Ryqril sind untergetaucht; beeilt euch mit Hauptziel.*

Die Antwort war ein kurzer Schauer von Codebefehlen, als Kwon und Haven einige ihrer Leute zu seiner Unterstützung abstellten. Wenn sie Glück hatten, würden die Ryqril eingekreist sein, bevor sie es merkten ...

Das leise Rascheln von Stoff war die einzige Warnung, die Novak erhielt, doch er reagierte nicht schnell genug, denn ein Kurzschwert pfiff durch die Luft und streifte seinen linken Unterarm. Er drehte das Glied so schnell er konnte, so daß die Klinge über den Flexarmor glitt, doch er hatte immer noch das Gefühl, daß ihn ein Ziegel getroffen hatte. Er rollte weiter, riß seinen *nunchaku* heraus und schlug blindlings um sich, um den Angreifer von sich fernzuhalten, bis er das Gleichgewicht wiedererlangt hatte. Dieser Gegenangriff war unbeholfen; der Ryqril wich ihm mühelos aus und schlug nach Novaks Hals. Doch er hatte die Reflexe des Blackcollar unterschätzt. Novak entging der Klinge um Haaresbreite, wich ein paar Schritte zurück und zog ein langes Messer aus der Scheide an seinem linken Unterarm.

Der Ryqril sprang ihn sofort an und schlug geräuschlos, schnell und geschickt auf ihn ein. Novak, der unter seinem Flexarmor schwitzte, wich weiterhin zurück und wehrte die Angriffe mit dem Messer und dem *nunchaku* ab. Sein linker Arm schmerzte heftig und erinnerte ihn ständig an die drohende Gefahr. Theoretisch konnte das Schwert den Flexarmor nicht durchdringen, aber die Hiebe waren so kräftig, daß sie ohne weiteres einen Knochen brechen konnten, wenn sie die richtige Stelle trafen, und sobald er kampfunfähig war ... na ja, der Ryq konnte ihn mühelos erwürgen.

Novak schluckte unwillkürlich. Er stand jetzt im schwachen Widerschein der Lichter aus den fernen Gebäuden zwischen zwei Reihen von Korsaren. Es war eine scheußliche Lage – er war nicht nur jedem Angriff ausgesetzt, sondern es war ohne weiteres möglich, daß ihn der Ryq zum Versteck eines zweiten Aliens abdrängte. Er versuchte verzweifelt, die Offensive zu ergreifen, doch auch der Alien war ein ausgebildeter Kämpfer. Novak verlor langsam aber stetig an Boden.

Und dann kam an seinem Handgelenk wie ein Geschenk des Himmels das kurze Signal: *Zurücktreten: zwei Sekunden.*

Novak atmete auf. Er schwang sein Messer mit frischer Kraft, machte sich bereit ... und aus dem Heck jedes Korsaren rings um sie schossen dröhnend Flammen.

Einen kurzen Augenblick lang erstarrte der Ryq, den die unerwarteten Explosionen erschreckt hatten. Aber Novak war bereit und schleuderte im gleichen Augenblick dem Alien sein Messer ins Gesicht. Der Ryq schüttelte die Lähmung ab, duckte sich und hob automatisch den Schwertarm – und Novak schlug seinem Gegner mit seiner gesamten Kraft seinen *nunchaku* in die Seite.

Knochen brachen mit einem dumpfen Geräusch, und der aus dem Gleichgewicht geratene Alien schwankte. Novak setzte nach und trommelte aus Leibeskräften auf den Kopf und den Oberkörper des Alien ein. Immer wieder prallte der *nunchaku* auf; auch als der Ryq schon regungslos auf dem Boden lag, setzte Novak den Angriff noch einige Sekunden lang fort, bis er begriff, daß er aufhören konnte.

Er kniete neben der Leiche nieder und holte keuchend Luft. Das war knapp gewesen – viel zu knapp. Doch seltsamerweise erfüllte ihn plötzlich Selbstvertrauen. Es war lange her, daß er einen echten Kampf ausgetragen hatte, aber er hatte sich gut gehalten – noch dazu gegen einen Ryq.

Seitlich von ihm blitzte ein Laserstrahl auf, und noch während Novak einen Wurfstern herauszog, wußte er, was geschehen war. Die Ryqril hatten die Deckung verlassen und setzten wieder ihre überlegene Feuerkraft ein, um die Oberhand zu gewinnen.

Der Laser blitzte wieder auf. Jemand schrie, doch als der Ryqril seine Waffe auf das neue Ziel richtete, bohrte sich Novaks Stern in seinen Nacken, und er stürzte zu

Boden. Weiter vorn leuchteten weitere Laser auf. Novak steckte seinen *nunchaku* ins Futteral, zog zwei Wurfsterne heraus, und schlich im Schatten weiter. Die Ryqril würden schon noch merken, daß Feuerkraft gegen Blackcollars nicht viel ausrichten konnte.

Zwanzig Minuten später war alles vorbei. Als Lathe Hawking endlich erlaubte, mit dem Taxi durch das Haupttor hineinzufahren, hatte im Flughafen bereits eine halbe Stunde lang Stille geherrscht. Caine blickte aus dem Fenster und entdeckte zwei oder drei Blackcollars, die im Schatten herumlungerten; nirgends war eine der üblichen Sicherheitsuniformen zu sehen. »Ihr habt den gesamten Flughafen eingenommen?« fragte er ungläubig.

»Das wollen wir eben herausfinden«, antwortete Lathe. »Dort hinüber, Hawking – das könnte Kwon sein.«

Er war es tatsächlich und trat mit einem eroberten Laser an das Taxi. »Bericht!« befahl Lathe.

»Der Tower und der größte Teil des Flughafens sind in unserer Hand. In der Kaserne gibt es noch einige Ryq, aber sie sind dort festgenagelt. Wenn es notwendig ist, können wir sie mit den Luftabwehrlasern schmoren, oder ihnen sogar das ganze Gebäude auf den Kopf fallen lassen. Novak hat es sich angesehen und meint, daß fünf mittlere Bomben, die man an Schlüsselstellen hineinwirft, reichen würden.«

»Ich glaube ihm aufs Wort«, meinte Lathe. »Aber warten wir noch damit – vielleicht gibt es drinnen etwas, das wir lieber intakt in die Hände bekommen möchten. Wie steht es mit den Korsaren?«

»Alle bis auf einen sind fluguntauglich, zumindest im Bereich des hinteren Schwerkraftstabilisators. Ihren Anweisungen gemäß haben wir einen intakt gelassen, Dodds überprüft ihn.«

»Verluste?«

»Auf dem Flughafen neunzehn: drei Blackcollars und sechzehn Rekruten. Durbin berichtet, daß sich unter den in Capstone getöteten Aufrührern zwei Rekruten befinden. Diese Zahl könnte sich erhöhen. Und Shen und Dhonau sind tot.«

Lathe nickte langsam. »Siege kommen heutzutage teuer zu stehen.«

»Wie immer.«

Lathe rieb sich nachdenklich das Kinn und überblickte das Flugfeld. »Diese Frachter sehen sehr klein aus. Habt ihr eine Ahnung, wie groß sie sind?«

Kwon kniff die Augen zusammen. »Ich bin nicht sicher, vermutlich F-Klasse. Jensen könnte es Ihnen genauer sagen – er treibt sich irgendwo in der Gegend herum, vermutlich in Reichweite des Pochers. Soll ich ihn fragen?«

»Bitte. Wenn er bestätigt, daß sie groß genug sind, dann rufen Sie die Lastwagen herein und beginnen Sie zu verladen; ich möchte vor Tagesanbruch starten. Und leihen Sie mir Ihr Sprechfunkgerät mit großer Reichweite – ich muß mit dem Tower reden.«

Kwon löste einen kleinen, linsenförmigen Gegenstand von seinem Gürtel und reichte ihn Lathe. »Sie können den Tower vermutlich mit dem Pocher erreichen, wenn Sie lieber den Code verwenden möchten.«

»Ich muß auch mit Dodds auf dem Flugfeld sprechen.« Lathe spielte mit dem Kommunikator. »Gehen Sie hinüber, Hawking, und helfen Sie Jensen, den Frachter auszusuchen, den wir nehmen werden! Mordecai, treiben Sie die Expedition zusammen – Sie wissen ja, wer mitkommt? Gut. Falls Sie auf Dayle Greene stoßen, bitten Sie ihn, hierherzukommen. Er wird hier das Kommando übernehmen, während wir fort sind.«

Kwon kehrte in den Schatten zurück, während Hawking und Mordecai das Taxi verließen. Caine, der jetzt mit Lathe allein war, fühlte sich plötzlich etwas unbehaglich. »Wohin fliegen wir?« erkundigte er sich.

»Wir holen natürlich Ihre Raumschiffe.«

»Jetzt?!«

Lathe sah ihn merkwürdig an. »Selbstverständlich. Sie haben doch nicht erwartet, daß Sie in ein Passagierschiff steigen und auf die Erde zurückfliegen werden, als wenn nichts geschehen wäre?« Er zeigte auf den Kassettenauswerter auf Caines Knien. »Wie geht es mit dem Dechiffrieren?«

»Langsam. Es ist ein schwieriger Code.«

»Wissen Sie schon, um welches System es sich handelt?«

In Lathes Augen lag ein Ausdruck, der Caine nicht gefiel. »Warum?« fragte er vorsichtig.

»Weil ich vor dem Start wissen muß, wohin wir fliegen.«

»Wir müssen doch zuerst auf die Erde und eine Mannschaft zusammenstellen.«

»Die Erde ist der erste Ort, an dem sie uns suchen werden«, erläuerte Lathe geduldig. »Wir müssen versuchen, statt dessen in dem anderen System eine Mannschaft aufzutreiben. Um welches System handelt es sich also?«

Caine schob die Lippen vor. »System M-4. Sektor Orion.«

»Hmmm. Argents System.« Lathe runzelte die Stirn und nickte.

»Ist das gut oder schlecht?«

»Beides. Auf einem blühenden Planeten – ich nehme an, daß dies auf Argent noch zutrifft – werden wir leichter eine Crew finden. Andererseits reicht der Sektor Orion bis zu der Grenze zwischen dem TDE und den Chryselli, was wahrscheinlich eine starke Ryqril-Präsenz bedeutet.«

»Das klingt gar nicht gut.«

»Es könnte besser sein«, gab Lathe zu. Er hob den Kommunikator und schaltete ihn ein. »Lathe an Dodds. Lathe an Dodds.«

Die Antwort erfolgte sofort. »Hier Dodds.«

»Wie steht es mit den Flugvorbereitungen?«

»Ich bin gerade fertig geworden. Haben Sie die Information?«

»Ja – Nummer dreizehn auf unserer Liste. Haben Sie es?«

»Eins drei, gut. Wenn Sie mich durch den Tower abfertigen lassen, starte ich jetzt. Ich wünsche Ihnen einen sicheren Flug.«

»Auch Ihnen.« Lathe drückte auf weitere Knöpfe. »Lathe an wer immer sich im Tower aufhält.«

»Hier Novak«, kam prompt die Antwort. »Wir haben Ihr letztes Gespräch belauscht. Was macht Dodds?«

»Sondereinsatz«, antwortete Lathe kurz. »Ich möchte, daß Sie die Laser abschalten, bis er die Atmosphäre verlassen hat.«

Kurze Stille trat ein. »Ich erinnere mich nicht, daß Dhonau so etwas erwähnt hätte«, sagte Novak.

»Hat er auch nicht getan, ich handle aus eigener Machtbefugnis.«

»Ich verstehe.« Wieder eine kurze Pause. »Luftabwehrlaser abgeschaltet.«

»Gut. Rufen Sie Dodds und sagen Sie ihm, daß er abheben kann, wenn er soweit ist!« Lathe schaltete den Kommunikator ab, befestigte ihn an seinem Gürtel, drehte sich um und betrachtete die Reihen der Korsaren.

Caine räusperte sich. »Worum geht es eigentlich bei dieser Mission, Lathe?«

»Später.« Er deutete auf das Flugfeld. »Da fliegt er.«

Ein verschwommenes Leuchten wurde sichtbar, das sich schwach in den anderen Jagdschiffen und in der glatten Oberfläche des Feldes spiegelte. Dann erhob sich eine dunkle Masse vom jenseitigen Ende des Flugplatzes, und das blauviolette Licht der Gravs warf seltsam gefärbte Schatten. Das Raumschiff wendete nach Osten und schoß überraschend schnell in die Höhe, bis es vor dem sternenübersäten Hintergrund beinahe unsichtbar war. Als der Hauptantrieb eingeschaltet wurde, leuchtete unvermittelt ein weißer Stern auf. Er beschrieb einen Bogen über den Himmel und verschwand innerhalb von Sekunden außer Sicht.

Lathe griff mit der linken Hand nach seinem rechten Handgelenk. »Jemand nähert sich dem Flughafen«, teilte er Caine mit. »Der Tower meldet, daß es sich um einen Wagen des Sicherheitsdienstes handelt. Mordecai ist unterwegs; ich möchte, daß Sie mit ihm zum Schiff gehen, weil Sie sich dort in Sicherheit befinden.«

»Und was ist mit Ihnen?« fragte Caine.

»Ich werde den Wagen in Empfang nehmen.« Er bemerkte Caines Gesichtsausdruck und fügte hinzu: »Ich begebe mich nicht in Gefahr – das ist kein Überfallkommando. Aber Ihre Sicherheit ist für uns zu wichtig, als daß wir auch nur das geringste Risiko eingehen dürfen. Gehen Sie nur.«

Caine stieg zögernd aus und sah Lathe nach, als dieser zum Tor des Flughafens zurückfuhr. Dann tauchte Mordecai neben ihm auf und sie machten sich gemeinsam auf den Weg.

Lathe stand bereits am Tor, als der Wagen des Sicherheitsdienstes vorfuhr und anhielt. Der Fahrer stieg aus und hielt dabei die leeren Hände leicht vom Körper weg. Als er Lathe entdeckte, ging er auf ihn zu.

Es war Präfekt Galway.

»Ich bin allein und unbewaffnet«, waren seine ersten Worte. »Ich bin gekommen, um zu verhandeln.«

»Wie kommen Sie auf die Idee, daß es etwas gibt, worüber wir verhandeln müßten?« fragte Lathe und steckte den Wurfstern, den er in der Hand gehalten hatte, unauffällig ein.

Galway musterte stirnrunzelnd Lathes Gesicht, soweit er es sehen konnte, um herauszubekommen, mit wem er es zu tun hatte. »Comsquare Lathe, nicht wahr?« Er schüttelte betrübt den Kopf. »Verdammt, haben Sie uns hereingelegt! Ich kann immer noch nicht glauben, was Sie uns alles angetan haben.«

»Dabei war es gar nicht so einfach«, gab Lathe zu.

»Vor allem Sie waren ständig mißtrauisch. Aber Sie sind ja nicht hierher gekommen, um Komplimente auszutauschen. Was wollen Sie?«

Galway blickte durch das Tor auf den Flugplatz. »Im Grunde bin ich hier, um Ihnen einige Ratschläge zu geben. Als Ablenkung und Falle war der Aufruhr, den Sie ausgelöst haben, ausgezeichnet. Aber übertreiben Sie nicht.«

»Was meinen Sie damit?«

»Ich meine, daß sich die Bevölkerung am Flammpunkt befindet. Inzwischen weiß ganz Capstone, was sich hier abspielt. Die Leute beobachten die Schwierigkeiten, die uns ein paar hundert Teenager bereiten, und beginnen sich zu fragen, was geschehen würde, wenn sich die ganze Bevölkerung erhebt.«

»Und was würde geschehen?«

»Plinry würde vernichtet werden«, erwiderte Galway, und Lathe war von der Heftigkeit in der Stimme des Präfekten beeindruckt. »Das Ryqril-Viertel in der Nabe ist uneinnehmbar – das wissen Sie genausogut wie ich. Selbst wenn es einer Revolte gelingen sollte, die Aliens dort einzuschließen, wäre die Belagerung in dem Augenblick zu Ende, in dem das nächste Kurierraumschiff der Ryqril auftaucht. Eine Woche danach wären die Korsaren da.« Galway zeigte nach Süden auf die Lichter von Capstone. »Wir haben uns noch nicht vom letzten Krieg erholt. Wie viele Strafmaßnahmen können wir Ihrer Meinung nach verkraften?«

»Nicht viele«, gab Lathe zu. »Was wollen Sie also von mir?«

»Am liebsten wäre es mir, wenn Sie den Aufruhr beenden. Ich werde mich aber damit begnügen, daß Sie ihn eindämmen, weil es vermutlich nicht in Ihrem Interesse liegt, ihn zu beenden. Wenn nötig, können wir ein Abkommen aushandeln, aber Sie müssen in Betracht ziehen, daß ich nur in beschränktem Umfang Zugeständnisse machen kann.«

Lathe schwieg einen Augenblick lang und schüttelte dann langsam den Kopf. »Es ist nicht notwendig, daß wir etwas aushandeln, Galway. Wir sind nicht darauf aus, Plinry zu befreien – jedenfalls dieses Mal nicht. Unsere Leute werden für einige Zeit in den Untergrund gehen, aber wenn Sie sie in Ruhe lassen, und auch keine Vergeltungsmaßnahmen für die Bevölkerung von Capstone ergreifen, werden sie Ihnen keine weiteren Schwierigkeiten bereiten.«

Galway sah ihm in die Augen. »Ich habe Ihr Wort?«

»Ich werde die entsprechenden Befehle erteilen. Für mehr kann ich nicht garantieren.«

Über Galways Gesicht huschte der Anflug eines Lächelns. »In Ordnung. Ich werde ebenfalls versuchen, meine Leute im Zaum zu halten. Sonst wäre es möglich, daß es hier keine Welt mehr gibt, wenn Sie zurückkommen.« Sein Blick wanderte wieder zum Flugfeld und zu den dunklen Raumschiffen. »Ich würde meine letzte Dosis Idunin hergeben, um zu erfahren, was Sie planen.«

»Sie werden es eines Tages herausfinden.«

»Davon bin ich überzeugt«, antwortete Galway trokken. Er drehte sich um, kehrte zu seinem Wagen zurück und fuhr davon.

Von seinem Aussichtspunkt in der Nähe des plumpen Frachters aus sah Caine zu, wie sich Galways Wagen entfernte. Durch sein Gehirn rasten widersprüchliche Gedanken. Das Treffen war friedlich, ja beinahe freundschaftlich verlaufen, und die beiden Männer hatten lange miteinander gesprochen. Warum? Noch wichtiger war, warum Lathe dafür gesorgt hatte, daß es bei dem Gespräch keine Zeugen gab.

Caine schüttelte den Kopf, weil er sich etwas lächerlich vorkam. Ein solcher Verdacht war äußerst unfair – es hatte sich vermutlich um eine vollkommen einwandfreie Unterhaltung gehandelt. Trotzdem ... Caine wurde der Kassettenauswerter bewußt, den er in der Hand hielt, und er faßte ihn etwas fester. Seit seiner Ankunft hatten die Blackcollars das Sagen gehabt, und sie behandelten ihn jetzt noch wie ein wertvolles Frachtstück. Doch wenn es zur Entscheidung kam, würde Allen Caine im Besitz der Trumpfkarte sein. Und diese Karte würde er nicht leichtfertig hergeben – und auch nicht jedem Beliebigen.

Er sah, daß Lathe auf den Frachter zukam. Caine nahm den Kassettenauswerter in die andere Hand und ging zur Frachtluke des Schiffs. Vielleicht würden die Blackcollars nichts dagegen haben, daß er ihnen beim Verladen half.

9. Kapitel

Der Navigationscomputer des Frachters errechnete die Entfernung nach Argent mit sechs Parsek. Ein Korsar hätte dazu drei Tage gebraucht; Caines altes Passagierraumschiff hätte es in sieben Tagen geschafft. Der Frachter, bei dessen Konstruktion man mehr Wert auf geringen Treibstoffverbrauch als auf Schnelligkeit gelegt hatte, war beinahe zwölf Tage unterwegs.

Es waren jedoch zwölf außerordentlich arbeitsreiche Tage. Während die übrigen Blackcollars damit beschäftigt waren, die Ausrüstung, die sie mitgenommen hatten, in Ordnung zu bringen, stellte Lathe Skyler und Novak dazu ab, Caine eine komprimierte Version der Blackcollarausbildung zu verpassen. Es war ein Intensivkurs, der Caines Gedächtnis und Geschicklichkeit das Letzte abverlangte. Er lernte die Kampfcodes der Blackcollars sowohl für Pocher wie für Handzeichen; lernte neue Techniken für den Kampf ohne Waffe, die ihm gründlich eingedrillt wurden; und erwarb ein zumindest bescheidenes Können im Umgang mit *nunchaku,* Schleuder und *shuriken.* In den Unterrichtspausen lernte er seine Reisegefährten näher kennen und stellte sehr sorgfältig formulierte Fragen.

»O ja, Tardy und ich waren schon vor dem Krieg dabei. Er kannte jede Branntweinbrennerei auf Plinry; wir stahlen ihnen ihren Whiskey und verwendeten ihn als Zünder für unsere Bomben. Lathe? Nein, den habe ich erst nach der Amnestie kennengelernt ...«

»... Ich glaube, Lathe und Dodds leiteten benachbarte Einheiten – irgendwo im Gebiet von Neu-Karachi. Ich habe beide erst kennengelernt, als ich begonnen habe, an den Versammlungen in der Lodge teilzunehmen ...«

»... Dodds war immer ein ruhiger Typ; er hat nie mit uns in der Lodge trainiert. Angeblich ist er während des Krieges in einen Nervengasangriff geraten, und das hat seinen Kampfreflexen geschadet. Er ist gerissen, und er und Lathe vertragen sich gut. Natürlich kenne ich Lathe seit langem – wir haben bei den Verhören durch die Kollies zusammen in der Schlange gestanden ...«

Und so ging es weiter, bis Caine zwangsläufig zu dem Schluß gelangte, daß jeder der an Bord befindlichen Blackcollar erst nach dem Krieg von Lathe oder Dodds gehört hatte.

Es war natürlich keine umwerfende Erkenntnis. Plinry hatte mit dreihundert Blackcollars begonnen – fünfundzwanzig Standard-Guerilla-Teams zu je zwölf Mann – und da nur ein Drittel überlebt hatte, war es nicht verwunderlich, daß einige davon die einzigen Überlebenden ihrer Einheiten waren. Doch in Verbindung mit Lathes hartnäckiger Weigerung, über Dodds' Sondereinsatz zu sprechen, beunruhigten Caine diese Informationen.

Drei Tage vor der Landung auf Argent hatte er die Plinry-Aufzeichnungen endlich dechiffriert. Er bewahrte die acht kritischen Zahlen – sechs räumliche, zwei zeitliche – in einem besonderen Teil seines Gedächtnisses auf. Nach einer sechsstündigen Selbsthypnose waren sie von einer Reihe psychomentaler Blockierungen eingeschlossen, die weder durch Drogen noch durch Neurotracer aufgehoben werden konnten, weil er bereits vorher ein toter Mann sein würde.

Niemand – weder Lathe noch ein anderer – würde diese Zahlen erfahren, solange Caine nicht bereit war, sie freiwillig preiszugeben.

Als der Frachter in den Normalraum zurückkehrte, war Argent ein heller Fleck mit einer deutlich erkennbaren Scheibe. Chelsey Jensen, der am Steuer saß, ließ den Computer eine Anflugkurve ausarbeiten und rief dann die schematische Darstellung des Systems ab. »Der da ist Argent«, erklärte er Caine und zeigte auf den zweiten Planeten. »Die der Erde dritt- oder viertähnlichste Welt im TDE und eine wahre Goldgrube an Mineralien. Der Planet war vor dem Krieg stinkreich.«

Auf der Darstellung erkannte man zwölf weitere Planeten sowie einen seltsam geformten Nebel. »Was ist das?« fragte Caine und zeigte darauf.

»Das ist ein Asteroidengürtel, der aus naheliegenden Gründen der Diamantring genannt wird.«

»Warum bildet er einen solchen Klumpen statt sich gleichmäßig zu verteilen?«

»Keine Ahnung. Dadurch war es jedoch wesentlich leichter, ihn auszubeuten, weil das Zeug auf einen Ort konzentriert ist. Ich könnte zehn zu eins wetten, daß auch Ihre Novas dort versteckt sind.«

»Vielleicht. Es ist auch eine Stelle, von der aus man gut Guerillaüberfälle durchführen kann.« Caine sah im Geist winzige Kampfraumschiffe, die aus dem Nichts auftauchten und die Streitkräfte der Ryqril angriffen ...

»Eigentlich nicht. Asteroidengürtel sind nicht gar so dicht; sogar der Diamantring besteht zum größten Teil aus leerem Raum, und es wäre ein Kinderspiel, ein Raumschiff anhand seiner Rücktrift aufzuspüren. In einem Sumpf oder Wald auf Argent könnte man sich besser verstecken.«

Die heroische Vision löste sich auf. »Oh. Werden wir uns dazu entschließen?«

»Ja und nein«, antwortete eine neue Stimme, und Lathe kam die enge Wendeltreppe herauf. »Wir werden uns ein bis zwei Tage an einem solchen Ort verbergen, bis wir mit dem örtlichen Untergrund Verbindung aufnehmen können.«

Caine blinzelte. »Sie stehen mit Argents Untergrund in Kontakt?«

Lathe sah ihn seltsam an. »Natürlich nicht. Sie wissen doch, daß wir auf Plinry isoliert waren.«

»Aber Sie haben doch gerade gesagt ...« Caine

schnalzte mit den Fingern. »Natürlich, Dodds. Er ist schon hier, nicht wahr?«

»Sie müssen es sich abgewöhnen, vorschnelle Schlüsse zu ziehen, Caine.« Lathe wandte sich Jensen zu. »Situation?«

»Der Autopilot bringt uns hinunter«, erwiderte Jensen, der den Computer abgefragt hatte. »Geschätzte Landezeit etwa fünfzehn Uhr. Natürlich werden wir schon lange vorher aufgefordert werden, uns zu identifizieren.«

»In Ordnung. Ruhen Sie sich aus und schließen Sie Ihre Vorbereitungen ab! Inzwischen wird sich Spadafora um die Steuerung kümmern. Seien Sie in neun Stunden wieder da.«

»Jawohl.« Nach einem letzten Blick auf die Instrumente verschwand Jensen die Wendeltreppe hinunter.

Lathe wandte sich an Caine. »Auch Sie. Gehen Sie in den Laderaum und helfen Sie, die Abstiegbehälter fertigzumachen.«

»Ich möchte dabei sein, wenn Sie mit dem Planeten sprechen«, erklärte Caine.

Lathe zuckte die Achseln. »Okay. Vergessen Sie nur nicht, in Ihrem Flexarmor zu kommen und zum Aussteigen bereit zu sein.«

Dreißig Minuten außerhalb von Argents Hauptverkehrsorbit kam endlich die Anfrage. »Nicht identifizierter Frachter in Vektor zwei-acht-null, plus vier – Sichtzeichen – neun, hier ist die Raumkontrolle von Argent. Identifizieren Sie sich!«

Jensen zeigte auf das am Steuerpult befestigte Handmikrophon. Lathe griff danach, warf Caine einen Blick zu und schaltete es ein. »Hier ist Frachter Erster Klasse Donovan; Sonderfracht von Magna Graecia. Ersuche um Prioritätsorbit, abseits der Hauptrouten.«

»Ihr Landungs-Identifizierungscode bitte.«

»Ich habe keinen. Wie gesagt handelt es sich um eine Sonderfracht. Ich habe eine Codenummer erhalten, darf sie aber nur dem Büro des Sicherheitspräfekten nennen.«

Caine konnte beinahe hören, wie sich der Fluglotse aufrichtete. »Verstanden. Ich rufe jetzt den Sicherheitsdienst an«, sagte er. Eine Minute verging, dann meldete sich eine neue Stimme. »Büro des Sicherheitspräfekten; Leutnant Peron. Was ist das für eine Sonderfracht?«

»Eine besondere, gefährliche Fracht«, erklärte Lathe. »Der Code *gamma zwölf* sollte Ihnen zur Identifizierung genügen.«

»Von wem haben Sie diesen Code?«

»Von einem graecianischen Sicherheitsbeamten – er nannte sich Hydra. Hören Sie, er steckt irgendwo dort unten; lassen Sie ihn kommen, und er wird es bestätigen.«

Kurze Stille folgte. »Wir haben keinen Agenten mit diesem Codenamen«, erklärte der Leutnant; seine Stimme klang mißtrauisch. »Sind Sie sicher, daß er wirklich ein Agent des Sicherheitsdienstes war?«

»Ganz bestimmt, aber ich habe Ihnen ja gesagt, daß er nicht auf Argent, sondern auf Magna Graecia stationiert ist. Er hat gesagt, daß er vorausfliegen und den Papierkram erledigen wird, damit ich das Zeug loswerde.«

Wieder eine Pause. »Einen Augenblick.«

Lathe schaltete das Mikrophon ab. »Jensen, schicken Sie alle in die Abstiegsbehälter. Ich weiß nicht, wie lange ich ihn hinhalten kann, und wir werden vielleicht schnell handeln müssen.«

Jensen nickte und begann, gedämpft ins Intercom zu sprechen. Caine blickte durch das Sichtfenster hinaus und erkannte den Rand von Argents blauweißer Scheibe, die jetzt weniger als hunderttausend Kilometer entfernt war. Eine große, gefährliche Welt – und die Tatsache, daß er sich in Gesellschaft von zwölf Blackcollars befinden würde, wirkte längst nicht mehr so beruhigend wie noch vor wenigen Tagen.

Der Lautsprecher am Steuerpult erwachte wieder

zum Leben. »Hier spricht Oberst Eakins, stellvertretender Sicherheitspräfekt von Argent. Können Sie mir mehr über diesen Hydra erzählen?«

»Ich kann ihn Ihnen beschreiben.« Lathe stürzte sich in eine drei Minuten dauernde Beschreibung – und verwendete offensichtlich Präfekt Galway als Vorbild. Vielleicht besitzt er doch Sinn für Humor, dachte Caine. »Aber wenn er sich nicht bei Ihnen befindet, weiß ich nicht, was geschehen ist.«

»Es ist möglich, daß er dem Ryqril-Militärgouverneur direkt unterstellt ist«, brummte Eakins. »Wir werden sofort dort rückfragen. Inzwischen weisen wir Sie auf das tiefe Polarorbit ein; wir werden Ihren Computer mit den Daten für den Kurs füttern.«

Ein Zweitonsignal bestätigte den Empfang. »Danke«, sagte Lathe. »Und sorgen Sie dafür, daß mir niemand in die Nähe kommt. Das Zeug ist verdammt empfindlich, und ich will nicht in die Rücktrift eines anderen Raumschiffs geraten.«

»Ich glaube, ich habe verstanden«, meinte Eakins nach einer kurzen Pause. »In Ordnung. Argent Ende.«

Lathe schaltete das Mikrophon ab und steckte es wieder in seine Halterung.

»Wir befinden uns beinahe im Orbit«, meldete Jensen. »Wann wollen Sie hinunter?«

Lathe rieb nachdenklich seinen Drachenkopfring. »Warten wir so lange wie möglich. Wenn wir das Gelände studieren können, finden wir eher eine geeignete Landestelle.«

»Richtig.« Jensen legte ein paar Schalter um, und vier Monitore erwachten zum Leben.

Bevor sich Lathe dem Bildschirm zuwandte, sah er Caine an. »Gehen Sie in den Frachtraum, Caine, und steigen Sie in Ihren Behälter. Ich will nicht, daß Sie bis zum letzten Augenblick hier herumlungern und dann rennen müssen, um zurechtzukommen.«

Caine nickte. »Okay. Auf Wiedersehen unten.« Er

zögerte kurz, dann fügte er noch hinzu. »Viel Glück, Jensen.«

Die Abstiegsbehälter waren etwa drei Meter hohe Kegelstümpfe; der Durchmesser der Basis betrug ungefähr zwei Meter. Neben der Frachtraumluke standen fünf Stück: zwei für je vier Passagiere und drei für Fracht und je einen Passagier. Für Jensen, der noch im Kontrollraum sitzen würde, wenn die anderen ausstiegen, war in der Notschleuse der Brücke ein kleinerer Behälter verstaut worden.

Die übrigen befanden sich bereits auf ihren Plätzen und waren damit beschäftigt, die Gurte einzustellen und zu überprüfen. Caine steckte den Kopf durch den schmalen Einstieg seines Behälters. »Ist dort drinnen noch Platz für mich?«

Aus der Dunkelheit vor ihm winkte Skylers Arm. »Klar; immer rein in die gute Stube.«

Caine stieg über den dicken keramischen Hitzeschild des Behälters, zwängte sich durch die Öffnung, schob sich nach rechts und drehte und duckte sich, um dem dreidimensionalen Labyrinth von Kabeln, Gurten und Stangen auszuweichen, die von der Decke herunterhingen. Er zwängte sich zwischen Vale und Novak und schlüpfte in sein Geschirr.

Und dann begann das Warten.

Während Caine den leisen Gesprächen der Blackcollars lauschte und ihre Gesichter musterte, fiel ihm die grundlegende Ähnlichkeit dieser Männer auf. Hinter den Unterschieden in Aussehen und Verhalten spürte er ein tiefsitzendes Gefühl von ... – wovon wohl? Stärke, fand er, vielleicht in Verbindung mit lässiger Selbstsicherheit – Eigenschaften, die schwer mit den rasenden Kriegern der Legenden in Einklang zu bringen waren. Er mußte zugeben, daß er enttäuscht war; und doch hatte die Gelassenheit etwas Beruhigendes an sich.

Sie hatten beinahe eine Stunde gewartet, als der Behälter plötzlich zur Seite ruckte, weil Jensen den Frachter so schnell in ein Manöver riß, daß die künstliche Schwerkraft es nicht ganz kompensieren konnte. Die Gespräche verstummten sofort, und Caine vernahm das Jaulen der überlasteten Antriebsaggregate.

»Es ist soweit«, verkündete Novak von der Tür aus grimmig. Er wirkte ungewöhnlich gespannt; aber Caine wußte, daß es nicht mit dem bevorstehenden Abstieg zusammenhing. Jensen und Novak verband eine besondere Freundschaft – und nachdem die anderen das Schiff verlassen hatten, würde Jensen einige Minuten lang ein verteufelt großes Ziel bieten. »Soll ich dicht machen?«

»Warte, bis Lathe hier ist«, meinte Skyler.

Sekunden später glitt die Tür zum Frachtraum auf. »Alles zuknöpfen«, rief Lathe, während er zu seinem Behälter rannte. »Jensen wird die Luke in einer Minute sprengen. Wenn ihr draußen seid, haltet euch genau nach Westen.«

Novak zog die Tür zu und tauchte damit den Behälter in Dunkelheit. Caine sah im Geist Patrouillenschiffe, die auf sie zukamen und drohten, das Feuer zu eröffnen. Jensen würde versuchen, Zeit zu gewinnen, sich auf Maschinenschaden ausreden, damit sie so nahe wie möglich an ihr Ziel herankamen ...

Eine dumpfe Explosion ertönte und der Behälter schwankte wie betrunken. Einen Augenblick später purzelten sie durch den Raum und begannen, wild zu trudeln, als sie in die Turbulenzen des Frachters gerieten.

Zum Glück entschied sich der Behälter nach wenigen Sekunden für eine relativ stabile, aufrechte Position, und der Luftwiderstand sorgte für ein zwar geringes, aber doch spürbares Gewicht. Caine hörte, wie draußen die Luft leise vorüberzischte, und er brauchte seine ganze Selbstbeherrschung, um Skyler nicht daran zu erinnern, daß er den Höhenmesser im Auge behalten mußte.

Die Minuten schlichen dahin. Caines Gewicht nahm gleichmäßig zu und der Boden unter seinen Füßen heizte sich auf, während der Behälter langsamer wurde. Auch die Luft wurde warm, und das Kreischen ihres Flugs machte Gespräche unmöglich. Caine hielt sich an seinem Geschirr fest und versuchte sich zu entspannen.

»Achtung, Fallschirm!« Skyler mußte schreien, um gehört zu werden. »Drei, zwei, eins ...«

Der erste Ruck, als sich der Bremsfallschirm öffnete, war relativ sanft; der zweite Ruck, als der Hauptfallschirm folgte, drückte Caine schmerzhaft in sein Geschirr. Als die Schwerkraft voll einsetzte, verringerte sich das Kreischen draußen zu einem Flüstern. Caine stellte sich wieder auf seine leicht zitternden Beine und meinte: »Ein großartiger Flug.«

»Finden Sie?« Skylers Gesicht war im schwachen Licht des Höhenmessers undeutlich sichtbar; es wirkte genauso entspannt wie seine Stimme. »Wir haben vor, das Patent an einen Rummelplatz zu verkaufen. Okay. Unsere Höhe beträgt zwei Kilometer; bei anderthalb Kilometern steigen wir aus. Vierzig Sekunden – sind alle soweit?«

Drei Stimmen bejahten und dann trat wieder kurze Stille ein. »Fünf Sekunden – macht euch fertig!«

Caine faßte sein Geschirr fester ... und die Wand des Behälters platzte mit einem Ruck vom Boden bis zur Decke auf. Der Boden löste sich auf, und unter der plötzlich eindringenden Luft klappten die Wände hoch wie ein kaputter Regenschirm. Caine, der durch das Geschirr noch an seinem Teil der Wand hing, wurde hinausgeschleudert, während sich der Behälter in seine Bestandteile auflöste.

Caine hatte gerade bemerkt, daß sie auf der Nachtseite von Argent ausgestiegen waren, als in dem Teil der Wand, der jetzt über ihm hing, etwas krachte. Preßluft zischte laut, unter Federdruck stehende Verbindungen rasteten ein, und über ihm rollte sich ein schattenhafter Flügel auf und versteifte sich. Sekunden später hing Caine waagrecht in seinem Geschirr und glitt rasch durch die kalte Nachtluft.

»Sie fliegen in die falsche Richtung, Caine«, sagte Skylers Stimme in seinem Ohr. »Drehen Sie sich um zwanzig Grad nach links.«

Die Steuerungsstange aus Kunststoff hing vor Caine, und er faßte sie leicht beklommen mit beiden Händen. Er war auf der Erde mit Schwerkraftgürteln ausgebildet worden, aber die waren etwas ganz anderes als ein Hängegleiter. Er zog vorsichtig an der Stange.

Der Gleiter bog scharf nach links ab, und Caine erblickte weitere dunkle Flügel, als er sich über die angegebene Richtung hinausdrehte. »Nur mit der Ruhe«, mahnte Skyler. »Die Steuerung ist sehr sensitiv.«

»›Empfindlich‹ wäre das richtige Wort«, murmelte Caine. Er versuchte es noch einmal und diesmal klappte es besser.

»Gut, noch ein leichter Schlag, und Sie sind auf Kurs.«

Caine gehorchte und suchte dann den Himmel ab. »Ich sehe nur zwei Gleiter. Wo sind die anderen?«

»Ich bin jedenfalls hinter und über Ihnen«, meinte Skyler. »Sie können nicht erwarten, daß alle Behälter in Sichtweite voneinander herunterkommen. Deshalb wird immer ein Mann vorausgeschickt, um als Späher zu dienen.«

Eine neue Stimme mischte sich ein. »Skyler, hier spricht Kwon. Schalte bitte dein UV ein! Okay, schalte es ab! Ist deine Gruppe beisammen?«

»Ja.«

»Okay. Ziele nach Süden; ihr befindet euch etwa einen halben Kilometer nördlich von O'Hara. Lathe? Okay; Sie sind vor O'Hara, also halten Sie einfach Ihren Kurs. Haven?« Pause. »Hallo, Haven? Dein UV?«

»Muß kaputt sein«, antwortete Havens Stimme. »Aber ich bin okay; ich sehe Skyler links vor mir.«

»In Ordnung«, sagte Lathe. »Unser Ziel ist ein Waldgebiet etwa zwei Kilometer nördlich von einer mittelgroßen Stadt. Es sind etwa dreißig Kilometer bis dorthin – etwas weit – aber wir haben vom Schiff aus ein paar Hotspots entdeckt, also hoffen wir, daß uns die Thermik helfen wird. Kwon wird über den Pocher signalisieren, ob der Landeplatz vielversprechend aussieht. Absolute Funkstille, sobald wir wieder in geschlossener Formation fliegen.«

Die beiden Gleiter vor Caine hatten eine Wendung von ungefähr fünfzehn Grad vollzogen, und er folgte ihnen vorsichtig. »Gut gemacht«, bemerkte Skyler. »Nicht schwer zu lernen, nicht wahr?«

»Nein. Sagen Sie, Skyler, was werden wir eigentlich unternehmen, sobald wir die Stadt erreichen?«

»Natürlich den örtlichen Untergrund kontaktieren.«

»Fein, aber wie machen wir das? Halten wir einen Einwohner auf und bitten ihn um die Adresse?«

Der Blackcollar lachte. »Keineswegs. Es ist einfacher, wenn wir uns einsperren lassen.«

Damit verstummte das Funkgerät. »Großartig«, murmelte Caine vor sich hin, und beschränkte sich dann darauf, sich auf das Fliegen zu konzentrieren.

Die elf Gleiter zogen wie schwarzgeflügelte Gespenster geräuschlos zwischen den Sternen und der dunklen Landschaft dahin.

10. Kapitel

DER POCHER AN CAINES Handgelenk teilte ihm mit, daß die fünfstündige Wartezeit vorüber war; *Köder kommt zurück; plus sechs und zwei Fahrzeuge.* »Sie kommen«, stellte er unnötigerweise fest, sprang auf und schaute nach dem Süden, als könne sein Blick im grauen Morgenlicht den Wald um sie durchdringen.

»Ja, ich habe es gehört.« Hawking erhob sich gemächlich. »Sie scheinen sich darüber zu wundern, daß sie rausgekommen sind.«

»Kleinstadt oder nicht, ein Gefängnis bleibt ein Gefängnis«, widersprach Caine. Die übrigen vier sammelten auf der Lichtung bereits die Rucksäcke ein und zogen sich in den Schutz der Bäume zurück. Caine entdeckte Skyler und ging zu ihm hinüber. »Ich möchte etwas wissen. Was ist, wenn die Leute, die Lathe und die anderen aus dem Gefängnis geholt haben, nicht der Untergrund sind?«

»Was sollten sie sonst sein?« fragte Haven, der mit zwei Rucksäcken vorbeiging.

»Sicherheitsdienst«, antwortete Caine. »Es wäre die ideale Möglichkeit, uns zu infiltrieren und herauszubekommen, was wir planen.«

Skyler schüttelte den Kopf. »Ein interessanter Gedanke, aber in diesem Stadium zu kompliziert. Loyalitätskonditionierte Menschen neigen zu einer geradlinigen Denkweise. Vielleicht versuchen sie später etwas so Raffiniertes, aber vorläufig sicherlich nicht.«

Caine hegte immer noch Zweifel, doch in diesem Augenblick erwachte sein Pocher zum Leben und signalisierte die Ankunft der Gruppe. Vier der sechs Argentianer begleiteten Lathe und seine Gefährten in den Wald, während zwei bei den Fahrzeugen blieben. Die

Blackcollars verschwanden lautlos im Buschwerk rings um die Lichtung. Caine wählte eine Position hinter einem dicken Baumstamm, von der aus er einen guten Überblick hatte, und wartete mit klopfendem Herzen.

Gut dreißig Sekunden bevor sie in Sicht kamen, vernahm er bereits das Rascheln der trockenen Blätter auf dem Waldboden. Caine lugte vorsichtig hinter seinem Baum hervor und musterte die vier Argentianer, die im Halbkreis hinter Lathe, Vale, Kwon und Spadafora gingen. Alle trugen lose sitzende braune Overalls, Militärstiefel und eng anliegende Netzmasken, hinter denen ihre Gesichtszüge nur Schatten waren. Ihre Waffen – Schrotflinten –, waren ordentlich instandgehalten; die Argentianer trugen sie lässig, aber doch schußbereit, was auf eine gründliche Ausbildung hinwies.

Lathe führte die Gruppe an und marschierte bis zur Mitte der Lichtung, wo er neben einem halb verfaulten Baumstamm stehenblieb. Die anderen hielten ebenfalls an, und Caine hatte den Eindruck, daß die Läufe der Gewehre minimal höher gerichtet wurden.

»Also? Wo sind die Gewehre?« fragte einer der Argentianer, und Caine blinzelte überrascht – es war eine Frauenstimme!

»Ich fürchte, es gibt keine«, gestand Lathe kleinlaut. »Wir haben in der Stadt nur deshalb Hinweise auf geschmuggelte Waffen fallen lassen, um Ihre Aufmerksamkeit zu erregen.«

Jetzt wurden die Gewehrläufe deutlich höher gerichtet. »Clever«, sagte die Frau mit eiskalter Stimme. »Also schön, Sie haben unsere Aufmerksamkeit, aber wenn Sie nicht auch eine verdammt gute Erklärung anzubieten haben, werden Sie sich bald nicht mehr so clever vorkommen.«

»Die Erklärung ist überaus einfach«, meinte Lahte. »Wir wurden mit einem militärischen Sonderauftrag hierhergeschickt und brauchen die Verbindung mit dem hiesigen Untergrund. Unserer Meinung nach ging das am einfachsten, wenn wir uns in einem kleinen, abgelegenen Ort ins Gefängnis stecken ließen, aus dem Sie uns dann befreien konnten.«

»Einfach schon, aber dumm. Was wäre, wenn wir euch nicht herausgeholt hätten?«

»Dann wären wir auf eigene Faust geflohen«, erwiderte Lathe. »Können Sie den Kontakt zwischen uns und der Führung Ihrer Organisation herstellen?«

»Nicht so schnell«, knurrte ein anderer Argentianer, diesmal ein Mann. »Sie müssen Spione sein, Li. Erledigen wir sie und sehen wir zu, daß wir von hier verschwinden!«

»Nicht so eilig, Ron«, widersprach die Frau, und wandte sich dann an Lathe. »Er hat nicht unrecht, wissen Sie, obwohl Ihre Geschichte noch dümmer klingt als etliches, womit sie uns hereinlegen wollten. Fangen wir mit Ihrem Namen an und arbeiten wir von da aus weiter.«

Lathe zuckte die Achseln. »Wie Sie wollen. Ich bin Comsquare Damon Lathe von den Blackcollars. General Kratochwil von der Erde hat uns mit einem Sonderauftrag von Plinry hierhergeschickt. Mehr kann ich im Augenblick nicht sagen.«

Von den anderen drei Argentianern kam überraschtes Gemurmel, doch weder die Frau noch ihre Waffe zuckten auch nur.

»Also ein Blackcollar von einer anderen Welt? Ich muß Ihnen eines lassen, es ist wenigstens originell. Können Sie es beweisen?«

»Ich kann es versuchen.« Lathe hob die Hand ...

– und drei *shuriken* gruben sich in den morschen Baumstamm. Die Argentianer wirbelten sofort herum ... das heißt, sie versuchten es. Doch noch bevor Caine begriff, daß Lathe und seine Gefährten sich bewegten, hatten sich diese der Waffen ihrer Befreier bemächtigt. Und auch der Befreier.

»Entschuldigen Sie die rauhe Behandlung«, sagte

Lathe sanft. In einer Hand hielt er das Gewehr der Frau, während er mit der anderen ihr Handgelenk scheinbar lässig umfaßte – doch sie war offenbar nicht imstande, sich zu bewegen. »Aber wir tragen keine Ausweise bei uns.«

»Das beweist überhaupt nichts«, rief einer der Argentianer, der sich vergeblich gegen Kwon und den Griff wehrte, mit dem dieser ihn auf die Knie gezwungen hatte. »Ihre Rads haben diese Dinger geworfen, um uns zu erschrecken – sie haben uns angesprungen, als wir ihnen den Rücken zuwandten.«

»Vielleicht habt ihr ihnen den Rücken zugewandt.« Überraschenderweise klang die Stimme der Frau nicht zornig. »Ich habe es nicht getan. Und diese ›Dinger‹ sind *shuriken* – echte Blackcollar-Waffen.« Sie deutete auf den Wald. »Sie haben mich überzeugt. Wollen Sie Ihre Rads nicht auffordern, an der Party teilzunehmen?«

»Selbstverständlich.« Lathe ließ ihren Arm los und gab ihr das Gewehr zurück. »Was sind Rads?«

»Ihre Freunde.« Sie nahm die Waffen entgegen, berührte etwas, das vermutlich der Sicherungsflügel war, und hängte sie sich über die Schulter. »Die Leute, die die kleine taktische Ablenkung inszeniert haben.«

»Oh.« Lathe gab das Entwarnungssignal, und Caine sowie die restlichen fünf Blackcollars kamen durch die raschelnden Blätter auf die Lichtung. Caine bedauerte, daß er die Gesichter unter den Netzmasken nicht sehen konnte; Blackcollars in Kampfausrüstung waren ein beeindruckender Anblick.

»Sie haben ja eine ganze Menschenmenge mitgebracht«, stellte sie fest. »Ist das alles?«

»Wir haben auch einen Späher am Waldrand«, gab Skyler zu.

»Gut. In dem Wagen haben nicht alle Platz; einige von Ihnen müssen zu Fuß gehen.« Sie nickte ihren drei Gefährten zu, die im Gegensatz zu ihr ihre Waffen schußbereit hielten. »Ihr könnt diese vier direkt durch den Wald zum Haus führen. Die übrigen und ihr Gepäck befördern wir mit dem Wagen.«

»Aber wir wissen noch immer nicht, wer sie sind, Li«, wandte einer der Argentianer ein und zeigte mit seiner Waffe auf Vale.

»Sie sind Blackcollars«, erklärte sie geduldig, »und das bedeutet, daß sie auf unserer Seite stehen. Also setzt euch in Bewegung. Und ich schlage vor, daß du dir dein Gewehr umhängst, bevor er es dir wieder wegnimmt.«

Der Mann schnaubte empört, marschierte aber in den Wald hinein; seine sechs Schützlinge folgten ihm dicht auf den Fersen. Die Frau nickte Skyler zu. »Fahren wir!«

Das »Haus«, zu dem sie gefahren wurden, war eigentlich mehr ein Landsitz im Wald. In einem abgelegenen Winkel des Waldgebiets erhob sich ein zweistökkiges Gebäude mit einer großen Garage; in unterschiedlicher Entfernung vom Haus standen drei oder vier Schuppen. Eine verborgene Falltür in einem dieser Schuppen war der Eingang zu einem Tunnel, der zum Haupthaus führte. Sie folgten ihm und gelangten in ein gut eingerichtetes Kellergeschoß. Zwei abgewetzte Couchen und mehrere Stühle standen an den Wänden, und es gab sogar einen Mikrowellenherd und einen Stapel haltbarer Lebensmittel. Ein summender Wanzenstörer neben dem Telefon war allerdings ein etwas unüblicher Haushaltsgegenstand. In verschiedenen Wänden befanden sich die Eingänge zu zwei weiteren Tunnels sowie eine Tür.

»Fühlen Sie sich wie zu Hause, Gentlemen«, forderte die Frau sie auf. Sie hatte die Netzmaske abgenommen und Caine erblickte zum ersten Mal ihr Gesicht.

Es war eine herbe Enttäuschung. Aus ihrer Stimme hatte Caine geschlossen, daß sie schön war; die liebliche Patriotin mit den blitzenden Augen aus den Träumen seiner Jugendzeit. Statt dessen war sie absolut unscheinbar. Ihre hellbraunen Haare waren kurz geschnitten, so daß sie leicht zu pflegen waren, milderten jedoch nicht die groben Züge, und ihre Augen waren eher müde als blitzend. Irgendwie hatte er das Gefühl, daß man ihn um etwas betrogen hatte – und schämte sich sofort über seine Reaktion.

»Eigentlich könnten wir uns jetzt einander vorstellen«, schlug Skyler vor. »Ich bin Rafe Skyler; das ist Mordecai; Allen Caine; Kelly O'Hara ...«

Sie nickte jedem zu, während Skyler die Namensliste herunterrasselte. »Ich heiße Lianna Rhodes«, sagte sie, als er fertig war. »Ich bin mehr oder weniger die Leiterin der Radix-Zelle in diesem Gebiet.«

»Besitzt dieser Radix eine zentrale Führung?« fragte Hawking.

»Ja – das Hauptquartier befindet sich in Argents Hauptstadt Calarand. Unsere Telefonleitung zu ihnen ist angeblich sicher, aber wir verwenden sie nicht allzu gern. Wenn Sie mir Ihren Auftrag kurz skizzieren, verschlüßle ich den Text und wir schicken ihn mit einem Meldegänger.«

»In Ordnung.« Skyler nickte.

Die beiden Fahrer, die die Wagen versteckt hatten, kamen herein, während Skyler und Hawking einen entsprechenden Bericht verfaßten, und Lianna nahm einen von ihnen beiseite und unterhielt sich kurz mit ihm. Er nickte und verschwand durch eine Tür in der Wand. Caine sah Lianna fragend an. »Führt in einen Lagerraum«, erklärte sie. »Das war Jason Ho; er bringt Ihre Nachricht nach Calarand, und muß sich zuerst umziehen.« Mit einem Blick auf den schwarzen Flexarmor fügte sie hinzu: »Wir werden Ihnen allen normale Kleidungsstücke zur Verfügung stellen.«

»Vielleicht könnten wir uns zuerst draußen und im Haus umsehen«, schlug Novak vor. »Nichts gegen Ihre Sicherheitsmaßnahmen, aber wir sind es gewohnt, alles selbst zu überprüfen.«

»Draußen könnten Sie sich umsehen, soviel Sie wollen«, antwortete Lianna. »Aber der Zutritt zum Haupthaus ist verboten. Es gehört dem örtlichen stellvertretenden Handelsbeauftragten und strotzt vor Einbruchssicherungen.«

Die Luft war plötzlich elektrisch geladen. »Erläutern Sie das, bitte«, forderte Skyler leise.

»Machen Sie sich keine Sorgen – kein Mensch ist oben. Navare und seine Familie kommen nur während des Urlaubs her. Dann halten wir uns natürlich von dem Haus fern, aber während der übrigen Zeit ist es absolut sicher, solange man das Haupthaus meidet.«

»Darüber ließe sich streiten«, brummte O'Hara. »Haben sich die Leute nie gefragt, was aus ihrem Kellergeschoß geworden ist?«

»Sie wissen nicht, daß es vorhanden ist – noch vor Kriegsende wurden die Verbindung zugemauert und die offiziellen Baupläne geändert. Außerdem, wer würde im Haus eines Quislings eine Radixzelle vermuten?«

»Niemand«, gab Skyler zu. »War es Ihre Idee?«

Lianna blickte zum ersten Mal zu Boden. »Nein, sie stammte von meinem Vater. Er führte diese Zelle bis ... vor kurzem.«

Die peinliche Stille wurde durch das Geräusch von Schritten unterbrochen, und aus einem der Tunnels tauchte Lathe mit seiner Gruppe und ihren argentianischen Begleitern auf. »Irgendwelche Schwierigkeiten?« fragte Lianna.

Einer der Männer schüttelte den Kopf. »Nein, aber wir sollten sie bald fortschaffen«, sagte er, während er und die Männer die Netzmasken abnahmen. »Ein Flugzeug des Sicherheitsdienstes ist gerade aus der Richtung von Calarand gekommen – sie werden nicht gerade glücklich sein, wenn sie feststellen, daß ihre Gefangenen ausgeflogen sind.«

»Sie haben sehr rasch reagiert«, meinte Lianna nachdenklich. »Okay, wir bringen sie zum Harmon-Haus –

das liegt so weit von Janus entfernt, daß es sich außerhalb jedes Kordons befindet, den sie errichten. Jason fährt nach Calarand; vielleicht will das Hauptquartier mit ihnen sprechen. Sind Sie bald damit fertig?« wandte sie sich an Skyler.

Lathe war neben Skyler getreten, beugte sich über seine Schulter und las die Nachricht. »Ich muß noch etwas erwähnen«, begann er. »Einer unserer Leute ist nicht mit uns abgesprungen, sondern hat das Schiff weitergesteuert. Wenn er überlebt hat, ist er allein und ist wahrscheinlich untergetaucht. Können Sie ein Suchteam nach ihm ausschicken?«

»Nehmen Sie es in Ihre Nachricht hinein«, sagte Lianna. »So etwas können wir nicht von hier aus entscheiden.«

Die Fahrt zu dem sicheren Haus dauerte einige Stunden, und sie erreichten es ohne Zwischenfall. Sie blieben beinahe den ganzen Tag dort, aßen endlich wieder richtig, holten den versäumten Schlaf nach und wurden mit passender Kleidung versorgt. Hawking stellte fest, daß der Reserve-Wanzenstörer der Zelle kaputt war, und verbrachte beinahe den ganzen Nachmittag damit, ihn instandzusetzen. Die übrigen hatten nichts anderes zu tun als zu warten.

Gegen Sonnenuntergang teilte man ihnen endlich über die sichere Leitung aus Calarand mit, daß der Führer des Radix mit ihnen zusammenkommen würde. Eine halbe Stunde später fuhr ein lockerer Konvoi von fünf Fahrzeugen eine Staubstraße entlang. Caine war auf dem Rücksitz des mittleren Wagens zwischen Mordecai und Kwon eingezwängt und versuchte, die lange Fahrt zu verschlafen. Er hatte nicht sehr viel Erfolg damit. Eine leise Stimme in seinem Kopf flüsterte immer wieder, daß Calarand ihm vollkommen fremd und voller Sicherheitsmänner und nicht erprobter Verbündeter war.

Und vermutlich auch voller Ryqril.

11. Kapitel

ALS DER KONVOI in Sichtweite von Calarand kam, lugte Argents gelborangene Sonne über den Horizont. Nach dem relativ flachen Capstone erinnerten Calarands dreißig bis vierzig Stockwerke hohen Gebäude Caine an Neu-Genf. Doch als sie durch die Vororte der Stadt fuhren, erkannte er, daß Calarand genau wie Capstone unter dem Krieg gelitten hatte. Es gab natürlich keine Bombentrichter und keine Schutthaufen, aber die Gebäude wiesen farblich abweichende Ausbesserungen auf, und bei einigen hatten die Laserkanonen glatte Schmelzflecken auf der Oberfläche hinterlassen. Selbst in dem relativ trüben Licht war der Anblick deprimierend, und Caine bekam ein immer schlechteres Gewissen, weil ihm immer mehr bewußt wurde, wie wenig die Erde gelitten hatte.

Als er sich wieder in die Unterhaltung im Wagen einschaltete, erklärte Lianna, die neben dem Fahrer saß, gerade: »In diesem Viertel sind hauptsächlich ungelernte Arbeiter und die Leichtindustrie angesiedelt.«

»Welche Industrie?« fragte Kwon, der zum Seitenfenster hinaussah.

»In diesem Bezirk vor allem Fabriken für Textilien und kleine Haushaltsgeräte. Weiter drinnen, im Strip, gibt es Betriebe, die Waffenbestandteile erzeugen. Der Strip ist eine Art Pufferzone zwischen dem Regierungszentrum und der äußeren Stadt. Wenn man ihn betritt oder verläßt, geht man durch Metall- und Energiequellendetektoren und meist auch durch Soniskope, aber man braucht keinen Quislingausweis.«

»Eine merkwürdige Einrichtung«, bemerkte Kwon.

Sie zuckte die Achseln. »Die Auftragslage bei den Waffenfabriken hängt davon ab, was die Ryqril für ihre

Kriege benötigen. Sie wollten wahrscheinlich nicht eine Unzahl von Arbeitern konditionieren, die sie nur gelegentlich brauchen.«

Kwon warf Mordecai einen Blick zu, und Caine erriet, was er sagen wollte: eine nur halb zum Sperrgebiet erklärte Waffenfabrik stellte praktisch eine handgeschriebene Einladung zur Sabotage dar.

Als sie vor einem größeren dreistöckigen Wohnhaus hielten, waren bereits zahlreiche Fußgänger und Fahrzeuge auf den Straßen unterwegs. Hundert Meter vor ihnen verschwand der weißhaarige Hawking gerade in einem anderen Gebäude. »He!« rief Caine und zeigte hin.

»Entspannen Sie sich, Caine, sie benützen nur einen anderen Eingang«, beruhigte ihn Lianna. »Gehen wir!«

Sie betraten das Haus und Lianna führte sie über eine Treppe in eine Wohnung im Kellergeschoß. Ein älteres Paar ließ sie ein, tauschte mit Lianna die Losungsworte aus und führte sie dann in einen Tunnel, der hinter dem Wandschrank im Schlafzimmer begann. Lianna ging mit einer kleinen Taschenlampe in der Hand voraus, und Caine zählte hundertdreißig Schritte, bis sie zu einer engen Wendeltreppe gelangten und wieder hinaufstiegen. Als Lianna ein Stück der Wandtäfelung aufstieß und sie in einen hellerleuchteten Raum führte, schätzte er, daß sie sich zwei Stockwerke oberhalb der Straße befanden.

Caine kniff die Augen zusammen und sah sich um. Der Raum hatte keine Fenster und war ein Mittelding zwischen einem großen Privatbüro und dem Sitzungssaal eines kleinen Unternehmens. Ein Dutzend junger, hart aussehender Männer waren ringsum an den Wänden verteilt, und durch eine offene Tür auf der anderen Seite des Raumes marschierten die übrigen Blackcollars und ihre Begleiter herein. Auf dem Tisch in der Mitte, an dem vier Männer saßen, befand sich ein Wanzenstörer. Caine wußte sofort, daß dies die Anführer des Radix waren. Der kühle, nachdenkliche Gesichtsausdruck, mit dem sie die Besucher musterten, das Alter und die Erfahrung, die nicht einmal das regelmäßig angewendete Idunin verschleiern konnte – das alles verstärkte nur den Eindruck von Autorität und Führungsqualität, die Caine von den Führern des Widerstandes auf der Erde kannte. Caine musterte einen der vier nach dem anderen und versuchte abzuschätzen, wie sie auf die Neuankömmlinge reagierten. Es war zwecklos – ihre Gesichter wirkten aus alter Gewohnheit undurchdringlich.

Die Tür wurde geschlossen, und einer der vier Männer erhob sich. »Janus-Team bitte auf diese Seite.«

Liannas Gruppe gehorchte, so daß Caine und die zehn Blackcollars allein vor dem Tisch standen. Der Argentianer zog fragend die Augenbrauen hoch, und Lathe trat einen halben Schritt vor. »Ich bin Comsquare Damon Lathe, Führer dieser Einheit, und handle auf Befehl von General Kratochwil von der Erde«, erklärte er militärisch kurz und präzis. »Und Sie?«

»Ral Tremayne«, erwiderte der andere. »Leiter der Organisation Radix. Können Sie Ihre Identität oder Ermächtigung beweisen?«

»Wenn Sie damit gekennzeichnete Kassetten oder unterschriebene Papiere meinen, dann nein. Aber da wir Blackcollars sind, sollte unsere Loyalität nicht in Frage stehen.«

»Viele Blackcollars haben nach dem Krieg einfach aufgegeben«, bemerkte der Mann mit der olivfarbenen Haut, der links von Tremayne saß, kühl.

»Und viele sind in ihm gefallen«, antwortete Lathe.

»Zu viele«, stimmte der schlanke Mann rechts von Tremayne zu. Er erhob sich.

»Serle Bakshi; Comsquare«, stellte er sich vor, hob die rechte Faust zu einer Art Gruß, und die roten Augen in seinem Drachenkopfring blitzten kurz im Licht auf.

Lathe lächelte überrascht und erwiderte den Gruß. »Ich freue mich sehr, Comsquare. Ich hatte gehofft, daß ich auf Argent Blackcollars finden würde, aber ich hatte nicht erwartet ...«

Caine war das leise Geräusch hinter ihm kaum bewußt geworden, doch im nächsten Augenblick brach hektische Aktivität aus. Caine fuhr herum und sah gerade noch, wie sich Havens *nunchaku* um den ausgestreckten Arm eines der Radixwächter schlang. Der Arm wurde durch den Aufprall gegen die Wand geschleudert, und das Klappern der *nunchaku*-Stäbe übertönte den Aufschrei des jungen Mannes. Der Revolver, den er in der Hand gehalten hatte, schlitterte über den Boden und an die Wand; ein anderer Wächter griff nach ihm, zuckte aber zurück, als sich ein schwarzer Stern drei Zentimeter über dem Revolver in die Wand bohrte.

Dann herrschte Ruhe – die Ruhe einer gespannten Feder. Caine hatte automatisch Karatehaltung eingenommen, und die Blackcollars waren ebenfalls kampfbereit. Sie hatten Front gegen die Wächter gemacht, sich hingekauert und hielten die schwarzen Sterne wurfbereit.

Alle bis auf Lathe. Soweit Caine es beurteilen konnte, hatte der alte Comsquare mit keiner Wimper gezuckt. Jetzt trat er an den Tisch; seine Augen funkelten wütend. Er blickte abwechselnd Tremayne und Bakshi an und zeigte auf das Telefon neben dem Wanzenstörer. »Rufen Sie sie herauf!« Er spuckte die Worte aus. »Jeden einzelnen, alle Ihre Wächter und Soldaten. Wir werden im Nahkampf gegen sie antreten und vielleicht ein Dutzend von ihnen töten. Werden Sie dann davon überzeugt sein, daß wir wirklich Blackcollars sind?«

»Ich bitte aufrichtig um Entschuldigung.« Merkwürdigerweise wirkte Tremayne nicht besonders erschrokken. »Ich weiß, daß es nicht fair war, aber wir mußten uns Gewißheit verschaffen.«

»Fair? Wir hätten ihn töten können. Wir hätten sie alle töten können.«

Ein leichtes Lächeln spielte um Tremaynes Lippen.

»Offenbar habe ich mehr Vertrauen zu Ihrer Selbstbeherrschung als Sie selbst, Comsquare.«

»Und ich kenne die Reflexe der Blackcollars besser als Sie.« Lathe hatte sich ein wenig beruhigt. »Okay, Sie haben Ihren Spaß gehabt. Beim nächsten Mal werden wir annehmen, daß es sich um einen echten Angriff handelt, und die Sterne werfen, um zu töten. Sorgen Sie dafür, daß Ihre Leute das erfahren.«

Er gab das Zeichen für Entwarnung und trat zurück, während die Blackcollars sich aufrichteten und *shuriken* und *nunchaku* wieder verschwanden.

Tremayne blickte zu den Wächtern hinüber. »In Ordnung, ihr könnt gehen. Sichert alle Eingänge ab.« Er zeigte auf Liannas Gruppe. »Und sorgt dafür, daß das Janus-Team Frühstück und Schlafplätze bekommt.«

Als sich die Tür hinter ihnen geschlossen hatte, wies Tremayne auf die leeren Stühle am Tisch. »Comsquare; Gentlemen«, sagte er, während Bakshi und er sich wieder setzten.

Lathe, Skyler und Hawking nahmen den Radixführern gegenüber Platz. Caine und die übrigen verteilten sich im Raum.

»Was genau suchen Sie hier?« fragte Tremayne.

»Vor allem Antworten auf einige Fragen. Die wichtigste zuerst: Haben Sie schon von Jensen gehört?«

Tremayne zeigte auf den wie ein Gelehrter wirkenden Mann rechts von Bakshi. »Dafür ist mein Adjutant Jeremiah Dan zuständig. Jer?«

Dan legte die Fingerspitzen aneinander. »Ihr Schiff – ich nehme an, daß es sich um das Ihre handelt – ist vor etwa dreißig Stunden am Osthang des Rumelian-Gebirges abgestürzt. Wir wissen ungefähr wo; im Augenblick besteht das Problem darin, daß der Sicherheitsdienst das gesamte Gebiet abgeriegelt hat. Wir unterhalten eine kleine Zelle in der Gegend und haben sie mobilisiert, aber mehr können wir zur Zeit nicht unternehmen.«

Lathes Kiefer verkrampfte sich kurz. »Halten Sie uns auf dem laufenden. Wenn Sie hören, daß er gefunden wurde – ganz gleich, von welcher Seite –, lassen Sie es mich sofort wissen.« Er wandte sich wieder Tremayne zu. »Damit komme ich zu meiner zweiten Frage. Ich möchte mehr über Ihre Organisation erfahren; vor allem über ihre Größe und ihre Standorte, und was Sie bis jetzt gegen die Ryqril ausgerichtet haben.«

»Ich halte es für einfacher, wenn Sie uns zuerst genau erklären, was Sie wollen«, wandte Bakshi ein. »Dann können wir Ihnen sagen, ob Sie es von uns bekommen können.«

»Einfacher schon, aber nicht so interessant«, widersprach Skyler. »Außerdem hängen die Maßnahmen, die man plant, oft von der Größe des Teams ab, das man zur Verfügung hat.«

Bakshi wollte antworten, doch Tremayne legte ihm die Hand auf den Arm. »Er hat recht, Serle. Also überlegen wir einmal. Radix verfügt zur Zeit über etwa eine halbe Million Mitglieder und aktive Mitarbeiter bei einer Gesamtbevölkerung von eineinviertel Milliarden. Wir sind recht gleichmäßig über die ganze Welt verbreitet, obwohl wir bestrebt sind, uns auf größere Städte wie Calarand zu konzentrieren.«

»Wie steht es mit Ihrer Sicherheit?« erkundigte sich Lathe. »Bei so großen Zellen wie den Ihren gibt es natürlich auch ein entsprechendes Infiltrationsproblem.«

»Das finde ich eigentlich nicht«, meinte Tremayne, »weil alle Mitglieder einer Zelle ihre Zustimmung erteilen müssen, wenn ein neues Mitglied aufgenommen wird. Die Quislinge versuchen gelegentlich, Doppelgänger einzuschmuggeln, aber wir entlarven sie sehr rasch.«

»Jetzt erzählen Sie uns etwas über Ihre Erfolge«, verlangte Lathe.

»Na ja, es gibt uns immer noch, obwohl die Quislinge alles mögliche dagegen unternehmen.« Tremaynes Lächeln war bitter. »Davon abgesehen sind unsere Erfolge nicht so gut, wie wir möchten. Wir versetzen ihnen gelegentlich Nadelstiche – überfallen zum Beispiel Warentransporte – aber an die wirklich großen Ziele kommen wir nicht heran.«

»Wissen Sie das aus Erfahrung?« fragte Skyler.

»Aus sehr schmerzlicher Erfahrung. Für gewöhnlich erkennen wir rechtzeitig, daß wir nicht durchkommen, und ziehen uns zurück, um unsere Verluste gering zu halten.«

»Haben Sie ein bestimmtes Ziel im Auge?« erkundigte sich Jeremiah Dan.

»Unter Umständen«, gab Lathe zu. »Zuerst müssen Sie jedoch alle Veteranen der Raumflotte aufspüren, die Sie erreichen können. Ich nehme an, daß sich etliche von ihnen auf festem Boden befanden, als die Verteidigung zusammenbrach.«

»Das stimmt«, sagte Tremayne. »Aber der Krieg liegt lange zurück.«

»Das würde kein Problem darstellen, falls sie regelmäßig Idunin bekommen haben«, warf Vale ein.

»Sie haben doch Idunin bekommen, nicht wahr?« fragte Skyler und musterte die jugendlichen Gesichter der Argentianer.

»Hören Sie mal«, begann der Mann mit der olivfarbenen Haut.

»Immer mit der Ruhe, Uri«, unterbrach ihn Tremayne. »Zufällig waren wir sehr erfolgreich, wenn es darum ging, Iduninlieferungen abzufangen. Und die Kriegsveteranen stehen ganz oben auf unserer Prioritätenliste.«

»Gut. Dann möchte ich, daß Ihre Leute sie so bald wie möglich zusammentreiben.«

»Ich fürchte, daß das Zusammentreiben bereits geschehen ist«, meldete sich Dan zu Wort. »Wir haben es gestern abend erfahren; ich hatte noch keine Gelegenheit, es dir zu sagen, Ral.«

»Verdammt«, knurrte Bakshi. »Schon wieder?«

Dan nickte.

Tremayne sah aus, als hätte er einen üblen Nachgeschmack im Mund. »Ich fürchte, Sie haben Pech, Comsquare. Alle dreihundertfünfzig ehemaligen Raumfahrer sind eingesperrt worden, wahrscheinlich für einige Monate.«

»Was?« Zum ersten Mal seit Caine ihn kannte; sah Lathe verblüfft aus. »Warum?«

»Es geschieht jedes Mal, wenn die Ryqril eine größere Offensive gegen die Chryselli auf diesem Kriegsschauplatz starten«, erklärte Bakshi. »Die Front ist hier nur etwa einen Parsek entfernt. Wahrscheinlich befürchten sie, daß jemand ein Raumschiff kapert, während sie an der Front beschäftigt sind und ihn nicht verfolgen können.«

»Das ist lächerlich«, meinte Lathe. »Wohin könnte der Dieb fliehen?«

»Praktisch überall hin«, antwortete Bakshi. »Ein einzelnes Raumschiff kann sogar in der Nähe der Hauptkampflinie jederzeit zwischen den Vorposten hindurchschlüpfen.«

»Das weiß ich«, fuhr ihn Lathe an. »Ich habe gemeint, wo er landen könnte. Innerhalb eines Umkreises von dreißig Parseks gehört alles den Ryqril, ist von ihnen besetzt oder wird von ihnen angegriffen.«

»Wir sind nicht diejenigen, die die Gesetze machen«, bemerkte Bakshi leicht verstimmt. »Die Quislinge bitten uns nicht um Erlaubnis, wenn sie jemanden aus dem Verkehr ziehen wollen.«

»Das ist richtig.« Lathe fuhr sich mit der Hand über das Gesicht. »Entschuldigen Sie. Haben Sie eine Ahnung, wo die Veteranen festgehalten werden?«

»Immer am gleichen Ort: das Henslowe-Gefängnis, am südlichen Rand des Strip«, erklärte Dan. »Etwa zwölf Kilometer von hier.«

»Ich nehme an, daß es gut bewacht ist.«

»Sehr gut bewacht«, seufzte Tremayne. Dann fragte

er neugierig: »Wozu brauchen Sie denn diese Veteranen?«

»Im Augenblick ist das noch geheim«, wehrte Lathe ab.

»Hören Sie, Comsquare ...«

»Sie haben eine lange Nacht hinter sich«, unterbrach Bakshi seinen Vorgesetzten. »Ich schlage vor, daß sie sich jetzt eine Weile ausruhen, und daß wir unser Gespräch später fortsetzen.«

»Das ist ein sehr guter Vorschlag«, stimmte Lathe zu.

Tremayne sah alles andere als glücklich aus, nickte jedoch. »Also gut. Hast du Platz für sie, Jer?«

Dan nickte. »Der Mann vor der Tür wird Sie in Ihre Zimmer führen.«

Lathe stand auf. »Ich danke Ihnen für Ihre Gastfreundschaft.«

»Es ist uns ein Vergnügen. Schlafen Sie gut.«

Als die Tür sich hinter den Blackcollars schloß, schob Tremayne seinen Stuhl zurück. »Danke, daß du den Streit unterbrochen hast, Serle.« Dann wandte er sich an alle. »Kommentare?«

»Ich halte es nach wie vor für verfehlt, daß wir sie hierhergebracht haben«, meinte Uri Greenstein, der Mann mit der olivfarbenen Haut links von Tremayne. »Wir wissen noch immer nichts Genaues über sie oder ihren geheimnisvollen Plan, aber der Sicherheitsdienst spielt ihretwegen verrückt. Selbst wenn sie auf unserer Seite stehen ...«

»Wenn?« unterbrach ihn Bakshi.

»Ja, wenn. Auch Blackcollars sind nur Menschen, Comsquare, und ich glaube nicht, daß alle so edelmütig sind, wie Sie uns weismachen wollen. Wie gesagt, selbst wenn sie wirklich auf unserer Seite stehen, könnte uns die erhöhte Aktivität des Sicherheitsdienstes vor ernstliche Probleme stellen.«

»Damit hat er recht«, mischte sich Jer Dan ein. »Wenn die Berichte aus dem Bezirk Rumelian stimmen, sind die

Quislinge entschlossen, den ganzen Planeten durchzukämmen.«

»Was schlägst du vor?« fragte Tremayne.

»Sie zu isolieren. Wir brechen den Kontakt zu allen anderen Zellen ab, so daß nur die Calarand-Gruppe gefährdet ist.«

»Besitzen wir dann noch genügend Menschenpotential?« wollte Bakshi wissen.

»Wir haben ja ein Dutzend frischer Blackcollars zur Verfügung«, höhnte Greenstein.

»Wir können die Janusleute hierbehalten«, überlegte Tremayne. »Damit gehen wir kein zusätzliches Risiko ein, weil Lathe sie bereits kennt. Weitere Kommentare? Also gut. Du kannst anfangen, Jer, den anderen Zellen mitzuteilen, daß sie keinen Kontakt mit uns aufnehmen sollen. Du fährst nach Millaire zurück, Uri, und informierst die Abteilung Süd.«

»Gut«, nickte Greenstein. »Weil Calarand von nun an stumm ist, wirst du die Suche nach dem abgestürzten Blackcollar Jensen nicht fortsetzen können. Das übernehme ich.«

»Danke. Weil wir gerade von Blackcollars sprechen, ist einem von euch während des Scheinangriffs etwas Ungewöhnliches aufgefallen?« fragte Tremayne.

»Allerdings«, sagte Bakshi. »Die Kampfposition, die einer von ihnen eingenommen hat, hat sich ein wenig von den anderen unterschieden.«

Tremayne nickte langsam. »Das habe ich ebenfalls bemerkt. Im Janusbericht heißt es, daß sie von Plinry kommen, aber unter der Oberhoheit der Erde stehen. Ob vielleicht ...«

»Glaubst du, daß der Einzelgänger ein Terraner ist?« fragte Dan.

»Das wäre denkbar. Dann stellt sich aber die Frage, wie er am Sicherheitsdienst der Erde vorbeigekommen ist.«

»Vielleicht gibt es auf der Erde keinen Sicherheitsdienst«, meinte Bakshi. »Wenn die Erde schwer in Mitleidenschaft gezogen wurde, gibt es dort unter Umständen nichts Bewachenswertes mehr.«

»Diese müßigen Spekulationen sind sinnlos«, stellte Tremayne fest. »Wir lassen sie jetzt vier oder fünf Stunden schlafen, aber dann verlange ich vom Comsquare Lathe genaue Angaben über seine Referenzen.«

»Und darüber, was er hier vorhat«, ergänzte Bakshi.

»Vor allem darüber«, stimmte Tremayne grimmig zu.

12. Kapitel

»ICH WEISS, DASS ICH etwas gesehen habe«, keuchte einer der fünf Sicherheitsmänner, als die Gruppe durch den Engpaß auf die Klippe trat. »Als würde sich das Licht auf Metall oder Glas spiegeln.« Er zeigte auf die Mitte des steilen, baumbestandenen Hanges vor ihnen.

»Gib weiterhin acht«, riet ihm einer seiner Kameraden, verlegte sein Lasergewehr auf die andere Schulter und sah sich mißtrauisch um. »Und vergiß nicht, daß er seit dem Augenblick, als du ihn gesehen hast, eine halbe Stunde Zeit gehabt hat, seinen Standort zu wechseln.«

Knapp zehn Meter hinter ihnen hatte sich Jensen hinter einem Baum versteckt und berichtigte jetzt seine Einschätzung der Gruppe. Obwohl sie offenbar keine Erfahrung im Außendienst besaßen, waren sie scharfe Beobachter; und zumindest ihr Führer war nicht auf den Kopf gefallen. Er hatte nicht wissen können, daß Jensen vor über einer Stunde, als er die Gruppe entdeckte, die den Berg hinauf auf ihn zukam, den überflüssigen Feldstecher an einen Ast gehängt hatte. Er wollte die Gruppe veranlassen, fröhlich den Hang hinaufzurennen; wenn er Glück hatte, vergaßen sie, an dem einzigen Weg, der von der Klippe hinunterführte, einen Posten aufzustellen. Doch allmählich begann er daran zu zweifeln, daß diese Gruppe auf seinen Trick hereinfallen würde.

»Dort!« rief der erste Mann und zeigte hin. »Ich habe es ebenfalls gesehen«, bestätigte ein anderer. »Etwa zehn Grad links von dem abgestorbenen Rotdorn.«

»Okay, gehen wir«, entschied der Führer. »Vergeßt nicht, daß der Kerl gefährlich ist, also schießt gezielt, sobald die Situation kritisch wird! Dennie, fordere weitere

Teams für unseren Sektor an, und auch Unterstützung aus der Luft! Sie sollen sich aber vorläufig nicht zeigen, weil wir ihn nicht vertreiben wollen. Cham, du bleibst hier, für den Fall, daß er sich an uns vorüberschleichen will! Okay, gehen wir!«

Von seinem sicheren Versteck hinter dem Baum aus sah Jensen zu, wie vier der fünf Sicherheitsmänner im Buschwerk verschwanden. Der Trick war trotzdem den Versuch wert gewesen, fand er. Vielleicht hatte er damit sogar ein gutes Geschäft gemacht: Obwohl der Sicherheitsdienst jetzt wußte, in welchem Gebiet er sich aufhielt, hatte Jensen erfahren, daß sie seiner unbedingt habhaft werden wollten und deshalb auch unerfahrene Städter in ihren Patrouillen einsetzten. Interessant war auch, daß sie wußten, daß er allein war.

Cham, der Posten, fand neben einem großen Felsblock ein mit einem moosähnlichen Gewächs bestandenes Fleckchen, setzte sich, wandte Jensen das Profil zu und stellte den Schaft seines stumpfnasigen Lasergewehrs zwischen seinen Beinen auf die Erde. Dann schob er das dünne Drahtmikrophon an seinem Helm zur Seite und drehte einen Knopf in der Nähe der Anschlußstelle. Schließlich lehnte er den Kopf an den Felsen und schloß die Augen.

Jensen beobachtete ihn nachdenklich und hätte gern gewußt, was er gerade getan hatte. Hatte er sein Funkgerät abgeschaltet, so daß er schlafen konnte, ohne daß ihn die anderen schnarchen hörten, oder hatte er es auf volle Lautstärke gestellt, so daß die anderen das Geräusch einer Waffe hörten, wenn er überfallen wurde? Vermutlich letzteres – was auf einen sehr vorsichtigen Soldaten schließen ließ, da man ja annahm, daß Jensen ein gutes Stück von ihnen entfernt war. Jensen verzog das Gesicht und beschloß, auf eine günstige Gelegenheit zu warten.

Die Minuten schlichen dahin. Die Augen des Postens blieben geschlossen, aber seine Atmung zeigte, daß er nicht schlief. Bis auf die Geräusche der verschiedenen Insekten herrschte ringsum Stille. Außer Vögeln zeigte sich nichts am Himmel. Doch Jensen wußte, daß die Einsamkeit eine Illusion war, und daß sich im Fall eines Alarms Himmel und Gegend überraschend schnell bevölkern würden. Geduld ist eine Tugend, sagte er sich und beobachtete weiter.

Doch schließlich konnte er nicht länger warten. Der Rest der Patrouille mußte sich jetzt auf halbem Weg zu dem Feldstecher befinden, und er brauchte zumindest ein paar Minuten, um durch den Engpaß zu kommen, bevor sie den Trick entdeckten und Verstärkung herbeipfiffen. Es war gefährlich, den ersten Schritt zu machen, aber es blieb ihm keine andere Wahl. Er griff nach einem Stein, legte ihn in seine Schleuder und schoß ihn in einen etwa fünfzehn Meter weiter oben am Hang liegenden, schilfigen Grasfleck. Der Stein landete mit einem äußerst zufriedenstellenden, raschelnden Aufprall.

Der Posten war sofort hellwach, richtete mit einer Hand sein Gewehr auf die Stelle, von der das Geräusch gekommen war, und stellte mit der anderen sein Mikrophon ein. »Hier spricht Cham«, sagte er leise. »Ich habe im Bergschilf in meiner Nähe etwas gehört und werde jetzt nachsehen.«

Während er vorsichtig aufstand, hielt er das Gewehr in Hüfthöhe und ließ die Mündung einen Bogen beschreiben. Er näherte sich vorsichtig dem kniehohen Gras und überwachte dabei die Umgebung. Am Rand des Grasflecks blieb er stehen, und feuerte dann plötzlich drei Schüsse in verschiedene Stellen des Flecks. Er wartete einen Augenblick lang, und als sich nichts rührte, machte er kehrt. »Es muß ein Tier gewesen sein«, meldete er ins Mikrophon, während er zurückging. Jensen konnte die Antwort nicht hören, aber Cham lächelte verkniffen. »Klar, aber wer weiß schon, wie schnell diese Blackcollars unterwegs sind ... Du auch.«

Cham warf einen letzten Blick in die Runde und setzte sich dann wieder auf seinen Moosfleck. Er schob das Mikrophon zur Seite, griff nach dem Lautstärkeregler ...

– und der Stein aus Jensens Schleuder traf ihn mit voller Wucht seitlich am Hals.

Er brach zusammen; Jensen war mit wenigen Schritten bei ihm, nahm ihm den Helm ab und hielt ihn sich ans Ohr. Er hörte das leise Keuchen und die gelegentlichen Kommentare der anderen, die sich auf den Berg hinaufquälten. Nichts wies darauf hin, daß sie etwas Ungewöhnliches gehört hatten; oder daß sie dem Geräusch, falls sie es vernommen hatten, Bedeutung beimaßen. Jensens Geduld hatte sich bezahlt gemacht.

Er durchsuchte rasch den Toten und fügte ein Verbandspäckchen und einen Verpflegungssatz zu seinen Vorräten hinzu. Das Lasergewehr war eine Versuchung, aber sein Netzteil konnte auf große Entfernungen geortet werden, besonders hier in dieser verlassenen Gegend. Leider galt das auch für den Helm, denn selbst bei abgeschaltetem Sender waren seine elektronische Ausrüstung und die Batterien nicht zu übersehen. Jensen warf Helm und Gewehr ein paar Meter in den Wald. Natürlich würde man sie finden, aber er wollte dem Feind so viele Schwierigkeiten wie möglich machen.

Dann rannte er in den Engpaß hinunter und bewegte sich so rasch er konnte, ohne allzu viel Lärm zu machen. Er war natürlich darauf gefaßt gewesen, daß ihn der Sicherheitsdienst jagen würde – aber wenn dieser wußte, daß Jensen allein und außerdem ein Blackcollar war, dann stimmte etwas ganz und gar nicht! Wo immer sich Lathe und sein Team befanden, der Feind war ihnen auf der Spur.

Er hatte seit gut fünfzehn Minuten das Ende des Engpasses hinter sich und befand sich wieder im dichten Buschwerk, als oben am Hang eine Sprengladung detonierte. Offenbar hatte das Sicherheitsteam die von ihm aufgestellte Falle gefunden. Auf dem gesamten Berg würde es binnen kurzem von Feinden wimmeln.

Von nun an würde es unangenehm werden.

13. Kapitel

CAINE ERWACHTE, weil sein Name geflüstert wurde, blieb jedoch mit geschlossenen Augen regungslos liegen. Alles wirkte friedlich; auf der anderen Seite des Raumes, neben der Tür, sagte Lathe leise: »... schläft noch, und es hat keinen Sinn ihn zu wecken.«

»Es tut mir leid«, antwortete eine unbekannte Stimme, »aber Ral hat ausdrücklich gesagt, daß wir Caine mitbringen sollen.«

Caine öffnete die Augen. »Ich bin wach, Lathe.« Er sprach ganz leise, um niemanden zu wecken. »Was ist los?«

Sowohl Lathe als auch der andere – es war Jeremiah Dan – blickten zu ihm herüber; Lathe leicht verärgert. »Ral Tremayne möchte, daß Sie und Lathe unsere taktische Gruppe kennenlernen«, erklärte Dan.

»Sie müssen nicht mitkommen«, warf Lathe ein. »Ich habe Erfahrung in taktischen Diskussionen.«

War Lathe darauf aus, ihn kaltzustellen? Caine erhob sich und schlängelte sich zwischen den Feldbetten durch, die die Radixleute für sie aufgestellt hatten. »Kein Problem. Es klingt interessant.«

»In Ordnung.« Lathe nickte Haven und Novak zu, die einander an einem Schachbrett gegenübersaßen, aber jetzt aufstanden und zu ihnen traten. »Ich möchte, daß ihr auch dabei seid«, erklärte er ihnen. »Wenn wir das Henslowe-Gefängnis tatsächlich angreifen, wird jeder von euch eine Gruppe führen.«

Dan bekam große Augen. »Comsquare, wir ... wir verfügen wirklich nicht über genügend Leute für ein so großes Unternehmen.«

»Warum nicht? Tremayne hat behauptet, daß Sie eine halbe Million Mitglieder haben. Mit einer solchen Menschenmenge können Sie das Gefängnis erstürmen, wenn Sie bloß Steine werfen.«

»Aber dann hätten wir keine halbe Million Mitglieder mehr«, bemerkte Dan eisig, drehte sich um und trat in den Korridor hinaus.

Caine war äußerst verlegen, als er und die drei Blackcollars Dan folgten. Er wollte die hochgehenden Wogen glätten, holte Dan ein und zeigte auf den langen, hohen Korridor. »Was ist das eigentlich für ein Gebäude, Mr. Dan? Ich habe noch nie etwas Ähnliches gesehen.«

Dan entspannte sich ein wenig. »Vor etwa sechzig Jahren war es ein Regierungsgebäude, in dem das Ministerium für Bergbau untergebracht war. Als sie ein neues Gebäude erhielten, wurde dieses hier verkauft und zu Privatbüros umgebaut. Dann wurden hier auch Wohnungen geschaffen. Über verschiedene Firmen und private Strohmänner besitzen wir das gesamte Gebäude.«

Dan führte sie in den kleinen Besprechungsraum, den sie bereits kannten. Diesmal drängten sich jedoch wesentlich mehr Menschen um den Mitteltisch: Außer Tremayne und Bakshi waren sechs Männer und zwei Frauen anwesend. Für Caine waren die vier Männer neben Bakshi ein unerwarteter und äußerst willkommener Anblick. Sie sahen jung, zäh und wachsam aus – und trugen schwarze Rollkragenpullover sowie Drachenringe.

Diesmal saß Tremayne am Kopfende des Tisches und Bakshi zu seiner Rechten. Lathe setzte sich an das andere Ende und Caine nahm neben ihm Platz.

»Sie müssen entschuldigen«, sagte Tremayne zu Novak und Haven, als Dan den letzten Stuhl mit Beschlag belegte, »ich habe Sie nicht erwartet, aber ich lasse sofort zwei Stühle bringen.«

»Das ist unnötig«, widersprach Lathe. »Die beiden können stehen.«

»Es ist nicht notwendig ...«

»Ich habe gesagt, daß sie stehen können.«

Die am Tisch Sitzenden schoben sich unruhig zurecht, und einige von ihnen sahen sich mißbilligend um. Tremaynes Lippen zuckten, aber er nickte. »Wie Sie wünschen. Jetzt möchte ich Ihnen unsere taktische Gruppe vorstellen.« Er deutete auf die linke Seite des Tisches. »Neben Jer sitzen Salli Quinlan, die Leiterin des militärischen Nachrichtendienstes; Miles Cameron, Leiter des Nachrichtendienstes; und Stuart York, Leiter des Nachschubs. Comsquare Bakshi rechts von mir ist Leiter der gesamten taktischen Operationen und der Aktivitäten im Feld; die Kommandomänner McKitterick, Valentine, Fuess und Couturie führen unsere Kommandounternehmen; Faye Picciano ist ebenfalls Taktikerin.«

Jeder der Anwesenden nickte, wenn sein Name fiel. »Ich kann es kaum erwarten, Ihren Bericht über die Bedingungen auf Plinry zu hören«, sagte Faye und blickte von Lathe zu Caine. Letzterer fand, daß sie dem Bild einer Widerstandskämpferin wesentlich besser entsprach als Lianna Rhodes – sie war attraktiver, doch man spürte ihre Zähigkeit. Und im Gegensatz zur gesetzten Salli Quinlan trug sie keinen Ehering.

»Selbstverständlich«, erwiderte Lathe. »Aber dazu kommen wir später. Im Augenblick sind die Zustände auf Argent wichtiger.« Er blickte zu der anderen Frau hinüber. »Besteht eine Möglichkeit abzuschätzen, wie lange die jetzige Kampagne der Ryqril dauern wird, Mrs. Quinlan?«

Bevor Salli antworten konnte, mischte sich Tremayne ein. »Einen Augenblick, Comsquare! Bevor wir weitersprechen, möchten wir genau wissen, worin Ihr Auftrag hier besteht.«

»Wie ich schon erklärt habe, ist das geheim«, antwortete Lathe. »Sobald Sie etwas erfahren müssen, werden Sie es erfahren, aber nicht früher. Das ist für alle Beteiligten sicherer.«

»Was gibt Ihnen das Recht, diese Entscheidung zu

treffen?« wandte Valentine, einer der Blackcollars, ein. »Das ist unsere Welt, nicht die Ihre.«

»Wirklich?« fragte Lathe trocken. »Soviel ich weiß, haben derzeit die Ryqril auf Argent das Sagen.«

Valentine sah ihn mißmutig an. »Hören Sie, Lathe! Die Besetzung hat vor ungefähr dreißig Jahren aufgehört, komisch zu sein.«

»Entschuldigen Sie. Aber ausgerechnet Sie sollten kein Verhör mit mir anstellen. Solange Sie sich als Blackcollar bezeichnen, verleiht mir das da ...« – er hob die Hand mit dem rotäugigen Drachenring – »die gesamte Autorität, die ich brauche.«

»Es sei denn, wir haben bereits einen Befehlshaber«, warf Fuess, ein großer, blonder Mann mit eingefallenen Wangen, ein. »Und das ist der Fall.«

Lathe sah ihn kühl an, dann wandte er sich Bakshi zu. »Anerkennen Sie meine Autorität, Comsquare?«

»Wenn Sie keine widersprüchlichen Befehle erteilen, dann ja«, erwiderte Bakshi. »Aber die Befehlsgewalt ist hier alles andere als klar. Sie behaupten zum Beispiel, daß Sie auf Befehl von General Kratochwil handeln. Haben Sie auf dem Weg von Plinry hierher rasch auf der Erde vorbeigeschaut oder was?«

Lathe schüttelte den Kopf. »Kratochwils Botschaft wurde uns von einem seiner Agenten überbracht – dem hier anwesenden Caine. Da auf Plinry niemand von vergleichbarem Rang mehr vorhanden ist, um solche Befehle entgegenzunehmen oder zurückzuweisen, haben wir Caine geglaubt und sie angenommen.«

»Wir haben uns ohnehin schon über Caine gewundert«, warf Tremayne ein. »Aber was ist mit General Lepkowski? Er befindet sich ja angeblich auf Plinry.«

»Lepkowski hat vor fünfunddreißig Jahren zum letzten Mal einen Befehl erteilt. Er ist bei dem Bodenfeuer-Angriff der Ryqril ums Leben gekommen.«

»Ich verstehe.« Tremayne überlegte lange. »Also gut, wir vertrauen Ihnen – für den Augenblick. Doch bevor

Sie etwas unternehmen, das meine Leute in Gefahr bringen könnte, müssen Sie sich mit Comsquare Bakshi oder mit mir beraten.« Er nickte Salli Quinlan zu. »Okay, Salli, mach weiter!«

Sie blickte auf die vor ihr liegenden Papiere. »Soweit wir es beurteilen können, setzen die Ryqril bei diesem Angriff sehr viele Truppen ein. Vergangene Woche haben wir bei den Auftankbasen vier Truppentransporter der Elefantenklasse und drei Geschwader Korsaren beobachtet, und wir sind ziemlich sicher, daß die normalerweise hier stationierten zwei Geschwader ebenfalls fort sind. Ich würde annehmen, daß es mindestens fünfzig Tage dauert, bis die Veteranen der TDE-Raumflotte freigelassen werden.«

Lathe schüttelte den Kopf. »Das ist zu lang. Wie groß ist die Streitkraft, die Sie bei einer Befreiungsaktion auf die Beine stellen können, Bakshi?«

»Nicht groß genug, um Henslowe zu erstürmen, wenn Sie darauf hinauswollen. Etwa vierzig Mann, plus unsere eigenen Blackcollars.«

»Vierzig Mann? Was ist aus Ihrer halben Million glühender Patrioten geworden?«

Tremayne beherrschte sich. »Für den Fall, daß etwas schiefgeht, haben wir die Calarand-Gruppe vom Rest des Radix isoliert.«

»Großartig. Und was tun wir, wenn wir mehr Leute brauchen – geben wir Anzeigen auf?«

»Wir haben vorläufig die Janus-Gruppe hierbehalten. Damit haben wir für Notfälle zehn zusätzliche Leute.«

»Ich habe komischerweise den Eindruck, daß Sie uns nicht ganz trauen«, meldete sich Haven aus dem Hintergrund. »Dabei sind wir wirklich nicht hier, um Sie zu verraten.«

»Aber Sie könnten genau das tun – natürlich ungewollt«, wandte Miles Cameron ein. »Der Sicherheitsdienst auf Argent ist sehr scharf und einige seiner Methoden unterscheiden sich vermutlich von dem, was Sie gewohnt sind. Wir können nicht wegen eines Plans, von dem wir nichts wissen, alles aufs Spiel setzen.«

»Das geschieht während eines Kriegs ununterbrochen«, widersprach Lathe. »Deshalb gibt es nämlich einen Generalstab und eine Kommandokette, damit man nicht für jede Entscheidung eine Massenkonferenz der Truppen einberufen muß.«

»Sie können von uns keine militärische Präzision erwarten, Comsquare«, mischte sich Faye ein, als Camerons Gesicht sich verfinsterte. »Der Krieg liegt lange zurück und die meisten von uns waren nicht sehr tief in das militärische System integriert.«

Lathe musterte sie abschätzend. »Gilt das auch für Sie?«

Sie zuckte bescheiden die Achseln. »Nicht ganz. Ich habe zum taktischen Stab von General Cordwainers Abschnitt gehört.«

»Ich bin beeindruckt. Und auch erstaunt, weil die Ryqril Sie frei herumlaufen lassen.«

»Sie wissen nicht, daß es mich gibt. Die Aufzeichnungen wurden vernichtet – so etwas kommt gelegentlich vor.«

Lathe lächelte und wandte sich wieder Bakshi zu. »Miss Piccianos Einwand ist begründet. Ich nehme alle unfreundlichen Bemerkungen zurück. Vielleicht wird ein Angriff nötig sein. Besitzen Sie irgendwelche Unterlagen über das Gefängnis?«

»Eine ganze Menge«, antwortete Tremayne erleichtert. »Miles?«

Cameron entnahm einer Aktentasche neben seinem Stuhl eine dicke Akte. Er öffnete sie, zog mehrere Schriftstücke und Fotos heraus und schob sie Lathe zu. »Henslowe-Gefängnis«, verkündete er.

Caine verrenkte sich den Hals, um ebenfalls etwas zu sehen. Das Gefängnis war ein phantasieloser, vierzehn Stockwerke hoher Quader, der aus einem steinartigen Material bestand und genau im Zentrum eines sonst leeren Gebäudekomplexes lag. Vom zweiten bis zum zwölften Stockwerk unterbrachen schmale Fenster die Fassade, während die Fenster der obersten beiden Stockwerke größer waren. Bewaffnete Wächter patrouillierten am vier Meter hohen Maschendrahtzaun entlang, und zu beiden Seiten des massiven Tores stand je ein Wächterhaus. Einem Stadtplan konnte man entnehmen, daß sich das Gefängnis etwa hundert Meter innerhalb der Mauer befand, die den Strip begrenzte. »Wo werden die Veteranen festgehalten?« erkundigte sich Caine.

»Wenn die Ryqril sich an die bisherigen Spielregeln halten, dann im siebenten Stock an der Südseite«, erwiderte Cameron. »Von dort aus können sie über die Mauer hinwegsehen; vermutlich will man, daß sie Heimweh bekommen.«

»Arbeitet der Sicherheitsdienst hier mit solchen Mitteln?« fragte Lathe.

Fuess knurrte und bohrte seinen Drachenkopfring beinahe wild in seine Handfläche. »Präfekt Apostoleris vom Sicherheitsdienst ist der Nachkomme eines Ryq und einer Eidechse von Tarlegan«, stellte er angewidert fest. »Wenn er sich nicht so gerissen seiner Haut wehrte, hätten wir ihn längst um die Ecke gebracht. Aber wir kriegen ihn schon noch.«

Caine musterte den wütenden Blackcollar und in ihm erwachte eine Erinnerung. Das war endlich das Feuer, das er von den legendären Blackcollarkriegern erwartet hatte. Als er das jugendliche Gesicht auf der anderen Seite des Tisches betrachtete, fragte er sich plötzlich, ob der Unterschied vielleicht in dem Idunin bestand, das der Argentianer offensichtlich all die Jahre über bekommen hatte. Konnte die Ruhe und Selbstbeherrschung von Lathes Männern eher ein Zeichen für Schwäche als für Stärke sein? Der Gedanke war nicht angenehm.

Tremayne hatte wieder das Wort ergriffen. »Zum

Glück stehen die meisten Operationen des Sicherheitsdienstes in Calarand unter der Leitung des stellvertretenden Präfekten Oberst Eakins. Er ist ebenfalls recht gefährlich, aber im allgemeinen ziemlich beherrscht – er reagiert zum Beispiel nicht übertrieben und erschießt nach unseren Überfällen keine Unschuldigen, was Apostoleris gelegentlich tut. Das Gefängnis steht jedoch unter dem direkten Befehl des Präfekten.«

Während Lathe die Diagramme studierte, rieb er sanft seinen Drachenkopf. »Welche Waffen tragen die Wächter bei sich?«

»Die Männer im Außendienst und in den Verwaltungszonen besitzen Lasergewehre und Betäubungspistolen«, antwortete Cameron. »Die Wächter im Zellentrakt besitzen nur Betäubungspistolen.«

Caine wußte, daß auf der Erde verschiedene Betäubungsmittel verwendet wurden, und daß keines sehr angenehm war. »Welches Mittel verwenden sie?« wollte er wissen.

»Es heißt Paralyte-IX, wenn Ihnen das weiterhilft«, erwiderte Cameron. »An der Stelle, an der es in die Haut eindringt, führt es zur sofortigen Erschlaffung der Muskeln und verbreitet sich in weniger als einer Minute im gesamten Körper. Der Sicherheitsdienst verwendet Streumunition, so daß man für gewöhnlich ein Dutzend oder mehr Pfeile abbekommt.«

»Die Pfeile lösen sich vermutlich auf?« fragte Lathe.

Cameron nickte. »Es dauert einige Minuten, bis sie vollkommen im Blut aufgehen, und da das sensorische Nervensystem nur teilweise gelähmt wird, spürt man sie die ganze Zeit über.«

»Gibt es ein Gegenmittel, oder muß man einfach warten, bis die Wirkung abklingt?«

»Es gibt ein Gegenmittel, von dem wir ein ausreichendes Quantum besitzen. Unglücklicherweise ist es giftig, solange sich noch kein Paralyte-IX im Körper befindet.«

»Das ist nicht weiter erstaunlich«, meinte Novak von der anderen Seite des Raumes aus, wo er anscheinend die Holztäfelung studierte. »Natürlich ist jede Droge, gegen die man sich selbst immunisieren kann, wertlos.«

Cameron war verärgert. »Sie müssen mir verzeihen, falls ich Sie langweile, Kommandomann ...«

»Sie langweilen uns keineswegs, Mr. Cameron«, beschwichtigte ihn Lathe. »Nach Kriegsende haben wir nur selten mit Betäubungsgewehren Bekanntschaft gemacht.«

»Verwendet sie der Sicherheitsdienst auf Plinry denn nicht?« fragte Faye.

»Nicht sehr oft.« Dann wandte sich Lathe an Tremayne. »Ich brauche ein paar Tage, um die Stadt kennenzulernen. Können wir Stadtpläne und Fahrzeuge bekommen?«

Stuart York machte sich eine Notiz. »Ich werde Ihnen einige Wagen zuweisen lassen.«

Tremayne zeigte auf die Henslowe-Akte. »Haben Sie schon irgendwelche Vorstellungen?«

Lathe schüttelte den Kopf. »Ich möchte mir die Akte ausleihen und genauer durchsehen.«

Cameron schob die Papiere wieder in die Mappe und reichte sie wortlos Lathe. Dieser bedankte sich mit einem Nicken und sah dann wieder Tremayne an. »Haben Sie schon etwas von Jensen gehört?«

»Oder von einem anderen Schiff, das vielleicht gelandet ist?« warf Caine ein.

»Weitere Schiffe?« fragte Tremayne verdutzt. »Erwarten Sie noch welche?«

»Irgendwann wird jemand aus Plinry kommen, um über unseren ein wenig überstürzten Aufbruch zu berichten«, antwortete Lathe schnell. »Bis dahin müssen wir in einem sicheren Versteck untergebracht sein, weil sie genaue Daten über uns mitbringen werden.«

Caine drehte sich zu Lathe um, aber bevor er erklären konnte, daß er eigentlich etwas anderes gemeint hatte, drückte ein Fuß auf den seinen – nicht ausgesprochen schmerzhaft, aber als unmißverständliche Warnung. Daraufhin hielt er den Mund.

Tremayne hatte seine Überraschung noch immer nicht überwunden. »Ich verstehe. Sie können entweder hierbleiben oder in eines unserer sicheren Häuser übersiedeln. Von Kommandomann Jensen haben wir noch nichts gehört.« Er blickte nach rechts. »Sie werden Lathes Team als Führer zugeteilt, Fuess, während er sich in der Stadt umsieht.«

Fuess reagierte mit dem gleichen Gruß mit der geschlossenen Faust wie zuvor Bakshi. »Ja, Sir.«

»Also gut. Wenn nichts mehr vorliegt ...«

»Ich habe eine Frage«, sagte Caine.

Alle Blicke wandten sich ihm zu. »Ja?« fragte Tremayne.

»Hier wurde der Name eines Militärgouverneurs der Ryqril erwähnt. Wie aktiv mischen sich die Ryqril in die Angelegenheiten von Argent ein?«

Salli schob ihre massige Gestalt verlegen zurecht. »Mehr als uns lieb ist. Sie unterhalten nicht nur ihre sechs Basen, sondern in den wichtigsten Städten auch abgegrenzte Gebiete, unter anderem auch in Calarand. Es ist jedoch nicht wahrscheinlich, daß Sie auf Ryqril stoßen werden.«

»Das könnte sich allerdings dadurch ändern, daß Sie etwas in Henslowe unternehmen«, wandte Faye ein. »Vielleicht sollten wir bei passender Gelegenheit über die Taktik der Ryqril sprechen; in der Nähe eines Kriegsgebiets unterscheidet sie sich wahrscheinlich von den Methoden, die Sie kennen.«

»Eine gute Idee«, stimmte Lathe zu. »Ich werde Sie verständigen, wenn wir Zeit dazu finden.«

»Ich freue mich darauf«, sagte sie lächelnd.

»Noch irgendwelche Fragen?« erkundigte sich Tremayne. »Also gut, dann war das für heute alles.«

Während die Stühle zurückgeschoben wurden,

wandte sich York, der neben Caine saß, an den Jüngeren. »Wegen dieser Fahrzeuge – ziehen Sie offene, das heißt rundum verglaste, oder geschlossene Typen vor?«

»Geschlossene«, mischte sich Lathe ein, bevor Caine antworten konnte. »Wenn es Ihnen recht ist, geht Haven mit Ihnen hinunter und zeigt Ihnen, was wir brauchen.«

York nickte. »In Ordnung. Kommandomann?«

»Ziehen wir uns zurück«, forderte Lathe Caine auf, während Haven und York gemeinsam den Raum verließen.

Caine sah den Comsquare wütend an. »Sind Sie eigentlich mein Kindermädchen? Ich kann an mich gestellte Fragen selbst beantworten.«

Lathe hatte Caine am Arm gepackt und steuerte ihn sanft aber unerbittlich zur Tür. »Ich weiß, daß Sie das können. Wir sprechen darüber, wenn wir in unserem Zimmer sind.«

»Lathe ...«

Plötzlich tauchte Novak an Caines anderer Seite auf. »Streiten Sie nie vor anderen mit unserem Comsquare, Caine«, riet er ihm leise. »Vor allem dann nicht, wenn wir die anderen nicht kennen.«

An der Tür wartete Fuess. »Kann ich etwas für Sie tun, Comsquare?«

»Sie könnten ein paar Stadtpläne von Calarand besorgen und sie in unser Quartier bringen«, schlug Lathe vor. »Ich würde sie gern mit Ihnen durchgehen, wenn Sie Zeit haben.«

»Selbstverständlich.«

Fuess schlug die entgegengesetzte Richtung ein, und Caine und die beiden Blackcollars begaben sich in ihr Zimmer. Sobald sie die Tür hinter sich geschlossen hatten, wandte sich Caine Lathe zu, doch der Comsquare war schneller.

»Je weniger Sie von nun an mit den Argentianern reden, Caine, desto besser«, begann er. »Tun Sie, als wären Sie ein starker, schweigsamer Typ, der schwierige Probleme wälzt, okay?«

»Nicht okay«, widersprach Caine. »Warum bin ich plötzlich nicht imstande, selbst zu sprechen?«

»Das Problem besteht nicht im Sprechen, sondern darin, daß man wissen muß, wann man aufhören soll. Präzise: Sie waren im Begriff, den Argentianern zu erzählen, daß Dodds sich mit einem gestohlenen Korsaren draußen herumtreibt.«

»Und was haben Sie dagegen einzuwenden?«

»Erstens: Ich befehle Ihnen, es nicht zu tun. Zweitens: Erzählen Sie den Leuten niemals mehr als unbedingt notwendig. Bestenfalls ist es dumm; schlimmstenfalls ist es Selbstmord.«

Caine schnaubte verächtlich. »Sie sind ein schöner Verbündeter. Diese Leute stehen auf unserer Seite.«

»Jedenfalls die meisten von ihnen. Und die bereiten mir keine Sorgen.«

»Sie glauben, daß sich ein Spion in der Gruppe befindet? Das ist verrückt – die Regierung hätte sie längst eliminiert.«

»Nicht unbedingt. Es ist oft besser, wenn man eine solche Zelle intakt läßt und sie nur neutralisiert. Vergessen Sie nicht, Tremayne hat selbst zugegeben, daß ihre Aktionen nicht sehr erfolgreich sind.«

Caine preßte die Lippen zusammen. Er war immer noch beleidigt, aber was Lathe sagte, klang unangenehm vernünftig. »Es wird ihnen jedoch schwerfallen, uns zu helfen, wenn sie nicht wissen, was wir vorhaben.«

»Sie werden erfahren, was sie zu tun haben, wenn es soweit ist – und diese Entscheidung werde ich treffen.«

»Gut.« Caine trat näher zu Lathe. »Sagen Sie mir, was Dodds treibt?«

Lathe sah ihn unverwandt an. »Es tut mir leid, aber ich kann es Ihnen nicht verraten. Übrigens auch niemand anderem.«

»Ihre Geheimhaltungsvorschrift gilt also auch für Ihre Freunde? Oder halten Sie mich noch immer für einen Spion?«

»Nein, ich glaube, daß ich Ihnen vertrauen kann. Aber es nützt Ihnen nichts, wenn Sie über Dodds' Auftrag informiert sind, und uns könnte es schaden.«

»Es würde meinem Seelenfrieden guttun.«

Lathe sah ihn mit erzwungener Geduld an. »Was wollen Sie von mir – daß ich etwas erfinde? Ich habe gesagt, daß ich es Ihnen nicht verraten kann.« Er machte kehrt und ging zu dem Tisch, auf dem Hawking einen Teil seiner elektronischen Ausrüstung ausgebreitet hatte. Ein paar leise Worte, und Hawking nickte und machte Platz.

Caine ging zu seinem Feldbett, legte sich hin und versuchte, seine Wut unter Kontrolle zu bringen. Was, zum Teufel, hatte Dodds vor, das so überaus wichtig war? Lathes Argumente wegen der Geheimhaltung waren zwar überzeugend, aber Caine hatte nicht aus müßiger Neugierde gefragt. Sein Leben und seine Aufgabe standen auf dem Spiel, und Lathe hatte nicht das Recht, Informationen für sich zu behalten, die eins davon oder beide betrafen.

Es klopfte und Kwon ließ Fuess ein. Der Argentianer hatte ein Bündel Papiere unter dem Arm und trug sie auf Kwons Anweisung zu dem inzwischen geräumten Tisch. Lathe und Skyler saßen bereits dort, und die übrigen Blackcollars schlenderten zu ihnen hinüber. Caine gesellte sich dazu. Lathe würde ihn jedenfalls nicht daran hindern, den Stadtplan auswendig zu lernen.

Lathe ging mit dem Plan von Calarand zu Skylers Feldbett. Er vergewisserte sich, daß sich niemand in Hörweite befand, und sagte dann: »Machen Sie mir Platz!«

Skyler, der noch in seinen Stadtplan vertieft war, schwang die Füße auf den Boden. Lathe setzte sich und zeigte auf die Tür. »Was halten Sie von ihm?«

»Von Fuess? Ein richtiges Energiebündel. Der Haß gegen die Ryq tropft ihm aus allen Poren. Novak hat mir erzählt, daß alle vier so sind.«

»Wenn man bedenkt, wie leicht der Kerl in die Luft geht, finde ich es merkwürdig, daß sie es geschafft haben, so lange am Leben zu bleiben.«

»Das spricht eigentlich für Bakshis Führungsqualitäten und Disziplin.«

»Vielleicht.« Lathe sah sich im Raum um. »Wir müssen uns sobald wie möglich teilen – wir sind hier zu zentralisiert, und zu exponiert für Angriffe.«

»Und für den Sicherheitsdienst«, ergänzte Skyler. »Obwohl der sich hauptsächlich auf Sie oder Caine konzentrieren würde. Ist übrigens auch nur ein einziger auf den Vorwand hereingefallen, unter dem Sie Haven und Novak zur Besprechung mitgebracht haben?«

»Ich bezweifle es. Leibwächter sehen wie Leibwächter aus, ganz gleich, wie man sie verpackt. Sehr wahrscheinlich hat inzwischen jemand gemerkt, daß er wichtiger ist, als wir zugeben.«

»Wir haben es jedenfalls versucht. Ich werde später mit O'Hara und Spadafora fortgehen und einige gute Verstecke ausfindig machen, bezweifle jedoch, daß wir etwas Besseres als dieses Haus finden werden.« Skyler zog eine Augenbraue hoch. »Aus den Fragen, die Sie Fuess gestellt haben, entnehme ich, daß Sie schon einen Angriffsplan auf das Gefängnis ausgearbeitet haben. Wollen Sie ihn mir verraten?«

»Noch nicht. Ich muß noch die Einzelheiten überdenken. Wer von uns besitzt Ihrer Ansicht nach die zäheste Konstitution?«

Skyler sah sich um. Das ist eine seiner besten Eigenschaften, dachte Lathe: Er stellt keine unnötigen Fragen. »Ich würde sagen O'Hara, Mordecai und Haven, in dieser Reihenfolge. Vale würde es genau wissen – er hat unsere medizinischen Daten auswendig gelernt.«

Lathe nickte. »Ich werde mit ihm sprechen, aber Ihre

Ansicht stimmt mit der meinen überein. Wenn Sie später fortgehen, halten Sie bitte nach einer abgelegenen Unterkunft Ausschau, in der drei Männer bleiben können.«

»Okay. Wann steigt der Angriff auf das Gefängnis? In ein bis zwei Tagen?«

Lathe zögerte. »Eher einer Woche.«

Skyler zog die Augenbrauen hoch. »Ich hätte angenommen, daß Sie damit fertig sein wollen, bevor die Kollies ihre Fassung wiedergefunden haben.«

»Gewisse Verzögerungen sind unvermeidlich. Aber wir ersparen uns die Zeit, die wir gebraucht hätten, um die Veteranen zusammenzutreiben, deshalb sollte es auf das gleiche hinauslaufen. Wir sprechen später weiter.«

Er stand auf und sah sich um. Vale lag auf einem Feldbett auf der anderen Seite des Raums und schlief offenbar. Lathe zögerte, fand dann, daß seine Befehle und Fragen warten konnten, ging zu seinem Feldbett und legte sich hin. Er war erschöpfter, als er bereit war zuzugeben – er hatte vergessen, wie anstrengend die Führungsarbeit sein konnte, vor allem unter solchen Bedingungen. Es war schon schlimm genug, wenn man auf einer fremden Welt kämpfen mußte, aber hier standen nicht einmal die Verbündeten ganz auf seiner Seite. Damit konnte er zwar irgendwie fertigwerden, doch die zunehmende Unzufriedenheit in Caines Augen war etwas ganz anderes. Caine befand sich immer noch im Besitz des Schlüssels zu dieser Mission, und wenn sich seine Fragen über Dodds zu einem ausgewachsenen Verdacht mauserten, konnte er eine Katastrophe heraufbeschwören. Unwillkürlich tauchten hinter Lathes geschlossenen Augenlidern die Gesichter seiner ehemaligen Blackcollars auf. Er verdrängte sie. Seine neue Gruppe würde nicht so sterben wie die erste, dazu war er entschlossen. Er war zu alt, um so etwas noch einmal durchzustehen.

Er drehte sich auf die Seite, stellte seinen geistigen Wecker auf zwei Stunden und schlief ein.

14. Kapitel

DAS IN DER MITTAGSSONNE glitzernde, nadelförmige Patrouillenboot schwebte eine Sekunde an einer Stelle, bevor es sich in die Lichtung neben der gewundenen Staubstraße und den geparkten Fahrzeugen senkte, die zum Basislager der Sicherheitskräfte gehörten. Sofort stieg ein halbes Dutzend Männer aus, marschierte in das Halbrund der Zelte und verschwand in einem quadratischen Zelt. Die Hauptkommandostelle, nahm Jensen an. Einige Minuten später verließen sechs weitere Männer das Zelt, marschierten frisch und ausgeruht zum Patrouillenboot und kletterten hinein. Das Boot hob ab und flog nach Westen.

Jensen ließ den Feldstecher sinken und rieb sich die Augen. Er saß seit einer Stunde oberhalb des Lagers, beobachtete die Vorgänge in ihm, und überlegte, wie er am besten hinein- und wieder hinausgelangen konnte. Es war ein gefährliches Unternehmen; obwohl beinahe alle Sicherheitskommandos in den Bergen Jagd auf ihn machten, befanden sich immer noch zehn bis zwanzig Mann im Lager. Die Chancen standen nicht gut, aber er hatte den Überraschungsvorteil für sich. Kein Flüchtling, der seine fünf Sinne beisammen hatte – und Jensen rechnete sich dazu –, würde normalerweise einer feindlichen Hochburg in die Nähe kommen, geschweige denn sich in sie einschleichen. Doch im Feindgebiet waren Nahrungs- und Transportmittel lebenswichtig, und beides war unten zu haben. Er verstaute seinen Feldstecher in seinem Rucksack, stand auf und stieg vorsichtig den Hang hinunter.

Soweit Jensen sehen konnte, gab es am Rand des Lagers keine Stolperdrähte oder elektronische Überwachungsgeräte. Er bewegte sich sanft wie ein Windhauch zu einer Stelle, die der Straße und dem Landeplatz gegenüberlag. Einmal mußte er regungslos zwischen den Bäumen stehenbleiben, weil die Besatzung des Patrouillenbootes aus dem Kommandozelt herauskam und zu einem langgestreckten Gebäude hinüberging, das offenbar als Kaserne verwendet wurde. Jensen versuchte, alle Richtungen gleichzeitig im Auge zu behalten, glitt vorsichtig zum Eingang des nächstgelegenen Zeltes und spähte hinein.

Es diente jemandem als Quartier, doch der Betreffende war zur Zeit nicht anwesend. Sehr wahrscheinlich war es die Unterkunft eines Offiziers – und wo es einen Offizier gab, gab es auch Ersatzuniformen. Jensen musterte die Umgebung ein letztes Mal und trat ein.

Augenblicke später stand er wieder in der Zeltöffnung, aber jetzt in der grauen Uniform, gegen deren Träger er auf Plinry so lange gekämpft hatte. Ihm fiel ein, daß es eine Zeit gegeben hatte, in der er es als Schande betrachtet hätte, diese Uniform zu tragen. Jetzt fühlte er sich in ihr nur etwas sicherer.

Etwas, aber nicht sehr. Die Uniform saß nicht schlecht, paßte aber nicht zu seinem ergrauten Haar, der faltigen Haut, und dem Blackcollar-Tornister in seiner linken Hand, der nur zu deutlich nicht zur Kollie-Standard-Ausrüstung gehörte. Er hielt sich im Schatten des Zeltes und dachte über seinen nächsten Schritt nach.

Links von ihm lagen die Kaserne sowie drei Zelte, deren Verwendungszweck er nicht kannte; rechts von ihm standen zwei weitere Zelte, die Kommandozentrale und ein drittes Zelt. Jensen musterte das Zentrum der Anlage und bedauerte dabei, daß die Sonne nicht tiefer stand. Die Pflanzen in diesem Gebiet schienen besonders widerstandsfähig zu sein, und man erkannte in ihnen kaum Radspuren. Er hatte jedoch den Eindruck, daß die am deutlichsten ausgeprägte Spur zu dem Zelt links von der Kommandozentrale führte. Er holte tief Luft, wandte sich nach rechts und versuchte dabei, sich so zu bewegen, als gehöre ihm die ganze Anlage. Er ging am ersten Zelt vorbei und betrat das zweite.

Ein Volltreffer. Im Innern waren weiße Kunststoffkisten aufgestapelt, und eine offene Kiste enthielt Päckchen mit Feldrationen. Er ließ sich auf ein Knie nieder und begann, seinen Rucksack vollzustopfen.

Als er wieder hinausschaute, war noch immer niemand in Sicht. Er konnte kaum glauben, daß er soviel Glück hatte, trat rasch ins Freie, gelangte hinter das Kommandozelt – und stand zwei Sicherheitsmännern gegenüber, die keine dreißig Meter vor ihm aus dem Wald kamen.

Sie hatten Jensen überrumpelt. Doch seine Ausbildung half ihm, den Schock zu überwinden, und um ihre Aufmerksamkeit nicht zu erregen, ging er ohne zu zögern weiter.

Die Sicherheitsmänner verfügten nicht über die gleiche Ausbildung wie er und waren außerdem im Nachteil, weil sie eine bekannte Uniform vor sich sahen. Sie gingen weiterhin Jensen entgegen, bis einer von ihnen plötzlich das Gesicht des Blackcollar musterte. Er starrte Jensen verblüfft an und blieb dann unvermittelt stehen. Während er mit der rechten Hand nach dem Halfter griff, schlug er seinen Gefährten mit der linken auf den Arm; er hatte den Revolvergriff noch nicht umfaßt, als ihn Jensens Wurfstern fällte. Der zweite Mann, der viel zu spät reagierte, hatte überhaupt keine Chance. Er setzte erschrocken zu einem Schrei an, doch ein zweiter Stern brachte ihn zum Schweigen.

Jensen fluchte leise vor sich hin, während er neben den Leichen auf ein Knie sank und sich seine Sterne zurückholte. Er war zu langsam, zu verdammt langsam gewesen, und diese Schwäche würde ihn teuer zu stehen kommen. Das ganze Lager mußte den Aufschrei gehört haben, und seine Aussichten, unbemerkt hinauszukommen, waren für immer vorbei. Er blickte zurück und sah, daß sieben Männer mit schußbereiten Waffen aus der Kaserne stürzten.

Jensen zögerte nicht. Sie würden ihn auf jeden Fall entdecken, aber je länger er seine Tarnung aufrechterhalten konnte, desto besser war es für ihn. Er winkte mit dem Arm und schrie: »Hier herüber, schnell!« Dann wandte er sich wieder den Toten zu und beobachtete die Gruppe aus dem Augenwinkel.

Es hätte ihn überrascht, wenn sie nicht darauf hereingefallen wären, und sie taten es auch prompt. Fünf liefen zu ihm hinüber, während zwei in die entgegengesetzte Richtung davonrannten, vermutlich, um ein Erste-Hilfe-Paket zu holen. Jensens Rucksack lag neben ihm auf dem Boden; er bewegte sich so unauffällig wie möglich, zog den *nunchaku* mit der linken Hand heraus und schob ihn über den Boden zu einer Stelle, von der er ihn unbemerkt aufheben konnte. Er hatte nicht genügend Zeit, um seine übrigen Waffen herauszuholen, und hoffte, daß der *nunchaku* und die sechs Wurfsterne in seiner Gürteltasche genügen würden. Er wandte das Gesicht ab, drückte den *nunchaku* an seine Brust und wartete.

Hinter ihm machten Schritte halt. »O mein Gott«, keuchte eine erschrockene Stimme. »Was ist geschehen?«

»Das weiß ich nicht«, brummte Jensen. Die anderen waren inzwischen auch herangekommen; Jensen erhob sich und trat dabei einen Schritt zurück. »Ich habe einen Schrei gehört und ihn fallen sehen.«

»Sind sie …?« Der erste Mann ließ sich auf ein Knie nieder. Er kam nicht mehr dazu, die Frage zu beenden. Der Schock hatte die Kampfreflexe, über die er und seine Männer vielleicht verfügt hatten, verlangsamt: Sie drängten sich zusammen, und ihre Waffen zeigten in die falsche Richtung, weil sie nervös zum Wald blickten, während Jensen sich so geschickt aufgerichtet hatte, daß er jetzt in ihrer Mitte stand.

Er schaltete den Soldaten hinter sich mit einem Ellbogenstoß in den Solarplexus und einem Fausthieb gegen die Schläfe aus; gleichzeitig schwang seine linke Hand dem Mann zu seiner Rechten die beiden *nunchaku*-Stäbe wie eine Keule gegen den Hals. Ein scharfer Fußtritt traf den knieenden Mann in den Hinterkopf, und die letzten beiden Sicherheitsmänner hatten gerade noch Zeit, sich umzudrehen, als ihnen der *nunchaku*, der jetzt in voller Länge durch die Luft wirbelte, das Genick brach.

Jensen hob seinen Rucksack auf und lief zur Vorderseite des Kommandozeltes. Der Kampf hatte kaum fünfzehn Meter vom Zelt entfernt stattgefunden, und seine Bewohner mußten bemerkt haben, daß etwas nicht stimmte. Er mußte sie daran hindern, einen Notruf auszusenden, auf den hin die verstreuten Patrouillenboote sofort zur Basis zurückkehren würden.

Als er um die Ecke bog, rannte er beinahe zwei Männer über den Haufen. »Was ...?« brachte einer von ihnen noch hervor, bevor ihn der *nunchaku* im Gesicht traf. Der zweite sprang mit einem Aufschrei zur Seite und schoß, ohne zu zielen, mit einer Betäubungspistole auf Jensen. Dieser spürte, wie die Nadeln von seinem verborgenen Flexarmor abprallten, während er sich zu Boden fallen ließ und gleichzeitig mit einem Bein seinem Gegner die Füße unter dem Körper wegzog. Dieser stürzte schwer zu Boden, und dabei fiel ihm die Pistole aus der Hand. Zwei weitere Schläge mit dem *nunchaku*, und Jensen rannte wieder zum Eingang des Zeltes; er steckte die Holzstäbe ein, während er gleichzeitig eine Handvoll Wurfsterne aus der Tasche zog. Die Zeltbahn, die den Eingang verschloß, war zurückgeschlagen; Jensen hoffte inbrünstig, daß sich seitlich vom Eingang keine Hindernisse befanden, und hechtete hinein.

Natürlich erwarteten sie ihn: Drei Männer standen mit schußbereiten Waffen dem Eingang in gebührender Entfernung gegenüber. Aber sie hatten sichtlich angenommen, daß er geradewegs hereinstürzen würde und waren nicht darauf gefaßt, daß er sich seitlich fallen ließ. Schwärme von Pfeilen prallten an die Zeltwände und an Jensens Beine, während er auf dem Boden landete, sich überschlug und dabei zwei Sterne gegen die Angreifer schleuderte. Die Sterne verfehlten ihr Ziel, doch die Sicherheitsmänner mußten ihnen ausweichen, und genau das hatte er erreichen wollen. Die zweite Pfeilsalve ging weit daneben; dann stand er wieder auf den Beinen und seine Sterne blitzten durch die Luft. Innerhalb von Sekunden war alles vorüber und Jensen sah sich keuchend im Zelt um. In der Mitte des Bodens befand sich eine riesige Landkarte mit farbigen Fähnchen. An der einen Seite hingen Lasergewehre an einem Ständer. Jensen wunderte sich darüber, daß die Sicherheitsmänner den Lasergewehren Betäubungspistolen vorgezogen hatten. Anscheinend wollte ihn der Sicherheitsdienst lebend in die Finger bekommen, und dagegen hatte er nichts einzuwenden. Er beugte sich über die Karte und versuchte sich zu orientieren.

Von den Kommunikationsgeräten kam leises Knistern; es veranlaßte ihn, den Kopf zu wenden, und das rettete ihm wahrscheinlich das Leben. Aus dem Augenwinkel erblickte er in der Zeltöffnung zwei Gestalten.

Jensen ließ sich fallen und rollte in dem Augenblick weg, in dem der erste Laserstrahl die Stelle traf, die er gerade geräumt hatte. Der Schuß des zweiten Mannes lag schon viel näher, und als Jensen sich aufrichtete und nach seinem Wurfstern griff, spürte er die Hitze im Gesicht.

Er hatte nur noch einen Stern.

Ich verdiene zu sterben, dachte er bitter, während sein Geist mit einer Klarheit und Schnelligkeit funktionierte, die die Zeit scheinbar stillstehen ließen. Er hatte die beiden Männer, die sich zu Beginn von der Hauptgruppe getrennt hatten, vollkommen vergessen, und diese Dummheit forderte nun ihren Preis. Die beiden

Männer hielten sich dicht nebeneinander, der linke leicht hinter seinem Kameraden, und die Läufe ihrer Lasergewehre folgten Jensen. Sie standen so nahe beisammen, daß er sie mit einem einzigen *nunchaku*-Wurf ausschalten konnte – wenn sich die Waffe wie üblich im Halfter befunden hätte. Sie steckte aber im Gürtel der Sicherheitsdienstuniform, und er wußte, daß er sie nicht rechtzeitig ziehen konnte. Noch eine halbe Sekunde, und er befand sich im Visier der Laser ... und Jensen schleuderte den Stern mit voller Kraft gegen das rechte Bein des hinteren Mannes.

Der Stern traf den Unterschenkel dicht über dem Knöchel und führte zu dem Ergebnis, das Jensen erhofft hatte. Der Soldat verlor das Gleichgewicht, fiel schwer gegen seinen Gefährten und riß ihn zu Boden, während ihre Schüsse ins Leere gingen. Lange bevor sie sich voneinander lösen konnten, war Jensen bei ihnen und schwang den *nunchaku* mit der wilden Entschlossenheit eines Mannes, der einem feindlichen Universum eine letzte Chance abgerungen hat.

Als er sich endlich aufrichtete, zitterte er und war emotionell so erschöpft, daß er nicht einmal zusammenzuckte, als aus dem Lautsprecher plötzlich eine Stimme ertönte. »Basis fünf, hier spricht Aufklärer sechzehn. Ist alles in Ordnung?«

Jensen zögerte einen Augenblick. Dann ergriff er ein Lasergewehr und trat zu den Kommunikationsgeräten. In seinem Gehirn nahm ein Plan undeutlich Gestalt an. Die Schalttafeln sahen nicht kompliziert aus; er drückte aufs Geratewohl einen Knopf. »Aufklärer sechzehn, hier spricht Basis fünf«, keuchte er. »Wir werden angegriffen.«

»Von Blackcollars?« fragte die Stimme knapp.

»O Gott, das weiß ich nicht«, jammerte Jensen verängstigt. »Sie feuern vom Hang aus auf uns. Wir sind hier festgenagelt, und der Hauptmann ist getroffen, und ...«

»Reißen Sie sich zusammen!« fuhr ihn der andere an. »Wir sind in fünfzehn Minuten bei Ihnen. Wie viele Heckenschützen haben Sie gezählt? Angeblich soll es nur ein einzelner Mann sein.«

»Vielleicht wechselt er immerzu seinen Standort, ich weiß es nicht.« Jensen feuerte den Laser zweimal in der Nähe der Antenne ab, weil er wußte, daß der andere ein leises, aber deutliches Knistern vernehmen würde. »Sie feuern schon wieder hierher«, stöhnte er. »Hören Sie, Sir, ich werde jetzt versuchen, den Hauptmann herauszuholen – er ist schwer verwundet.«

»Nein«, begann der andere, doch Jensen schoß zweimal in das Gerät, und die Stimme erstarb. Er rannte zum Zelteingang. Wenn er Glück hatte, würden sie annehmen, daß das Funkgerät des Lagers zerstört worden war, bevor er ihren Befehl hörte.

Als er ins Freie trat, war am Himmel nichts zu sehen, aber das würde sich bald ändern, und er mußte den Patrouillenbooten wenigstens andeutungsweise den Anblick bieten, den sie erwarteten. Er schaltete sein Gewehr auf volle Kraft und schoß in die Hänge oberhalb des Lagers, während er seinen Rucksack holte und zu einem offenen Fahrzeug rannte. Es waren die Standard-Militärmodelle, die sich nur unwesentlich von jenen unterschieden, die er im Krieg gefahren hatte. Er stieg ein, überprüfte die Kraftreserve, fuhr ins Lager zurück und lud auf gut Glück einen der Toten in den Wagen. Die Besatzung des Patrouillenbootes erwartete, daß er tapfer seinen Hauptmann rettete, und er wollte sie nicht enttäuschen. Er bog auf die Staubstraße ein und fuhr bergab.

Keine Minute zu früh. Er war noch nicht weit vom Lager entfernt, als im Westen ein Patrouillenboot auftauchte und über ihn hinwegdonnerte. Jensen beugte sich über das Lenkrad und konzentrierte sich auf die Straße. Er hoffte, daß es zumindest eine Weile dauern würde, bis die Patrouillenboote, die sich jetzt sammelten, den Versuch aufgaben, die Feinde auf den Hügeln zum Schießen zu verleiten, und landeten. Wenn sie dann entdeckten, wie die Männer auf der Basis gestorben waren – Jensen hatte sich jedenfalls vorgenommen, schon weit von seinem gestohlenen Fahrzeug zu sein, wenn sie es herausfanden.

Doch diese Runde war an den Sicherheitsdienst gegangen, auch wenn er es nicht wußte. Jensen hatte gehofft, daß man seine Anwesenheit im Lager erst entdekken würde, wenn er schon einige Stunden unterwegs war. Jetzt blieb ihm nur ein Bruchteil dieser Zeit, bevor Alarm gegeben wurde.

Es gab eine einzige halbwegs erfolgversprechende Alternative. Sie würden erwarten, daß er sich nach Osten in die Ebene wandte, wo er in der Bevölkerung untertauchen konnte, und deshalb mußte er in die Berge zurückkehren. Es klang verrückt, aber er verfügte über Nahrungsmittel für eine Woche, und der Feind würde seine Suche auf den Osten konzentrieren; das Risiko war den Versuch wert. Wenn er sich weit genug nach Süden durchschlug, bestand sogar die Möglichkeit, daß er unbemerkt durch das Netz schlüpfen konnte. Und dann ...

Er runzelte die Stirn. Ursprünglich hatte er vorgehabt, die Verbindung zum Untergrund von Argent so rasch wie möglich herzustellen, aber das bedeutete vielleicht, daß er direkt in das Hauptquartier des Sicherheitsdienstes marschierte. Ihm war schmerzlich bewußt, daß aus der Organisation Informationen durchsickerten wie aus einem Sieb – seine Verfolger wußten viel zu gut über ihn Bescheid. Es sei denn, sie hatten einen der anderen gefangengenommen und zum Reden gebracht – aber sie würden nicht so verbissen darauf aus sein, ihn lebend zu bekommen, wenn sie bereits über Caines Raumschiffe im Bilde waren. Nein, Lathe befand sich in einer heiklen Lage und mußte vorsichtig vorgehen – in diesem Fall war es vielleicht am besten, wenn

Jensen vorläufig untertauchte. Er mußte diese Möglichkeit ernsthaft in Betracht ziehen.

Hinter ihm kam aus weiter Ferne das Geräusch eines Tieffliegerangriffs. Jensen verzog das Gesicht und erhöhte seine Geschwindigkeit. Es war bald an der Zeit, den Wagen stehenzulassen.

15. Kapitel

ALS LATHE DURCH DEN Korridor ging, war dieser menschenleer, und das war ihm nur recht, denn er war im Augenblick lieber allein. Seine Begierde klang langsam ab, aber Faye Piccianos Gesicht ließ sich nicht so leicht verdrängen, und er roch noch immer den Duft ihres Parfums. Am liebsten wäre er zu ihr zurückgekehrt; er sehnte sich mehr nach ihr, als er sich eingestand. Und er würde ihr ganz bestimmt nicht verfallen. Er biß die Zähne zusammen und ging weiter.

Er war noch immer gereizt, als er den Raum der Blackcollars erreichte und die Tür so plötzlich aufriß, daß Skyler, Novak und Mordecai instinktiv nach den Waffen griffen. Lathe erschreckte seine Männer nicht gern – aber sie wußten jetzt wenigstens, daß sie ihn eine Weile in Ruhe lassen mußten.

Leider bemerkte Caine den Wink mit dem Zaunpfahl nicht, oder kümmerte sich einfach nicht darum. Als Lathe eintrat, war Caine in der Nähe der Tür auf- und abgegangen und trat jetzt dem Comsquare in den Weg. »Wir müssen miteinander sprechen, Lathe.«

»Später.« Lathe versuchte, um Caine herumzugehen.

Dieser streckte den Arm aus. »Nein, jetzt! Das ›Später‹ habe ich schon zu oft gehört.«

Lathe bemühte sich mit aller Kraft, nicht die Beherrschung zu verlieren. Caine war der letzte Mensch auf Argent, dem gegenüber er sich einen Wutausbruch leisten konnte. »Also gut. Was haben Sie auf dem Herzen?«

»Ich möchte unseren Auftrag ausführen, bevor uns die Regierung findet.« Caine machte eine Armbewegung, die die übrigen Blackcollars und den Raum umfaßte. »Wir sind seit sechs Tagen hier zusammengepfercht – und ich habe diesen Raum während dieser Zeit kaum verlassen. Inzwischen haben Sie alle Blackcollars außer uns aus dem Gebäude verlegt und unzählige Sitzungen abgehalten. Wann geschieht endlich etwas?«

»Sie wissen, wie es beim Militär ist«, mischte sich Skyler vom Tisch aus ein, wo er ein Band abhörte. »Zuerst im Laufschritt antreten, dann Gewehr bei Fuß warten.«

»Kommen Sie mir nicht damit! Sie alle bewegen sich rasch genug, wenn Sie wollen – das kann Ihnen ganz Plinry bestätigen.«

»Aber wir befinden uns hier nicht auf Plinry«, rief ihm Lathe ins Gedächtnis. »Wir befinden uns in unbekanntem Territorium und sind gezwungen, uns auf eine Organisation zu verlassen, die wahrscheinlich von Kollie-Spionen unterwandert ist. Bevor wir etwas unternehmen, müssen wir uns so viele Informationen wie möglich verschaffen.«

»Haben Sie deshalb in letzter Zeit Faye Picciano mit Beschlag belegt?« höhnte Caine. »Ich hätte wissen müssen, daß es rein dienstlich war.«

Aus irgendeinem Grund sah Lathe durch Caines Worte plötzlich die Dinge im richtigen Verhältnis; statt daß er in die Luft ging, verrauchte sein Zorn. »Das war es auch – auf beiden Seiten; ihr Geschäft ist ebenfalls das Sammeln von Informationen. Seien Sie mir dafür dankbar, daß ich sie von Ihnen abgelenkt habe – Sie hätten ihr nicht einmal eine Stunde standgehalten.«

»Was meinen Sie damit?«

»Ich meine das komplette Repertoire der Verführerin, mit allem Drum und Dran bis zu ihrem Parfum auf Theromonbasis. Noch dazu versteht sie ihr Geschäft.«

Caine wurde plötzlich vorsichtig, als ihm schwante, was Lathe die Laune verdorben hatte. »Hat sie ... ah ...?«

»Nein, sie hat keinen Erfolg gehabt. Die Sexmasche

ist die älteste der Welt, aber trotzdem noch immer die wirkungsvollste. Ich wäre nie so unvernünftig, während eines Auftrags das Risiko eines emotionellen Verhältnisses einzugehen; bei Ihnen wäre ich da nicht so sicher. Sie würden wahrscheinlich jetzt mit ihr im Bett liegen und ihr alles erzählen, was sie wissen will.«

»Das ist lächerlich«, widersprach Caine – doch es klang nicht sehr überzeugend. »Glauben Sie, daß sie eine Spionin der Regierung ist?«

»Nicht unbedingt.« Lathe ging an Caine vorbei und nahm Skyler gegenüber Platz. »Ganz gleich, auf welcher Seite sie steht, sie möchte aus uns allen herausholen, was möglich ist. Taktiker wollen immer die gesamte Information, die sie bekommen können.«

»Haben Sie deshalb die anderen weggeschickt?« Caine trat an den Tisch. »Damit sie nicht an sie herankann?«

»Weder sie noch andere potentielle Spione. Außerdem ist es ein allgemein anerkannter taktischer Grundsatz, nicht alle Torpedos in das gleiche Rohr zu laden. Sie sind jedenfalls der einzige, den die Kollies auf keinen Fall in die Finger bekommen dürfen.«

»Daher die Leibwächter?«

»Wir sind einfach gern mit Ihnen beisammen«, versicherte ihm Novak von seinem Feldbett aus.

Als Antwort schnaubte Caine verächtlich.

»Aber Sie haben nicht ganz unrecht.« Lathe überlegte rasch. Das Timing war von entscheidender Bedeutung. »Wenn wir hier zu lange herumsitzen, wäre es möglich, daß die Kollies etwas gegen uns unternehmen. Okay. Morgen werden Mordecai und ich das Henslowe-Gefängnis genau in Augenschein nehmen und uns dabei überlegen, wie wir die Veteranen am besten herausholen.«

Am anderen Ende des Raumes zog Mordecai die Augenbrauen hoch, sagte aber nichts. »Das ist wenigstens etwas«, meinte Caine. »Ich komme mit.«

Lathe schüttelte den Kopf. »Tut mir leid. Haben Sie vergessen, daß wir Sie außer Reichweite der Kollies halten? Sie bleiben hier, weil Sie sich hier in Sicherheit befinden.«

Caines Lippen zuckten, aber der Ausdruck auf Lathes Gesicht mahnte ihn zur Vorsicht. Er drehte sich um, trat ans Fenster und blickte hinaus.

Die Ungeduld der Jugend, dachte Lathe, während er über seinen Drachenkopfring strich und Caines steifen Rücken betrachtete. Plötzlich überfiel ihn tiefe Müdigkeit. Warum setzte er sich dieser Folter eigentlich wieder aus, noch dazu für ein Unternehmen, das so wenig Aussicht auf Erfolg hatte? Er wandte seufzend den Blick von Caine ab.

Skyler saß ihm immer noch gegenüber. »Ist alles in Ordnung?« fragte er leise.

Lathe brachte ein schiefes Lächeln zustande. »Klar.«

»Er wird lernen. Haben Sie es mit morgen ernst gemeint?«

»Ja. Haben Sie in letzter Zeit mit Vale gesprochen?«

»Novak ist heute früh mit ihm zusammengekommen. O'Hara und Haven scheinen gute Fortschritte zu machen. Sie sind aber noch ziemlich schwach – eine Behandlung mit hohen Dosen Idunin ist nicht unbedingt angenehm.«

»Keiner von uns macht mit, weil es angenehm ist«, stellte Lathe ungerührt fest. »Wann werden sie wieder imstande sein zu kämpfen?«

»Vale nimmt an, daß es noch drei oder vier Tage dauern wird, bis sie wieder voll bei Kräften sind.«

»Okay.« Lathe blickte auf seine Uhr. »Die Zusammenkunft der taktischen Gruppe beginnt in einer Stunde; dann erzähle ich ihnen von unserem Ausflug. Natürlich werde ich Ihre Rolle nicht erwähnen.«

Skyler fuhr nachdenklich mit den Fingerspitzen über die Tischplatte. »Müssen Sie ihnen überhaupt etwas erzählen? Wenn es einen Kolliespion in der Gruppe gibt, dann fordern Sie sie ja auf, uns eine Falle zu stellen.«

»Möglich. Aber wenn wir nichts sagen, vertrauen sie uns nie wieder – Tremayne findet jetzt schon, daß wir zu oft von ihnen verlangen, uns blindlings zu glauben. Außerdem können wir dadurch feststellen, ob es in der Gruppe tatsächlich einen Spion gibt.«

»Hmmm. Dann fahren Sie und Mordecai also allein?«

»Wahrscheinlich gemeinsam mit einem Argentianer – ich nehme an, daß Tremayne darauf bestehen wird. Unser loyaler Führer Fuess wäre eine gute Wahl. Wenn es zu einem Kampf kommt, wäre es sehr angenehm, einen Blackcollar in Reichweite zu haben.« Lathe legte den Kopf schief. »Ich sehe Ihnen an, daß Sie einen Einwand haben.«

Skyler blickte kurz zu Caine hinüber. »Sie wollen ihn mit Novak allein lassen? Wenn ich ihn lebend fangen wollte, wäre das der Augenblick, in dem ich meinen Überfall ausführen würde.«

Lathe antwortete nicht sofort. »Sie glauben, daß der Sicherheitsdienst schon so verzweifelt ist? Wenn der Überfall schief geht, vertreiben sie uns aus der Reichweite ihrer Spione.«

»Das stimmt. Aber wir sollten uns nicht darauf verlassen, daß die Opposition über gesunden Menschenverstand verfügt.«

»In diesem Fall ist es vielleicht besser, wenn wir ihn zu Hawking, Kwon und Spadafora schicken.«

»Oder Sie nehmen ihn morgen mit. Ich meine es ernst. Die anderen werden auf jeden Fall versuchen, Sie am Leben zu lassen, und wenn ihnen klar wird, wen sie vor sich haben, werden sie doppelt vorsichtig sein. Sie hätten dadurch wesentlich bessere Chancen.«

»Das stimmt. Das heißt also, daß sie Paralyte-IX-Pfeile benützen werden. Verfügen wir über das Gegenmittel?«

»Ja – und Vale hat schon die Injektionsnadeln zurechtgemacht, nach denen sie als nächstes fragen werden.«

Lathe grinste. »Manchmal möchte ich wissen, warum ich mir überhaupt noch die Mühe mache, Befehle zu erteilen ... – also schön, ich denke darüber nach, ob ich Caine morgen mitnehme. Aber erwähnen Sie es vorläufig weder ihm noch jemand anderem gegenüber.«

»In Ordnung.« Skyler schob seinen Stuhl zurück. »Ich werde allmählich meine Ausrüstung zusammenstellen.«

Er trat zu Novak, beriet sich einige Sekunden lang mit ihm und ging dann in die Ecke hinüber, in der die Ausrüstung der Blackcollars aufgestapelt war. Lathe sah ihm nachdenklich zu; ihm fiel auf, wie elastisch sich der große Mann bewegte und wie rasch und sicher seine Hände arbeiteten. Skyler war glücklich – glücklicher, als ihn Lathe nach Kriegsende jemals erlebt hatte.

Lathe betrachtete Caines immer noch zornigen Rükken. Ja, es war die Mühe wert. Die Blackcollars waren lange Zeit innerlich gestorben, weil ihre Hoffnung, daß sie etwas Sinnvolles unternehmen würden, im Lauf der Jahre immer mehr geschwunden war. Aber unabhängig davon, was die Zukunft brachte, hatten sie wenigstens Gelegenheit gehabt, wieder wie Blackcollars zu leben, Gelegenheit, sich zum letzten Mal gegen die Kollies und ihre Herren, die Ryqril, zur Wehr zu setzen. Und wenn der Preis dafür der Tod auf einer fremden Welt war ... – vor vierzig Jahren waren sie auf Plinry dazu bereit gewesen. Es sollte ihnen jetzt nicht schwerer fallen.

Der Gedanke an den Tod löste bei Lathe eine neue Assoziation aus, und er starrte an Caine vorbei zum wolkenlosen Himmel hinauf.

Wo steckte Jensen tatsächlich?

16. Kapitel

Die Garage des Radix befand sich am Ende eines der langen Tunnels des argentianischen Widerstands, an die sich Caine inzwischen gewöhnt hatte. Er schwitzte unter drei Schichten von Flexarmor und ziviler Kleidung, während er zwischen Lathe und Mordecai durch den engen Korridor ging und sich den Kopf darüber zerbrach, warum ihm der Comsquare erlaubt hatte mitzukommen. Natürlich war es sein Wunsch gewesen, aber nach dem Vortrag darüber, wie wertvoll er war, hatte er nicht erwartet, daß Lathe so rasch nachgeben würde.

Die »Garage« – ein großer, aufgelassener Lagerraum – war mit Brettern verschalt, aber nach dem düsteren Licht im Tunnel genügten ihnen die wenigen durch die Ritzen fallenden Sonnenstrahlen, um sich zwischen den geparkten Fahrzeugen zum Ausgang durchzuschlängeln, wo ihr Wagen wartete. Neben ihm warteten auch drei Gestalten: Fuess, Tremayne und Bakshi.

»Guten Morgen, Tremayne; Comsquare«, grüßte Lathe. »Sie habe ich nicht erwartet.«

»Guten Morgen«, nickte Tremayne. »Wir wollten sicher sein, daß Sie die letzten Informationen über die Aktionen der Gegenseite erhalten.«

»Ich habe sie mir unterwegs von Mrs. Quinlans Leuten geholt«, erklärte Mordecai. »Draußen dürfte es ruhig sein.«

»Seien Sie trotzdem vorsichtig«, warnte Bakshi, der etwas mißmutig von Caine zu den anderen blickte. »Fahren Sie alle drei?«

»Alle vier, wenn Sie Fuess auch mitzählen«, stellte Lathe richtig und sah dabei letzteren an. »Sind Sie soweit?«

Der große, blonde Mann nickte. »Startklar, Comsquare.«

»Schön, dann fahren wir!« Er nickte Tremayne und Bakshi zu. »Auf Wiedersehen.«

Das Fahrzeug erinnerte Caine an den verbeulten Kastenwagen auf Plinry, mit dem er zur Hütte gelangt war. Diesmal mußte sich Caine im Laderaum auf den Boden setzen, weil Fuess und Lathe auf dem Fahrer- und dem Beifahrersitz Platz nahmen. Mordecai setzte sich Caine gegenüber und zwängte sich zwischen den Radkasten und eine der senkrechten Versteifungen. Caine probierte es ebenfalls aus und stellte dabei fest, daß er so tatsächlich bequemer saß.

Das Garagentor wurde geöffnet, und der Wagen schlingerte auf die Straße hinaus. Drei Ecken weiter reihten sie sich in den Hauptverkehrsstrom von Calarand ein.

Bald darauf hatte Caine keine Ahnung mehr, wo er sich befand. Von seinem Platz aus konnte er weder durch die Windschutzscheibe noch durch die kleinen Rückfenster des Wagens etwas erblicken, und seine Versuche, die Kurven, die der Wagen beschrieb, mit dem Stadtplan, den er sich eingeprägt hatte, in Einklang zu bringen, waren sinnlos. Die leise Unterhaltung zwischen Fuess und Lathe war genausowenig aufschlußreich. »Das weiße Gebäude mit den Parabolantennen auf dem Dach ist das Hauptquartier des Sicherheitsdienstes.«

»Nur für Calarand oder für ganz Argent?«

»Für alles.« Eine lange Pause, noch eine Kurve, dann: »Das ist die Victoria Avenue – wurde natürlich nach dem Krieg umbenannt. Sie führt durch eine der wesentlichen Einfahrten in den Strip und dann in das Regierungszentrum. Wir müssen schon vorher von ihr abbiegen – wir sind noch nicht soweit, daß wir annehmbare Ausweise herstellen können.«

»Wir werden sie vermutlich noch früher verlassen«,

widersprach Lathe. »Ich will den Strip auf dieser Fahrt nicht berühren. Biegen Sie in eine Parallelstraße ab und fahren Sie am Gefängnis vorbei!«

Fuess warf ihm einen kurzen Blick zu. »Auf diese Art werden Sie nicht viel zu sehen bekommen.«

»Das stimmt, aber wir müssen auch nicht durch den Scanner gehen.«

»Sie sind bewaffnet?« fragte der Argentianer ärgerlich. »Ich habe Ihnen doch gesagt, daß Sie keine Waffen in den Strip mitnehmen können.«

»Deshalb fahren wir auch nicht dorthin«, erklärte Lathe geduldig.

»Und Sie haben vergessen, es mir mitzuteilen, was? Genau wie Sie vergessen haben zu erwähnen, daß Caine mitkommt.«

»Warum regen Sie sich so auf? Sie sind nur zu unserer Unterstützung da, oder haben Sie das vergessen?«

»Entschuldigen Sie«, murmelte Fuess beinahe unhörbar. Er sah Lathe spöttisch an. »Wahrscheinlich bin ich gewohnt, bei solchen Unternehmen der Boss zu sein.«

Lathe beendete die Diskussion mit einer Handbewegung. »Ist das Gebilde vor uns die Mauer des Strip?«

»Ja. Wir müssen ein Stück parallel zu ihr fahren, wenn wir nach Henslowe wollen.«

»Fahren Sie die nächste Straße hinunter! Wir werden noch eine Weile Abstand halten«, befahl Lathe. »An dieser Seite des Gefängnisses gibt es doch ein Tor in der Mauer, nicht wahr?«

»Ja – die Avis Street führt hindurch und kreuzt die Parlertin dicht außerhalb der Mauer. Sie könnten das Tor von der Avis aus besichtigen, und dann könnte ich in die Parlertin einbiegen und an Henslowe vorüberfahren.«

»Gut. Tun Sie es!«

Als Fuess abbog, richtete sich Caine auf die Knie auf und warf einen Blick auf die Mauer. Sie war ein schmutzigweißer, etwa drei oder vier Meter hoher

Steinwall, der von einem etwa einen Meter hohen Maschendrahtzaun gekrönt war. Das Tor ähnelte den Toren in Capstone, doch es gab beiderseits von ihm Drehkreuze für die Fußgänger. Vier Wächter waren zu sehen; vielleicht hielten sich andere irgendwo außer Sicht auf. Caine ließ sich wieder auf dem Boden nieder und hätte gern gewußt, wie Lathe mit diesem Hindernis fertigwerden wollte, wenn er nicht, wie bei der Mauer in Capstone, die Karten selbst gemischt hatte.

Der Wagen rollte weiter. Weil Caine noch immer nichts sehen konnte, versank er in Gedanken – und wurde unvermittelt aus ihnen gerissen, als Fuess plötzlich scharf nach rechts abbog. Caine blickte auf und sah, daß Lathe gespannt durch das Rückfenster schaute.

»Folgt er uns?« fragte Fuess.

»Noch nicht«, erwiderte Lathe, der noch immer zurückschaute.

»Wer?« Caine richtete sich auf, um etwas zu sehen.

»Lassen Sie Ihren Kopf unten!« befahl Lathe. »Ich glaube, wir werden beschattet.«

Er drehte sich um und zeigte nach vorn. »Biegen Sie dort nach links ab, Fuess, und bringen Sie uns zu der Mauer zurück!«

»Halten Sie das für klug?« fragte Mordecai.

Lathe zuckte die Achseln, ohne sich umzudrehen. »Wenn es eine Falle der Kollies ist, sitzen wir schon drin. Wir können genausogut in Bewegung bleiben und eine Stelle suchen, an der wir ausbrechen können.«

Caines Magen verkrampfte sich. Er hatte erwartet, daß der Sicherheitsdienst irgendwann etwas gegen sie unternehmen würde, hatte aber angenommen, daß sich der Angriff gegen das Radixhauptquartier richten würde. Ihm fiel Lathes Andeutung ein, daß Faye Picciano vielleicht eine Spionin war. Sie hatte gewußt, daß die Blackcollars heute diese Besichtigungstour unternehmen würden.

»Verdammt!« knurrte Fuess und stieg auf die Bremse.

Caine hielt sich an der Stütze fest; der Wagen schleuderte scharf nach rechts und beschleunigte dann, so daß Caine über den Boden rutschte. Er krabbelte zurück und hatte sich gerade wieder in seine Nische gezwängt, als Fuess neuerlich auf die Bremse stieg. Der Wagen hielt mit kreischenden Reifen.

»Straßensperre«, sagte Lathe leise, bevor Caine fragen konnte. »Wir stecken in einer engen Gasse; vor uns steht ein Wagen quer; hinter uns hält ein zweiter. Vier kommen auf uns zu, und einer bleibt als Reserve im Wagen.«

»Soll ich sie übernehmen?« fragte Mordecai mit einer Ruhe, bei der es Caine kalt über den Rücken lief.

»Noch nicht. Steigen wir zuerst aus. Achtet auf mein Zeichen!«

Lathe hatte kaum den Satz beendet, als die hinteren Türen des Wagens aufgerissen wurden und zwei Pistolenläufe auf sie zeigten. »Alles raus!« befahl eine Stimme. »Bewegt euch!«

Mordecai stieg wortlos aus und hielt die Hände vom Körper weg. Caine machte es ihm nach. Eine kräftige Hand packte ihn am Arm und zog ihn auf eine Seite der Straße. Mordecai wurde an die andere Mauer gestoßen, und einen Augenblick später leisteten ihnen Lathe und Fuess Gesellschaft. Die vier Sicherheitsmänner aus dem vorderen Wagen folgten ihnen auf den Fersen, und bei ihrem Anblick wurde Caine klar, daß sie angreifen mußten, bevor man sie in die Fahrzeuge trieb. Lathe hatte nicht erwähnt, daß einer der Sicherheitsmänner vier Paar schwere Handschellen mit Magnetschloß mit sich herumschleppte. Sobald die Dinger zuschnappten, konnten sie nur noch mit Spezialwerkzeugen geöffnet werden. Wenn sie fliehen wollten, mußte es sofort geschehen.

Lathe hatte offenbar die gleichen Überlegungen angestellt. »Was ist hier los?« fragte er den Wächter, der ihn festhielt, und fuchtelte mit dem freien rechten Arm herum. Mit der anderen Hand gab er unmißverständlich das Signal zum Angriff.

»Halt das Maul!« brachte der Wächter noch heraus, bevor Lathe das Knie seitlich hochzog und es ihm in den Sack rammte.

Der Wächter betätigte instinktiv den Abzug der Pistole, während er sich zusammenkrümmte, aber Caine achtete nicht darauf, wohin die Pfeile flogen. Er wand den rechten Arm aus dem Griff seines Wächters und schob gleichzeitig mit der linken Hand dessen Revolver beiseite. Er war nicht so schnell wie Lathe; ein Schuß aus nächster Nähe drang durch sein Hemd und prallte vom Flexarmor ab. Einen zweiten Schuß gab es nicht mehr; Caine schmetterte dem Wächter seinen Ellbogen in das Gesicht, und dieser ging nach zwei weiteren Handkantenschlägen zu Boden.

Caine bekam nie Gelegenheit, mehr zu tun. Während er die allgemeine Lage abschätzte – Fuess erledigte gerade seinen Bewacher, Lathes Wächter war zu seinen Füßen zusammengesunken, Mordecai schlug sich mit den übrigen herum und hatte bereits drei von ihnen ausgeschaltet – vernahm er hinter sich einen scharfen Knall; in seine Hände und seine Kopfhaut bohrten sich glühende Nadeln. Er holte keuchend Luft, versuchte, sich umzudrehen, und hob den Arm schützend vor das Gesicht; doch eine Sekunde später sank der Arm gefühllos herab und seine Beine verwandelten sich in Gummi. Die Welt kippte zur Seite und explodierte in einem Funkenschauer.

Die Funken verschwanden langsam, und er stellte fest, daß sich etwa dreißig Zentimeter vor ihm die Wand befand. Zwischen ihm und der Wand erblickte er eine Hand, in der drei dünne Nadeln steckten; er begriff allmählich, daß es seine war. Hinter ihm ertönten vorsichtige Schritte, dann sagte eine Stimme: »Okay, Garth, sie sind alle erledigt.«

»Bist du sicher?« fragte eine etwas weiter entfernte Stimme. »Sie könnten kugelsichere Westen tragen.«

»Natürlich bin ich sicher«, antwortete der erste geduldig. »Ich sehe doch, daß alle die Nadeln in der Haut stecken haben. Komm herüber und hilf mir, ihnen Handschellen anzulegen.«

Wieder Schritte, als der andere um den Kastenwagen herumging. »Was ist los? Da hinten konnte ich nicht viel sehen.«

»Du hättest auch hier nicht viel mehr sehen können«, erwiderte der erste. »Sie sind einfach explodiert. Ich hatte Glück, weil ich hinter dem Wagen stand – im Kühler steckt ein Ding mit einer Menge Zacken – und ich habe nicht einmal gesehen, wer es geworfen hat. Komm schon, gib mir die Handschellen!«

Caine bemühte sich mit aller Kraft, die Hand, die er vor sich sah, zur Faust zu ballen. Sie rührte sich nicht, aber infolge der Anstrengung durchzuckten Schmerzwellen den Arm. In seiner Verzweiflung versuchte er es immer wieder, und immer wieder mit dem gleichen Erfolg.

Plötzlich schrie einer der Sicherheitsmänner erschrocken auf; dumpfe Schläge folgten. Stoff raschelte, etwas klirrte metallisch, und dann schlugen zwei Körper auf dem Boden auf.

Einen Augenblick lang herrschte Stille, dann geriet eine schwielige Hand in Caines Gesichtsfeld und ergriff seine schlaffe Hand. Eine zweite Hand verabreichte ihm eine Injektion ins Handgelenk. Noch bevor die Spritze herausgezogen wurde, begann der Arm zu kribbeln, und Sekunden später war Caine imstande, den Kopf zu drehen und aufzublicken.

Neben ihm kniete Lathe. »Wie fühlen Sie sich?«

Caines Zunge gehorchte ihm noch nicht ganz, doch er brachte ein undeutliches »besser« heraus. »Wie ...?«

»Später. Können Sie sitzen?«

Caine richtete sich mit Lathes Hilfe in sitzende Stellung auf. Dabei fielen die Reste der Nadeln ab, deren Spitzen sich schon teilweise aufgelöst hatten, aber noch genügend hart waren, um Schmerzen zu verursachen. Das Kribbeln verging, und bis auf ein leichtes Zittern in seinen Arm- und Beinmuskeln fühlte er sich beinahe wieder okay. »Ich bin in Ordnung, wenn ich nicht sofort wieder kämpfen muß«, erklärte er. »Wie geht es den anderen?«

Lathes Lippen verzogen sich zu dem Anflug eines Lächelns, und er blickte an Caine vorbei. »Mordecai?«

»Wir sind beinahe soweit.« Der Blackcollar sprach noch etwas undeutlich.

Caine hielt sich an Lathes Arm fest, stand auf und drehte sich um. Mordecai half gerade Fuess auf die Beine; in der Mitte der Straße lagen die beiden Sicherheitsmänner.

»Wir sollten lieber abhauen«, meinte Mordecai.

Lathe nickte und hob zwei der Betäubungspistolen auf. »Der vordere Wagen ist näher. Los!«

Sie gingen um den Kastenwagen herum; Caine und Fuess waren noch ein wenig wacklig. Der Patrouillenwagen war gut ausgerüstet – mit Fernmelde- und elektronischen Peilgeräten, sowie mit einem Betäubungsgewehr. Lathe setzte sich hinter das Lenkrad, nahm das Gewehr aus der Halterung und reichte es Caine, als dieser und Mordecai auf den Rücksitzen Platz nahmen.

»Ich kann fahren«, protestierte Fuess, als Lathe ihn zur Beifahrertür winkte.

»Vielleicht später.« Lathe war mit dem Armaturenbrett beschäftigt. »Jetzt steigen Sie erst einmal ein!«

Fuess gehorchte, war aber sichtlich unglücklich, weil er es als Degradierung empfand. Lathe reichte die beiden Betäubungspistolen, die er aufgehoben hatte, nach hinten zu Mordecai. »Bitte checken Sie die Magazine.« Dann ergriff er das Lenkrad, überblickte noch einmal die Instrumente und startete. »Vorwärts!«

Sie hatten noch nicht die Ecke erreicht, als aus dem

Lautsprecher eine Stimme ertönte. »Station Topper fünfzehn, berichten Sie! Sind die Gefangenen sichergestellt?«

»Was erzählen wir ihnen?« flüsterte Fuess.

»Nichts.« Lathe schaltete mit einer Hand den Suchmonitor ein, auf dem ein Teil von Calarands Stadtplan aufleuchtete. »Vielleicht werden sie annehmen, daß die Besatzung des Wagens noch beschäftigt ist. Sehen Sie nach, ob ihre übrigen Wagen auch darauf programmiert sind!«

Während Fuess sich mit den Instrumenten befaßte, meldete sich Mordecai zu Wort.

»Was immer Sie vorhaben, rechnen Sie nicht mit diesen Pistolen. Für alle miteinander gibt es nur drei Schuß Munition.«

»Für das Gewehr sogar nur zwei«, berichtete Caine. »Es sieht so aus, als wollte jemand auf Nummer sicher gehen.«

»Ganz bestimmt«, pflichtete ihm Lathe bei. »Zwei Schüsse pro Waffe, für den Fall, daß es uns gelingt, eine in die Hand zu bekommen. Schlau.«

»Weil wir gerade von schlau sprechen«, warf Caine ein, »was haben Sie und Mordecai mit den Pfeilen für einen Trick gedreht?«

»Mordecai hat überhaupt nichts gedreht, er wurde genauso betäubt wie alle anderen. Ich übrigens auch – für einige Sekunden.«

»Station Topper fünfzehn, antworten Sie!« kam eine erboste Stimme aus dem Lautsprecher. »Wir beobachten, daß Sie auf der Maris nach Westen unterwegs sind; brauchen Sie Unterstützung?«

»Kümmern Sie sich nicht darum«, befahl Lathe, als Fuess nach dem Mikrophon griff. »Lassen Sie sie raten!«

»Sie werden es sehr bald rauskriegen«, widersprach Fuess. »Wenn ich ihnen einreden kann, daß wir Sicherheitsmänner sind, gewinnen wir vielleicht Zeit.«

»Zu spät.« Mordecai zeigte auf den Monitor. »Noch

vor einer Minute haben sich eine Menge Punkte auf dem Schirm befunden – vermutlich die Positionen der Wagen des Sicherheitsdienstes. Sie sind soeben verschwunden.«

»Wir sind aus dem Informationsnetz ausgeschaltet worden«, erläuterte Lathe. Als sie in eine Kreuzung einfuhren, blickte er nach links und rechts und bog dann nach rechts ab. »Haben Sie ihre Aufstellung herausbekommen?«

»Ein doppelter Halbkreis, dessen Basis die Mauer bildet«, antwortete Mordecai.

»Aber sie werden den Platz wechseln, nicht wahr?« fragte Caine.

»Ja, aber es wird eine Weile dauern«, antwortete Lathe. »Wie ich gerade sagen wollte – der Trick, den ich verwendet habe, war sehr einfach. Als mich die Pfeile trafen, sorgte ich dafür, daß ich auf den linken Arm fiel und dabei die subkutane Kapsel mit dem Gegenmittel zerbrach, die ich mir heute früh implantiert hatte. Der Rest ist dann natürlich einfach.«

»Natürlich.« Caine hatte sich darüber gewundert, daß Lathe Mordecai bei seinem Kampf kaum unterstützt hatte. Jetzt verstand er. »Ein Glück, daß sie nicht zu früh zerbrochen ist.«

»Das Leben besteht aus kalkulierten Risiken.«

»He!« rief Fuess plötzlich. »Das ist ja die Parlertin Street und vor uns liegt die Mauer – wir haben uns im Kreis bewegt.«

»Nicht ganz.« Lathe schaltete das Blinklicht des Wagens ein. Die Fahrzeuge vor ihnen machten ihnen Platz, und Lathe bog auf die Parlertin ein. »Sie haben ihre Leute so aufgestellt, daß die Mauer des Strip einen Teil der Absperrung bildet. Deshalb werden sie nicht erwarten, daß wir in diese Richtung fahren.«

»In den Strip?« schrie Fuess auf. »Das ist Wahnsinn.«

»Ein weiteres kalkuliertes Risiko«, stellte Lathe sanft richtig. »Sie werden sich sehr beeilen müssen, um alle

Ausgänge aus dem Strip abzuriegeln, und in dem Durcheinander wird es uns leichter fallen zu entkommen.«

»Es wäre besser, wenn wir es direkt versuchen«, murrte Fuess.

Lathe sah zu dem Argentianer hinüber. »Vorschlag zur Kenntnis genommen, Kommandomann«, antwortete er mit einer Kälte, die Caine verblüffte. »Jetzt schnallen Sie sich an!«

»Ja, Sir«, knurrte Fuess.

Durch Lücken im Verkehrsstrom entdeckte Caine weitere Blinklichter vor ihnen und zeigte hin. »Jemand kommt.«

»Ich sehe es«, bestätigte Lathe. »Sind Sie angeschnallt? Gut. Alle festhalten.«

Er stieg auf die Bremse, bog nach rechts ab und gab wieder Gas. Knapp zwanzig Meter vor ihnen befand sich das Avis-Street-Tor.

Die Sicherheitswächter hinter dem Gitter waren so verblüfft, daß sie nicht mehr dazu kamen, Widerstand zu leisten. Beide erstarrten für einen Augenblick und hechteten dann zur Seite, um dem Fahrzeug aus dem Weg zu kommen. Caine sah nicht, ob sie es schafften; er hatte die Augen geschlossen und wartete auf den Aufprall.

Sie stießen so heftig gegen das Tor, daß Caine hart in den Sicherheitsgurt geschleudert wurde und das Gefühl hatte, seine Wirbelsäule sei ausgerenkt; das Kreischen des überbeanspruchten Metalls war ohrenbetäubend. Er war davon überzeugt, daß das Tor standgehalten hatte ... dann beschleunigten sie unvermittelt und ließen den Krach hinter sich. Er öffnete die Augen und erkannte durch die von Sprüngen durchzogene Windschutzscheibe, daß der Vorderteil des Wagens relativ intakt war. »Wir haben es geschafft!« sagte er, obwohl er es noch nicht ganz glauben konnte.

Neben ihm atmete Mordecai langsam aus. »Ich war

überhaupt nicht davon überzeugt, daß es klappen würde.«

Lathe schien mit dem Lenkrad zu kämpfen. »Die Wagen des Sicherheitsdienstes sind für gewöhnlich solid gebaut. Bei den Toren der inneren Mauer würde ich es allerdings nicht versuchen.«

»Sie haben recht gehabt«, gab Fuess kopfschüttelnd zu. »Ich muß mich entschuldigen, Comsquare; Sie haben es geschafft.«

»Heben Sie sich das Schulterklopfen für später auf«, meinte Lathe kurz. »Halten Sie lieber nach einem Auto Ausschau, das wir organisieren können – dieser Wagen zieht nach links.«

Caine warf im Vorüberfahren einen Blick in eine Seitengasse und entdeckte Blinklichter. »Sicherheitswagen nähert sich von Westen«, meldete er.

»Von hinten ebenfalls«, ergänzte Mordecai.

»Okay.« Lathe bog bei der nächsten Querstraße nach links ab und hielt gleich nach der Kreuzung. »Sie spielen Fänger, Mordecai. Wir nehmen einfach das Auto vor uns.«

»In Ordnung.« Mordecai riß seine Tür auf, ergriff eine Pistole und sprang hinaus.

Lathe startete wieder und fuhr bis zu dem Wagen, den er ausgesucht hatte. »Alles raus. Sperren Sie den anderen Wagen auf, Fuess!«

Sekunden später bog der erste Sicherheitswagen mit quietschenden Reifen um die Ecke hinter ihnen. »Gehen Sie in Deckung, Caine«, befahl Lathe, entriß ihm Gewehr und Pistole und rannte über die Straße zu einer Tornische.

Caine gehorchte, sprang vor ihren Wagen und duckte sich. Der Sicherheitswagen hatte sich inzwischen quergestellt, sperrte dadurch die Straße ab und bot den sechs Sicherheitsmännern, die aus ihm heraussprangen, Deckung. Caine warf einen Blick auf die Straße hinter ihm – wo einige Fußgänger vorsichtshalber davonrannten – und zog einen der drei Wurfsterne heraus, die er bei sich trug. Er richtete sich auf, warf ihn und duckte sich gerade rechtzeitig, so daß die Betäubungspfeile über seinen Kopf hinwegzischten. Er umklammerte die anderen beiden *shuriken,* kauerte sich so tief wie möglich zusammen und bedauerte bitterlich, daß er nicht zu Hause geblieben war. Hier draußen war er für die anderen nur eine Belastung, jemand, der daran schuld war, wenn sie alle gefangengenommen oder getötet wurden.

Dann hörte der Pfeilhagel unvermittelt auf. Eine Bewegung links von ihm ließ ihn zusammenzucken, doch dann erkannte er Lathe. »Ist der Wagen schon fertig?« rief der Comsquare, während er zu Caine rannte.

»Oh ...« Der verwirrte Caine blickte vorsichtig über den Kühler des Wagens hinweg.

Mordecai kam die Straße heruntergelaufen; die Betäubungspistole baumelte lässig von seiner rechten Hand. Hinter ihm lagen in der Nähe des Sicherheitswagens sechs regungslose Gestalten.

Wieder einmal hatte Mordecai eine massive Übermacht besiegt – und wieder hatte Caine die Show verpaßt.

Neben ihm klickte etwas. »Jetzt sollte es gehen«, meldete Fuess und kroch unter dem Wagen hervor – genau in dem Augenblick, in dem zwei weitere Sicherheitswagen um die Ecke vor ihnen schleuderten.

Mordecai und Lathe reagierten gleichzeitig, und zwei Wurfsterne flogen durch die Luft. Unglaublicherweise traf trotz der Entfernung zumindest einer von ihnen sein Ziel, und durch das Kreischen der Bremsen hörte man das Zischen der Luft, die aus einem Reifen entwich. »Steigt ein!« befahl Lathe. Er warf zwei weitere Sterne, während die Sicherheitsmänner erfolglos aus den Fenstern ihres Wagens feuerten.

Fuess hatte die Türen geöffnet, und er und Caine sprangen hinein. Lathe folgte ihnen und drängte Fuess vom Fahrersitz. »Ich fahre.« Mordecai feuerte seine Betäubungspistole leer und ließ sich neben Caine auf den Rücksitz fallen, während der Wagen zu rollen begann. Lathe beschrieb einen engen Halbkreis und brauste auf den Sicherheitswagen zu, der die Straße versperrte. Caine machte sich auf den nächsten Aufprall gefaßt, aber Lathe fuhr auf den Gehsteig, verfehlte die Hausmauer um Haaresbreite und streifte den Wagen des Sicherheitsdienstes nur leicht. Dann gab er Gas und bog an der nächsten Ecke nach links ab.

Caine versuchte gar nicht erst, einen Seufzer der Erleichterung zu unterdrücken. Unter seinem Flexarmor war er schweißnaß. »Das war zu knapp«, sagte er zu niemand Bestimmten.

»Es ist noch nicht vorbei«, knurrte Fuess. »Sie sind verrückt, Lathe. Die Quislinge dort hinten haben inzwischen unsere Beschreibung an sämtliche Patrouillen in der Stadt durchgegeben. Was sollen wir tun – immer wieder den Wagen wechseln und hoffen, daß wir sie abschütteln?«

»Das könnten wir tun«, gab Lathe zu. »Aber dann müßten wir immer noch aus dem Strip rauskommen. Ich möchte auf keinen Fall versuchen, noch ein Tor zu durchbrechen.«

»Was werden wir also unternehmen?« Fuess ließ nicht locker.

Lathe bog noch um einige weitere Ecken, bevor er antwortete. »Versetzen Sie sich an ihre Stelle. Unser Operationsfeld besteht aus dem ganzen Strip und seinen elf Toren, und wir wissen, daß sie einen Großteil ihrer Kräfte in der Falle südlich des Strip zusammengezogen haben. Wir könnten inzwischen auch einen anderen Wagen gefunden haben. Was würden Sie als nächsten Zug von uns erwarten, wenn Sie all das in Betracht ziehen?«

»Daß wir nach Osten oder Westen fahren.«

»Richtig. Deshalb werden wir uns dorthin begeben,

wo sie uns nicht erwarten.« Noch während Lathe sprach, bog er um eine Ecke und hielt an.

Caine blinzelte. »Die Mauer? Die Südmauer?« fügte er hinzu, als er bemerkte, wo die Sonne stand.

Fuess verrenkte sich beunruhigt den Hals, um das Straßenschild an der Ecke zu lesen. »Wir befinden uns nur drei Häuserblocks westlich vom Avis-Street-Tor«, stellte er verständnislos fest.

»Wieder richtig«, bestätigte Lathe. »Alle raus! Von hier an gehen wir zu Fuß.«

»Wir können nicht über die Mauer klettern«, warnte Fuess, während sie ausstiegen. »Das Drahtgitter steckt voller Detektoren und Hochspannungsdrähte gegen unbefugte Eindringlinge.«

»Das weiß ich. Wir gehen zum Tor hinaus. Wie steht es mit Waffen?«

»Schlecht«, antwortete Mordecai, bevor Fuess sich von seiner Verblüffung erholen konnte. »Ich habe noch einen *shuriken* plus meinem *nunchaku*.«

»Caine?«

»Zwei Wurfsterne.«

»Geben Sie sie Mordecai. Fuess?«

»Das ist hirnrissig«, protestierte der Argentianer. »Dort befindet sich auf jeden Fall Wachpersonal, um Unbefugte abzuhalten ...«

»Waffen, Kommandomann?« unterbrach ihn Lathe.

»Keine!«

»Keine?« wiederholte Mordecai ungläubig.

»Natürlich. Ich hatte angenommen, daß wir in den Strip fahren – das habe ich Ihnen übrigens schon gesagt.«

»Macht nichts«, unterbrach ihn Lathe wieder. »Ich habe noch zwei Sterne; vielleicht brauchen wir nicht mehr. Gehen wir! Vorläufig halten sich Mordecai und Fuess einige Meter vor uns.«

Sie gingen zur Ecke zurück und bogen nach rechts ein. Weiter unten in der Straße waren Fußgänger unterwegs und der Verkehr wurde dichter. Während Caine neben Lathe sein Bestes tat, um genauso lässig dahinzuschlendern, schlug ihm das Herz bis in den Hals. Es mußte einfach schiefgehen – und die Tatsache, daß ein Wagen des Sicherheitsdienstes an ihnen vorüberfuhr, ohne langsamer zu werden, änderte nichts an seiner Einstellung. Natürlich erwarteten die Regierungstruppen nicht, daß sie soweit südlich und zu Fuß unterwegs waren, aber irgendwann mußten sie es bemerken.

Sie erreichten jedoch die Avis Street, ohne daß sie jemandem aufgefallen wären, und wandten sich nach Süden, auf das zerstörte Tor zu.

Wenn man bedachte, daß Lathe das Tor erst vor kurzer Zeit zerschmettert hatte, war der Schaden bemerkenswert effizient behoben worden. Ein Wagen stand quer zur Straße, so daß beiderseits von ihm nur jeweils ein Meter der Durchfahrt frei blieb. Die beiden Drehkreuze für die Fußgänger hatten überlebt, und ein ganzes Kontingent von Sicherheitsmännern überwachte die nicht zu zahlreichen Passanten, die durch das Tor gingen. »Sehen Sie – sechs Wächter.« Caine versetzte Lathe einen Rippenstoß. »Wir haben einen Wurfstern zu wenig.«

»Nein, zwei. Sehen Sie das Wächterhäuschen?«

Der kleine, verglaste Raum war einige Meter neben dem Tor an die Mauer angebaut. Drinnen saß einer der sechs Wächter gespannt und unangenehm wachsam. »Ich habe ihn mitgezählt«, flüsterte Caine.

»Aus der Basis des Wächterhäuschens führt ein Kabel ins Freie und verschwindet etwa einen Meter weiter in der Erde. Vermutlich hat dort das alte Wächterhäuschen gestanden. Wahrscheinlich enthält des Kabel Energie- und Telefonleitungen, die man durchschneiden muß.«

»Großartig.« Caine hatte das Kabel nicht bemerkt. »Und was ist mit den zusätzlichen Wächtern? Soll Mordecai sie mit seinem *nunchaku* erledigen – dazu müßte er allerdings nahe genug an sie herankommen.«

»Ich bezweifle, daß wir damit Erfolg haben«, sagte Mordecai, ohne sich umzusehen. Er und Fuess befanden sich wieder in Hörweite der anderen.

»Ich bin auch dieser Meinung«, stimmte Lathe zu. »Wenn man die Tageszeit berücksichtigt, gehen wir in die falsche Richtung, und sie haben genügend Zeit, sich darüber zu wundern.« Er überlegte. »Also gut, versuchen wir es so: Die etwa fünfzig Meter vom Tor entfernte Außentreppe auf der anderen Straßenseite sollte zwei Leuten genügend Deckung bieten. Mordecai und Fuess überqueren die Straße und begeben sich in die Nähe der Treppe. Caine und ich können uns in die genau gegenüberliegende Einfahrt drücken. Sobald wir alle soweit sind, daß wir die Deckung mit einem Sprung erreichen können, eröffnen wir das Feuer.«

»In Ordnung.« Mordecai stieß Fuess an und sie überquerten die Straße.

»Lathe!« zischte Caine. »Was ist mit den zusätzlichen Wächtern?«

»Machen Sie sich deshalb keine Sorgen. Gehen Sie nur lässig weiter und seien Sie darauf gefaßt, daß Sie rennen müssen!«

Caine biß die Zähne zusammen und ging weiter; sein Blick wanderte zwischen den Wachen und der Einfahrt, die Lathe ins Auge gefaßt hatte, hin und her. Sieben oder acht Fußgänger befanden sich jetzt zwischen ihnen und dem Tor, und Caine kam etwas spät auf die Idee, daß Lathe vielleicht mit ihnen gerechnet hatte. Die Einfahrt war jetzt fünf Schritte entfernt ... vier ... drei ...

Einer der Wächter fixierte sie und verzog nachdenklich das Gesicht. Plötzlich bekam er große Augen und griff mit der Hand nach dem Halfter. »He!«

»Rennen Sie!« fuhr Lathe Caine an, und als dieser gehorchte, zuckte ein schwarzer Blitz an seinem Ohr vorbei. Bevor ihm die Kante der Einfahrt die Sicht nahm, sah er noch, wie die Sicherheitsmänner zusammenbrachen. Noch ehe er dazukam, sich an die Wand zu drükken, prallte Lathe gegen ihn und schob ihn tiefer in die Einfahrt.

»Alles in Ordnung?« fragte Lathe.

»Nur etwas außer Atem«, keuchte Caine und versuchte, eine Hand freizubekommen, um sich die Lippen zu reiben. Über Lathes Schulter hinweg erblickte er Mordecai und Fuess, die hinter ihrer Treppe kauerten. »Haben Sie sie ausgeschaltet?«

»Alle bis auf die letzten zwei. Vermutlich wissen sie, daß uns die *shuriken* ausgegangen sind – sie haben nicht erst versucht, ihre Pistolen zu ziehen, bevor wir in Dekkung gingen.« Während er sprach, prallte ein Schauer von Pfeilen von der Kante der Einfahrt ab.

»Großartig«, stöhnte Caine. Ein Türknauf bohrte sich ihm schmerzhaft in die Nieren; er griff nach hinten und versuchte, ihn zu drehen. »Die Tür ist versperrt. Können Sie mir Platz machen, damit ich sie öffne?«

Eine zweite Ladung Nadeln flog vorbei. »Ich bin praktisch bereits exponiert«, erklärte Lathe.

»Sie werden bald noch weit mehr exponiert sein«, fuhr ihn Caine an. »Sie werden jeden Augenblick hier sein.«

Zu seiner Verblüffung lachte Lathe. »Darauf verlasse ich mich ja.« Er blickte rasch um die Ecke. »Da kommen sie schon.«

Caine konnte nichts unternehmen, und das Gefühl der Hilflosigkeit erstickte ihn beinahe. Die Sicherheitsmänner waren bestimmt so schlau, daß sie nicht das Risiko eines Nahkampfs eingingen. Sie mußten nur zu beiden Seiten der Straße entlanggehen und einander gegenseitig Feuerschutz geben, bis sie direkt in die unzureichende Deckung der Flüchtlinge schießen konnten. Vollkommen gefahrlos ... Caine wartete mit zu Fäusten geballten Händen auf das durch die Nadeln hervorgerufene Brennen.

Lathe sprang plötzlich halb aus der Einfahrt hinaus und vollführte mit dem Arm eine Wurfbewegung, genau wie Mordecai im gleichen Sekundenbruchteil auf der anderen Straßenseite. Noch einmal prallten Pfeile geräuschvoll an die Mauer, während Lathe sich wieder in die Einfahrt drückte, dann fiel etwas schwer auf den Gehsteig. Lathe schaute hinaus und verschwand dann; Caine folgte ihm etwas vorsichtiger.

Der Sicherheitsmann lag auf dem Gehsteig, und in seiner Schläfe glänzte etwas. Lathe beugte sich über den Toten und nahm den Gegenstand an sich. Er war klein und silberglänzend, die jetzt blutige Kante erinnerte an einen Fledermausflügel, und daran schloß sich eine Art Schlinge ... Caine wurde schockartig klar, daß es der Drachenkopfring des Comsquare war.

Mordecai und Fuess standen jetzt neben ihnen. »Gehen wir zu Fuß nach Hause?« fragte Fuess, während sie zum Tor rannten.

»Das ist nicht notwendig.« Mordecai zeigte auf den querstehenden Wagen. Auch sein Ring war blutig.

Lathe nickte. »Er ist bestimmt nicht versperrt und außerdem startbereit. Jetzt fahren Sie, Fuess!«

Eine Handvoll Schaulustiger trieb sich noch in der Nähe des Tors herum, und der Ausdruck auf ihren Gesichtern reichte von blankem Entsetzen bis zu grimmiger Zustimmung. Caine beobachtete sie mißtrauisch, aber keiner griff nach den auf dem Boden liegenden Waffen. Fuess und Lathe glitten auf die Vordersitze, während Caine und Mordecai hinten einstiegen; Augenblicke später rollte der Wagen die Straße hinunter.

»Es ist ein ziviler Wagen.« Fuess zeigte auf das Armaturenbrett. »Vermutlich von jemandem beschlagnahmt, der gerade vorüberkam. Wir fahren doch nach Hause, oder haben Sie noch nicht genug Abwechslung für einen Tag gehabt?«

»Biegen Sie bei der nächsten Straße links ab; ein paar

Häuserblocks weiter steige ich aus«, sagte Lathe. »Dann können Sie nach Hause fahren.«

»Warum bleiben Sie hier?« fragte Caine mißtrauisch.

»Ich habe mir das Henslowe-Gefängnis noch immer nicht angesehen.«

17. Kapitel

»VERSUCHEN SIE NICHT ERST, den Wagen zu wechseln; sehen Sie nur zu, daß Sie nach Hause kommen und rühren Sie sich dann nicht vom Fleck!« lautete Lathes letzte Anweisung an Fuess, als sie am Gehsteigrand hielten. Er stieg rasch aus und ging auf ein hohes Gebäude zu. Der Wagen reihte sich in den Verkehr ein, und Lathe wartete, bis ein anderer Wagen seinen Parkplatz verließ und dem ersten folgte. Er lächelte zufrieden und betrat das Gebäude.

In der Eingangshalle hielten sich relativ viele Menschen auf; die meisten standen bei den Fahrstühlen. Lathe wartete nicht, sondern steuerte die nächste Tür zum Treppenhaus an, und befand sich kurz darauf im sechsten Stock. Es dauerte eine Minute, bis er die Treppe fand, die zu dem Maschinenhäuschen auf dem Dach führte, und kurz darauf trat er auf das Dach.

Skyler lehnte bequem an der Wand des Häuschens und hatte ein zischendes Kästchen neben sich stehen. Er blickte auf. »Ich habe mich schon gefragt, ob Sie überhaupt auftauchen werden«, sagte er statt einer Begrüßung und erhob sich.

»Beinahe wäre ich tatsächlich nicht gekommen.« Lathe atmete infolge der Treppen schneller. »Wir sind unten in eine massive Kolliefalle geraten.«

»Das habe ich mir gedacht. Sind Sie derjenige, der das Avis-Street-Tor zur Strecke gebracht hat?«

»Ja. Haben Sie eine Uniform für mich?«

»Hinter dieser Tür. Ein Leutnant war so freundlich, sie für die gute Sache zu spenden. Sie müssen noch Ihren Bart loswerden, dann sollten Sie bei einer flüchtigen Kontrolle durchkommen.«

Lathe schloß die Tür zum Häuschen. Auf einem Koffer lag eine graugrüne Uniform des Sicherheitsdienstes. »Wird irgendwem auffallen, daß ihr Besitzer verschwunden ist?« fragte er, während er begann, sich auszuziehen.

»Nicht so bald.« Skyler betrachtete ihn nachdenklich. »Erzählen Sie mir mehr über diese Falle.«

»Sie war gut vorbereitet und wartete nur darauf, daß wir hineinliefen.« Lathe fand den Ausweis in einer Jakkentasche, musterte das Foto kurz, griff dann nach einer Tube Enthaarungsmittel und einem Handtuch, die unter der Uniform lagen, und begann, seinen Bart zu bearbeiten. Mit dem Ellbogen zeigte er auf das zischende Kästchen. »Haben Sie in Ihrem Horcher irgend etwas über Truppenbewegungen gehört?«

»Erst, als Sie entkommen sind. Bis dahin gab es ein paar Codesignale, aber nicht annähernd genug, um eine wirksame Falle zu improvisieren.«

»Damit hat sich unser Verdacht endgültig bestätigt«, seufzte Lathe müde. »In Tremaynes oberster Befehlsebene gibt es einen Spion.«

»Es sieht so aus«, pflichtete ihm Skyler bei. »Es sei denn, jemand hatte sich in der Garage versteckt, als Sie das Haus verließen ... nein, sie hätten trotzdem ihre Leute ohne Funk nicht so rasch zusammentrommeln können.«

»Außerdem hatte ich Spadafora dort versteckt, damit er nach etwas Derartigem Ausschau hält.«

»Hmmm. Ist Kwon übrigens jemals aufgetaucht? Ich wollte den Pocher nicht benützen.«

»Ja, er hat die Position des Fängers übernommen, als sie weiterfuhren. Sie befinden sich jetzt bestimmt nicht in Gefahr. Außerdem ist Mordecai dabei.«

Skyler erfaßte den Sinn dieser Bemerkung nur, weil er schon so lang mit Lathe zusammen war. »Stimmt mit Fuess etwas nicht?«

Lathe überlegte. »Das weiß ich nicht. Es ist jedenfalls nichts, worauf ich den Finger legen könnte. Er kämpft nicht ganz so gut, wie ich erwartet habe. Aber vielleicht war das Ausbildungsprogramm gegen Ende des Krieges nicht mehr so intensiv, also wäre diese Tatsache bedeutungslos. Vielleicht stört mich nur, daß er ständig widerspricht.«

»Er ist daran gewöhnt, auf seiner Spielwiese die Nummer Eins zu sein.« Auch Skyler wirkte nachdenklich. »Er ist Fafnir Riesman sehr ähnlich; erinnern Sie sich an ihn? Eigentlich passen alle vier – außer Bakshi – zu dem Bild des vollkommenen Blackcollar.«

»Ja, und auf Plinry sind alle Blackcollars, die so waren wie sie, ums Leben gekommen, weil sie einmal zu oft ein Risiko eingegangen sind.«

»Wir befinden uns nicht auf Plinry. Vielleicht ist in diesem Krieg übertriebene Männlichkeit eine Voraussetzung dafür, daß man überlebt.«

»Vielleicht«, brummte Lathe. Er schraubte die Tube mit dem Enthaarungsmittel zu, legte sie beiseite und knöpfte seinen Waffenrock zu. »Wie sehe ich aus?« fragte er und reichte Skyler seinen Ausweis.

»Drehen Sie sich um. Gar nicht so übel. Damit sollten Sie durchkommen.« Er steckte Lathe den Ausweis wieder in die Tasche.

»Also gut.« Lathe hockte sich neben den Koffer, öffnete ihn und überprüfte den Inhalt. Zwei Drittel des verfügbaren Raums nahmen ein Kompaktgranatwerfer und vier schlanke Boden-Boden-Raketen ein. Der Rest war mit Flexarmorhandschuhen und -kampfhaube, einem überraschend flachen Gasfilter und verschiedenen Waffen gefüllt. »Okay.« Er schloß den Koffer und richtete sich auf. »Sind die Auslage und die Fluchtroute bereit?«

»Alles wartet in einem Winkel des Maschinenhäuschens – ich muß nur den Granatwerfer herausholen und ihn hier verankern.«

Lathe trat an den Rand des Häuschens und blickte um die Ecke. Jenseits der Mauer, die den Strip umgab, erblickte er in nicht einmal dreihundert Metern Entfernung das Henslowe-Gefängnis. Lathe betrachtete die Handvoll Wächter, die dort patrouillierten; sie wirkten nicht besonders wachsam.

»Sind Sie sicher, daß Sie es durchführen wollen?« fragte Skyler hinter ihm.

»Nein«, gab Lathe zu und drehte sich um. »Aber ich sehe keine andere Möglichkeit, die Veteranen herauszuholen. Sie vielleicht?«

»Was ist, wenn wir Radix verraten, warum wir hier sind? Wenn sie es an die Kollies weiterleiten, werden diese vielleicht die Veteranen freilassen und hoffen, daß wir sie zu den Raumschiffen führen. Wir müßten natürlich jede Falle entschärfen, die sie uns stellen, aber das werden wir wahrscheinlich ohnehin tun müssen.«

Lathe schüttelte den Kopf. »Das Problem besteht darin, daß sie die Veteranen erst freilassen würden, wenn sie einige von ihnen loyalitätskonditioniert haben. Die Radix-Spione werden uns schon genügend Schwierigkeiten bereiten; ich will nicht auch noch welche in unserer eigenen Mannschaft haben.«

»Vielleicht konditionieren sie sie schon.«

»Für eine nicht nachweisbare Konditionierung braucht man mindestens fünfzehn Tage. Sie haben vor nicht einmal einer Woche von unserer Existenz erfahren. Wenn wir die Veteranen innerhalb der nächsten Tage herausholen, können wir jeden Spitzel entdekken.«

»Außer, die Kollies haben Dodds sofort nach der Landung geschnappt und zum Reden gebracht.« Skyler sah Lathe nachdenklich an. »Damit hätten sie neun Tage gewonnen.«

»Wie kommen Sie auf die Idee, daß Dodds sich überhaupt auf Argent befindet, geschweige denn gefangengenommen wurde?«

Skyler lächelte gequält. »Immer noch ein militärisches Geheimnis? Kommen Sie, Lathe, Sie können mir erzählen, was für einen teuflischen Kniff Sie sich diesmal ausgedacht haben!«

Lathe schüttelte den Kopf. »Wenn es nicht klappt, ist es besser, wenn niemand davon weiß.«

Skyler sah ihn noch einen Augenblick lang an, dann zuckte er die Achseln. »Okay, es ist Ihre Show. Ich hoffe nur, daß niemand von uns zufällig über ihn stolpert.«

»Dodds weiß, wie man anderen nicht in die Quere kommt.« Lathe griff nach dem Koffer. »Sie bekommen von mir den Code ›fertig eins‹, wenn ich gehen will. Sie haben ja Wagen bereitgestellt?«

»Ja – der Ihre ist ein dunkelblauer auf der gegenüberliegenden Straßenseite. Er ist schon aufgesperrt.« Er zögerte, als wolle er noch etwas sagen, dann berührte er Lathe an der Schulter. »Halten Sie Ihre Gesichtsmuskeln unter Kontrolle – Sie wollen schließlich nicht zu alt aussehen.«

Lathe lächelte bitter. »Konzentrieren Sie sich auf Ihre Rolle. Ich komme schon klar.«

Er behielt das Lächeln bei, bis er sich auf der Treppe befand. Skyler war Lathes bester Freund, und er hätte nie direkt gefragt, was Dodds unternahm, nicht einmal unter vier Augen. Aber wenn er sich deshalb Gedanken machte, taten es andere vermutlich auch, und Ungewißheit wirkte sich auf die Kampfkraft negativ aus; dagegen konnte Lathe jedoch nichts unternehmen.

Der Wagen stand an der von Skyler angegebenen Stelle, und Lathe erreichte bald das Avis-Street-Tor. Die Opposition hatte wieder rasch geschaltet: Ein frischer Satz Sicherheitsmänner versah bereits Dienst, obwohl die Toten noch nicht weggeschafft worden waren. Einen der neuen Männer, der ein Lasergewehr trug, bedeutete Lathe, zu halten.

»Was, zum Teufel, war hier los?« fragte er scharf, als der Wächter an den Wagen trat.

Der Posten richtete sich unmerklich auf, als er die Rangabzeichen auf der Uniform erblickte. »Jemand ist gegen das Tor gefahren. Dürfte ich bitte Ihren Ausweis sehen?«

»Ist ein Unbefugter in den Strip gelangt?« fragte Lathe schneidend, während er dem Posten seinen Ausweis reichte. Der in der Nähe parkende Patrouillenwagen verfügte unter Umständen über Geräte für die Überprüfung von Fingerabdrücken und Netzhautmustern, und wenn sein Auftreten besonders energisch war, nahm er ihnen vielleicht die Lust, diese Geräte zu verwenden. »Wann ist das geschehen?«

»Vor einer halben Stunde, Sir. Sie sind nicht nur herein-, sondern auch wieder hinausgekommen. Hatten Sie sich nicht in das Kommunikationsnetz eingeschaltet?«

»Ich hatte einen Auftrag außerhalb der Stadt auszuführen, bei dem mir die Kommunikationsausrüstung hinderlich gewesen wäre. Verdammt! Ich muß mich dringend melden.«

»Ja, Sir.« Der Posten zögerte kurz, gab dann Lathe den Ausweis zurück und winkte ihn weiter.

Zwei Häuserblocks vom Henslowe-Gefängnis entfernt standen mehrere hohe Gebäude, doch nur von einem aus konnte man den Gefängnishof überblicken. Lathe parkte sein Auto davor, schleppte den Koffer in die Eingangshalle und fuhr mit dem Fahrstuhl in den zwanzigsten Stock. Die Tür zur Dachtreppe war versperrt, aber das Schloß bot keine Probleme, und er stand eine Minute später auf dem Dach. Er trat an den Henslowe gegenüberliegenden Rand, öffnete den Koffer und machte sich an die Arbeit.

Seine erste Aufgabe bestand darin, den Raketenwerfer auf- und auf den richtigen Azimutwinkel einzustellen. Als er endlich damit fertig war, zog er eine große Kapsel aus dem Koffer und schlug mit ihr neben dem Raketenwerfer kräftig auf den Boden. Sie platzte und setzte eine blasenwerfende, übelriechende, braune Flüssigkeit frei, die rasch eine Pfütze um das Gerät bildete. Lathe trat schleunigst zurück, streifte seine entliehene Sicherheitsuniform ab, und bewaffnete sich mit *nunchaku, shuriken* und Wurfmessern. Noch bevor er fertig war, hörte die Pfütze auf, Blasen zu werfen, und als Lathe sie eine Minute später checkte, hatte sie sich zu einer glänzenden Masse verhärtet, die den Werfer unverrückbar an das Dach klebte. Er entnahm dem Koffer eine silbrigglänzende Seilrolle und befestigte sie mit einem Ende an der Spannvorrichtung des Werfers und mit dem anderen an einer blauweiß gestreiften Rakete. Er vervollständigte seine Flexarmorausrüstung mit Handschuhen, Kampfhaube, Schutzbrille und einem an der Haube angebrachten Funkgerät, warf einen letzten Blick auf Henslowe, steckte eine Rakete in den Werfer und feuerte sie ab.

Sie schlug genau vor dem Haupteingang des Gefängnisses ein, und plötzlich breitete sich eine dichte, weiße Rauchwolke in alle Richtungen aus. Lathe stellte den Werfer auf das nächste Ziel ein und griff nach der zweiten Rakete. »Späher eins: Volltreffer«, knatterte Skylers Stimme in seinem Ohr. »Berichtigen Sie für den zweiten Schuß um vier Grad.«

»Verstanden«, antwortete Vales Stimme. »Zweiter Schuß abgefeuert.« Lathe reagierte auf sein Stichwort, feuerte wieder, und zwischen den Wächterhäuschen zu beiden Seiten des Tors detonierte eine zweite Wolke.

»Führer zwei: bereit zum Rammen«, meldete Kwons Stimme.

»Führer eins: Gruppe bereit«, meldete sich Lathe neuerlich.

»Verstanden«, bestätigte Vale.

Lathe steckte grinsend die blauweiße Rakete in den Werfer und visierte das Ziel genau an. Sowohl Kwon wie auch Vale waren im Augenblick über zehn Kilometer von Henslowe entfernt, aber eine einfache Bandaufzeichnung und Skylers geschickter Einsatz des Playback mußten jeden lauschenden Kollie davon überzeugen, daß ein größerer Angriff im Gang war.

Die Rakete schoß durch die Luft und zog dabei das silbrige Seil hinter sich her. Lathe beobachtete sie etwas besorgt, doch er hätte sich die Besorgnis schenken können. Das Geschoß schlug präzise auf dem Dach des Gefängnisses auf und aus dem Behälter an ihrer Spitze sikkerte braune Flüssigkeit. Lathe blickte auf die Uhr, schob seine letzte Rakete in den Werfer und zielte wieder. »Führer eins: beginnen Angriff.«

»Verstanden«, antwortetete Kwons Stimme. »Rammen Sie drauf los!«

Lathe feuerte die Rakete ab und befestigte gerade ein Lederarmband, an dem eine Rolle hing, an seinem linken Handgelenk, als er das Dröhnen der Explosion vernahm. Der Luftdruck riß kurz die weiße Wolke am Gitter auf und Lathe stellte fest, daß das Tor offenbar unbeschädigt war. »Führer eins: Rammen wirkungslos«, sagte er in sein Mikrophon.

»Späher eins: verstanden«, antwortete Skyler. Es folgte eine kurze Pause, und Lathe fragte sich, ob der andere auch auf diesen Fall vorbereitet war.

Er war es. »Führer zwei: Dann müssen wir eben drüberklettern«, stellte Kwon fest.

»Verstanden«, antwortete Lathe. »Starten Sie, sobald Sie soweit sind!«

Er sah auf die Uhr, betätigte einen Schalter auf dem Raketenwerfer und begann das schlaffe Seil einzuholen. Er mußte auf das Dach des Gefängnisses gelangen, solange der Sicherheitsdienst einen Angriff vom Boden aus erwartete. Es war sehr gut möglich, daß sie ihn nicht sahen, wenn er hinüberglitt – Nebelschleier waren seit Jahrhunderten militärisch veraltet, und Gefängniswärter schleppten für gewöhnlich keine hochempfindlichen Scanner mit sich herum. Das Seil straffte sich. Lathe schaltete die Winde ab, blockierte sie und vergewisserte sich, daß die Klappen seiner Kampfhaube lückenlos am

Rand seines Gasfilters anlagen, so daß die Betäubungspfeile, mit denen er rechnen mußte, keine Lücke fanden. Er hakte die Rolle in das Seil ein, holte tief Luft und schwang sich über die Dachkante.

Die Fahrt über das Seil dauerte beinahe eine Minute, und in dieser Zeit entdeckte Lathe drei Sicherheitswagen, die aus verschiedenen Richtungen auf das Gefängnis zurasten. Wieder ein Beweis dafür, wie schnell der Sicherheitsdienst reagiert, dachte er, und hoffte, daß er mit dieser Operation den Bogen nicht überspannt hatte. Wenn der Sicherheitsdienst zu rasch reagierte ... – aber jetzt war es zu spät, sich darüber Gedanken zu machen.

Er lief bereits, als er auf dem Dach aufsetzte, und hakte die Rolle aus, bevor ihn das schräg gespannte Seil aus dem Gleichgewicht brachte. Er klappte schnell die Rolle zur Seite und rannte dann zum Maschinenhäuschen in der Mitte des Dachs. Er war noch zehn Schritte von ihm entfernt, als die Tür aufging und drei mit Lasern bewaffnete Wächter herausstürzten.

Sie hatten nicht erwartet, auf jemanden zu stoßen – das merkte man sofort an ihrem erschrockenen Gesichtsausdruck und ihren wilden Bemühungen, die Lasergewehre in Anschlag zu bringen. Lathes *shuriken* traf den Mann an der Spitze in die Stirn; er stürzte und seine Kameraden stolperten über ihn. Im nächsten Augenblick stand Lathe zwischen ihnen, und zwei Sekunden später war alles vorbei. Er hob eines der Lasergewehre auf, stieg über die leblosen Körper und ging die Treppe hinunter. Es war sehr gut möglich, daß die Wächter aus den beiden obersten Verwaltungsstockwerken des Gefängnisses gekommen waren; wahrscheinlich hatte man sie auf das Dach geschickt, um festzustellen, ob dort der Nebelvorhang, der die Verteidiger unten behinderte, dünner war. Da Lathes Ziel die oberen beiden Stockwerke waren, konnte er sich um so sicherer fühlen, je mehr Wächter er vorher ausschaltete. Theoretisch.

Ein Stockwerk tiefer endete die Treppe vor einer massiven Tür. Lathe öffnete sie einen Spalt breit, erblickte einen hell erleuchteten Korridor und hörte gedämpft Alarmklingeln sowie das Getrappel von laufenden Füßen. Er zog die Tür zu, holte seinen *nunchaku* heraus ... und einen Augenblick später waren weitere vier Gegner ausgeschaltet.

Er betrat den Korridor und stand einem Dutzend Männern und Frauen gegenüber, die über die unerwartete Invasion sichtlich entsetzt waren. »Sie!« rief Lathe und zeigte auf den Mann, der ihm am nächsten stand. »Wo werden die Aufzeichnungen aufbewahrt?«

Der Angesprochene öffnete den Mund, brachte aber keinen Ton heraus. Lathe ging auf ihn zu, doch im gleichen Augenblick schrillten die Alarmklingeln mit doppelter Lautstärke. »Eindringling auf Fünfzehn«, brüllte ein unsichtbarer Lautsprecher. »Gesamtes Personal Abwehrbereitschaft!«

Laut einer alten Lehrmeinung ist es besser, irgend etwas zu tun als gar nichts. In beiden Richtungen mündete der Korridor nach etwa zwölf Metern in Quergänge. Lathe lief auf gut Glück nach links. Die dort Stehenden machten ihm Platz und hüteten sich davor, ihm Widerstand zu leisten.

Auch der Quergang war von Türen gesäumt. Es war natürlich möglich, daß sich das Archiv in der entgegengesetzten Richtung befand; doch die Qualität der Teppiche im Korridor war ein Hinweis darauf, daß hier die oberste Gefängnisleitung untergebracht war. Lathe nahm an, daß er ein Stockwerk tiefer eher fündig werden würde.

Links von ihm entdeckte er Fahrstuhltüren und den Zugang zum Treppenhaus und wandte sich gerade in dieser Richtung, als weißglühender Schmerz seine linke Schulter durchzuckte.

Seine Kampfreflexe setzten ein. Lathe hechtete zur Ecke und verdrehte dabei den Oberkörper, damit der

Laserstrahl nicht zu lange auf dieselbe Stelle traf. Das Brennen glitt zu seinem Hals hinauf und hörte dann auf, und als er auf den Fußboden aufprallte, erhaschte er einen Blick auf eine uniformierte Gestalt weit hinter ihm.

Angesichts der Umstände fielen seine Landung und die Rolle gar nicht so schlecht aus, und als er sich wieder in der Hocke befand, stellte er fest, daß er den eroberten Laser noch in der Hand hielt. Seine Schulter schmerzte noch immer; er biß die Zähne zusammen und spähte mit schußbereitem Gewehr vorsichtig um die Ecke. Der Uniformierte griff nicht an, sondern wartete hinter seiner Ecke ähnlich defensiv. Entweder er war sehr vorsichtig, oder er erwartete Verstärkung ... und plötzlich merkte Lathe, daß ihm die Fahrstuhltüren in seinem Rücken ganz und gar nicht geheuer waren. Um sicher zu sein, daß der Wächter sich nicht vom Fleck rührte, sandte er einen langen Feuerstoß durch den Korridor und rannte dann zu den Lifts.

Er erreichte sie, blieb einen Sekundenbruchteil stehen, und sprintete dann statt dessen zum Treppenhaus. Alle drei Fahrstühle waren unterwegs, und es war nur zu klar, was das bedeutete. Es war jedoch möglich, daß die Treppe noch frei war. Lathe stürzte zur Tür hinaus, stellte fest, daß sich auf dem Treppenabsatz niemand befand und schlich vorsichtig hinunter.

Die einzige Warnung bestand in einem leisen Summen seines erbeuteten Lasers, aber er schaltete sofort, schleuderte die Waffe von sich und drückte sich an die Wand. Der Laser explodierte und Metallsplitter prallten von den Wänden und von Lathes Flexarmor ab. Lathe drehte sich um und suchte die Wände nach den Induktionsreaktoren ab, die das Energieaggregat des Lasers zur Explosion gebracht hatten. Er beschimpfte sich selbst, weil er nicht darauf gefaßt gewesen war; Fahrstühle und Treppenhäuser waren so ziemlich die einzigen Orte, in die Resonanzhohlräume eingebaut werden konnten. Er atmete tief durch, ging zum nächsten Treppenabsatz und öffnete vorsichtig die Tür.

Der Korridor sah genauso aus wie derjenige, aus dem er gerade kam, und war genauso menschenleer. Lathe schaute nach rechts und links und entschied sich für rechts, obwohl er sich immer unbehaglicher fühlte. Natürlich trieben sich in den Korridoren keine Zivilisten mehr herum – sie hatten inzwischen reichlich Zeit gehabt, sich in ihren Büros einzuschließen –, aber ganz bestimmt waren nicht alle Wächter in das nächste Stockwerk hinaufgerannt, um ihn zu jagen. Der Lautsprecher, der gemeldet hatte, daß Lathe sich im Treppenhaus befand, war bedenklicherweise verstummt. Es war beinahe sicher, daß ihn unten eine Falle erwartete, und er mußte sie finden und beseitigen, bevor der Sicherheitsdienst weitere Wächter aus dem Gefängnis heraufbrachte.

Er erreichte den Hauptkorridor des Stockwerks, blickte wieder vorsichtig um die Ecke – und konnte seinen Kopf gerade noch rechtzeitig zurückziehen, bevor konzentriertes Laserfeuer in die Wand einschlug, so daß Verputzsplitter herumflogen. Er riß einen *shuriken* heraus und schleuderte ihn blindlings um die Ecke. Doch er hatte nur instinktiv gehandelt, denn der kurze Blick hatte ihm gezeigt, daß seine Mission soeben gescheitert war. Mindestens zehn Wächter standen und knieten im Halbkreis um eine Glastür, die beinahe zweifelsfrei in den Computerraum führte. Entweder hatten sie erraten, wohin er wollte, oder der Mann, den er nach dem Archiv gefragt hatte, hatte endlich seine Stimme wiedergefunden. Obwohl die Wächter schwer bewaffnet waren, trugen sie keine Schutzanzüge und Lathe wußte, daß er unter Umständen mit ihnen fertigwerden konnte – doch er wußte auch, daß er nicht im Alleingang ein ganzes Gefängnis erobern konnte. Er machte kehrt, rannte zum Treppenhaus zurück und hoffte, daß der Gegner die Treppe zum Dach noch nicht besetzt hatte.

Durch ein Wunder war der Treppenabsatz noch immer leer, aber es war vollkommen klar, daß dieser Zustand nicht von langer Dauer sein würde. Das gesamte Treppenhaus hallte vom Getrappel laufender Füße wider, und zwar oberhalb und unterhalb von ihm. Lathe verzog das Gesicht, nahm den *nunchaku* in die Hand und stieg hinauf.

Der Lautsprecher gab weiterhin Lathes jeweiligen Standort durch, aber infolge des Lärms hatten die sechs Sicherheitsmänner, die die Treppe herunterstürmten, vielleicht überhört, daß er ihnen entgegenkam. Oder ihnen war noch nicht klargeworden, wie gefährlich ein Blackcollar im Nahkampf sein kann. Wie dem auch sei, sie polterten die Treppe herunter, ohne an Vorsicht oder an taktische Abstände zu denken. Sobald sie ihn erblickten, begannen die vordersten zu schießen, wobei ihre Zielsicherheit verständlicherweise zu wünschen übrig ließ. Lathe kümmerte sich nicht um die tödlichen Lichtstrahlen, sondern zog einen Wurfstern heraus und schleuderte ihn so genau wie möglich durch die Reihen der Sicherheitsmänner auf den hintersten Mann. Während die Angreifer, die direkt vor dem toten Wächter standen, Anschauungsunterricht über den Dominoeffekt erhielten, wirbelte Lathe dem vordersten seinen *nunchaku* ins Gesicht. Er hatte nur selten erlebt, daß ein aufwärts vorgetragener Standardangriff solchen Erfolg hatte; im nächsten Augenblick kollerte die gesamte Gruppe hilflos die Treppe hinunter. Lathe holte sich seinen *nunchaku* wieder, hielt sich am Treppengeländer fest, sprang über den Knäuel und nahm dann drei Stufen auf einmal.

Als Rückendeckung hatten sie im Korridor des fünfzehnten Stockwerks zwei Männer zurückgelassen, doch diese waren genauso wenig auf sein Auftauchen gefaßt, und zwei Wurfsterne machten ihm den Weg frei. Lathe rannte die gleiche Route zurück, die er heruntergekommen war, und hoffte, daß der Mann, der den Zugang zu der auf das Dach führenden Treppe bewachte, abgezogen worden war.

Er war noch da. Als Lathe in den Korridor einbog, schaute die Mündung eines Lasergewehrs hinter der nächsten Ecke hervor. Lathe schleuderte einen *shuriken* auf das eine sichtbare Auge des Wächters und steigerte sein Tempo, um die Tür zur Treppe zu erreichen, bevor der Gegner einen gezielten Schuß abfeuern konnte.

Er hatte nur teilweise Erfolg. Der *shuriken* ging vollkommen daneben und pfiff offenbar so schnell am Wächter vorbei, daß dieser nicht einmal Zeit hatte zurückzuweichen. Sein erster Schuß streifte Lathes linken Schenkel; der zweite ging über den Kopf hinweg, weil Lathe nach einem Hechtsprung mit anschließendem Überschlag wenige Meter vor der Tür zur Treppe aufkam. Ohne sich aufzurichten, warf er in rascher Folge weitere vier *shuriken* und zwang den Wächter dadurch, in Deckung zu gehen, so daß er die Tür erreichen und sie öffnen konnte. Der nächste Feuerstoß traf die Metallfläche, weil Lathe bereits die Treppe hinaufrannte.

Während der letzten Minuten hatte er sich nicht um den ununterbrochenen Strom von Befehlen und Kommentaren gekümmert, die Skyler durchgab, um dem Sicherheitsdienst zu erklären, warum der Bodenangriff der Blackcollars noch nicht begonnen hatte. Jetzt schaltete Lathe sein Mikrophon ein und unterbrach Skyler. »Bereitschaft eins, hier spricht Führer eins. Aktion abbrechen. Bereitschaft eins, ich wiederhole: abbrechen!«

»Bereitschaft eins verstanden«, bestätigte Skyler. »Ausreisevisum erledigt. Haben Sie's?«

»Nein. Ziehen Sie sich zurück und zerstreuen Sie sich!«

»Verstanden. Beeilen Sie sich! Geier unterwegs.«

Das bedeutete, daß Skyler anfliegende Patrouillenboote entdeckt hatte. Lathe mußte vom Dach verschwinden, bevor ihm der Fluchtweg abgeschnitten wurde.

Als er das Dach erreichte, steckte eine neue blauweiße Rakete in einer blasenwerfenden Pfütze, und ihr silbrigglänzendes Seil führte vom Dach zu Skylers Gebäude. Am Horizont entdeckte Lathe vier schlanke Patrouillenboote.

Der Klebstoff brauchte dreißig Sekunden, um festzuwerden, und während dieser Zeit stürmten vier Sicherheitsmänner aus der Tür und direkt in Lathes *nunchaku*. Die Rollen waren zur Abwechslung vertauscht, und Lathe befand sich in der relativ sicheren Defensive. Er hoffte nur, daß die restlichen Wachen, die sich zweifellos sammelten, erst so spät angreifen würden, daß er inzwischen Skylers Gebäude erreichen konnte.

»Fertig«, meldete Skyler; Lathe rannte los und schob unterwegs die Rolle an seinem linken Handgelenk zurecht. Als er die Brüstung erreichte, hakte er die Rolle in das Seil ein und stieß sich ab.

Der Wind beutelte ihn durch, während er das straff gespannte Seil hinunterglitt. Unter ihm fegten der Gefängnishof und die Mauer des Strips vorbei, und er erblickte kurz acht am Zaun geparkte Sicherheitswagen, deren Besatzungen wild auf ihn feuerten. Aber eigentlich herrschte bei der Dreißigsekundenfahrt nur das Bewußtsein des Schmerzes vor, als die Spannung den Flexarmor an seinem linken Arm erbarmungslos gegen seine verbrannte Schulter preßte ... Es war beinahe ein Schock für ihn, als Skyler plötzlich mit ausgestreckten Armen vor ihm stand und seinen Schwung abfing. »Ist alles in Ordnung?« fragte Skyler besorgt, während Lathe die Rolle abschnallte.

»Ich werde es überleben«, seufzte Lathe, während er seinen Gasfilter abnahm. »Das haben Sie gut gemacht; meine Haut ist Ihnen zu Dank verpflichtet. Vergessen Sie die Geräte bis auf den Horcher; alles andere kann ersetzt werden. Dieses Gebäude wird sehr bald vor Kollies wimmeln.«

»Geht in Ordnung. Nur noch eine Sekunde ...« Skyler griff nach dem Abzug des Raketenwerfers, betätigte ihn, und die letzte Rakete schoß durch die Luft. Lathe drehte sich um und sah zu, wie sie in die Lücke fiel, in der sich noch vor kurzem das Avis-Tor befunden hatte. Drei Patrouillenwagen des Sicherheitsdienstes, die vom Strip zum Tor unterwegs waren, kurvten wild herum, um der Explosion auszuweichen. Einer von ihnen schaffte es nicht.

»Das sollte die Verfolgung etwas verzögern«, murmelte Skyler. »Haben Sie drin alles erledigt, was Sie vorhatten?«

Lathe nahm die Schutzbrille und die Kampfhaube ab und atmete tief durch. Die sanfte Brise fühlte sich auf seiner schweißnassen Haut kühl an. »Ich glaube schon. Machen wir uns auf den Heimweg; es war ein arbeitsreicher Vormittag.«

18. Kapitel

Der Sprechfunkcode, den der Sicherheitsdienst auf Argent verwendete, unterschied sich gerade soweit von dem System auf Plinry, daß Präfekt Jamus Galway kein Wort verstand, während sich der Patrouillenwagen durch die überlasteten Straßen von Calarand kämpfte. Doch der scharfe Ton der Stimmen und die ohnmächtigen Flüche des Fahrers waren ihm nur zu vertraut.

Lathes Blackcollar hatten irgendwo zugeschlagen.

Calarand war größer als alle Städte, die Galway bisher kennengelernt hatte, und er blickte sich interessiert und ein wenig neidisch um, während sie ins Zentrum unterwegs waren. Trotz gelegentlicher Kriegsnarben befanden sich die Gebäude allgemein in besserem Zustand als in Capstone; die Fußgänger auf der Straße waren besser gekleidet und genährt, und eine Menge Fahrzeuge war unterwegs. Offenbar hatte sich Argent sehr früh mit dem Unvermeidlichen abgefunden und sich ergeben, bevor es zu dem Bodenfeuer-Angriff kam. Die Moral der Geschichte war unübersehbar. Vielleicht war Lathe einfach begriffsstutzig.

Links von ihnen stieg ein dünner Rauchfaden in die Luft. »Fahren wir an dem Rauch vorbei?« fragte Galway den Fahrer.

Dieser schüttelte den Kopf. »Zu gefährlich. Die Rebellen könnten sich noch in der Nähe befinden.«

»Das bezweifle ich. Die Blackcollars neigen dazu, blitzartig zuzuschlagen und sich dann rasch zurückzuziehen. Ich würde gern sehen, was sie angerichtet haben.«

Der Fahrer blickte ihn von der Seite an. »Also gut.« Er griff nach seinem Telefon und gab die geänderte Route durch.

Das Gebiet um das Tor befand sich in einem schlimmen Zustand. Der Rauch stammte von einem ausgebrannten Patrouillenwagen, der gegen die schmutzigweiße Mauer geprallt war – und zwar nachdem er getroffen worden war, stellte Galway fest. In dem verbogenen Metall erkannte man deutlich die Spuren der Rakete. Halb verkohlte Leichen hingen aus den Türen. Das Tor selbst war zusammengebrochen. Galway erschauerte, als der Wagen langsam durch die Leute des Sicherheitsdienstes, der Feuerwehr und der Sanitäter fuhr, vor denen es in der Gegend wimmelte. Es erinnerte ihn zu sehr an die Nachwirkungen auf Plinry.

Dem Fahrer gefiel der Anblick offensichtlich ebenfalls nicht – oder vielleicht machten ihn die geballten Fäuste und harten Augen der Wächter nervös. Er beschleunigte, sobald sie das Durcheinander hinter sich hatten. Nach einigen Häuserblocks erreichten sie ein zweites Metalltor, das solider wirkte als das erste. Die Mauer, in der es sich befand, erinnerte an die Mauer um die Nabe von Capstone; sie war hoch und grau und mit einem System von Induktions-Sensoren ausgestattet. Die Wächter sahen genauso nervös aus wie die am äußeren Tor, und die vier Männer an der Innenseite hielten die Laser im Anschlag. Auch die Ausweiskontrolle erfolgte gründlicher – die Fingerabdrücke und Netzhautmuster der beiden Männer wurden mit tragbaren Geräten überprüft. Galway hatte das Gefühl, daß der Stadtcomputer zu dem Vergleich ewig brauchte. Doch irgendwann war es vorbei, und wenige Minuten später hielt der Wagen vor einem beeindruckenden weißen Gebäude.

Ein würdiger Herr mit den Rangabzeichen eines Obersten wartete am Gehsteigrand. »Präfekt Galway? Ich bin Oberst Eakins, Leiter des Sicherheitsdienstes in Calarand. Es tut mir leid, daß ich Sie nicht am Flughafen abholen konnte, aber wir waren heute vormittag sehr beschäftigt. Bitte kommen Sie weiter – Präfekt Apostoleris erwartet Sie.«

»Ich habe nicht viel von dem verstanden, was über

Funk hereingekommen ist«, sagte Galway, während sie das Gebäude betraten. »Was war los? Ein Guerillaüberfall?«

»Wir versuchen immer noch, es herauszufinden. Eigentlich sollte es nur eine vorsichtige Sondierung sein.«

Sie nahmen den Fahrstuhl, durchquerten zwei kurze Korridore und gelangten zum Konferenzraum. Auf einem Tisch stand ein Auswerter, neben dem sich Kassetten und Akten türmten. »Ich hole den Präfekten: Sie können inzwischen lesen, was wir bis jetzt beisammen haben.« Eakins zeigte auf den Stoß Papiere und verließ den Raum. Galway setzte sich an den Tisch und begann, die Unterlagen zu überfliegen. Er hatte etwa ein Drittel durchgesehen, als Eakins mit einem kleinen, kräftigen Mann zurückkehrte.

Galway erhob sich und Eakins stellte die beiden einander vor. »Galway«, nickte Präfekt Apostoleris und schätzte den anderen kurz ab. »Entschuldigen Sie, wenn ich Ihren Titel weglasse, aber auf Argent gibt es nur einen Sicherheitspräfekten, und der bin ich. Nehmen Sie doch Platz und zeigen Sie uns, was Sie uns gebracht haben.«

Galway setzte sich und die anderen folgten seinem Beispiel. Er zog die Unterlagen aus seiner Aktentasche und reichte sie Apostoleris. Dieser griff nach der obersten Akte und blätterte sie durch. Dann blickte er kurz in die zweite, griff nach einer Kassette und schob sie in den Auswerter. Der Bildschirm wurde hell und Galway erblickte einen Raum, in dem mehrere Feldbetten standen. Etwa ein halbes Dutzend schwarzgekleideter Männer lagen auf den Betten oder gingen im Raum herum.

»Erkennen Sie einen von ihnen?« fragte Apostoleris.

Galway beugte sich ein wenig vor. »Von links nach rechts haben Sie Dawis Hawking, Freeman Vale, James Novak und Mordecai. Der große Mann, der auf dem Feldbett liegt, ist entweder Charles Kwon oder Kelly

O'Hara, und der Mann ganz rechts ist Alain Rienzi von der Erde.«

»Sehr gut. Nur heißt Rienzi hier Allen Caine. Klingelt es bei diesem Namen?«

Galway dachte nach und schüttelte dann den Kopf. »Wo haben Sie das Band her?«

»Von einem unserer Spione«, erwiderte Apostoleris kurz und wechselte das Band. »Und was ist damit?«

Es war ein Audioband und sobald Galway klar wurde, wer da sprach, lauschte er zunehmend fasziniert den vier Stimmen. »Führer eins ist Comsquare Damon Lathe. Führer zwei ist Kwon und Späher eins ist Rafe Skyler. Ist das der Überfall, den sie gerade durchgeführt haben?« Er sah Eakins an.

»Ja und nein«, erwiderte der Oberst. »Einer von ihnen – wir nehmen an, daß es Führer eins war – glitt über ein Seil in das Henslowe-Gefängnis, gelangte über die Dachtür ins Innere und schaffte es beinahe, das zwei Stockwerke tiefer gelegene Archiv zu betreten, bevor er die Flucht ergriff. Aber der Rest der Operation fand nie statt. Wir wissen bis jetzt nicht, ob sie echt oder nur eine Finte war.«

Galway kämpfte noch immer mit dem ersten Teil von Eakins' Feststellung. »Er ist hinein- und wieder herausgelangt? Waren denn die Wachen nicht ...«

»Natürlich waren sie«, fuhr ihn Apostoleris an. »Er hat im Lauf der Ereignisse achtzehn Wächter erledigt – sechs davon sind tot.«

»Oh.« Galway zuckte innerlich zusammen, aber in sein Mitgefühl mischte sich ein kleines Körnchen persönlicher Befriedigung. Er war wenigstens nicht der einzige, der die Blackcollars unterschätzt hatte.

»Vergessen Sie das da vorläufig.« Apostolerie klopfte auf die Akte. »Ist das alles, was Sie über die Blackcollars besitzen?«

Galway nickte. »Ich möchte Sie darauf aufmerksam machen, daß die persönliche Information ...«

»Wertlos ist. Das ist mir gleichgültig. Was ich wirklich brauche, sind alle alten Fotos, über die Sie verfügen.«

Galway verstand. »Am Ende jeder Akte befindet sich ein chronologisch geordneter Satz von in Abständen von drei Jahren aufgenommenen Fotos.«

Apostoleris blätterte die erste Akte durch, bis er die Aufnahmen fand. »Verdammt. Auf den meisten ist das Gesicht durch einen Bart verdeckt. Sie hätten ihnen befehlen sollen, sich zu rasieren.«

»Mit welcher Begründung? Sie waren keine Verbrecher – als sie sich ergaben, erhielten sie eine vollständige Amnestie.«

Apostoleris schnaubte nur. Er sammelte die Akten ein und ging zur Tür. »Jedenfalls ist es besser als nichts. Ich bin in einer Minute wieder da.«

Die Tür fiel hinter ihm zu, und Galway blickte Eakins an und zerbrach sich den Kopf darüber, was er jetzt sagen sollte. Zu seiner Verblüffung lachte der Oberst. »Er wirkt furchteinflößend, was? Machen Sie sich keine Sorgen, er wird sich beruhigen, wenn er die Situation wieder im Griff hat.«

»Es tut gut, das zu wissen. Ich habe geglaubt, daß er auf mich persönlich wütend ist. Ich weiß nicht, ob ihm diese Fotos geholfen hätten, wenn die Männer keine Bärte getragen hätten. Wenn man nach so langer Zeit wieder normale Dosen Idunin einnimmt, bekommt man nicht das genau gleiche Gewicht wie vorher.«

»Das wissen der Präfekt und ich. Aber er ist so besorgt, daß er jetzt nach jedem Strohhalm greift.«

»Sind Sie ebenfalls besorgt?«

Eakins blitzte ihn grimmig an. »Vor anderthalb Stunden hatten wir drei Ihrer Blackcollars wie Eidechsen in einer Eisgrube in einer Falle gefangen. Sie entkamen, schlugen sich in eine mittlere Sicherheitszone durch, die der Strip heißt, und brachen aus ihr wieder aus. Dann schüttelten sie uns vollkommen ab, drangen daraufhin wieder ein und versuchten, in das Archiv des Henslowe-Gefängnisses zu gelangen, bevor sie uns endgültig entkamen. Und Sie fragen, ob ich besorgt bin!« Er zog das Band über den Überfall aus der Maschine und legte es auf den Stoß. »Hören Sie, Präfekt ...«

»›Galway‹ genügt, Oberst. Sie haben gehört, was Präfekt Apostoleris gesagt hat.«

Ein flüchtiges Lächeln. »Okay, Galway. Hören Sie, wir haben Sie nicht nur als Begleiter für die Akten hergeholt. Ihre Blackcollars haben unglaubliche Mühen auf sich genommen, um hierher zu gelangen, und das gilt doppelt für diesen Caine. Wir müssen den Grund dafür erfahren.«

»Können Ihre Spione den nicht herausfinden? Ich nahm an, daß Sie den Untergrund recht gut infiltriert haben.«

»Das stimmt. Wir haben im gesamten Radix Agenten sitzen, aber bis jetzt wissen wir nur, daß Lathe alle Veteranen der TDE-Raumflotte zusammenholen will. Im Augenblick sind sie im Henslowe-Gefängnis eingesperrt, und das ist wahrscheinlich der Grund, warum er heute dort eingedrungen ist.«

»Darüber habe ich auch schon nachgedacht. Ich weiß nicht, was ich dazu sagen soll. Die Blackcollars sind auf Plinry in das Archiv eingebrochen und haben Abschnitte von sechs Bändern kopiert; wir kennen die Abschnitte, wissen aber nicht, wofür sie sie brauchen. Alles, was sie sonst getan haben, diente meiner Meinung nach nur dem Zweck, sich einen Frachter und einen Korsaren zu verschaffen.«

Eakins richtete sich auf. »Sie haben auch einen Korsaren gestohlen?«

»Ja, ich habe selbst gesehen, wie er startete. Ist er nicht hier angekommen?«

»Meines Wissens nicht.« Der Oberst runzelte die Stirn und berührte einen Knopf auf dem Intercom. »Geben Sie mir die Datensuche.«

»Datensuche; Vetter.«

»Eakins. Geben Sie mir alle Aufzeichnungen über Korsaren, die innerhalb der letzten zwei Wochen in das Argentsystem gelangt sind, und zwar einschließlich der militärischen Daten der Ryqril, wenn Sie sie bekommen können.«

»Ja, Sir.«

Eakins schaltete ab. »Vielleicht führt das zu nichts. Die Korsaren verfügen über ein ganzes Bündel von Sensoren-Abschirmgeräten, und wenn er niedrig hereinkam, hätten ihn nur die Ryqril entdecken können. Es ist möglich, daß sie ihn landen ließen, ohne uns ein Wort davon zu sagen.«

»Um ihn zu verhören?«

»Oder weil er schon ihr Mann ist.«

Galway trommelte mit den Fingern auf dem Tisch. Er war in bezug auf Rienzi/Caine auch schon auf diese Idee gekommen. »Ich habe gehört, daß Blackcollars nicht loyalitätskonditioniert werden können. Es ist kaum anzunehmen, daß ein falscher Blackcollar die übrigen so lange täuschen könnte.«

»Es ist möglich, glauben Sie mir.« Eakins schüttelte den Kopf. »Aber in diesem Fall ergibt es keinen Sinn. Warum sollten die Ryqril mit ihnen zusammenarbeiten, wenn sie das Ganze schon auf Plinry hätten verhindern können?«

»Es ist klar, daß die Blackcollars etwas suchen. Ein Teil des Puzzles befand sich in den Archiven von Plinry, und ein anderer Teil muß sich bei den Veteranen der Raumflotte befinden. Bevor sie abflogen, sagte mir Lathe, daß sie im Augenblick keine Revolte planten, und daß ich eines Tages erfahren würde, was sie vorhatten. Das weist darauf hin, daß es sich um ein großes Unternehmen handelt. Vielleicht warten die Ryqril, bis sie es herausgefunden haben, bevor sie eingreifen.«

»Möglich«, gab Eakins zu. »Falls man Blackcollars tatsächlich nicht aushorchen kann, wäre dies die einzige Möglichkeit. Und die Ryqril interessieren sich dafür; sie haben uns heute vormittag Informationen zukommen lassen. Allerdings haben sie uns damit nicht weitergebracht.« Er schüttelte den Kopf, als könne er es noch immer nicht glauben.

»Sie haben noch nicht viel Erfahrung mit Blackcollars«, tastete sich Galway vorsichtig vor.

»Auf Argent sind ein paar übriggeblieben, die sich jetzt irgendwo im Radix befinden. Aber sie beschränken sich auf begrenzte Aktionen. Sie kapern Nachschublieferungen, verüben gelegentlich einen Bombenanschlag – eigentlich sind es nur Störaktionen. Dieser offene Krieg ist für uns etwas Neues.«

Galway lächelte bitter. »Wem sagen Sie das?«

Die Tür ging auf und Apostoleris kam herein. »Also schön«, begann er, als wäre das Gespräch nie unterbrochen worden, »sprechen wir über unseren nächsten Schritt. Es dürfte feststehen, daß jemand, den wir in Henslowe festhalten, für Lathes Pläne lebenswichtig ist. Unsere Berichte besagen, daß er alle Veteranen herausholen will, aber seine heutigen Aktionen weisen darauf hin, daß er es vielleicht nur auf einen einzigen von ihnen abgesehen hat. Da wir noch nicht wissen, um wen es sich handelt, müssen wir alle seinem Zugriff entziehen.«

»Können wir die Wachen in Henslowe verstärken?« fragte Eakins.

Der Präfekt schüttelte den Kopf. »Nicht in hinreichendem Ausmaß. Henslowe ist zu verwundbar, für Außenstehende zu leicht zugänglich. Der heutige Vormittag dürfte das ja zur Genüge bewiesen haben. Wir werden sie verlegen – das habe ich bereits beschlossen. Bleibt die Frage, wohin.«

»Warum teilen wir sie nicht auf?« schlug Galway vor. »Zerstreuen wir sie in Fünfer- oder Zehnergruppen über den gesamten Planeten.«

»Wir haben nicht genügend Leute, um so viele Gruppen zu bewachen«, bemerkte Apostoleris geringschätzig.

»Sie nehmen an, daß die Blackcollars nur einen einzigen Mann suchen, und daß sie wissen, wer das ist«, faßte Galway zusammen, der sich unwillkürlich über die Haltung des Präfekten ärgerte. »Genauso gut könnten sie Informationen von zehn Leuten brauchen, und selbst wenn es sich um einen einzigen handelt, stehen die Chancen gut, daß er durch die Aufteilung auf der anderen Seite des Planeten landet.«

Apostoleris schüttelte wieder den Kopf. »Sie haben recht, aber Sie müssen bedenken, daß das Ganze vielleicht nur ein kompliziertes Täuschungsmanöver ist. In diesem Fall würden wir Selbstmord begehen, wenn wir so viele Männer im Wachdienst binden. Nein, wir brauchen einen sowohl unzugänglichen als auch leicht zu bewachenden Ort. Zum Beispiel einen Truppentransporter im Orbit. Damit befänden sie sich außerhalb von Lathes Reichweite.«

Galway und Eakins sahen einander an. »Vielleicht auch nicht, Sir«, widersprach der Oberst. »Auf Plinry ist gleichzeitig mit Lathes Leuten ein Korsar gestartet. Ich habe die Datenüberwachung beauftragt herauszufinden, ob er hier gelandet ist oder nicht.«

Apostoleris griff nach einer der Kassetten und drehte sie zwischen den Fingern. »Hmmm. – Na ja, es würde ihnen sogar mit einem Raumschiff schwerfallen, dort zu den Gefangenen zu gelangen – aber sie könnten sich auch dazu entschließen, alle zu töten, bevor wir ihnen ihr Geheimnis entlocken.« Er schüttelte energisch den Kopf. »Nein, diese Möglichkeit biete ich Lathe nicht. Dann bleibt eigentlich nur das Cerbe-Gefängnis übrig.«

Galway sah Eakins an und zog die Augenbrauen fragend hoch. »Es handelt sich um eine umgebaute Festung etwa hundert Kilometer südlich von Calarand«, erklärte der Oberst. »Ein ausbruchsicheres Gefängnis. Ist aber eigentlich nicht für so viele Gefangene gedacht.«

»Wir werden zurechtkommen«, sagte Apostoleris.

»Sie werden nicht sehr lange dort bleiben. Wir brauchen ein paar Wochen, um alle zu verhören, und wenn wir denjenigen – oder diejenigen ...« – er nickte Galway zu – »finden, kann der Rest nach Henslowe zurückgebracht werden. Kommentare?«

Einen Augenblick lang herrschte Stille. »In Ordnung«, stellte der Präfekt fest. »Sorgen Sie dafür, Eakins, daß Sie die Informationen über den Korsaren bekommen. Ich rufe Cerbe an und beginne mit den Vorbereitungen für den Transport. Sie können ruhig die Berichte weiterlesen, Galway, vielleicht finden Sie etwas Brauchbares. Fragen? – Keine, dann an die Arbeit!«

Bevor die anderen aufgestanden waren, hatte er beinahe die Tür erreicht. Eakins lächelte Galway beruhigend zu und folgte dann seinem Chef. Galway blieb allein vor dem Stoß von Berichten sitzen.

Er betrachtete stirnrunzelnd den Stapel. Das alles hatte so vernünftig geklungen – und dennoch gefiel es ihm ganz und gar nicht. Zum Beispiel der Überfall auf das Gefängnis. Lathe hatte offenbar die Stärke von Henslowe gewaltig unterschätzt; aber Galway konnte sich nicht vorstellen, daß der Comsquare solche Fehler beging. Falls Lathe jedoch nicht vorgehabt hatte, sich durch den Überfall Informationen zu beschaffen – was steckte dann wirklich dahinter? Er fand keine Antwort darauf. Noch nicht.

Er schob die erste Kassette in den Auswerter, beugte sich vor und machte sich an die Arbeit.

Während neun von den zehn Monaten des Argentjahres war die am Flußufer gelegene Ortschaft Split nur eine von einem Dutzend ähnlicher Städte am Osthang des Rumelian-Gebirges, und seine Bewohner führten ein geruhsames Leben, das nur für die Holzfäller am oberen Flußlauf von Bedeutung war. Der zehnte Monat war das genaue Gegenteil, weil dann alle Draufgänger – sogar aus so entfernten Städten wie Calarand – in das

Gebiet kamen, um den durch die Frühlingsregen angeschwollenen Hemothfluß zu befahren. Die Einnahmen aus dieser Zeit reichten aus, um die Stadt während des ganzen Jahres zu finanzieren. Es war ein Arrangement, mit dem alle glücklich waren, und es hatte sich seit Jahren nicht geändert. Bis jetzt.

Jetzt hatten sich die Berge plötzlich in einen Bienenstock verwandelt. Im Norden glitten Patrouillenboote über den Himmel, und mindestens einmal am Tag rasten Militärflugzeuge durch die Stadt. Niemand sprach viel darüber, aber es hieß, daß ein Häftling aus dem Gefängnis ausgebrochen sei, und daß der Sicherheitsdienst ihn jagte.

Wieder dröhnte ein Konvoi – zwei Fahrzeuge mit je vier Mann – an Sans Laden vorbei nach Süden. Sandor Gree blickte kurz auf und kehrte dann zu seiner Lagerliste und den Bestellformularen zurück. Das Geschäft hatte in letzter Zeit etwas angezogen, und er mußte mehrere Waren nachbestellen. Die Schwierigkeit bestand natürlich darin, daß er nicht zuviel bestellen durfte. Er fluchte gutmütig über das zweifelhafte Vergnügen, das ihm der Geschäftseingang bereitete, und machte auf einem der Formulare einen Strich.

Die Vordertür ging quietschend auf, und ein Mann in der graugrünen Uniform des Sicherheitsdienstes trat ein. »Guten Tag«, grüßte Gree. »Was kann ich für Sie tun?«

»Ich brauche einige kompaktverpackte Nahrungsmittel, die mein Team in die Berge mitnehmen kann«, erklärte der Sicherheitsmann.

»Klar.« Gree kam hinter dem Pult hervor und ging zu einem der Regale voraus. »Ich habe geglaubt, daß Ihre Einheiten sich selbst versorgen«, bemerkte er, um den anderen wieder zum Reden zu bringen.

»Uns ist verschiedenes ausgegangen, und wir haben Schwierigkeiten mit dem Nachschub.«

»Aha.« Er hatte recht gehabt; der Sicherheitsmann

sprach mit einem leichten Akzent, den Gree nicht näher bestimmen konnte. »Das ist alles, was wir haben. Soweit es den Nährwert betrifft, ist überall so ziemlich das gleiche drin. Eine reine Geschmacksfrage.«

Der Sicherheitsmann griff nach einer der Packungen, und während er die Nährwertangaben studierte, musterte ihn Gree unauffällig. Nicht mehr ganz jung, aber in ausgezeichneter körperlicher Verfassung. Seine Uniform war relativ sauber, aber merkwürdig zerknittert, und Gree fiel ein leichter Körpergeruch auf. Die Uniform war anscheinend sauberer als der Mann, der sie trug.

»Ich nehme das da«, sagte der Sicherheitsmann und riß damit Gree aus seinen Gedanken. Er hatte sich einen Stapel von zehn Packungen aufgeladen.

»Ja, Sir.« Gree nahm die Packungen an sich und kehrte zum Pult zurück. »Bar oder Karte?«

»Bar.«

Das hatte Gree erwartet. »Gut. Zehn zu zwei Mark macht zwanzig; plus Steuer ...« Es sah beinahe aus, als mache sich Grees Finger selbständig, als er auf einen Knopf drückte. »Plus Steuer zweiundzwanzig.« Seine Lippen waren plötzlich trocken.

Sein Kunde hielt bereits einige zerknitterte Banknoten in der Hand. Er entnahm dem Bündel zwei Zehnmark- und zwei Einmarkscheine, reichte sie Gree und griff gleichzeitig nach den Packungen. »Danke.«

»Möchten Sie eine Tüte?« fragte Gree, als sich der Sicherheitsmann der Tür zuwandte.

»Nein, danke«, antwortete dieser, »ich werde abgeholt.«

Damit war er fort. »Klar wirst du abgeholt«, murmelte Gree, dessen Knie erst jetzt vor Angst zu zittern begannen. Er war ein großes Risiko eingegangen, aber es hatte sich bezahlt gemacht. Ein echter Sicherheitsmann wäre in die Luft gegangen, wenn man ihm für Lebensmittel Luxussteuer berechnete. Die Strafe für Betrug – aber das konnte er ja Gott sei Dank vergessen. Er hatte sich nicht geirrt, der Mann war der flüchtige Blackcollar Jensen gewesen. Noch dazu in voller Sicherheitsdienstuniform; und dann hatte er auch noch die Frechheit, in eine Stadt hineinzuspazieren, um sich Lebensmittel zu holen. Kein Wunder, daß sie ihn noch nicht gefaßt hatten.

Gree griff unter dem Pult nach seinem Telefon und begann, Zahlen zu wählen. Die Verbindung wurde hergestellt und Gree ließ es zweimal läuten, bevor er auflegte. Dreißig Sekunden später wiederholte er die Prozedur, und er sah genau auf die Uhr, als er auflegte. Nach genau zwei Minuten vierzig Sekunden würde er zum letzten Mal anrufen und der andere würde sich beim elften Klingeln melden. Voraussichtlich.

Unwillkürlich blickte er zur Eingangstür. Der Blackcollar verfügte über eine Anmut, wie sie Gree noch nie erlebt hatte, eine Art unterschwelliger, katzenhafter Kraft, die die Legenden über den Mann beinahe glaubhaft machten. Und wenn seine Rads ihm nur im entferntesten das Wasser reichen konnten, dann waren die Gerüchte, die am Vormittag aus Calarand zu Gree gedrungen waren, vielleicht gar nicht so übertrieben.

Es war beinahe soweit. Gree wählte alle Nummern bis auf die letzte, sah unverwandt auf seinen alten Armeechronometer und wartete, bis es auf die Sekunde genau Zeit war, die Verbindung herzustellen. Dabei fiel sein Blick auf die halb ausgefüllten Bestellformulare auf dem Pult, und er lächelte.

Es würde besser sein, wenn er sein Lager nicht allzu sehr aufstockte. Er hatte so eine Ahnung, daß die Aktivität rund um Split sehr bald nachlassen würde.

19. Kapitel

DIE SPANNUNG IM BESPRECHUNGSRAUM war so dicht, daß man sie in Scheiben schneiden konnte. Als Caine sich im Kreis umblickte, stieß er nur auf Feindseligkeit. Bakshis Gesichtsausdruck war eisig, seine Blackcollars wirkten eher verächtlich, Jeremiah Dan hatte die Finger so fest zusammengepreßt, daß seine Nägel weiß waren. Salli Quinlan und Miles Cameron sahen wie Löwen aus, die darauf warteten, daß sie in der Arena an die Reihe kommen, und Faye Picciano war ungewöhnlich schweigsam, während sie sich mit Lathes Verbrennungen beschäftigte. Ral Tremayne stand hinter seinem Stuhl, und Caine hatte noch nie einen so wütenden Mann gesehen.

»Vorsichtige Sondierung. Ein Blick auf das Gefängnis. Wirklich clever.« Tremaynes Blick bohrte sich wie ein Zwillingslaserstrahl in Lathes Augen. »Was, zum Teufel, haben Sie mit diesem idiotischen Unternehmen erreichen wollen?«

»Ich bin lebend hinein- und wieder herausgekommen.« Lathe zuckte zusammen, als Faye ihm Salbe auf die Schulter strich.

»Halten Sie still!« schalt sie. »Das Zeug ist teuer – wir können es uns nicht leisten, es für unverletzte Haut zu verwenden.«

»Oder für idiotische Angeber«, unterbrach sie Tremayne. »Räumen Sie es weg, Faye! Heben Sie die Salbe für Radixleute auf, die in Ausübung ihrer Pflicht verletzt werden. Sie haben meine Frage nicht beantwortet, Lathe.«

»Worüber ärgern Sie sich eigentlich, Tremayne?« fragte der Comsquare, während Faye die Tube mit Brandsalbe zuschraubte und begann, die bereits behandelte Haut zu verbinden. »Ich brauche nur dann Ihre Erlaubnis zu einer Aktion, wenn ich Ihre Leute und Ihre Ausrüstung benötige.«

»Was ist mit dem Kastenwagen, den Sie verloren haben?« knurrte Cameron. »Das war nämlich unsere Ausrüstung.« Er warf Novak einen gereizten Blick zu, weil dieser an der Wand entlangstreifte und gerade an ihm vorbeikam. »Werdet ihr beide euch endlich setzen, verdammt noch mal?«

Weder Mordecai noch Novak beachteten ihn, sondern wanderten weiterhin geräuschlos durch den Raum. »Sie tun ja niemandem etwas«, mischte sich Lathe ein. »Und was den Wagen betrifft ...«

»Mir ist es lieber, wenn sie sitzen.«

»Jetzt reicht es!« fuhr Tremayne dazwischen. »Vergessen Sie den Wagen! Es geht um ...«

»Nein, vergessen wir den Wagen nicht«, unterbrach ihn Lathe. Sein Ton war plötzlich hart. »Wir haben den Wagen verloren, weil wir in einen Hinterhalt geraten sind. Und das bedeutet, daß wir verraten wurden – von einem von Ihnen.«

»Kommandomann Fuess hat mir davon berichtet«, erwiderte Tremayne. »Sie haben keinen schlüssigen Beweis dafür.«

Lathe sah zu Fuess hinüber, und Caine hatte den Eindruck, daß dieser dem Blick auswich. »Hat Kommandomann Fuess erwähnt, daß sie uns bereits zehn Häuserblocks vor dem Strip folgten? Und daß ihre Straßensperren bereits aufgestellt waren – sogar mit schweren Magnetschloß-Handschellen, die nicht zur Standardausrüstung der Patrouillen gehören? Wie viele Beweise brauchen Sie eigentlich?«

»Vielleicht hat Sie heute früh jemand gesehen, als Sie das Haus verließen«, meinte Faye.

»Dann hätten sie nicht mehr genügend Zeit für ihre Maßnahmen gehabt. Außerdem hatte ich jemanden in der Garage, der darauf achtete.«

Tremayne schlug mit der Faust auf den Tisch. »Jetzt reicht es aber wirklich, verdammt noch mal!« Er ließ sich auf seinen Stuhl fallen und zeigte über den Tisch hinweg auf Lathe. »Ich habe genug davon, daß ich Ihnen immer aufs Wort glauben soll, damit Sie verschwinden und hinter unserem Rücken arbeiten können. Sie werden uns erzählen, was Sie vorhaben, und zwar jetzt!«

»Tut mir leid.« Lathe schüttelte den Kopf.

»Sie haben keine Wahl.« Tremayne hob die Hand.

In der Caine gegenüberliegenden Seitenwand schwangen drei Teile der Täfelung nach innen. Aus dem Dunkel der Öffnung tauchten drei Lasergewehre auf.

Caine war so überrumpelt, daß er erstarrte – aber Novak war bereits in Bewegung. Der Blackcollar hatte an der Wand genau zwischen zwei der in Augenhöhe angebrachten Schießscharten gelehnt und war von jeder etwa anderthalb Meter entfernt. Doch noch bevor die Gewehre zur Ruhe gekommen waren, stand er mit einem langen Schritt bei dem rechts von ihm befindlichen und schleuderte mit seinem *nunchaku* die Mündung in die Schießscharte zurück. Er stand noch immer mit dem Rücken zur Wand und wechselte blitzschnell die Richtung: zwei rasche Schritte nach links, und sein linkes Bein fuhr hoch und rammte den vorstehenden Laser ebenfalls in seinen Besitzer hinein. Bevor sein Fuß den Boden berührte, wirbelte sein *nunchaku* durch die Luft, klemmte die letzte Mündung zwischen die beiden Stäbe und schleuderte sie gegen den Rand der Luke. Der Laser spukte einmal und brannte dabei eine tiefe Kerbe in den Tisch. Bevor der Schütze wieder zielen konnte, war Novak zur Stelle, packte die Mündung, schob zuerst und zog dann, war im nächsten Augenblick auf ein Knie gesunken und hatte die erbeutete Waffe auf den Tisch gerichtet. Caine drehte sich um und merkte erst jetzt, daß Mordecai die drei Schießscharten auf seiner Seite des Raumes ebenfalls außer Gefecht gesetzt hatte.

Durch die gespannte Stille klang Bakshis Stimme: »Lassen Sie die Gewehre fallen oder ich töte Sie!«

Caine sah zu ihm hinüber. Der Comsquare hatte sich nicht gerührt und hatte auch keine Waffe gezogen; dennoch bezweifelte Caine keinen Augenblick, daß er die Drohung wahrmachen konnte. Der Raum war plötzlich sehr kalt.

»Entspannt euch, Leute«, sagte Lathe ruhig. »Wir versuchen nicht, die Führung zu übernehmen. Aber ich habe Sie davor gewarnt, jemals wieder Waffen auf uns zu richten.« Er überblickte die Wände und zeigte auf die Tür. »Raus! Alle! Tremayne?«

Der Radixführer gab wütend ein Handzeichen. Um jede der Schießscharten öffnete sich eine Tür. Sechs Männer, die die Hände auf ihre geplatzten Lippen und geprellten Schultern drückten, traten aus den dunklen Alkoven und gingen zur Tür. Lathe machte ebenfalls eine Handbewegung, und die Blackcollars von Plinry gaben die erbeuteten Laser ihren Besitzern zurück.

Nachdem die Tür sich hinter den sechs Männern geschlossen hatte, wandte sich Lathe den Anwesenden zu. »Mit diesem ›Lauscher an der Wand‹ muß Schluß sein!«

»Machen Sie sich keine Sorgen«, brummte Cameron. »Diese Männer sind absolut vertrauenswürdig.«

»Auf Argent ist niemand absolut vertrauenswürdig«, widersprach Lathe, »und bevor Sie wieder in Wut geraten: Ich meine damit einfach, daß wir eine zu kleine Gruppe sind, um uns zweimal in Gefahr zu begeben. Deshalb habe ich niemandem mitgeteilt, was wir heute vormittag vorhatten. Es tut mir leid, wenn ich Sie damit beleidigt habe, aber hier müssen wir so operieren.«

»Es geht nicht um unseren verletzten Stolz, Damon«, meldete sich Faye zu Wort. »Ganz gleich, was Sie in Henslowe erreichen wollten, Miles hätte es Ihnen wahrscheinlich erleichtern können, wenn Sie sich vorher mit ihm beraten hätten. Wollten Sie herausfinden, in welcher Zelle ein bestimmter Gefangener sitzt? Das hätten wir vermutlich von hier aus in Erfahrung bringen können.«

Lathe zuckte unverbindlich die Achseln. »Es werden sich andere Gelegenheiten bieten.«

»Wenn ich Apostoleris richtig einschätze, dann bietet sich uns keine Gelegenheit mehr«, widersprach Bakshi. »Er kann jetzt nicht anders, er muß die Veteranen verlegen, und ganz gleich, wohin er sie bringt – es wird uns eine Menge Menschenleben kosten, sie herauszuholen. Das haben Sie mit Ihrem kleinen, privaten Überfall erreicht.«

»Vielleicht«, gab Lathe zu. »Dann tut es mir leid. Haben Sie eine Ahnung, wohin Apostoleris die Veteranen schicken könnte?«

»Am ehesten in das Cerbe-Gefängnis«, sagte Faye. »Das ist eine alte, südöstlich von Calarand mitten in der Einsamkeit gelegene Festung. Das Gebäude ist eher klein, drei Stockwerke hoch und fünf Stockwerke tief, und ist von einem ummauerten Hof umgeben, der so groß ist, daß ein Korsar in ihm landen könnte. An jeder Ecke der Mauer befindet sich ein Waffenturm, der entweder vom Innern des Turms oder vom Hauptgebäude aus bedient wird.«

»Wenn die Quislinge sie dorthin bringen, könnt ihr genauso gut einpacken und verschwinden«, mischte sich Dael Valentine ein. Sein Gesicht über dem schwarzen Rollkragenpullover war zornrot. »Vielleicht solltet ihr überhaupt verschwinden!«

»Immer mit der Ruhe, Dael!« murmelte Bakshi.

»Es tut mir leid, Comsquare, aber ich kann das nicht mehr hören. Wir bieten ihnen jede Menge Sicherheit und Informationen und bekommen als Gegenleistung überhaupt nichts.«

Bakshi sah Lathe spöttisch an. »Möchten Sie darauf antworten?«

»Allerdings. Sie müßten nur Augen und Geist öffnen,

dann würden Sie rings um sich den nützlichen Fallout unserer Arbeit entdecken.«

»Was für einen Fallout?« höhnte Valentine.

»Als erstes Beispiel fällt mir ein, daß wir gerade ein Tor zum Strip zerstört haben. Jemand wird ein neues Tor anfertigen müssen, und ein oder zwei von diesen jemand könnten Mini-Minen in die Angeln einbauen. Dadurch könnten Sie später einmal eine Wagenladung gestohlener Bestandteile oder was immer Sie wollen aus dem Strip herausbringen, ohne daß Sie das Tor rammen müssen.«

Den Blicken und dem Gemurmel am Tisch war deutlich zu entnehmen, daß niemand an eine derartige Möglichkeit gedacht hatte. Tremayne und Bakshi sahen einander an und der Blackcollar nickte kurz.

»Versprechen Sie mir, daß Sie sich vor weiteren Aktionen mit uns – oder wenigstens mit mir – beraten?« fragte Tremayne.

»Wenn Radixpersonal daran beteiligt ist, dann ja. Vorausgesetzt, daß ich genügend Zeit dafür habe. Sonst beanspruche ich das Recht, eigenmächtig zu arbeiten.«

»Das genügt nicht«, schüttelte Valentine den Kopf.

»Mehr kann ich nicht bieten.«

Einen Augenblick lang herrschte peinliche Stille. »Also gut«, gab Tremayne endlich nach. »Ich kann Ihren Standpunkt verstehen. Aber ...« Er zeigte mit dem Finger auf Lathe.

»Wir können uns ebenfalls an die militärischen Spielregeln halten. Wenn ein Mitglied des Radix ums Leben kommt, weil Sie sich nicht mit uns beraten haben, erwartet Sie ein Schnellverfahren vor einem Kriegsgericht. Das meine ich ernst.«

»Ich habe verstanden. Sie werden uns sofort über jede Verlegung der Gefangenen informieren?«

Tremayne sah Cameron an. »Ja, ich werde einige Leute darauf ansetzen«, brummte dieser.

»Gut. Gibt es etwas Neues an der Chrysellifront?«

»Die Kämpfe dauern an«, berichtete Salli Quinlan etwas frostig. »Argent wird nicht von heimkehrenden Ryqril überschwemmt werden, falls Ihnen das Sorgen bereitet.«

»Es hat mir Sorgen bereitet«, gab Lathe zu. »Danke.« Er wollte sich erheben.

»Nur noch einen Augenblick«, bemerkte Valentine. »Falls es nicht mit Ihrer kostbaren Mission zusammenhängt, würde mich interessieren, wie es Caine gelungen ist, von der Erde zu verschwinden.« Er sah Caine bösartig an. »Fair ist fair – Sie trauen uns auch nicht.«

»Ein Regierungsmitglied wurde von unseren Leuten entführt«, erwiderte Caine unbeeindruckt. »Sein Ausweis wurde verändert, und die Computeraufzeichnungen wurden auch irgendwie berichtigt.«

»Irgendwie? Das genügt mir nicht.«

»Ich weiß nicht, wie es gemacht wurde ...«

»Das hilft uns natürlich ein großes Stück weiter. Und es ist auch sehr bequem.«

Caine stieg die Röte ins Gesicht. »Ich bin Agent und gehöre nicht zum Führungsstab. Man erzählt mir nicht alles.«

»Das ist auch keine befriedigendere Erklärung«, mischte sich Cameron ein.

»Einen Augenblick«, unterbrach Lathe. »Ich habe vielleicht herausgefunden, wie sie es gemacht haben.« Er zögerte und wich Caines erstauntem Blick aus.

»Also?« drängte Tremayne.

»Gegen Ende des Krieges hat offenbar jemand das Problem gelöst, wie man die normalerweise kurze Lebensspanne von Klonen verlängern kann ...«

Betäubt und entsetzt hörte Caine zu, wie Lathe seine Theorie darlegte. Auf diese Möglichkeit war er nie verfallen. Seine Eltern, die Widerstandskämpfer, die ihn ausgebildet hatten – keiner von ihnen hatte jemals angedeutet, daß er etwas Besonderes war. Aber es klang plausibel, und je länger er darüber nachdachte, desto plausibler klang es. Es war die einzige Erklärung dafür, daß Rienzis medizinische Daten so genau zu ihm gepaßt hatten. Kein Wunder, daß Kratochwil und Marinos so lässig über die Computeraufzeichnungen gesprochen hatten – die Schwerarbeit war siebenundzwanzig Jahre zuvor geleistet worden.

Als Lathe zu Ende war, trat kurze Stille ein. »Es ist jedenfalls eine interessante Theorie«, meinte Tremayne schließlich. »Natürlich nicht beweisbar.«

»Ich habe es nur als Möglichkeit erwähnt«, rief ihm Lathe ins Gedächtnis.

»Ja. Wir werden uns wahrscheinlich damit begnügen müssen.« Tremayne sah Valentine an, aber der Blackcollar erhob keinen Einwand. »Also gut. Wir werden Sie über die Veteranen informieren, und Sie werden uns darüber informieren, wie Sie sie herausholen wollen.«

Lathe nickte. »Wie ich gesagt habe.«

Die Versammlung löste sich auf und Caine ging geradewegs zur Tür. Er wollte allein sein und alles in Ruhe überdenken; doch noch bevor er den Ausgang erreichte, befanden sich Novak und Mordecai neben ihm. Er kümmerte sich nicht um sie und trat in den Korridor. Ein Klon. Eine Kopie. Und wenn es eine Kopie gab, warum dann nicht mehrere? Er hatte angenommen, daß seine besondere Erziehung im Widerstand ein normaler Bestandteil der Ausbildung eines Agenten war. Doch jetzt bezweifelte er es. Für besondere Werkzeuge brauchte man eine besondere Behandlung. Wie viele Allen Caine gab es noch auf der Erde, die genauso sorgfältig durch das Leben gesteuert wurden wie er?

Eine Marionette, das war er. Eine Klon-Marionette, deren zerrissene Fäden Lathe und der Radix in die Hand genommen hatten.

Ein Klon. Ich sollte etwas fühlen, sagte er sich teilnahmslos. Zorn, Groll. Er war sein Leben lang belogen worden; er war ein Stück biologischer Ware, dem man einredete, daß es ein menschliches Wesen war, während alle anderen über seine Naivität lachten. Ich sollte mich zumindest schämen, dachte er. Doch er war wie betäubt, und das einzige, was ihm blieb, war das Bewußtsein, daß er noch eine Aufgabe zu erfüllen hatte. Seine Konditionierung war so gut, daß nicht einmal eine solche Enthüllung sie erschüttern konnte.

»Caine?«

Die Gestalt, die vor dem Raum der Blackcollars wartete, trat vor. Caine blieb stehen, unterbrach seine Grübeleien und sah sie an.

Es war Lianna Rhodes, die Radixführerin von Janus. »Was ist los?« fragte er unwirsch.

»Ich möchte kurz mit Ihnen sprechen.«

Ein Gespräch mit einem Argentianer war das letzte, was er im Augenblick wollte, und er öffnete schon den Mund, um es auszusprechen, als sich Mordecai einmischte. »Sie sollten es lieber nicht tun«, murmelte er.

Irgendwo in Caine schlug etwas ins Gegenteil um. »Gern«, sagte er zu Lianna. »Kommen Sie herein!«

Dieses Mal würde die Marionette ihre Fäden selbst in der Hand halten.

Falls Mordecai sich über Caines Entscheidung ärgerte, zeigte er es nicht, und auch Novak machte keine Bemerkung, während er die Tür aufsperrte, als erster hineinging und den Raum kurz checkte. Caine folgte ihm mit Lianna und führte sie zu zwei Stühlen in der Nähe des Fensters. Die beiden Blackcollars nahmen ihre üblichen Plätze in der Nähe der Tür ein.

»Was kann ich für Sie tun?« Caine zeigte auf einen der Stühle und ließ sich in den anderen sinken. Wenn er an Lianna vorbeiblickte, sah er Mordecai und Novak; er begriff, daß er Lianna instinktiv mit dem Rücken zu ihnen gesetzt hatte, so daß die lippenlesenden Blackcollars sich davon überzeugen konnten, daß er keine Geheimnisse verriet; gleichzeitig befand sich Lianna im Fall eines Kampfes in einer äußerst ungünstigen Position. Er konnte seine Konditionierung nicht einmal dann abschütteln, wenn er in aufrührerischer Stimmung war.

Und die Marionette hatte geglaubt, daß sie die Fäden selbst in der Hand hielt.

»Caine ...«

»Allen.«

»Wie Sie wollen. Wir sitzen jetzt seit einer Woche hier wie auf dünnschaligen Eiern fest und warten darauf, daß etwas geschieht. Meine Leute langweilen sich, und die Stimmung wird gereizt, und diese Kombination hasse ich. Wir haben von Ihrem verrückten Überfall gehört, und Gerüchte über einen massiven Angriff auf das Henslowe-Gefängnis sind im Umlauf. Ich muß wissen, ob das wahr ist.«

»Ich weiß es nicht, aber ich bezweifle es. Auf keinen Fall demnächst.«

»Was planen Sie also wirklich?«

Caine schüttelte den Kopf. »Es tut mir leid, aber unser Auftrag ist immer noch geheim.«

»Ich frage nicht nach Ihrem verdammten Auftrag«, fuhr sie ihn an. »Es ist mir vollkommen gleichgültig, was Sie und Ihre hohen Tiere vorhaben. Ich will nur wissen, wie weit meine Leute dazu gebraucht werden, denn ich werde sie nicht blindlings in etwas jagen, solange ich nicht weiß, ob sie eine Chance haben, mit dem Leben davonzukommen.«

Caine verstand sie plötzlich. Die leicht sarkastische Art, mit der sie der Welt gegenüberstand, war weder Ungeduld noch Selbstgefälligkeit. Es war Angst. Vielleicht Angst um sich selbst, aber wahrscheinlicher Angst um ihre Leute. Wenn man auf einer Welt wie Argent eine Widerstandszelle leitete, trug man eine schwere Verantwortung. »Sie hängen sehr an Ihren Leuten«, meinte er. »Das ist das Charakteristikum eines guten Führers.«

Sie verzog die Lippen. »Ja«, antwortete sie beinah scharf.

»Ich habe es als Kompliment gemeint.«

»Ich weiß. Entschuldigen Sie. Ich bin ... ich werde nicht mehr lange den Führer spielen. Übrigens auch nicht das einfache Mitglied.«

Caine sah sie überrascht an. »Sie verlassen den Radix?«

Sie nickte. »Sobald jemand bereit ist, den Abschnitt Janus zu übernehmen. Warum? Ist das so seltsam?«

»Ich habe geglaubt, daß Ihr Vater ...« Er wußte nicht, wie er den Satz beenden sollte.

Sie sah ihn an, und er erkannte erschrocken die Bitterkeit in ihren Augen. »Ja, mein Vater hat mich zu einem guten Radix-Mitglied erzogen. Das war so ziemlich alles, was er jemals für mich getan hat. Der Radix war das einzige, wofür mein Vater lebte. Er war nie für meine Mutter und für mich da. Es hat Mutter schrecklich geschmerzt, und ich habe ihn deshalb lange Zeit gehaßt.« Sie fuhr sich beinahe heftig mit dem Finger über die Lippen. »Ich habe nicht vor, den gleichen Fehler zu begehen. Ich steige jetzt aus, bevor die verdammte Organisation mein Leben mit Beschlag belegt.«

»Warum sind Sie dann noch da?«

Sie lächelte ironisch. »Wahrscheinlich habe ich das von beiden Elternteilen geerbt. Pflichtbewußtsein. Ich muß dabeibleiben, bis jemand meine Aufgabe übernimmt.« Sie schüttelte den Kopf. »Hören Sie, ich bin nicht hierher gekommen, um mich an Ihrer Schulter auszuweinen. Ich will nur wissen, welchen Gefahren meine Leute ausgesetzt werden.«

Er hatte ihre ursprüngliche Frage beinahe vergessen und dachte jetzt nach.

Was konnte er sagen? Er hatte nicht die leiseste Ahnung, was Lathe unternehmen wollte – und selbst wenn er es gewußt hätte, konnte er nicht wagen, es Lianna zu verraten. Er vertraute ihr zwar instinktiv mehr als vielen anderen Leuten, die er im Radix kennengelernt hatte, aber in einem solchen Fall genügte der Instinkt nicht.

Sie rief ihm ins Gedächtnis, daß er selbst das Bedürfnis hatte, mehr über Dodds' geheimnisvolle Mission zu erfahren, und er fühlte plötzlich mit ihr. Sie nahm ihre Verantwortung genauso ernst wie Caine die seine, und sie tappte noch mehr im dunkeln als er.

Er mußte sie im dunkeln tappen lassen. »Es tut mir leid, aber ich kann Ihnen nichts sagen, was Ihnen weiterhelfen würde. Ich kann Ihnen nur versprechen, daß man Sie bestimmt informieren wird, bevor man Sie in den Kampf schickt.«

Lianna preßte die Lippen zusammen, nickte und stand auf. »Ich habe eine ähnliche Antwort erwartet, aber ich mußte es versuchen.« Caine erhob sich ebenfalls, und sie blickte ihn durchdringend an. »Vergessen Sie nur nicht, daß Sie es nicht ewig geheimhalten können, und wenn man uns als Schlachtvieh benutzen will, bekommen Sie mehr Schwierigkeiten, als Sie brauchen können. Ländliche Radix-Zellen wie die meinen halten sehr fest zusammen; wir nehmen ungern Befehle von Außenseitern entgegen, wenn wir nicht wissen, was gespielt wird. Es ist mir gleich, ob ich die Erklärung fünf Tage oder fünf Minuten vorher bekomme – aber irgendwann muß ich sie bekommen. Merken Sie sich das!«

Sie nickte ihm zu, drehte sich um und ging. Er blieb stehen und sah zu, wie sie den Blackcollars zunickte und in den Korridor trat. Die Tür fiel ins Schloß und Mordecai blickte Caine fragend an. »Nun?«

»Nichts Wichtiges«, murmelte Caine, drehte sich um und setzte sich in den Stuhl, den Lianna gerade geräumt hatte. Wenn die beiden beleidigt waren, hatten sie eben Pech gehabt.

Er war ein Klon. Er bemühte sich, Zorn darüber zu empfinden, daß man ihm so etwas angetan hatte.

20. Kapitel

WÄHREND DER LETZTEN drei Stunden hatte es gleichmäßig geschüttet, und trotz des Schutzes, den die an der Straße stehenden Bäume boten, war Jensen triefnaß. Sein Blackcollarponcho schloß nicht dicht genug an den Kragen seiner Sicherheitsdienstuniform an, und alle drei oder vier Minuten bahnte sich ein neuer Wasserfaden einen Weg hinein. Jensen hatte schon vor langer Zeit aufgehört, über die Situation zu fluchen, und zwar ungefähr zu dem Zeitpunkt, als er zu seinem Bedauern feststellte, daß er es sich nicht leisten konnte, das Ende des Gewitters unter einem dichtbelaubten Baum abzuwarten. Er war immer noch zu nahe bei den Bergen und brauchte jeden zusätzlichen Kilometer.

Hinter ihm platschte etwas, und als er sich umdrehte, sah er, daß ein Wagen durch den Schlamm auf ihn zukam. Er konnte einen einzigen Insassen ausmachen.

Hätte er den Wagen früher gehört, so hätte er sich hinter einem Baum versteckt, aber dafür war es jetzt zu spät. Also blieb er stehen und wartete, bis das Auto neben ihm hielt.

Das Seitenfenster wurde hinuntergekurbelt und ein freundlicher Mann sah hinaus. »Heh. Scheußliches Wetter für einen Spaziergang. Kann ich Sie mitnehmen?«

Jensen überlegte schnell, aber es blieb ihm eigentlich nichts anderes übrig. Er war allein, zu Fuß und scheinbar unbewaffnet, konnte also kaum behaupten, daß er ein Sicherheitsmann mit einem Sonderauftrag war. Ihm fiel auch kein anderer Vorwand dafür ein, daß er in diesem senkrechten See unterwegs war. Und wenn er sich ohne guten Grund weigerte, sich mitnehmen zu lassen, würde er nur Aufmerksamkeit erregen. »Klar. Danke«, antwortete er. Er ging hinter dem Wagen herum, öffnete die Tür, stieg ein und spritzte dabei alles naß. Während er sich unbeholfen in den Sitz fallen ließ, zog er den *nunchaku* und legte ihn sich auf den Schoß. Der Wagen fuhr mit einem Ruck an.

»Wohin sind Sie unterwegs?« fragte der Fahrer freundlich; offenbar machte es ihm nichts aus, daß Sitze und Boden tropfnaß wurden.

»Zu einer Stelle, die etwa zwanzig Kilometer weiter unten an der Straße liegt. Ich bin vorhin falsch abgebogen und mein Wagen ist in einer Sackgasse steckengeblieben.«

»Aha.«

Jensen musterte den anderen aus dem Augenwinkel. Klein, ein bißchen rundlich. Ende dreißig, wenn er kein Idunin nahm – er paßte eigentlich nicht zum Bild eines Sicherheitsmannes. Aber er konnte ohne weiteres ein Informant sein. »Wohin fahren Sie?« erkundigte er sich.

»Nach Torrentin. Wenn die Brücke infolge des Regens unter Wasser steht, könnte ich für einige Zeit auf dieser Seite des Flusses festsitzen. Was befindet sich zwanzig Kilometer von hier?«

Jensen verstand die Frage zuerst nicht, dann begriff er. »Ich treffe mit einer Einheit des Sicherheitsdienstes zu einem Sondereinsatz zusammen.«

»Was, einfach am Straßenrand?«

»Angeblich ist dort kurzfristig ein Lager aufgeschlagen worden.« Jensen geriet leicht ins Schwitzen, weil die Fragen gefährlich wurden. Er kannte die Gegend überhaupt nicht und konnte praktisch mit jeder Antwort verraten, daß er nicht von hier war. Er bedauerte allmählich, daß er nicht statt zwanzig Kilometern fünf gesagt hatte.

»Ich könnte wetten, daß Sie den Blackcollar suchen, was?« Der Fahrer sah Jensen an. Jensen faßte den *nunchaku* unter seinem Poncho fester. Hatte die Bevölkerung von seiner Landung erfahren, oder beschränkte sich diese Information auf Regierungskreise? »Meine Aufgabe geht Sie nichts an«, antwortete er steif. Er merkte selbst, wie lahm es klang.

»Natürlich.« Der Fahrer schwieg für einen Augenblick, weil er sich über einen besonders holprigen Teil der Straße kämpfte. »Soviel ich weiß, spielt sich der größte Teil der Suche noch immer nördlich von hier ab«, erklärte er, als sie das Stück hinter sich hatten. »Sie werden kaum in Schwierigkeiten geraten.«

Jensen erstarrte. »Was soll das wieder heißen?«

Der Fahrer lächelte, ohne den Blick von der Straße zu wenden. »Cutter Waldemar zu Ihren Diensten, Kommandomann Jensen. Unsere Leute suchen Sie seit einer Woche. Ich bin froh, daß wir Sie vor dem Sicherheitsdienst gefunden haben.«

Jensen war mehr oder weniger darauf gefaßt gewesen, daß der andere ihn während der Fahrt identifizieren würde, aber nicht darauf, daß es so bald dazu kommen würde. Doch er reagierte schnell. »Wovon, zum Teufel, sprechen Sie?«

Waldemar warf ihm einen raschen Blick zu. »Ein guter Versuch, Kommandomann, aber Sie vergeuden Ihre Zeit. Wir haben Sie bereits in Split identifiziert, und eine Stelle ›zwanzig Kilometer weiter unten an der Straße‹ würde man eher mit ›in der Nähe von Noma‹ bezeichnen. Und außer dem Sicherheitsdienst und unserer Radixorganisation weiß niemand, daß sich im Rumelian-Gebirge ein versprengter Blackcollar herumtreibt. Ein echter Sicherheitsmann wäre mir bei dieser Frage ins Gesicht gesprungen.«

»Also gut, ich gebe es zu.« Jensen ließ den anderen nicht aus den Augen. »Jetzt beweisen Sie mir, wer Sie sind!«

»Ich kann Ihnen keinen absoluten Beweis anbieten, aber ich kann Ihnen verschiedene Punkte nennen, die für mich sprechen. Erstens: wenn ich ein Quisling wäre, würde dieses Gespräch nicht stattfinden. Ich hätte stillen Alarm ausgelöst und über das Wetter gesprochen, während sich der Wagen mit Schlafgas gefüllt hätte. Nach allem, was Ihre Rads gestern vormittag in Calarand angerichtet haben, würde sich Ihnen auf ganz Argent kein Sicherheitsmann allein zum Kampf stellen.«

»Sie sind offenbar mutiger.«

»Eigentlich nicht; ich weiß nur, daß Sie keine automatische Mordmaschine sind, sondern mich aussprechen lassen werden. Punkt Nummer zwei geht in die gleiche Richtung: ich bin unbewaffnet.« Er hob die Ellbogen, damit Jensen ihn durchsuchen konnte.

Jensen schüttelte den Kopf. »Ich glaube Ihnen. Außerdem würden Sie keine Waffen bei sich tragen, die ich als solche erkennen kann.«

»Das stimmt«, gab der andere zu. »Also schön, meine letzte Karte: Unter Ihrem Sitz befindet sich eine Betäubungspistole. Holen Sie sie heraus!«

Jensen überlegte, streifte dann seine Flexarmorhandschuhe über und griff unter den Sitz. Als er die Pistole herauszog und untersuchte, explodierte keine Sprengladung; es handelte sich um eine alte Preßluftwaffe, die viel benützt, aber auch sorgfältig instandgehalten worden war. »Okay. Und?«

»Unter meinem Sitz befinden sich Landkarten für das Gebiet zwischen hier und Calarand, auf denen die Stellen eingezeichnet sind, an denen Sie am ehesten durch den Sicherheitskordon gelangen können. Im Kofferraum liegen Lebensmittel und Kleidung. Wenn Sie mir nicht vertrauen wollen, werden mich die Pfeile für fünf oder sechs Stunden aus dem Verkehr ziehen. Sie können mich hier aussetzen und es allein mit dem Wagen versuchen. Sobald die Wirkung des Betäubungsmittels nachläßt, gehe ich nach Hause.«

»Ihre Radixgruppe will nicht mit mir sprechen?«

»Eigentlich nicht.« Er lächelte bitter. »Die Mehrheit ist davon überzeugt, daß man schließlich Sie alle töten oder gefangennehmen wird, und je weniger wir mit Ihnen zu tun haben, desto besser für uns.«

»Das nennt man wahre Gastfreundschaft.«

»Das nennt man Selbsterhaltungstrieb. Ist hierzulande sehr ausgeprägt.«

Eine lange Pause folgte. Jensen versuchte, Waldemars Gesichtsausdruck zu deuten, aber eigentlich hatte er sich bereits entschieden. Es war möglich, daß die ganze Geschichte eine komplizierte Falle für Naivlinge war, aber es war nicht wahrscheinlich, daß sich der Sicherheitsdienst soviel Mühe machen würde, noch dazu, wenn er es auch einfacher haben konnte. Und die alles andere als begeisterte Einstellung des Radix klang unangenehm echt. »Also gut«, sagte er schließlich, »Sie haben mich überzeugt. Wohin fahren wir?«

»Nach Millaire.« Waldemars Erleichterung war unübersehbar; er hatte sich bestimmt nicht darauf gefreut, im Regen einen langen Spaziergang zu unternehmen. »Dort befindt sich das Hauptquartier Süd. Es sind etwa sechshundert Kilometer bis nach Millaire, also sollten wir heute abend dort eintreffen. Natürlich immer vorausgesetzt, daß uns die Quislinge keinen Strich durch die Rechnung machen.«

»Klingt gut.« Jensen holte tief Luft und spürte dabei, daß die Spannung in seinen Schultermuskeln nachließ. Er hatte nicht gemerkt, wie sehr ihn die ständige Verteidigungsbereitschaft erschöpft hatte. »Außerdem würde ich gern Ihre Landkarten sehen.«

»Selbstverständlich.« Waldemar griff unter seinen Sitz und holte ein dickes Bündel heraus. »Möchten Sie etwas über den Radix oder Argent im allgemeinen erfahren?«

»Klar – alles.« Jensen sah die Karten durch, fand die mit »Calarand« bezeichneten und schlug sie auf. »Beginnen wir doch damit, daß Sie mir erzählen, was meine Freunde gestern in Calarand angerichtet haben.«

Der *nunchaku* war eine lautlose, verschwommene Bewegung, die ihn wie ein Kokon einhüllte. Lathe ließ die Bahn der Waffe nicht aus den Augen und kontrollierte ihre Bewegungen nur durch das Gefühl in seinen Muskeln. Sie wechselte einmal, zweimal, dreimal von einer Hand in die andere, unterbrach ihr Abwehrmuster, schnellte nach außen wie eine Peitsche, die einen Schädel spalten kann, und kehrte wieder zurück; wickelte sich um den Arm und die Schulter des Blackcollar, wo sie sogar den Hieb eines von einem Ryqril geschwungenen Kurzschwertes abfangen konnte; dann nahm sie das Defensivmuster wieder auf, während Lathe drei *shuriken* zog und sie auf ein gerade noch in seiner Reichweite befindliches Ziel schleuderte.

Jemand klopfte an die Tür links von ihm. »Herein!« rief Lathe und steckte den *nunchaku* ein; sein Atem ging nur wenig schneller.

Die Tür ging auf und Bakshi schaute herein. »Störe ich?«

Lathe schüttelte den Kopf. »Kommen Sie nur rein!«

Der Argentianer trat ein und schloß die Tür hinter sich. »Skyler hat mir gesagt, daß ich Sie hier finden würde. Wie geht es der Schulter?«

»Die ist so gut wie neu.« Lathe steckte zum Beweis beide Arme aus. »Nur an der Stelle, an der die Verbrennung war, spannt die Haut noch ein wenig. Ich hatte ganz vergessen, wie gut diese Salbe ist – auf Plinry ist sie uns vor Ewigkeiten ausgegangen.« Er zeigte auf die Matten hinter ihm. »Wenn Sie gekommen sind, um zu trainieren, kann ich Ihnen beweisen, wie fit ich bin.«

Bakshi schüttelte den Kopf. »Vielleicht später. Aber weil wir gerade von Training sprechen, ich habe mich mit Fuess über Ihren gestrigen kleinen Überfall unterhalten. Ich hatte den Eindruck, daß Sie mit seiner Leistung nicht ganz zufrieden waren.«

»Hmmm.« Lathe drehte sich um und ging an das andere Ende der Halle, um seine *shuriken* zurückzuholen. »Hat er das gesagt?«

»Nicht ausdrücklich.« Bakshi folgte ihm. »Mich würde interessieren, wie Sie ihn einschätzen.«

»Also gut. Ja, ich war enttäuscht. Seine kämpferischen Leistungen erreichen keineswegs den Standard eines Blackcollar. Aber wichtiger ist, daß er ein miserabler Soldat ist. Er stritt über jeden Befehl, und wenn er mir gehorchte, dann nur widerwillig. Ich muß Ihnen wohl nicht erklären, wie wichtig absoluter Gehorsam ist.«

»Das müssen Sie wirklich nicht.« Sie hatten inzwischen die Zielscheiben erreicht – schwere Holzbretter, die mit den Pockennarben winziger Vertiefungen übersät waren, so daß der traditionelle Umriß der auf die Bretter gemalten menschlichen Gestalten beinahe unsichtbar war. Jeder von Lathes *shuriken* hatte eine der Gestalten genau in den Hals getroffen. Bakshi zog einen Stern heraus und drehte ihn müßig in der Hand. »Sie sind ein ausgezeichneter Schütze.«

Lathe schüttelte abwehrend den Kopf, während er die anderen beiden Sterne holte. »Eigentlich nicht. Die meisten meiner Leute sind mindestens so gut wie ich.«

»Dann sind Ihre Männer außergewöhnlich, oder aber Plinry hat Glück gehabt. Die Ryqril haben offenbar bei Ihnen kein Nervengas eingesetzt.«

Lathe blickte ihn zornig an. »Das stimmt, sie haben es kaum verwendet. Die meisten von uns sind erst eingetroffen, als der Landkrieg im Gang war und sie bereits so viele eigene Leute auf den Planeten gebracht hatten, daß sie das Gas nicht mehr wahllos einsetzen konnten. Aber deuten Sie nie wieder an, daß Plinry deshalb Glück gehabt hat.«

Bakshi senkte kurz den Kopf. »Ja, der Bodenfeuer-Angriff. Entschuldigen Sie. Vermutlich war Plinry für die Ryqril eine Lehre. Hier haben sie uns vom Raum aus zusammengeschlagen, so daß sie das Bodenfeuer nicht mehr verwenden mußten. Ich habe damit gemeint, daß viele unserer Blackcollars durch das Gas bleibende Schäden davongetragen haben. Wir sprechen nicht gern darüber; es ist eine zu schmerzliche Erinnerung.«

»Was für bleibende Schäden? Verlangsamte Reflexe?«

»Ja, infolge von leichten Nervenschädigungen. Kennen Sie die Symptome?«

»Ich habe ein paar Fälle erlebt.« Vielleicht hatte jemand Dodds erwähnt. »Ist das der Grund, warum keiner von Ihnen kämpfen kann?«

Bakshi lächelte bitter. »Oh, wir können kämpfen. Wir haben nicht dreißig Jahre Urlaub gehabt wie Sie. Aber es stimmt, deshalb sind Fuess und die anderen im Nahkampf nicht mehr so gut. Und was das andere Problem betrifft ...« Er zögerte kurz. »Vielleicht macht ihnen die Tatsache zu schaffen, daß Sie noch immer so gut sind wie früher – so gut wie sie einmal gewesen sind.«

Lathe streckte die Hand aus und Bakshi reichte ihm den letzten *shuriken*. »Ich würde vorschlagen, daß Sie einmal mit ihnen sprechen«, meinte Lathe. »Wir sind nicht hier, um jemanden bloßzustellen. Die Zeit der Medaillen und des Ruhms war in dem Augenblick vorbei, in dem das TDE kapituliert hat. Wenn Ihre Leute damit nicht fertigwerden können, dann schicken Sie sie irgendwo hin, wo sie uns nicht im Weg stehen.«

»Ich werde es ihnen sagen. Wir sind schon sehr lange nicht mehr gezwungen gewesen, in einem solchen Krieg zu kämpfen. Aber wir werden uns daran gewöhnen.« Er unterbrach sich unvermittelt und runzelte die Stirn. »Jemand kommt.«

Lathe hatte ebenfalls das Geräusch laufender Füße gehört. Er ging schnell auf die Tür zu und griff dabei automatisch nach einem *shuriken*. Bakshi folgte ihm auf den Fersen, hielt sich aber etwas seitlich von ihm, weil Blackcollars es instinktiv vermeiden, sich zusammenzudrängen. Sie waren noch fünf Schritte von der Tür entfernt, als jemand kurz anklopfte und dann hereinstürzte.

Es war Jeremiah Dan, der einen bekritzelten Zettel in der Hand hielt. »Schluß mit dem Urlaub, sie haben Jensen gefunden!« verkündete er aufgeregt und schwenkte das Papier.

»Wo ist er?« fragte Bakshi, während Lathe nach dem Zettel griff.

»In Millaire.« Dan beruhigte sich allmählich und gewann seine gewohnte Selbstbeherrschung wieder. »Sie haben ihn heute früh am Hemothfluß aufgelesen.«

Lathe blickte auf. »Kontrollieren die Kollies noch immer den Verkehr, der in die Stadt hinein und aus ihr heraus will?«

»Wahrscheinlich, aber es gibt immer eine Möglichkeit, sich hinauszuschleichen, wenn Sie ihn abholen wollen«, antwortete Dan. »Greenstein meint, daß Sie es vielleicht tun möchten.«

»Mit anderen Worten, damit seine Leute nicht nach Calarand kommen müssen«, bemerkte Bakshi.

»Wer ist Greenstein?« fragte Lathe.

»Uri Greenstein ist der Chef der Abteilung Süd«, erklärte Dan. »Sie haben ihn bei unserer ersten Zusammenkunft gesehen, sind ihm aber nicht vorgestellt worden.«

»Ist diese Nachricht über die sichere Leitung hereingekommen?«

»Ja, direkt an mich. Kommandomann Jensen hat mir aufgetragen, Ihnen auszurichten, daß die Mondkinder Ihren Berechnungen zustimmen.«

Lathe nickte; es war der Codesatz, auf den sie sich geeinigt hatten. »Wie weit ist es nach Millaire?«

»Es liegt etwa siebenhundert Kilometer südwestlich von hier«, sagte Bakshi. »Wenn Sie dorthin wollen, sollte es eine relativ sichere Fahrt sein.«

Lathe zögerte. Er wollte Jensen unbedingt in Calarand haben – und das Timing bot ihm unerwartete Möglichkeiten. »Ich werde zwei Wagen brauchen – kann ich sie sofort bekommen?« fragte er.

»Jetzt?« Dan sah auf die Uhr. »Es ist beinahe zwanzig Uhr.«

»Es herrscht doch kein Ausgehverbot?«

»Nein. Aber es ist eine lange Fahrt und für heute nacht werden Gewitter erwartet.«

»Meine Männer sind nicht wasserlöslich. Zwei Wagen und, wenn möglich, einen Führer.«

»Nehmen Sie zwei meiner Blackcollars«, bot ihm Bakshi an. »Ich verspreche Ihnen, daß sie sich diesmal ordentlich aufführen werden.«

»Ja, also ...« Lathe fiel kein plausibler Grund für ein Nein ein. »Okay, aber wir brauchen nur einen. Der zweite Wagen kann dem ersten folgen.«

»Das ist riskant«, meinte Dan zweifelnd. »Was ist, wenn sie sich verirren?«

»Sie verirren sich schon nicht. Sorgen Sie nur dafür, daß in beiden Wagen genügend Straßenkarten vorhanden sind.« Er sah Bakshi an. »Entschuldigen Sie mich jetzt, ich muß meinen Männern Anweisungen erteilen.«

»Noch etwas«, rief ihm Dan nach. »Wir haben aus zuverlässiger Quelle erfahren, daß die Quislinge im Cerbe-Gefängnis alles für die Aufnahme einer größeren Menge von Gefangenen bereitmachen.«

»Gut. Ich hole mir die Einzelheiten später von Ihnen. Im Augenblick brauche ich nur zwei Wagen.«

Als er das Zimmer der Blackcollars erreichte, hatte er bereits einen praktikablen Plan ausgearbeitet. Er stieß die Tür auf, winkte Mordecai, der wie gewöhnlich Wache hielt, und wandte sich den drei Männern zu, die am Tisch saßen. »Schluß mit dem Nichtstun«, verkündete er. »Der Radix hat Jensen gefunden.«

Die Luft war plötzlich von Elektrizität erfüllt. »Wo ist er?« fragten Skyler und Novak gleichzeitig.

»An einem Ort namens Millaire.« Lathe erzählte ihnen von Jensens Nachricht. »Und was gibt es Neues über Cerbe?« erkundigte er sich bei Skyler. »Haben Sie schon einen schwachen Punkt gefunden?«

»Ja – ihr sicheres Kommunikationssystem.« Die beiden Blackcollars und Caine hatten die etwas mageren Akte des Radix über die Festung durchgesehen, und Skyler zog ein Telefoto heraus. »Rotierender Kommunikationslaserturm auf dem Dach des Hauptgebäudes.« Er klopfte mit dem Finger darauf. »Halbkugelförmig, zwanzig Zentimeter Durchmesser. Sichere Nachrichten von Calarand werden durch stationäre Patrouillenboote übertragen. Theoretisch handelt es sich um ein anzapfsicheres System, weil es sich nicht auf dem Boden befindet.«

»Sie haben trotzdem eine Möglichkeit gefunden?«

»Nicht ich, sondern Hawking. Er fertigt ein Gerät an, das ihm zufolge perfekt funktioniert hat, als er es einmal auf Plinry benützte.«

»Kann er es in einer Stunde fertig haben?«

Skyler zog die Augenbrauen eine Spur höher. »Haben wir es so eilig?«

»Ja, weil er sich der Gruppe anschließt, die nach Millaire fährt. Es ist die ideale Gelegenheit, ihn aus der Stadt zu schaffen, ohne daß die örtlichen Kolliespione aufmerksam werden. Sobald ihr die Straßensperren hinter euch habt, kann er zurückbleiben und nach Cerbe fahren.«

»Wer sind ›ihr‹?« fragte Novak scheinbar unbeteiligt.

Lathe lächelte. »Sie und Skyler.«

Skyler sah Caine und dann wieder Lathe an. »Können Sie auf uns beide verzichten?«

»Mordecai und ich können Caine beschützen. Ich möchte, daß Sie Hawking sofort aufsuchen. Informieren Sie ihn darüber, was sich ereignet hat; wenn er nicht binnen einer Stunde fertig sein kann, soll er Ihnen den frühest möglichen Termin nennen, und ich werde den Aufbruch verzögern. Dann gehen Sie in die Garage und überzeugen sich davon, daß die Autos, die man uns zur Verfügung stellt, nicht verwanzt oder sonstwie markiert sind. Ach ja – Hawking hat gesagt, daß er einen tragbaren Wanzenstörer basteln wird; falls er ihn fertig hat, sollten Sie ihn mitnehmen.«

Skyler stand auf und zog ein ziviles Hemd über seinen Flexarmor. »Reisen wir allein oder mit einem einheimischen Führer?«

Lathe verzog das Gesicht. »Letzteres – Bakshi gibt uns einen seiner Blackcollars mit.«

»Großartig. Ich werde Hawking warnen.« Skyler winkte dem schweigsamen Mordecai fröhlich zu und verließ den Raum.

»Sie mögen Bakshi und die übrigen nicht, nicht wahr?« fragte Caine. Er saß jetzt allein am Tisch, denn Novak war in eine Ecke verschwunden, um seine Ausrüstung zusammenzustellen.

»Bakshi stört mich nicht.« Lathe schob sich einen Stuhl zurecht und setzte sich. Das tat gut; das Training hatte ihn erschöpft. »Die übrigen vier machen mir Sorgen.«

»Warum? Weil sie den Ryqril nicht so phlegmatisch gegenüberstehen wie Sie?«

Lathe ließ sich nicht reizen. »Kampfgeist ist in Ordnung, aber bis jetzt haben sie außer Geist nichts gezeigt. Was für einen Eindruck haben Sie übrigens von Lianna Rhodes?«

Caine blinzelte. »Ja also, ich ... in welcher Beziehung?«

»Wie würde sie sich Ihrer Ansicht nach unter Druck verhalten? Und was wichtiger ist – wie weit halten Sie es für möglich, daß sie eine Spionin des Sicherheitsdienstes ist?«

Caine runzelte die Stirn. »Ich glaube nicht, daß sie eine Spionin ist. Das ist natürlich nur ein Gefühl. Sie hat gesagt, daß sie den Radix bald verlassen wird, und ich kann mir nicht vorstellen, daß eine Spionin so etwas tut.«

Lathe nickte; Caines Informationen und Gefühle stimmten mit den seinen überein. »Halten Sie es für möglich, daß sie mit einer Gruppe von Kollies fertig wird?«

Überraschenderweise lächelte Caine. »Von uns läßt sie sich jedenfalls nicht einschüchtern.« An die Stelle des Lächelns trat Neugierde. »Warum diese Fragen?«

»Ich möchte mit ihrer Hilfe in das Cerbe-Gefängnis gelangen.«

Caines Gesichtsausdruck veränderte sich kaum. »Ich werde meine Zeit nicht damit vergeuden, Ihnen zu erklären, daß Sie wahnsinnig sind. Werde ich wenigstens darüber vorher etwas erfahren?«

Lathe zögerte, aber nur kurz. Er hatte Caine in letzter Zeit sehr oft im unklaren gelassen, und dieser ärgerte sich allmählich darüber. Wenn er Caine diesen Teil des Plans verriet, konnte er damit keinen großen Schaden anrichten – und vielleicht lenkte es ihn für eine Weile von Dodds ab. »Aber sicher.« Er sah zum leise summenden Wanzenstörer hinüber, der in der Mitte des Raums Wache hielt. »Setzen wir uns neben den Wanzenstörer und ich erzähle Ihnen alles.«

21. Kapitel

SEIT EINER HALBEN STUNDE trieben von Norden Gewitterwolken herein und ergriffen vom bereits bedeckten Nachthimmel Besitz. Gelegentlich erhellte ein Blitz die Gegend und erinnerte die Blackcollars daran, daß schwere Regenfälle bevorstanden. Dael Valentine, der am Lenkrad saß, blickte rasch nach hinten. »Ich habe ja gesagt, daß es so kommen wird. Es ist schlicht und einfach dumm, nachts im Geleitzug zu fahren.«

»Entspannen Sie sich mal«, riet ihm Skyler vom Rücksitz aus. »Sie haben Straßenkarten, und wir wissen, daß sie problemlos aus Calarand hinausgekommen sind. Vielleicht haben sie eine andere Route gewählt.«

»Vielleicht?« fragte Valentine spöttisch. »Mit anderen Worten, sie haben es getan. Und Sie haben es natürlich nicht der Mühe wert gefunden, es mir zu erzählen.«

»Es hat Ihnen solchen Spaß gemacht, sich über die Unfähigkeit der anderen zu beschweren, daß es uns peinlich war, Sie aufzuklären«, meinte Novak, der neben Valentine saß, bissig.

Valentine antwortete nicht. Skylers Ansicht nach übertrieb Novak, aber nicht sehr. Der Argentianer hatte während der Fahrt beinahe ununterbrochen gemeckert, als gehöre ein Komplex zu seiner Standardausrüstung. Skyler hatte solche Typen schon auf Plinry kennengelernt, und fand, daß sie kapitale Nervensägen waren. Außerdem war es gefährlich, sich in ihrer Nähe aufzuhalten, weil sie es für gewöhnlich schafften, getötet zu werden, während sie etwas Unsinniges unternahmen.

Am Vordersitz flackerte kurz eine Stabtaschenlampe auf, während Novak einen Blick auf die Karte warf. »Sollten wir nicht schon Millaire sehen?« fragte der Schwarze.

»Es liegt hinter diesem Kamm in einem breiten Tal.« Valentine zeigte auf die schattenhafte Hügelkette, der sich der Wagen näherte. »Sie sehen es in fünf Minuten.«

Novak brummte etwas und verstummte. Skyler blickte zurück und musterte das Gelände zu beiden Seiten der Straße. Nur gelegentlich, und dann weit von der Straße entfernt, schimmerte irgendwo ein Licht. Das war nicht überraschend, denn es war weit nach Mitternacht, und alle braven Argentianer schliefen friedlich in ihren Betten. Dennoch waren dem Blackcollar die Dunkelheit und das völlige Fehlen anderer Fahrzeuge unheimlich. Er wußte seit langem, daß es besser war, wenn man nicht auffiel.

Der Wagen fuhr über den Kamm – und plötzlich lag Millaire wie ein zweidimensionaler Sternenhaufen vor ihnen. »Eine beachtliche Stadt«, bemerkte Novak. »Wie sieht sie im Vergleich zu Calarand aus?«

»Sie umfaßt eine größere Fläche, hat aber weniger Einwohner«, antwortete Valentine. Als sie um einen Hügel bogen, verschwand die Hälfte von Millaires Lichtern und tauchte einen Augenblick später wieder auf.

»Suchen Sie eine Stelle, an der Sie halten können!« sagte Skyler plötzlich. »Ich will mir die Stadt genau ansehen.«

»Warum?« widersprach Valentine. »Wir sind an und für sich schon sehr spät dran.«

»Tun Sie es einfach!« Skyler spürte die Gefahr in allen Nerven und hatte keine Lust zu streiten.

»Ja, *Sir.*« Valentine fuhr auf das Bankett und wirbelte Staubwolken auf, als er scharf bremste.

»Gib mir die Karte, Novak.« Skyler streckte die Hand aus und Novak reichte ihm die Karte und Stabtaschenlampe. Skyler brauchte einen Augenblick, bis er die Karte so zusammengefaltet hatte, daß er den Detailplan der Stadt vor sich hatte. »Valentine, zeigen Sie mir noch einmal genau, wo sich das Radix-Hauptquartier befindet.« Er schirmte die Taschenlampe mit der Hand beinahe vollkommen ab.

Der Argentianer drehte sich um. »Es befindet sich genau hier.« Er zeigte auf eine Stelle, die einen Kilometer vom Stadtzentrum entfernt war. »Warum?«

Skyler betrachtete die Karte noch einmal kurz, dann schaltete er das Licht ab. »Siehst du es, Novak?«

»Ja, jetzt sehe ich es.«

»Was?« fragte Valentine mißtrauisch und schaute zum Fenster hinaus.

»Sehen Sie den dunklen Fleck neben dem großen, weißen Gebäude?« Skyler zeigte hin. »Dort befindet sich das Radix-Hauptquartier.«

Valentine zuckte die Achseln. »Na und? Wahrscheinlich eine Stromstörung.«

»Vielleicht. Aber kommt es Ihnen nicht merkwürdig vor, daß es ausgerechnet jetzt und ausgerechnet an dem Ort, an dem sich Jensen befindet, zu einer Stromstörung kommt?«

»Zufall«, knurrte Valentine. Aber es klang nicht überzeugt.

»Möglich, aber ich bezweifle es.« Skyler gab Novak die Karte und die Taschenlampe zurück. »Fahren wir! Wir befinden uns jetzt im Kampf – haben Sie verstanden, Valentine?«

»Vollkommen, Sir.« Der Wagen befand sich schon wieder auf der Straße und beschleunigte.

Skyler knöpfte den Mantel auf, zog seine Flexarmorhandschuhe und die Kampfhaube aus dem Gürtel und begann, seine Waffen zu überprüfen. Novak tat das gleiche.

Draußen begann es zu regnen.

»Ihre Rads werden frühestens in einer Stunde hier sein«, sagte Uri Greenstein, während er Jensen einen der beiden dampfenden Becher reichte, die er gerade gefüllt hatte, und hinter seinem einfachen Metallschreibtisch Platz nahm. »Wenn Sie sich bis dahin ausruhen möchten, stellen wir Ihnen gern ein Bett zur Verfügung.«

»Danke, aber trotzdem nein«, antwortete Jensen und trank vorsichtig einen Schluck. Es war eine Art Kräuterkaffee, jedoch fein gewürzt. »Ich habe im Wagen ein wenig gedöst. Was ich wirklich gebraucht habe, waren eine Dusche und eine warme Mahlzeit, und das haben mir Ihre Leute großzügig zur Verfügung gestellt.«

Greenstein zuckte die Achseln, und Jensen sah sich im Raum um. Die Kaffeemaschine war anscheinend der einzige Luxus, den sich Greenstein leistete, denn der Rest des Büros im vierten Stockwerk war von den einfachen Möbeln bis zur häßlichen Jalousie spartanisch bis zum Exzeß. Sein Blick wanderte zu Greenstein zurück, und er stellte fest, daß der ihn musterte. »Ich nehme an, Mr. Greenstein, daß Sie mich aus einem bestimmten Grund heraufgebeten haben – natürlich abgesehen von dem Kaffee, der ausgezeichnet ist.«

Der Radixführer lächelte schwach. »Eigentlich nicht, Kommandomann. Offen gesagt wollte ich nur wissen, wie Sie sind.«

»Hoffentlich sind Sie jetzt nicht enttäuscht.«

»Keineswegs. Neugierig wäre das richtige Wort. Sie haben sich aus einem abstürzenden Raumschiff gerettet, sind acht Tage lang einer massiven Menschenjagd entkommen, haben ein paar schwerbewaffnete Sicherheitsmänner getötet – und doch fehlt Ihnen die übliche Großspurigkeit der Blackcollars vollkommen.«

»Sie wissen ja, daß die Tiere des Dschungels friedlich werden, sobald sie gefressen haben.«

»Sie machen Witze. Ich nicht.«

Jensen wurde ernst und trank wieder einen Schluck. »Ich weiß. Wir haben zu Beginn alle ein wenig geprahlt. Es steigt einem schon zu Kopf, wenn man ein frischgebackener Blackcollar ist. Doch die meisten von uns haben den größten Teil ihres Dünkels nach den ersten

Wochen im Einsatz verloren. Sobald Kameraden neben einem fallen, erhält das Wort ›Elite‹ eine andere Bedeutung.«

Greenstein nickte nachdenklich. »Ja. Eine Menge meiner Freunde ist so gestorben.« Er sah Jensen kalt an. »Und ich möchte nicht, daß diese Liste wegen Ihnen und Ihren Freunden länger wird.«

»Ich nehme an, daß die Schüsse des Sicherheitsdienstes in erster Linie uns gelten werden.«

»In Ordnung.« Greenstein stand auf. »Sie müssen verstehen, daß ich persönlich nichts gegen Sie und Ihre Kameraden habe. Ich habe nur zu viele Gefechte erlebt, in denen die Blackcollars überlebt haben, und eine Menge anderer Leute nicht.«

»Es ist nicht immer so.« Jensen war ebenfalls aufgestanden. »Aber wir werden unser Bestes tun, um so rasch wie möglich von hier zu verschwinden.«

Er hatte den Satz noch nicht beendet, als ein Kästchen auf Greensteins Schreibtisch plötzlich summte und ein rotes Licht anging. »Was ist das?«

Greenstein runzelte die Stirn. »Jemand kommt durch die West ...«

Fünf weitere Lichter gingen unvermittelt an, und zugleich erschütterte dumpfes Dröhnen das gesamte Gebäude. »Schallgranate!« rief Jensen, der die Flexarmorhandschuhe schon halb übergestreift hatte.

Greenstein zögerte nicht. Er riß eine Schublade auf, entnahm ihr eine plumpe Gasmaske und eine Betäubungspistole und rannte zur Tür hinaus. Jensen war bereits in voller Kampfausrüstung, schulterte seinen Rucksack und folgte ihm auf den Fersen.

Der Korridor war nur schwach beleuchtet. Vor Greenstein verschwanden zwei Gestalten durch etwas, das anscheinend eine Geheimtür war; hinter dem Blackcollar stolperten drei oder vier Leute aus anderen Räumen. »Wohin gehen wir?« fragte Jensen.

»Man greift uns an.« Greenstein atmete unter seiner

Maske bereits schwer. »Wir werden uns am Kampf beteiligen und dann in die Tunnels laufen.«

»Moment mal, wie sicher ist dieser Ausgang?«

Die Frage kam zu spät; Greenstein war bereits durch die Tür gerannt und hastete eine Treppe hinunter. Der Blackcollar biß die Zähne zusammen und folgte ihm.

Sie kamen nicht weit. Bereits nach wenigen Stufen zuckte Greenstein plötzlich zurück, schlug wild um sich und brach über dem Geländer zusammen. Unterhalb von ihm kamen drei oder vier Männer in Schutzanzügen die Treppe herauf.

Jensen reagierte sofort, machte kehrt und rannte dorthin zurück, wo er hergekommen war. Zwei Pfeilladungen prallten gegen seine Beine, bevor er die Tür erreichte, und als er in den Korridor trat, traf ihn eine weitere Ladung voll in die Brust. Er sprang mit wirbelndem *nunchaku* zur Seite und konnte die Stöcke gerade noch ablenken, bevor er Waldemar den Schädel spaltete.

»Jensen!« rief der rundliche Mann und ließ die Pistole sinken. »Es tut mir leid; ich habe Sie für einen Quisling gehalten.«

»Das war gar nicht so weit daneben, sie sind dicht hinter mir. Gehen Sie zurück!«

Waldemar nickte und ging den Korridor ein Stück hinunter. Jensen blieb neben der Tür stehen und hatte gerade den *nunchaku* gehoben, als der erste Eindringling herausstürzte.

Jensen benützte nicht den *nunchaku,* sondern stellte dem Sicherheitsmann ein Bein, und dieser krachte auf den Boden. Der zweite Mann war seinem Kollegen zu dicht auf den Fersen gefolgt und kämpfte jetzt um sein Gleichgewicht; Jensen beendete den Kampf, indem er ihm den *nunchaku* in den Nacken schlug. Der dritte Mann schaffte es nicht einmal bis in den Korridor, denn Jensen stellte sich in den Türrahmen und versetzte ihm einen Tritt, so daß er zurücktaumelte und den nächsten

Angreifer mit sich riß. Das Geräusch der Körper, die die Treppe hinunterkollerten, brach ab, als Jensen die Tür zuschlug.

»Was tun wir jetzt?« Waldemar hatte sich wieder vorgewagt.

»Wir sehen zu, daß wir wegkommen. Waren Sie so oft hier, daß Sie sich im Haus auskennen?«

»Ich kenne die Standard-Schlupflöcher, aber diese Treppe war eines von ihnen.«

»Dann können wir die anderen vergessen. Wie hoch ist das Gebäude?«

»Vier Stockwerke; oberhalb von uns befindet sich nur noch das Dach. Ich nehme an, daß die Treppe hinaufführt ...«

»Das tut sie. Aber zuerst ...« Jensen sah sich um, entdeckte einen elektrischen Stecker und wandte sich dann den gefällten Sicherheitsmännern zu. Außer Betäubungspistolen und verschiedenen Handgranaten hatten sie die vertrauten Lasergewehre bei sich. Jensen hob eines auf, schaltete es auf mittlere Stärke und schoß in den Stecker. Die Folge war ein blauweißer Blitz, und im Korridor wurde es schlagartig finster.

»Vielleicht werden sie dadurch etwas verlangsamt.« Jensen öffnete vorsichtig die Tür zum Treppenhaus. Als er nichts vernahm, packte er Waldemar am Arm und führte ihn auf die Treppe. »Jetzt müssen sie Infrarot oder Lichtverstärker benützen – und sie werden sich fragen, was wir vorhaben. Gehen Sie weiter; ich bleibe hinter Ihnen, für den Fall, daß unterhalb von uns jemand anfängt zu schießen.«

Sie erreichten ohne weitere Zwischenfälle das obere Ende der Treppe. Jensen zwängte sich am Argentianer vorbei und trat vorsichtig hinaus. Der Ausgang aus dem Treppenhaus war sorgfältig getarnt; er führte durch die Rückwand des Maschinenhäuschens, in das die reguläre Treppe mündete. Durch ein Wunder war er dem Sicherheitsdienst entgangen; das Dach war leer.

»Was jetzt?« fragte Waldemar, der nervös mit seiner Pistole spielte.

»Beobachten Sie die Treppe, während ich die Straßen checke!«

Der Check dauerte nicht lange. Millaires Straßen waren ausgezeichnet beleuchtet, und es fiel Jensen nicht schwer, die Sicherheitskräfte zu entdecken, die in den Gäßchen und Toreinfahrten rund um das Radix-Gebäude lauerten. Jensen kontrollierte alle vier Seiten und rannte dann zu Waldemar zurück, der hektisch winkte.

»Die Sicherheitsleute kommen die Treppe herauf«, zischte er, während der Blackcollar seinen Rucksack abnahm und in ihm wühlte. »Sie werden jeden Augenblick hier sein.«

»Hier.« Jensen reichte ihm den Rucksack, die Seilrolle, die er aus ihm hervorgeholt hatte, und das Lasergewehr. »Gehen Sie dort hinüber an den Rand, aber dukken Sie sich! Unten wimmelt es vor Kollies, und ich möchte nicht, daß man Sie entdeckt.«

Waldemar nickte und lief gebückt hinüber. Jensen zog seinen *nunchaku,* überprüfte seinen Vorrat an *shuriken,* ging zu der Tür zum Haupttreppenhaus und drückte das Ohr an das Metall. Er vernahm tatsächlich Schritte, vermutlich fünf bis zehn Leute, trat zur Seite und wartete darauf, daß sie herauskamen.

Sie waren jedenfalls vorsichtig geworden. Niemand stürzte auf das Dach heraus; statt dessen wurde die Tür mit einem Fußtritt aufgestoßen und eine Handgranate flog heraus.

Jensen reagierte sofort, hechtete zur Seitenwand des Maschinenhäuschens und rollte sich so geräuschlos wie möglich ab. Es war nur eine schwache Explosion, und er hatte sich bereits auf ein Knie aufgerichtet, als die Sicherheitsmänner auf das Dach herausrannten. Den Geräuschen zufolge waren es sieben; vier wandten sich Jensens Seite zu, während die anderen in die entgegengesetzte Richtung liefen.

Jensen hatte mit ihnen so leichtes Spiel wie mit der sprichwörtlichen Sumpfeidechse in einem Eisloch. Auf die geringe Entfernung trafen alle vier *shuriken* ihr Ziel millimetergenau und drangen zwischen Helm und Schutzkleidung ein. Jensen wartete nicht, bis die Männer zusammengebrochen waren, sondern sprang auf und lief zur Rückseite des Häuschens. Die drei restlichen Sicherheitsmänner hatten die Geräusche von Jensens Angriff gehört und gingen zurück, um nachzusehen. Alle drei entdeckten ihn; einem gelang es sogar, einen ungezielten Schuß abzufeuern, bevor sie starben. Jensen fand acht Handgranaten bei ihnen und schleuderte je zwei in jedes Treppenhaus. Als sie explodierten, schlug er die Türen zu und rannte zum Dachrand zurück.

Waldemar kauerte neben der niedrigen Brüstung, hielt den Laser schußbereit und sah Jensen ungläubig an. »Geben Sie mir den Laser«, flüsterte Jensen, »und machen Sie einen Laufknoten in das Seil.«

Er hatte noch nicht ausgesprochen, als von unten ein Pfeilhagel auf die Brüstung prallte. Das Geräusch riß Waldemar aus seiner ehrfürchtigen Trance; er duckte sich tiefer, drückte Jensen das Lasergewehr in die Hand und machte sich eifrig am Seil zu schaffen.

Jensen mußte über die Reaktion seines Schützlings lächeln, robbte an der Brüstung entlang zu einer anderen Stelle und blickte vorsichtig hinunter. Weitere Pfeile zischten durch die Luft und prallten von seiner Kampfhaube ab; er kümmerte sich nicht um sie, stellte den Laser auf volle Kraft und schoß auf die Basis der nächsten Straßenlampe. Durch das Knattern der Pfeile vernahm er das Knirschen des ungleichmäßig erhitzten Metalls.

Dann gingen plötzlich alle Lichter aus.

Jensen ließ den Laser sinken und sah sich um. Ein Gebiet von zwanzig bis dreißig Häuserblocks war dunkel, und das nächste Licht war gut zwei Blocks entfernt. Es war zwar nicht perfekt, aber manchmal gab es Zwischenversorgungsstellen, die sogar diese Wirkung eingeschränkt hätten.

»Haben Sie das gemacht?« flüsterte Waldemar, als Jensen zu ihm zurückkehrte.

»Ja. Ist das Seil bereit?«

Der Argentianer drückte es ihm in die Hand; Jensen tastete es ab und überzeugte sich davon, daß der Knoten in Ordnung war. »Gut. Wenn ich es Ihnen befehle, werfen Sie eine Handgranate hinunter.«

Jensen ging in die Hocke, nahm die Schlinge in die Hand und vergewisserte sich, daß er das andere Ende mit dem Fuß festhielt. Seine Augen gewöhnten sich allmählich an den schwachen Lichtschimmer aus anderen Teilen der Stadt, und er hatte sich ohnehin sein Ziel genau eingeprägt, bevor er auf die Laterne schoß. Er wirbelte die Schlinge, zielte, flüsterte Waldemar »Jetzt« zu und warf.

Während seiner Ausbildung hatte Jensen das Lassotraining gehaßt. Sie hatten es bei den Präriereitern von Hedgehog gelernt, und es hatte ihn besonders geärgert, daß er ausgerechnet den Hoggies in einer Disziplin unterlegen war. Trotzdem – oder vielleicht deshalb – war er der beste Lassowerfer seiner Einheit geworden; als Waldemars Handgranate aufblitzte, sah er, wie seine Schlinge glatt über den kräftigen Schornstein des gegenüberliegenden Gebäudes glitt.

»Okay«, flüsterte er, während er das Seil spannte. »Damit haben wir eine Brücke zu dem dreistöckigen Haus. Ich befestige noch unser Ende, dann kann es losgehen.« Er zog ein Armband, an dem eine kleine Rolle befestigt war, aus dem Rucksack. »Schnallen Sie es sich mit der Rolle nach oben um den Arm«, befahl er und kehrte mit der Seilrolle zum Maschinenhäuschen zurück.

Er vernahm aus keinem der Treppenhäuser Geräusche, während er das Seil an einer Verstrebung im Innern des Häuschens befestigte. Das war bedenklich;

entweder war die Gegenwehr der Radixleute stärker, als der Sicherheitsdienst erwartet hatte, oder aber er hatte für die Besetzer des Daches eine Überraschung bereit. Er spannte das Seil noch einmal, überblickte kurz den Himmel und lief zur Brüstung zurück.

Waldemar kniete neben der niedrigen Mauer. »Irgendeine Reaktion von unten?« fragte der Blackcollar, während er das Armband checkte und die Rolle in das Seil einhängte.

Waldemars Silhouette schüttelte den Kopf. »Aber sie müssen doch das Seil gesehen haben«, zischte er.

»Nicht unbedingt.« Jensen nahm ihm den Laser ab, griff nach einer Handgranate und machte sie scharf. »Das Seil ist dünn und schwarz und hebt sich nicht vom dunklen Himmel ab, und die Handgranate, die Sie im gleichen Augenblick geworfen haben, muß sie geblendet haben.« Er richtete sich halb auf und schleuderte die Handgranate über die gegenüberliegende Seite des Daches. »Damit sie etwas zum Raten haben«, erklärte er, als sie die dumpfe Detonation vernahmen. »Steigen Sie auf die Brüstung und machen Sie sich bereit.«

Waldemar gehorchte. Jensen schwang sich den Rucksack auf den Rücken und schleuderte die letzten beiden Handgranaten hinunter. Dann wechselte er den Laser in die rechte Hand, hielt sich mit der linken an dem Riemen fest, der das Armband mit der Rolle verband – und sprang in dem Augenblick, in dem die Handgranaten aufblitzten. Sie schwankten wie ein verrückt gewordenes Doppelpendel, während sie am Seil hinunterglitten.

Jensen schätzte, daß sie bis zu ihrem Ziel vier Sekunden brauchen würden; vier gefährliche, alles entscheidende Sekunden. Er versuchte instinktiv, die Schaukelbewegung auszugleichen, hielt den Laser schußbereit und wartete angespannt auf den Pfeilhagel, der einsetzen würde, sobald man sie entdeckte. Doch die Pfeile blieben aus ... und dann befanden sie sich über dem

Dach und ließen die Füße schleifen, um ihre Geschwindigkeit zu verringern. Waldemar, dem Jensens Geschicklichkeit fehlte, überschlug sich prompt und wurde nach rückwärts gerissen; da das Seil sich immer mehr dem Dach näherte, mußte er sich immer tiefer bücken. Jensen ließ los, bevor er das Gleichgewicht verlor, und kam mit ein paar schnellen Schritten zum Stehen. Das Risiko hatte sich gelohnt; und wenn er es schaffte, ein ausreichend langes Stück des Seils zu retten, dann konnte er versuchen, auf das nächste Gebäude zu gelangen und der Falle doch noch zu entkommen. Er zog einen *shuriken* und zielte.

Aus dem Hintergrund schoß ein Laserstrahl an Jensens Arm vorbei und zerschnitt das Seil kaum einen Meter vor ihm. Gleichzeitig knallte es einige Male, und dichter, weißer Rauch hüllte das Dach ein.

Jensen hätte gern geflucht, hatte aber keine Zeit dazu. Er drehte sich nach rechts, ließ den Laser fallen, riß den Gasfilter aus der Tasche und zog ihn sich über Nase und Mund. Sie hatten offensichtlich auf ihn gewartet – wahrscheinlich hatten sie sich hinter dem Maschinenhäuschen versteckt. Eine Falle, in die nur ein Blackcollar gehen konnte – und als fachlich ausgebildeter Idiot hatte er genau das getan.

Vor ihm blitzte wieder ein Laser auf und erhellte den Rauch wie das Innere einer Leuchtröhre. Jensen schleuderte den *shuriken,* den er in der Hand hielt, und hörte ein hartes, metallisches Klirren, als er abprallte. Er kauerte sich zusammen, versuchte, so wenig wie möglich aufzufallen und überlegte, was, zum Teufel, er jetzt unternehmen sollte.

Sie hatten offenbar immer noch vor, ihn lebend zu fangen – sonst hätten sie ihn abgeschossen, als er hilflos am Seil baumelte. Das konnte sich zu ihrem Nachteil auswirken, denn infolge des Schlafnebels war praktisch jeder, der sich auf dem Dach befand, blind. Selbst Infrarot und Lichtverstärker halfen ihnen nicht viel, vor allem, wenn sie ihre Scanner mit reflektiertem Laserfeuer überlasteten. Vielleicht fand er eine Möglichkeit, diese Tatsache zu seinem Vorteil auszunützen.

Das leise Summen eines Fliegers unterbrach seine Gedanken. Er sah sich suchend um und erblickte das blauviolette Licht der Gravs, das sich vom Westen her näherte. Sie kamen sehr tief herein.

Es gibt Zeiten, in denen man selbst eine idiotische Chance ergreifen muß. Jensen richtete sich auf und rannte zum Maschinenhäuschen.

Natürlich bemerkten sie ihn. Er war noch nicht zwei Schritte gelaufen, als drei Laser das Feuer eröffneten, und zwei Strahlen ihn an Brust und Armen streiften. Aber der dichte Nebel wirkte sich neuerlich zu seinen Gunsten aus, zerstreute einen Großteil des Lichts – und mit dem Rest wurde sein Flexarmor mühelos fertig. Einen Augenblick lang hinterließen die heißen Strahlen einen Streifen klarer Luft, und Jensen erblickte flüchtig massige Helme und Schutzanzüge. Er verdoppelte seine Geschwindigkeit, um die vorübergehende Blindheit seiner Gegner auszunützen.

Es war eine kurze Atempause. Eine Sekunde später explodierte der Rauch wieder vor Licht, als das Laserfeuer über seine Brust tanzte. Jensen biß die Zähne zusammen, wandte sich ab und hoffte, daß er noch in der richtigen Richtung unterwegs war. Das Summen des Fliegers wurde lauter.

Beinahe wäre er am Häuschen vorbeigerannt; zum Glück streifte er es im Laufen mit der ausgestreckten Hand. Er kam rutschend zum Stillstand, tastete nach der Tür und stellte fest, daß sie versperrt war.

Hinter ihm bewegte sich etwas auf seinen Kopf zu. Er wirbelte herum, hob schützend den linken Arm und versetzte dem Angreifer einen Tritt ins Zwerchfell. Der andere krachte zu Boden; als aus mehreren Richtungen schwere Schritte auf Jensen zukamen, riß er seinen *nunchaku* heraus. Er blinzelte, um den Schweiß aus den Augen zu vertreiben, verfluchte den blind machenden Nebel und begann, die Waffe zu schwingen.

Der Kampf war kurz, aber erbittert. Trotz ihrer Schutzanzüge setzte Jensen mindestens zwei Angreifer außer Gefecht; er selbst trug nur einige blaue Flecken davon. Er schwang den *nunchaku* in weitem Bogen, um die anderen in Schach zu halten, wich zur Tür des Häuschens zurück und versetzte dem Schloß einen Tritt.

Die Tür sprang auf und hinter ihm brach die Hölle los. Mindestens fünf Laserstrahlen trafen ihn in den Rücken und fühlten sich unterhalb des Flexarmors wie ein riesiger Schweißbrenner an. Jensen keuchte ... aber sein Körper bewegte sich bereits, seine Beine beugten und streckten sich krampfhaft, seine Hände fanden am Rand des Daches Halt und seine Arme zogen ihn auf das Häuschen hinauf, wo er liegenblieb, während die Laser weiterhin die Tür beschossen.

Einen Augenblick lang lag er auf der Seite, holte durch den Gasfilter tief Luft und wartete darauf, daß der Schmerz in seinem Rücken nachließ. Ihm blieben nur wenige Sekunden, bis seine geblendeten Gegner merkten, daß er sich nicht im Treppenhaus befand, und den einzig möglichen Schluß zogen. Er schob sich in die Hocke und sah hinauf. Die Gravs des Fliegers leuchteten jetzt stärker und Jensen erblickte die Landekufen und den unteren Teil des Rumpfes. Der Flieger trieb langsam auf ihn zu, und Jensen vernahm zum ersten Mal ein leises, sprühendes Geräusch. Er hielt den *nunchaku* noch in der rechten Hand; jetzt ergriff er mit jeder Hand einen der Stöcke und spannte die Kette zwischen ihnen straff. Im Nebel war es unmöglich, die Entfernung genau abzuschätzen, und die zusätzlichen zwanzig Zentimeter Reichweite, die ihm der *nunchaku* verschaffte, konnten entscheidend sein. Jensen machte sich bereit, ohne das Licht aus den Augen zu lassen. Noch einige Sekunden.

Der Flieger ruckte plötzlich, und gleichzeitig wurden

von unten zwei Laserstrahlen auf Jensen gerichtet. Man hatte ihn entdeckt.

Ohne zu zögern, sprang er mit ganzer Kraft hoch und hoffte inbrünstig, daß sich der Flieger noch dort befand, wo er ihn gesehen hatte, als ihn das Laserlicht blendete. Der leuchtende Nebel schien kein Ende zu nehmen – dann hatte er ihn unter sich gelassen und direkt über ihm schwebte der Flieger. Beinahe außerhalb seiner Reichweite – und auf dem höchsten Punkt seines Sprunges fuhren Jensens Arme hoch und schoben die Kette des *nunchaku* über die linke Landekufe.

Während er an der Kufe baumelte, überlegte er fieberhaft. Der Flieger erinnerte ihn an die Aufklärer, die die Kollies auf Plinry einsetzten; von seiner Kufe aus konnte er die Tür zum Laderaum und eine der Einstiegstüren erreichen. Hinter dem Laderaum sprühten aus einem Rohr schwere Tropfen. Vermutlich ein Kleber, der alle Kämpfer auf dem Dach bewegungsunfähig machen sollte. Jensen hakte die Beine um die Kufe, und einen Augenblick später hockte er unter der Einstiegstür des Fliegers. Die Mannschaft hatte selbstverständlich gemerkt, was los war, und er mußte sich beeilen, um ihren Gegenmaßnahmen zuvorzukommen. Er griff hinauf, hielt sich an der versenkten Türklinke fest und begann, den *nunchaku* so schnell und so kräftig wie möglich gegen das Fenster rechts von der Tür zu schmettern.

Flieger in dieser Größe waren nicht für Kampfeinsätze gedacht, und ihre Fenster waren nicht besonders widerstandsfähig. Bei Jensens drittem Schlag durchzogen feine Haarrisse das dicke Plastik, und bei seinem siebenten Schlag zersplitterte es. Er stand auf der Kufe, hielt sich mit der rechten Hand an der Klinke fest und griff mit der rechten nach der Türverriegelung im Inneren.

Plötzlich begann der Flieger zu bocken und sich zu drehen, weil der Pilot endlich reagierte – allerdings um eine Spur zu spät. Jensen hatte jetzt festen Halt, und das Bocken hinderte nur die Besatzung daran, sich auf den Blackcollar zu stürzen. Jensen fand die innere Klinke, und in dem Augenblick, in dem der Flieger sich seitlich neigte und Jensens Füße in der Luft baumelten, drückte er die Verriegelung auf. Die Tür sprang auf, und als der Flieger sich wieder aufrichtete, schwang sich Jensen ins Innere.

Sie stürzten sich sofort auf ihn – drei Mann ohne Schutzanzug, die ihn durch ihre Zahl überwältigen wollten. Unter normalen Umständen wäre es für Jensen leichtes Spiel gewesen – aber er war müde und verletzt, und er brauchte zehn oder fünfzehn Sekunden, um sie k.o. zu schlagen. Zehn oder fünfzehn Sekunden zu lang ... denn als er sich dem Piloten zuwandte, starrte ihn dieser verwirrt und entsetzt an. Und hinter dem Piloten schwankten die Lichter der Stadt wie betrunken.

Sie prallten an das Gebäude, Metall kreischte, und der Stoß schleuderte Jensen quer durch den Flieger in die zerbrochene Kanzel. Dann verlor er die Besinnung.

Hundert Kilometer südlich von Calarand tobte das Gewitter mit voller Wucht. Die Blitze zuckten beinahe pausenlos über den schwarzen Himmel, der Regen prasselte herab wie ein Wasserfall, in den sich Hagelkörner mischten, die zeitweise Faustgröße erreichten. Bis jetzt hatte noch keine der großen Schloßen Kwon getroffen, doch er wußte, daß es nur eine Frage der Zeit war.

Hawking lag zu Kwons Füßen auf dem Bauch und schien das Gewitter nicht zu bemerken. Er drückte das Gesicht an das vor ihm stehende Fernrohr, hatte die Hand leicht auf den Einstellknopf gelegt, bewegte sich seit zehn Minuten nicht mehr und kümmerte sich nicht um das Wasser, das zweifellos unter seinen Poncho drang. Kwon bewunderte die Ruhe, die Hawking in einem solchen Sauwetter bewahrte; obwohl er selbst ohne weiteres bereit war, für seine Kameraden zu sterben, gingen ihm die Vorbereitungen auf die Nerven.

»Im Durchschnitt hält er sich um zwei Meter zu weit nördlich«, erklärte Hawking zwischen zwei Donnerschlägen.

Kwon suchte den von Blitzen durchzuckten Himmel ab und entdeckte den winzigen Punkt, der am Ende des kilometerlangen, spinnwebdünnen Fadens hing. Direkt unterhalb des Drachens war der oberste Teil des Cerbe-Gefängnisses sichtbar; der Rest war hinter einem Hügel verborgen. Man konnte voraussetzen, daß das Personal des Gefängnisses den Eindringling über ihren Köpfen überhaupt nicht bemerkt hatte; weder im Drachen noch in dem von ihm herabbaumelnden Gerät befand sich auch nur ein Stückchen Metall, und daher zeigte das Gefängnisradar nichts an. Regen und Hagel neutralisierten außerdem die Sonar- und Energie-Sensoren. Das war sehr gut, denn sie würden eine Weile brauchen. Kwon trat versuchsweise einen Schritt nach rechts und spulte einen halben Meter Faden ab. In Bodennähe kam der Wind vorwiegend von Osten, aber der Drache hatte eine Luftschicht gefunden, in die sich eine leicht nördliche Komponente mischte. Die unerwarteten Windstöße während des Gewitters waren auch nicht gerade eine Hilfe. »Wie geht es jetzt?« fragte er Hawking.

»Was immer du gerade getan hast, nimm es zurück. Er treibt weiter nach Norden.«

»In Ordnung.« Kwon blies einen Wassertropfen von seiner Nasenspitze, betätigte den Schalter auf seiner Winde und holte einen Meter Faden ein. Er wollte gerade nach links treten, als ihn ein Befehl erstarren ließ.

»Bleib so! Du bist genau über dem Ziel.«

Kwon gehorchte und verlagerte sein Gewicht vorsichtig wieder auf beide Beine. »In Ordnung«, murmelte Hawking, »wir haben es beinahe geschafft. Es baumelt genau oberhalb des Turms. Countdown: drei ... zwei ... eins ... los!«

Kwon berührte den Auslöser und die Rolle drehte

sich frei auf den beinahe reibungslosen Lagern. In dem Augenblick, in dem die Spannung nachließ, mußte der Drache praktisch senkrecht hinunterfallen.

»Genau ins Schwarze«, krähte Hawking. »Okay; hol langsam ein!«

Kwon nahm den Druck auf den Auslöser weg, damit der Wind den Drachen wieder in die Höhe treiben konnte. Wenn Hawkings Gerät kräftig genug auf das Gefängnisdach aufgeprallt war, dann hatten die vier Schnäpper ausgeklinkt und den Drachen freigegeben. »Drache steigt«, berichtete er Hawking, ohne den fernen Punkt aus den Augen zu lassen.

»Prächtig.« Hawking schob sich zurück und krabbelte auf die Beine. »Sieh es dir an; ich hole den Drachen ein.«

Kwon gab ihm die Rolle, legte sich behutsam in das schlammige Gras und brachte das Auge an den Sucher. Genau im Mittelpunkt seines Gesichtsfeldes befand sich ein halbkugelförmiger Knauf, der von dem Dach des Hauptgebäudes emporragte – der Kommunikations-Laserturm, der für die sichere Verbindung von Cerbe zur Außenwelt zuständig war. Jetzt hatte sich ein weiteres halbkugelförmiges Gebilde über diesen Knauf gelegt, das im Licht der Blitze büschelig und körperlos wirkte. Daß es wie eine Blase aussah, war keine Sinnestäuschung; das Gerät bestand ausschließlich aus tausend feinen optischen Fasern, deren innere Enden radial auf den Turm und von ihm weg zeigten, und deren äußere Enden an der Basis zu einem Bündel vereint waren. »Und dieses Ding soll wirklich funktionieren?« fragte er und blickte gerade rechtzeitig auf, um einen großen Tropfen ins Auge zu bekommen.

»Und ob.« Hawking zog den Faden mit halber Geschwindigkeit ein und musterte die Hügel zu ihrer Rechten. »Kommunikationslaser verfügen immer über große Öffnungen, um die Streuung über große Entfernungen zu verringern. Unabhängig von der Richtung, in die sie zeigen, werden einige der Fasern einen kleinen Teil des Strahls abfangen und ihn in unseren Empfänger umleiten – und das gleiche gilt für eintreffende Strahlen. Absolut banal und beinahe nicht zu entdekken.«

»Außer sie entdecken den Empfänger.«

»Das werden sie nicht.« Hawking zeigte nach rechts. »Der entführte Strahl sollte auf einen dieser beiden Hügel auftreffen. Sobald wir den Empfänger aufgestellt haben, kann der Abhörposten, falls er notwendig ist, zehn Kilometer davon entfernt sein.«

»Wie du meinst.« Kwon stand auf, streifte den ärgsten Schlamm von seiner Hose und blickte nach Westen. »Es sieht aus, als würde das Gewitter nachlassen – die Blitze sind schon weiter entfernt. Stellen wir den Empfänger auf, bevor ihre Sensoren wieder zu arbeiten beginnen.«

»In Ordnung. Du hol den Drachen ein; ich kümmere mich um das Teleskop.«

Kwon grinste vor sich hin. Hawkings Sorge um seine Geräte war legendär. »Für eine Nacht haben wir ganz schön viel geleistet. Vale berichtet, daß Haven und O'Hara endlich soweit sind, du und ich haben die Tratschleitung der Kollies angezapft, und Skyler und Novak werden mit Jensen zum Frühstück eintrudeln.«

»Die Dinge entwickeln sich endlich zu unseren Gunsten«, stimmte Hawking zu, der sein Fernrohr wie ein Baby auf den Armen trug. »Es war auch an der Zeit.«

Im Osten grollte unermüdlich der Donner.

22. Kapitel

CAINE BLICKTE AUF, als Lathe den Raum der Blackcollars betrat, und wandte sich dann wieder der Karte zu, die er gerade studierte. Etwas an der Art, wie Lathe die Tür schloß, ließ ihn wieder aufblicken, und jetzt bemerkte er den Gesichtsausdruck des Comsquare. »Was ist los?« fragte er.

»Sie haben Jensen erwischt.«

»Tot?« Mordecai, der in der Nähe der Tür saß, wirkte genauso entspannt wie immer, aber beim Klang seiner Stimme fröstelte es Caine.

»Das weiß ich nicht.« Lathe wischte sich mit dem Handtuch, das er sich um die Schultern gelegt hatte, die Stirn ab. »Skyler hat vor etwa fünf Minuten angerufen, und Dan hat es mir gesagt, als Bakshi und ich den Übungsraum verließen. Offenbar haben die Kollies das Hauptquartier in Millaire überfallen, kurz bevor unsere Leute eintrafen. Der Kordon des Sicherheitsdienstes wurde gerade abgezogen, und sie mußten sich zu Fuß in das Gebiet schleichen. Sie fanden keinen Hinweis darauf, ob Jensen tot oder nur gefangen ist.«

»Wäre es möglich, daß er entkommen ist?« fragte Caine.

Mordecai schüttelte den Kopf. »Dann hätten sie den Sicherheitskordon beibehalten.«

»Richtig«, stimmte Lathe zu. »Das Timing ist zu gut, als daß es ein Zufall sein könnte. Sie wollten Jensen haben, und sie haben ihn sich geholt.« Er ließ sich Caine gegenüber in einen Stuhl fallen und starrte vor sich hin.

»Was wird Skyler unternehmen?« fragte Mordecai nach einer kurzen Pause.

»Er will dortbleiben und versuchen, Jensen zu finden. Ich habe es ihm erlaubt.«

Jetzt starrte Mordecai vor sich hin. »Wir müssen jemanden aus Hawkings' Haus hierher als Unterstützung für den Wachdienst zurückholen.«

»Das stimmt. Aber nach dem morgigen Tag stehen uns O'Hara und Haven wieder zur Verfügung.«

»Oder sie sind tot«, murmelte Caine.

»In diesem Fall haben wir ohnehin verloren«, meinte Mordecai. »Also schön. Es schadet wahrscheinlich nicht, wenn Skyler ein, zwei Tage dort operiert. Vielleicht lenkt er sogar die Aufmerksamkeit des Sicherheitsdienstes von uns ab.« Er zog eine Augenbraue hoch. »Wie war das Training?«

Lathe hatte das Handtuch und die Waffen, die er am Gürtel trug, weggelegt, und schälte sich jetzt aus seinem hautengen Hemd. »Bakshi ist zweifellos ein echter Blackcollar. Seine Schnelligkeit und seine Reflexe sind ein Beweis dafür.«

Caine runzelte die Stirn. »Sie haben Bakshi getestet? Warum?«

»Ich wollte wissen, womit wir rechnen können. Oder haben Sie die mittelmäßige Leistung von Fuess im Strip vergessen?«

»Das war nicht seine Schuld«, verteidigte ihn Caine. »Soviel ich weiß, haben sie während des Krieges durch Nervengas bleibende Schäden davongetragen.«

»Das habe ich auch gehört«, bemerkte Mordecai. »Es ist jedenfalls eine bequeme Ausrede.«

»Dafür, daß niemand gern darüber spricht, wissen ganz schön viele Leute Bescheid«, bemerkte Lathe trokken. »Wie war Ihr Gespräch mit Cameron?«

»Ausgezeichnet«, erwiderte Mordecai. »Lianna Rhodes wird in fünfzehn Minuten hier sein; dann fertigen wir eine kurze Liste der örtlichen Gruppenführer an; wir werden dafür ungefähr bis zu Mittag brauchen.«

»Gut. Dann habe ich gerade noch Zeit zu duschen.« Lathe verschwand ins Badezimmer, nahm aber eine *shuriken* mit.

Caine wetzte in seinem Stuhl herum, weil ihm diese Farce mißfiel. Seit dem frühen Morgen hatten Lathe und Mordecai einen Radixführer nach dem anderen zu sich kommen lassen und ihnen detaillierte Anweisungen für ihre Rolle bei dem bevorstehenden Angriff auf das Cerbe-Gefängnis erteilt. Der allgemeine Schlachtplan war vollkommen glaubwürdig und sogar halbwegs durchführbar; er war von Lathe ausschließlich zu dem Zweck erfunden worden, um die Spione des Sicherheitsdienstes von dem bevorstehenden Treffen mit Lianna Rhodes abzulenken. Caine hätte gern gewußt, was Tremayne sagen würde, wenn er erfuhr, in welchem Ausmaß Lathe die Zeit und die Energie des Radix vergeudet hatte.

Der Plan von Cerbe lag noch immer vor Caine, aber er war nicht mehr imstande, sich darauf zu konzentrieren. Die Nachricht aus Millaire brach ihm das Herz – und das Schlimmste daran war, daß er nicht wußte, ob er hoffen sollte, daß Jensen noch am Leben war. Die Regierung war offensichtlich verzweifelt darauf aus, Informationen über die Mission der Blackcollars zu erhalten, und Caine wußte, was sie mit Jensen anstellen würden, um diese Informationen aus ihm herauszuholen.

»Es ist noch nicht vorbei«, sagte eine leise Stimme. Caine blickte erschrocken auf und sah, daß Mordecai ihn verständnisvoll beobachtete. »Skyler und Novak sind unten, und wenn er am Leben ist, dann holen sie ihn heraus.«

»Ja«, murmelte Caine. Vielleicht, dachte er. Und vielleicht werden alle drei sterben.

»Lebend.« Galway traute seinen Ohren nicht.

Sicherheitspräfekt Apostoleris nickte grimmig und selbstzufrieden. »Ja. Es hat uns fünfzehn Mann und ein teures Fluggerät gekostet, aber es war den Preis wert.«

Oberst Eakins legte den Telefonhörer auf. »Das Krankenhaus sagt, daß sein Zustand nicht lebensgefährlich ist, und daß er dem Sicherheitsdienst übergeben werden kann.«

Der Präfekt nickte. »Gut. Galway, Sie und ich fliegen sofort nach Millaire und beginnen mit dem Verhör.«

»Jetzt?« Galway runzelte die Stirn. »Sie wollten doch, daß ich zu Mittag in Cerbe eintreffe und bei den Vorbereitungen helfe.«

Apostoleris winkte lässig ab. »Das ist nicht notwendig. Unsere Spione haben mir berichtet, daß Lathes großer Angriff frühestens in fünfundzwanzig Stunden starten kann. Ich habe den Transfer der Gefangenen auf heute nachmittag vorverlegt, so daß wir uns bereits massiv eingegraben haben, wenn Lathes Leute endlich soweit sind; zu dieser Zeit werden sich die Gefangenen sechzig Meter unter der Erdoberfläche befinden.«

Es klang vernünftig, aber dennoch ... »Präfekt, Ihre Spione haben sich in bezug auf Lathes Absichten bereits mindestens einmal geirrt. Ich glaube wirklich, daß ich in Cerbe von größerem Nutzen sein kann als ...«

»Sie kennen Jensen.« Apostoleris sprach nachdrücklich und um ein oder zwei Grad kälter. »Sie kennen die Kultur, in der er in den letzten fünfunddreißig Jahren gelebt hat. Sie wissen bestimmt, wie wichtig das bei einem Verhör sein kann.«

»Ja, Sir.« Galway fühlte sich unter Apostoleris' Blick entschieden unbehaglich. »Darf ich statt dessen vorschlagen, daß Sie Jensen nach Calarand bringen lassen? Dann könnte ich mich sowohl an seinem Verhör als auch an den Vorbereitungen in Cerbe beteiligen.«

Apostoleris schüttelte den Kopf. »Ich möchte ihn lieber dort lassen, damit Lathe seine Kräfte zersplittern muß, wenn er ihn sich zurückholen will. In Millaire befinden sich bereits zwei Blackcollars, und solange sie dort sind, kann Lathe sie nicht einsetzen.«

»Das klingt nicht sehr gut«, bemerkte Galway vorsichtig. Er hatte gesehen, was zwei Blackcollars ausrichten konnten.

»Es ist vollkommen sicher. Einer unserer Leute befindet sich bei ihnen.« Der Präfekt wandte sich dem Oberst zu. »Sie übernehmen den Transfer der Gefangenen, Eakins! Vergewissern Sie sich, daß Henslowe auf alles vorbereitet ist, was Lathe im letzten Augenblick versuchen könnte.« Er erhob sich und winkte Galway. »Kommen Sie! Wir dürfen Kommandomann Jensen nicht warten lassen.«

Galway stand wortlos auf. Er war noch immer von bösen Ahnungen erfüllt, als er Apostoleris aus dem Raum folgte.

23. Kapitel

Das Cerbe-Gefängnis war bereit.

Kommandant Kurz Ehrhardt überblickte das Kontrollzentrum des Gefängnisses mit einigem Stolz. Er hatte erst vor einer Stunde erfahren, daß der Transfer einen Tag früher als vorgesehen stattfinden würde, aber Ehrhardts Team hatte sich auch diesem Problem gewachsen gezeigt. Die Geschütztürme waren bemannt und bereit, die Zellen für die Gefangenen waren geräumt worden und konnten sie jederzeit aufnehmen, und für alle Fälle war eine zusätzliche Wachmannschaft organisiert worden. Die beiden bewaffneten Truppentransporter, die vor wenigen Minuten in Calarand gestartet waren, würden in etwa einer halben Stunde eintreffen; und sobald sich diese Raumfahrer erst einmal in seinem Gefängnis befanden, würden sie keine Reisen mehr unternehmen. Wenn jemand, Blackcollar oder nicht, das nicht glaubte, mußte er sich auf eine unangenehme Überraschung gefaßt machen.

»Kommandant?« Der Sicherheitsmann am Kommunikationspult riß ihn aus seinen Gedanken. »Ein Flieger nähert sich dem Gefängnis. Er hat keine Kennzeichen, aber der Pilot behauptet, daß er in einer dringenden Sicherheitsangelegenheit kommt und bittet um Landeerlaubnis.«

Ein Trick? Wenn ja, dann hatten sie sich das falsche Ziel ausgesucht. Ehrhardt löste sein Mikrophon von der Halterung an seinem Gürtel und stellte es auf die Außenfrequenz ein. »Hier Kommandant Ehrhardt. Geben Sie die Art Ihres Auftrages bekannt!«

»Vertrauliche Sicherheitssache, nur für Sie bestimmt«, antwortete der Pilot sofort. Auf dem Kommunikationsmonitor war jetzt das Gesicht des Piloten zu sehen, und Ehrhardt musterte es genau. Ein jüngerer Mann, in Zivilkleidung, der sich mit ernstem Gesicht auf das Fliegen konzentrierte.

»Haben Sie einen Identifizierungscode?« fragte Ehrhardt gespielt lässig. Im Raum war es unerträglich still, und etliche Leute hielten die Finger über den Alarmknöpfen.

Das Gesicht des Piloten verschwand und an seine Stelle trat das einer Frau im Passagierabteil. »Kommandant, hier spricht Sonderagent Renee Lucas; ich bin Sicherheitspräfekt Apostoleris direkt unterstellt. Verbaler Vor-Code: Januar, suborbital, Gruppe, Alistair, Hauptcode folgt.«

Ehrhardt hatte die Luft angehalten und atmete jetzt aus, während sich die Spannung im Raum löste. Er hatte doch tatsächlich gehofft, daß es sich bei dem Flieger um einen Trick des Radix handelte. *In deinem Alter hast du noch Lust auf eine Rauferei!* schalt er sich. Aber der verbale Vor-Code und der elektronische Holocode, der jetzt über den Kommunikationslaser auf dem Dach hereinkam, entsprachen genau dem Code, den ihm Apostoleris vor nicht einmal sechs Stunden bekanntgegeben hatte. Doch wenn Agentin Lucas tatsächlich echt war, dann mußte sich etwas Wichtiges ereignet haben. Ehrhardt erteilte Befehl, den Flieger hereinzulassen, und ging hinaus, um ihn in Empfang zu nehmen. Vielleicht würde er doch noch Action erleben.

Cerbes Kontrollzentrum befand sich auf der untersten unterirdischen Ebene, und als Ehrhardt das Haupttor erreichte, war der Flieger bereits an einem Ende des von einer Mauer umgebenen Hofes gelandet. Agentin Lucas ging, von dem Piloten und einem weiteren jungen Mann in Zivilkleidung gefolgt, rasch auf das Gebäude zu.

Ehrhardt beobachtete sie und kniff plötzlich beunruhigt die Augen zusammen. Es war unmöglich, ein sicheres Lasersystem anzuzapfen und Lucas' Gefährten hatten offensichtlich bereits lange vor der Ankunft der Blackcollars normale Dosen Idunin erhalten. Trotzdem störte ihn etwas an ihnen. Vielleicht die Art, wie sie gingen ...

Der Kommandant trat zu dem Hauptmann der Wache, der am massiven Tor stand. »Volle Kontrolle, wenn sie hereinkommen; überprüfen Sie sie nach jeder möglichen Waffe. Wenn sie sauber sind, bringen sie die Männer in den Wachraum und lassen Sie ihre Ausweise durch den Auswerter laufen.«

»Vielleicht haben sie keine Ausweise«, wandte der Hauptmann ein.

Ehrhardt sah ihn mißmutig an. Ja, wenn sie in einem Sonderauftrag kamen, dann hatten sie vermutlich keine Ausweise bei sich. »In diesem Fall ... machen Sie Schichtenfotos, lassen Sie den Computer die Gesichtsstrukturen mit den Fotos aus Plinry vergleichen, und behalten Sie sechs bewaffnete Männer ständig in ihrer Nähe – Betäubungspistolen, keine Laser. Klar?«

»Ja, Sir.« Der Hauptmann griff nach dem Mikrophon an seinem Gürtel. Sekunden später trafen die Besucher ein.

Die üblichen Begrüßungsformalitäten wurden drastisch abgekürzt. Agentin Lucas hatte es offensichtlich eilig und weigerte sich, in Anwesenheit Dritter zu sprechen. Ehrhardt kam ihren Wünschen nach und führte sie und eine Viermann-Eskorte schweigend in sein Büro.

»Bitte nehmen Sie Platz«, forderte er sie auf und trat hinter seinen Schreibtisch. Sie konnte nicht sehen, wie ihn einer der Displays darüber informierte, daß bei der Untersuchung keine Waffen gefunden worden waren; er bedeutete der Eskorte, im Vorzimmer zu warten. »Ihre Männer werden unten in der Halle überprüft«, erklärte er ihr, als die Tür sich hinter den Wächtern schloß. »Es handelt sich natürlich um reine Routine ...«

»Vergessen Sie das!« Sie stand noch immer neben ihrem Stuhl. »Ich bin hier, um Ihnen mitzuteilen, daß ein Angriff auf Cerbe bevorsteht.«

Er runzelte die Stirn. »In Ordnung – wir sind bereit.«

»Das sind Sie nicht. Der Radix hat sich etwas Neues einfallen lassen.« Sie zeigte auf die Monitore des Kommandoraums. »Sie müssen die Kontrolle der Waffen sofort hierher verlegen und die Türme räumen lassen. Die Wachen im Hof müssen ebenfalls in das Gebäude übersiedeln, und Sie sollten am besten ein ferngesteuertes Sensorenflugzeug aufsteigen lassen.«

Ehrhardts Stirnfalten vertieften sich. »Das klingt, als erwarteten Sie einen Angriff aus der Luft.«

»Sehr scharfsinnig. Wir glauben, daß die Rebellen einen Korsaren besitzen, mit dem sie Sie angreifen werden.«

Auf dem Schreibtisch leuchtete ein weiterer Display auf. Laut der Kontrolle der Gesichtszüge in der Halle betrug die Wahrscheinlichkeit, daß einer von Lucas' Gefährten ein Blackcollar von Plinry war, nur einundzwanzig Prozent; der Computer wartete noch auf die detaillierte Überprüfung im Wachraum. »Das weiß ich, Miss Lucas, aber soviel ich weiß, ist der Korsar der Blackcollar nie auf Argent gelandet. Selbst wenn er sich irgendwie in einem nahen Orbit versteckt hält, könnte er uns unmöglich angreifen, ohne daß wir rechtzeitig gewarnt würden.«

»Natürlich. Aber es ist nicht dieser Korsar, der uns Sorgen macht. Vor einer halben Stunde haben uns die Ryqril mitgeteilt, daß einer ihrer Korsaren verschwunden ist.«

»Davon habe ich nichts gehört«, meinte Ehrhardt vorsichtig. Angeblich war ein solcher Fall unmöglich.

»Außer uns hat niemand davon erfahren. Falls die Rebellen das Kommunikationsnetz angezapft haben, ist es uns lieber, wenn sie nicht wissen, daß wir den Diebstahl entdeckt haben.« Sie machte eine ungeduldige Handbewegung. »Wenn Sie mir nicht glauben, dann rufen Sie den Raumflughafen Brocken an und ersuchen Sie um Bestätigung der Gegebenheit LL-18.«

»Nein, das geht schon in Ordnung.« Er überlegte angestrengt. Die Verteidigungsmaßnahmen von Cerbe mußten vollkommen geändert werden – ein Korsar, der dicht hinter dem Horizont lauerte, konnte in zehn Sekunden oder weniger hier sein und angreifen. Wenn er die Spitzen aller vier Türme abrasierte, bevor die Richtschützen die Kontrolle auf die unterirdische Anlage zurückgeschaltet hatten, verfügte Ehrhardt nur noch über die Waffen, die bei einem Ausbruchsversuch eingesetzt werden sollten. Diese Maßnahme, durch die die äußeren Verteidigungsanlagen vor einer Übernahme durch die Gefangenen geschützt wurden, wenn der unwahrscheinliche Fall eintrat, daß sie in das Kontrollzentrum gelangten, wirkte plötzlich zweischneidig. »In Ordnung«, sagte er langsam und griff nach seinem Mikrophon. »Für gewöhnlich ziehe ich vor, daß sich die Waffen unter der Kontrolle des Personals befinden, und nicht durch Automaten und Fernsteuerungen bedient weden, aber ich wüßte nicht, wie die Rebellen es ausnützen könnten.« Er zögerte. »Es sei denn, sie hätten auch einen Rammpanzer gestohlen.«

Lucas nickte zustimmend. »Eine sehr richtige Überlegung. Ich habe nichts Derartiges gehört, aber Sie sollten es überprüfen lassen. Es ist natürlich möglich, daß der Diebstahl des Korsaren nur ein verrücktes Ablenkungsmanöver war.«

Ehrhardt nickte befriedigt, weil er einen guten Einfall gehabt hatte. Er wählte das Kontrollzentrum an und erteilte Befehl, die Richtschützen und äußeren Wachposten hereinzuholen; mit einem zweiten Anruf ließ er das Kommunikationsnetz des Sicherheitsdienstes nach etwaigen Diebstählen von Militärmaterial durchsuchen. Es bestand dennoch kein Grund zur Sorge; trotz der Leistungsfähigkeit der Rammpanzer konnte er die Mannschaft in die Türme schicken, bevor das Fahrzeug

Cerbe zu nahe kam. »Weitere Vorschläge?« fragte er, nachdem er den Befehl erteilt hatte.

»Nein, das dürfte reichen. Ich danke Ihnen für Ihre prompte Kooperation und hoffe, daß sich diese Vorsichtsmaßnahmen als unnötig erweisen werden.« Sie blickte auf ihre Uhr. »Die Gefangenen werden in ungefähr fünf Minuten landen. Wollen wir uns in das Kontrollzentrum begeben?«

»Ja, ich sollte dort sein«, gab Ehrhardt zögernd zu. »Aber es tut mir leid – ich habe bis jetzt nicht daran gedacht – die Tür läßt Sie nur mit einem bestätigten Ausweis durch. Da Sie mir keinen gezeigt haben ...«

»Das stimmt«, nickte sie. »Ich trage keinen bei mir. Außerdem hatte ich vergessen, wie Ihr System funktioniert. Vielleicht kann ich irgendwo in der Nähe eines Monitors warten.«

»Selbstverständlich.« Ehrhardt hatte plötzlich Mühe zu sprechen. Ein Sonderagent darf nicht vergessen, wie ein Sicherheitssystem auf höchster Ebene funktioniert!

Sein erster Impuls war, einen der Alarmknöpfe auf seinem Schreibtisch zu betätigen und Lucas und ihre Begleiter so rasch wie möglich von einem Kreis von Lasern einschließen zu lassen. Doch er gab dem Drang nicht nach. Es war besser, wenn er sie noch eine Weile in Freiheit ließ – falls sie tatsächlich Radixspione waren, konnte er vielleicht etwas über ihre Pläne erfahren. Außerdem war ihm inzwischen die richtige Antwort auf ihre Bitte eingefallen. »Selbstverständlich«, wiederholte er, während er sich erhob. »Sie können die Vorgänge gemeinsam mit ihren Begleitern auf dem Monitor im Wachraum verfolgen.«

Sie nickte zustimmend, und er führte sie in den Vorraum hinaus. Zu seiner Überraschung waren nur zwei der vier Wächter anwesend. »Wo sind die übrigen?« fuhr er sie an und gab mit der rechten Hand das Geheimzeichen des Gefängnisses für »Gefahr – Feind anwesend«.

»Ich befürchte, daß sie nicht mehr zur Verfügung stehen«, antwortete einer der beiden kühl – und Ehrhardts Hand erstarrte, als er die Gesichter oberhalb der Uniformen betrachtete.

»Mein Gott«, flüsterte er. Sein Blick wanderte unwillkürlich zum Monitor auf dem Schreibtisch seines Sekretärs, als hätte er irgendwie das leuchend rote Signal »Gefangener entkommen« übersehen, das sicherlich dort aufschien. Aber der Bildschirm zeigte nur die Routinenachrichten des normalen Gefängnisalltags. Er wandte sich wieder den beiden Männern zu. »Sie können einfach nicht hier sein. Im gesamten Stockwerk gibt es Video- und Audiomonitore.«

»Klar gibt es sie«, gab der Mann, der in Lucas' Flieger am Steuerknüppel gesessen hatte, liebenswürdig zu, während er Ehrhardt um sein Gürtelmikrophon erleichterte. Er war groß und kräftig, und seine entliehene Sicherheitsuniform dehnte sich in allen Nähten. »Sie haben auch einen Mann, der herumsitzt, diese Monitore beobachtet, und dessen Finger einen halben Meter vom nächsten Alarmknopf entfernt sind.«

»Das stimmt«, bestätigte Ehrhardt automatisch. Als er den muskulösen Körper musterte, fielen ihm – zu spät – einige Hinweise aus den Berichten des Geheimdienstes ein. »Sie sind Kelly O'Hara, nicht war? Und Sie ...« – er sah den anderen an – »müssen Taurus Haven sein. Die beiden Blackcollars, die in letzter Zeit aus unserem Blickfeld verschwunden sind. Sie sind mit hohen Dosen von Idunin behandelt worden, stimmt's?«

Haven nickte. »Eine einfache Verkleidung, aber trotzdem sehr wirksam. Wollen wir jetzt friedlich in das Kontrollzentrum gehen?«

»Das wird Ihnen nicht viel nützen.« Ehrhardt ballte instinktiv die Fäuste. »Ich habe Ihrer Rad gerade erklärt, daß Sie ohne den richtigen Ausweis nicht hineingelangen können.«

»Kein Problem«, meinte O'Hara. »Wir lassen Sie einfach mit Ihrem Ausweis die Tür aufsperren, und dann geht einer von uns an Ihrer Stelle hinein.«

Ehrhardt wurde klar, daß sie es schaffen würden; solche Manipulationen sollte der Mann in der Überwachungskabine verhindern, und den hatten sie bereits ausgeschaltet. Ihn fröstelte, und er wußte, daß er sterben würde. »Das kann ich nicht machen«, stellte er unerwartet ruhig fest. »Meine Loyalitätskonditionierung läßt es nicht zu, auch wenn Sie mir mit dem Tod drohen. Wenn Sie mich als Geisel nehmen, nützt es Ihnen auch nichts, denn meine Leute können einer Erpressung nicht nachgeben.« Er spürte, wie in seiner Wange ein Muskel zu zucken begann. »Aber ich nehme an, daß Sie mich töten müssen, um sich davon zu überzeugen.«

»Vielleicht, vielleicht auch nicht«, sagte Haven. »Zwingt die Loyalitätskonditionierung Sie dazu, Ihr Leben für nichts und wieder nichts wegzuwerfen?«

»Ich verstehe Sie nicht.«

»Sie können uns nicht daran hindern, in den Kontrollraum zu gelangen, selbst wenn Sie Ihr Leben opfern«, fuhr der Blackcollar fort. »Wir haben Ihren Ausweis und wir können Ihre Fingerabdrücke und Ihre Netzhautmuster mitnehmen und sie den Scannern zeigen.«

»Wie wollen Sie das tun – indem Sie mich durch den Korridor schleppen, während ich aus Leibeskräften brülle?«

»Wir brauchen nicht Sie als Ganzes. Und was wir mitnehmen, würde nicht brüllen!«

Ehrhardt starrte ihn an und das Blut gefror ihm in den Adern, als er verstand. »Das können Sie nicht tun«, flüsterte er.

»Wir können es«, versicherte ihm O'Hara genauso eisig. »Abgetrennte Hände und ein abgetrennter Kopf können einige Stunden lang verwendet werden, bis der Verfall des Netzhautmusters soweit fortgeschritten ist, daß die Maschine es merkt. Ich weiß es, ich habe es erlebt. Es ist Ihre Entscheidung, Kommandant.«

Ehrhardts Hals war sehr trocken. »Zuerst eine Frage. Sie wurden von sechs Wächtern in das Gebäude begleitet. Was ist aus ihnen geworden?«

»Ein Teil des Korridors vor dem Wachzimmer wird nicht von den Überwachungskameras erfaßt«, erklärte O'Hara. »Ihre Leute haben die schlechte Gewohnheit zusammenzubleiben; wir haben sie einfach ausgeschaltet und sind dann durch den Korridor zur Überwachungskabine gegangen.«

»Auch wenn er Sie nicht sehen konnte, muß doch der Kampflärm ...«

»Wir haben keinen Lärm gemacht.«

Die Chancen hatten drei zu eins gestanden ... und sie hatten keinen Lärm gemacht. Ehrhardt begriff endlich, daß nichts und niemand sie aufhalten konnte. Sie würden irgendwie in das Kontrollzentrum gelangen ... und sie hatten recht: Wenn er nicht den ausdrücklichen Befehl erhielt, zwang ihn die Konditionierung nicht dazu, sein Leben sinnlos wegzuwerfen. »Also gut«, entschloß er sich, »ich werde Sie hineinführen. Aber selbst wenn Sie die Verteidigungsanlagen voll unter Kontrolle haben, werden Sie nicht imstande sein, Cerbe lange zu halten. Auf den verschiedenen Ebenen sind über hundert bewaffnete Wächter unterwegs, und die Einsatzkommandos aus Calarand können innerhalb von zwei Stunden hier sein.«

»Lassen Sie das unsere Sorge sein«, schlug O'Hara vor. »Gehen wir!«

Ehrhardt sah nicht, was geschah, nachdem Haven durch die Tür zum Kontrollzentrum verschwunden war; er wußte nur, daß keiner der Männer drinnen rechtzeitig zu einem Alarmknopf gelangte. »Wer kommt als nächster dran?« knurrte er.

»Niemand.« O'Hara sah auf die Uhr und zeigte auf den Korridor. »Kommen Sie, gehen wir hinauf!«

Sie erreichten die Fahrstühle ohne Zwischenfall. Als sie die leere Kabine betraten, dachte Ehrhardt kurz daran, den Notfallknopf zu drücken, um die Wächter auf den übrigen Ebenen zu warnen, aber da sich das Kontrollzentrum bereits in der Hand des Feindes befand, wäre es eine zwecklose Geste gewesen. Wahrscheinlich hätte er damit auch Selbstmord begangen. Er drückte den Knopf für das Erdgeschoß und trat zur Seite.

»Hören Sie mir genau zu!« sagte O'Hara, als der Fahrstuhl sich in Bewegung setzte. »Die Truppentransporter aus Calarand müßten inzwischen gelandet sein; mein Freund wird dem Piloten und den Wächtern befohlen haben, zum Tor zu kommen, um sich mit Ihnen zu beraten. Wir werden sie – und Sie – in das Wachzimmer des Tores sperren. Allerdings nur, wenn Sie kooperieren. Wenn Sie es nicht tun, müssen wir die anderen töten.«

»Mit den Waffen aus dem Turm natürlich«, meinte Ehrhardt bitter.

»Oder mit den Waffen aus der Eingangshalle. Ich würde das Blutvergießen lieber vermeiden, aber im Grund ist es Ihre Entscheidung.«

Ehrhardt schluckte krampfhaft. Der Fahrstuhl hielt an, die Tür ging auf, und die drei traten in die Eingangshalle. Vor ihnen lag das Haupttor; durch die Stäbe aus Panzerstahl erblickten sie Männer, die im Hof umhergingen. Die vier Torwächter beobachteten ebenfalls das Schiff, und dem Kommandanten schoß ein halbes Dutzend verrückter Pläne durch den Kopf: Wie er sie warnen konnte, oder wie er die Leute außerhalb des Tores warnen konnte, indem er die vier Wächter opferte. Aber er wußte, daß es nur theoretische Überlegungen waren. Er konnte die Blackcollars nicht aufhalten, und wenn er das Leben guter Männer sinnlos opferte, dann war das nicht loyal, sondern dumm. Es war besser, wenn er die Blackcollars passiv beobachtete; vielleicht erhielt er einen Hinweis darauf, was sie als nächstes vorhatten.

Fünfzehn Minuten später starteten die Truppentransporter aus dem Gefängnishof; ihre Passagiere befanden sich noch immer an Bord, und am Steuerpult saßen zwei Blackcollars. Ehrhardt, der von den fluchenden Sicherheitsmännern in den Hintergrund gedrängt wurde, sah zu, wie sie über die Hügel im Westen verschwanden. Erst jetzt setzte die emotionelle Reaktion ein, die Erkenntnis, daß er besiegt worden war und sich bald den Folgen seines Versagens stellen mußte. Dennoch empfand er wider Willen Bewunderung für die Geschicklichkeit und den Mut, mit denen die Operationen durchgeführt worden waren.

Er bezweifelte allerdings, daß Präfekt Apostoleris es auch so sehen würde.

Zwischendurch: [redacted] Ehrhard dämmert die schmerzliche Erkenntnis, von den Blackcollars besiegt worden zu sein. Für's erste – denn im nächsten Kapitel wird er sicherlich versuchen, die Scharte wieder auszuwetzen. [redacted] Der Leser hat es besser als der im Augenblick etwas ratlose Held: Er kann zwischen den beiden Kapiteln eine Pause einlegen und sich zwischendurch eine Stärkung für den kleinen Appetit zubereiten. Und in Ruhe abwarten, ob Ehrhard etwas einfällt, um das Blatt doch noch zu wenden . . . [redacted]

24. Kapitel

DAS ERSTE, WAS JENSEN BEMERKTE, während er allmählich das Bewußtsein wiedererlangte, war der Schmerz.

Nicht die Schmerzen in seinen Armen und seiner Brust, die Folgen des Kampfes und des anschließenden Absturzes waren und leicht unter Kontrolle gebracht werden konnten. Der wirkliche Schmerz kam von der Stirn, als hätte ein Riese ihm die Daumen auf die Augen gedrückt. Er kannte das Gefühl, und noch bevor er ganz wach war, wußte er, wodurch es verursacht wurde.

Der Raum bedeutete ebenfalls keine Überraschung. Er war klein, düster und sah solide aus, so daß er überall im TDE als Verhörzelle erkannt worden wäre. Jensens nackter Körper war auf einen nicht gepolsterten Stuhl geschnallt, und die Arme waren wie auf einem Kruzifix ausgebreitet, damit man leichter zu den Venen gelangte. Von verschiedenen Teilen seines Körpers baumelten Drähte und Schläuche herab, und zwei Männer in den Uniformen des Sicherheitsdienstes standen vor ihm. »Er ist wach«, murmelte eine unerwartete Stimme. Jensen riß sich zusammen und konzentrierte sich auf ihre Gesichter.

»Na sowas, Präfekt Galway«, krächzte er heiser. Er zwang Feuchtigkeit in seinen Mund und versuchte es noch einmal, diesmal mit besserem Erfolg. »Was führt Sie nach Argent?«

Galway sah ihn kühl an. »Hallo, Jensen. Wie sehr hängen Sie am Leben?«

Jensen grinste, auch wenn der hämmernde Schmerz dadurch noch schlimmer wurde. »So sehr nun auch wieder nicht. Ich nehme an, daß das Verifin nicht gewirkt hat.«

Galways Gesichtsausdruck änderte sich nicht, aber

der des Mannes neben ihm wurde merklich finsterer. Jensen nickte ihm zu. »Ich habe Ihren Namen nicht verstanden.«

»Sicherheitspräfekt Apostoleris«, spuckte der andere aus. »Ich würde an Ihrer Stelle meine Zunge im Zaum halten. Ich bin nahe daran, Ihren ganzen Haufen von der Oberfläche des Planeten zu tilgen und auf meine Verluste zu pfeifen.«

Eine überraschend heftige Reaktion, dachte Jensen. Er sah Galway an und fragte: »Was hat Lathe jetzt wieder angestellt?«

Galway blickte zu Apostoleris hinüber, der ungeduldig nickte. »Er hat zwei seiner Männer – wir nehmen an, daß es O'Hara und Haven waren – mit Idunin aufgepäppelt und zusammen mit der Führerin eines Radix-Teams in das Cerbe-Gefängnis geschickt. Sie haben die Kontrolle über die Waffen an sich gerissen und zwei Transporter mit Veteranen der Raumflotte ausgeflogen, bevor irgendwem klar wurde, was gespielt wurde.«

»Interessant«, murmelte Jensen.

»Ja, interessant«, ahmte ihn Apostoleris nach. »Das war kein Unternehmen, das man nur so zum Spaß durchzieht. Was wissen diese Männer, das für Sie so wichtig ist?«

Jensen zuckte die Achseln, was angesichts seiner Fesseln nicht ganz einfach war.

»Hören Sie, Jensen«, mischte sich Galway ein. »Ihnen ist wahrscheinlich nicht klar, daß der Präfekt entschlossen ist, bis zum Äußersten zu gehen. Es gibt Drogen, die Sie physisch fertigmachen, es gibt Dinge wie eine verlängerte Behandlung im Isolationstank, und es gibt natürlich immer die simple körperliche Folter. Die schmerzblockierenden Techniken der Psychoausbildung mögen gut sein, aber ich bezweifle, daß sie bei einer langsamen Zerstückelung Ihres Körpers wirksam bleiben würden.«

»Vielleicht.« Die Ruhe, die Jensen in seine Stimme

zwang, war verschwendete Liebesmüh – sie wußten zweifellos, wie Blackcollars den Tod unter dem Messer eines Folterknechts betrachteten. »Natürlich braucht man für Folter viel Zeit.«

»Wollen Sie damit andeuten, daß Ihre Aufgabe beinahe vollbracht ist?« hakte Apostoleris sofort ein.

»Nicht unbedingt. Ich könnte einfach befreit werden, bevor Sie fertig sind.« Er konnte diese Feststellung ohne weiteres treffen – Lathe würde in diesem Stadium keinen einzigen Mann für ein so verrücktes Unternehmen aufs Spiel setzen. Aber das konnte Apostoleris nicht wissen, und jeder Mann, den er zusätzlich für den Wachdienst einsetzte, bedeutete einen weniger, mit dem die anderen fertigwerden mußten.

»Natürlich«, gab Apostoleris zu, »obwohl ich mich an Ihrer Stelle nicht darauf verlassen würde. So, so. Der Kontakt mit den Raumfahrern ist also offenbar einer der abschließenden Schritte. Interessant. Sie haben doch nicht etwa vor, ein paar Raumschiffe zu stehlen und sich den Chrysellis anzuschließen? Das wäre äußerst schwierig – sie werden die Ryqril auf Argent nicht überrumpeln können, wie Sie es auf Plinry getan haben, und hier verfügen Sie nicht über einen Mob von halb ausgebildeten Kindern, hinter dem Sie sich verstecken können. Und selbst wenn Sie es schaffen, was dann? Es sieht nicht so aus, als wären die Chrysellis vertrauenswürdige Verbündete. Sie wissen doch noch, daß sie uns schon einmal den behaarten Rücken zugewandt haben, damals, als General Lepkowski nach Meelach flog und sie um Hilfe bat.«

Jensen antwortete nicht, Apostoleris' Bemerkungen kamen der Wahrheit gefährlich nahe.

Der Präfekt deutete sein Schweigen richtig. »Na also«, schnurrte er beinahe. »Jetzt spucken wir nicht mehr so große Töne, was? Ihnen gefällt offenbar die Richtung nicht, in die sich dieses Gespräch entwickelt.«

»Sie können reden, soviel Sie wollen, aber erwarten

Sie nicht, daß Sie von mir etwas Wichtiges erfahren werden.«

»Das werden wir ja sehen.« Apostoleris blickte nach oben. »Machen Sie Nummer eins fertig«, rief er unsichtbaren Ohren zu.

»Sie vergeuden wirklich keine Zeit«, stellte Jensen so ruhig wie möglich fest. »Sie gestehen mir nicht einmal die traditionelle Stunde zu, in der ich darüber nachdenken kann, wie sehr es schmerzen wird?«

»Sie haben selbst festgestellt, daß wir nicht viel Zeit haben. Wir beginnen mit den nicht destruktiven Formen, für den Fall, daß Sie beschließen, vernünftig zu sein. Danach ... es gibt einige sehr schmerzhafte Dinge, die man dem Nervensystem direkt zufügen kann. Natürlich haben sie bleibende Wirkungen.« Er schwieg für einen Augenblick. »Möchten Sie noch etwas sagen, bevor wir beginnen?«

»Wie wäre es mit ›Gehen Sie zum Teufel‹?«

Apostoleris zuckte die Achseln. »Wenn Sie es sich überlegen, rufen Sie einfach. Falls Sie noch können.«

Er drehte sich um und ging hinaus. Galway blieb noch so lange, daß er Jensen in die Augen sehen konnte; dann war er ebenfalls fort und schlug die Tür hinter sich zu. Der Nachhall war noch nicht verklungen, als das Licht ausging und Jensen in vollkommene Finsternis versank.

Blindheit – das übliche psychologische Gambit, dachte er grimmig, während in seinem Unterbewußtsein die vertrauten schmerzblockierenden Schemata einsetzten. Wie Nacktheit. Dinge, die den zivilisierten Menschen deprimieren. Aber er konnte mit allem fertigwerden, was sie für ihn vorgesehen hatten, zumindest so lange, bis Lathe die Mission beendet hatte. Danach ...

Es hatte jedoch keinen Sinn, soweit voraus zu denken. Im Augenblick bestand sein einziges Ziel darin, die erste Schlacht zu überleben.

Ohne Warnung durchzuckte ein starker elektrischer Schock seine linke Körperhälfte. Jensen biß die Zähne zusammen, um sich nicht in die Zunge zu beißen, und machte sich für den bevorstehenden langen Kampf bereit.

»Ein Frontalangriff kommt nicht in Frage«, erklärte Dael Valentine, als er den Wagen vor einer roten Ampel abbremste. »Das Gebäude besitzt innerhalb der Haupttür doppelte Wachposten, im Hof Abwehreinrichtungen gegen Eindringlinge, und Sensoren in der äußeren Mauer. Sie würden uns in Stücke schneiden, bevor wir überhaupt drinnen sind. Das haben Sie bei Ihrem kleinen Erkundungsunternehmen doch bestimmt selbst festgestellt?«

»Was schlagen Sie denn vor?« fragte Novak ruhig, und Skyler rutschte unbehaglich auf dem Rücksitz herum, als er an den brodelnden Vulkan unter der dünnen Schicht von Novaks Selbstbeherrschung dachte.

»Sanftes Eindringen«, antwortete Valentine. »Lathe und O'Hara haben bereits gezeigt, was man mit Ausweisen oder mit Identifizierungscodes erreichen kann. Loyalitätskonditionierte Gehirne sind eben nicht flexibel; wenn man ihnen das gibt, was sie erwarten, lassen sie einen vermutlich hinein.«

»Fein«, meinte Skyler etwas bissig. »Und wie kommen wir zu den Ausweisen? Caines Trick kann man hier wohl kaum anwenden.«

»Das stimmt – aber sie können nicht jeden, der das Gebäude betritt, einem vollständigen Computercheck unterziehen. Wenn wir Ausweise besitzen, die unsere Fingerabdrücke und Netzhautmuster aufweisen, genügt es wahrscheinlich.«

Skyler überlegte. Es war eine interessante Feststellung. Im Gegensatz zu der Organisation in Calarand befanden sich in Millaire alle Regierungsämter in einem einzigen, neun Stockwerke hohen Gebäude. Er und

Novak hatten das Gebiet während eines zweistündigen Fußmarsches inspiziert und beobachtet, daß die unterschiedlichsten Personen durch das Tor hineingingen und herauskamen – von unverkennbaren Kollietypen bis zu gewöhnlichen Staatsbürgern; letztere wurden von bewaffneten Wächtern über den Hof begleitet. Eine minimale Möglichkeit bestand tatsächlich. »Vielleicht, falls wir Ausweise besäßen.«

»Gut – denn die können wir bekommen.« Valentine bog nach links ab und fuhr in das Geschäftsviertel von Millaire zurück. »Während Sie spazierengegangen sind, habe ich nicht nur getratscht, sondern auch Kontakt mit den hiesigen Resten des organisierten Radix aufgenommen.«

»Und?« drängte Novak.

»Und es gibt einen Ausweisfälscher, den sie noch nicht geschnappt haben.«

Skyler beugte sich vor, um Valentines Gesicht besser zu sehen. »Wie gut sind diese Fälschungen?«

»Beinahe perfekt.«

»Aber wenn sich im Computer nichts findet, warum ...?« Novak unterbrach seine Frage, weil Skyler ihm sanft den Pochercode auf den Nacken tippte.

»Warum ich es dann vorgeschlagen habe?« fragte Valentine gereizt. »Das habe ich Ihnen gesagt – sie können nicht jeden so genau überprüfen.«

»Es könnte klappen.« Skyler überlegte rasch. »Besteht eine Möglichkeit, auch Sprengstoff zu bekommen?«

Valentine blickte nach hinten. »Wozu brauchen Sie Sprengstoff?«

»Zur Ablenkung. Wir könnten in der Nähe ein paar Explosionen auslösen, damit so viele Sicherheitsmänner wie möglich hinauslaufen und nachsehen. Wenn wir dann ein Loch in die Mauer sprengen, werden sie wahrscheinlich annehmen, daß das Gebäude angegriffen wird und hineinstürzen, ohne sich erst lang mit Ausweisen aufzuhalten – und wir könnten gemeinsam mit ihnen hineingelangen.«

»Ja, das könnte gehen«, meinte Valentine nach einer kurzen Pause. »Wann schlagen wir zu – bei Einbruch der Dunkelheit?«

»Oder ein paar Stunden später«, meinte Skyler. »Suchen wir den Fälscher und den Sprengstoff, bevor wir den Zeitpunkt festsetzen. Nein, den Sprengstoff zuerst«, berichtigte er sich. »Wenn die Wohnung des Fälschers überwacht wird, brauchen wir etwas, um uns den Weg freizukämpfen.«

»Sie sind der Chef«, meinte Valentine und bog bei der nächsten Ecke nach rechts ab. »Ich weiß, mit wem wir sprechen müssen; wir können in fünf Minuten dort sein.«

Skyler lehnte sich zurück und blickte zum Himmel empor. Der Regen der vergangenen Nacht war vorbei, aber über ihnen standen noch immer dunkle Wolken. Er hoffte, daß es so bleiben würde; bei einer dichten Wolkendecke wurde es früher dunkel, und sie konnten ihren Angriff entsprechend früher starten. Trotzdem würde es mindestens sechs Stunden dauern, bis sie es versuchen konnten.

Er hoffte, daß Jensen so lange durchhalten würde.

25. Kapitel

DER GROSSE TISCH im Konferenzraum wirkte leer, weil nur Tremayne und Bakshi an ihm saßen. Caine folgte Lathes Beispiel und nahm ihnen gegenüber Platz; er bedauerte beinahe, daß er nicht mit Mordecai und Kwon draußen geblieben war. Nach dem, was in Cerbe geschehen war, konnte sich Lathe auf eine gesalzene Strafpredigt gefaßt machen.

Doch ihn erwartete eine Überraschung. »Für jemanden, der soviel über Gehorsam spricht, sind Sie in dieser Beziehung äußerst lax, Lathe«, begann Tremayne beinahe mild. »Was müssen wir tun, damit Sie uns Ihr Vertrauen schenken?«

»Ich nehme an, daß die Veteranen gut angekommen sind?« fragte Lathe.

Tremayne nickte. »Die Führerin von Janus, Lianna Rhodes, hat die letzten vor etwa zwanzig Minuten hereingebracht.«

»Gut. Ich sollte wahrscheinlich erwähnen, daß ich Lianna Rhodes deshalb eingesetzt habe, weil sie mir gesagt hat, daß sie aus dem Radix ausscheiden wird.«

»Ja, das ist mir inzwischen klar geworden. Das war schlau – Sie haben mir nur versprochen, sich dann mit mir zu beraten, wenn es um Radixleute geht.« Einen Augenblick lang sprühten Tremaynes Augen Funken. »Sie wissen ja, daß das gerade noch akzeptabel ist – ganz gleich, was für Pläne Rhodes für die Zukunft hat, im Augenblick ist sie Angehörige des Radix.«

»Zum Teufel mit gerade noch akzeptabel!« Bakshis Stimme klang kalt; zur Abwechslung war er wütender als Tremayne. »Sie haben einfach unser Abkommen gebrochen. Können Sie mir einen einzigen guten Grund dafür nennen, warum wir Sie nicht sofort auf die Straße setzen – Sie und den Haufen Sicherheitsrisiken, den Sie mitgebracht haben?«

»Moment mal, das können wir nicht tun!« unterbrach ihn Tremayne. »Theoretisch sind die Veteranen aus dem Gefängnis ausgebrochen – Apostoleris wird saftige Strafen über sie verhängen, falls er sie jemals wieder zu fassen bekommt. Und was die Blackcollars betrifft – die haben ihr Zicl erreicht.«

»Sie sprechen also nicht von einem Erfolg?« meinte Bakshi höhnisch. »Das ist gut, denn es war ein unzulänglicher Versuch, und es war ein reiner Glücksfall, daß sie ihn durchgebracht haben.«

»Er war keineswegs unzulänglich«, widersprach Lathe ruhig. »Alles, was wir taten, war minutiös geplant – von meinem Ausflug nach Henslowe an. Ihnen ist sicherlich klar, daß es unmöglich ist, so viele Männer ohne schwere Verluste aus einem Gefängnis herauszubekommen. Wir mußten den Sicherheitsdienst dazu überreden, diese Aufgabe für uns zu übernehmen, und er hat uns den Gefallen getan.«

»Hinterher ist es leicht, klug zu sein«, knurrte Bakshi.

»Und was den Grund betrifft – ja, ich kann Ihnen einen verdammt guten Grund nennen.« Lathe sah Tremayne an. »Haben Sie einen Raum, der so groß ist, daß ich zu allen Veteranen gleichzeitig sprechen kann?«

»Die Garage sollte genügen«, antwortete der Radixführer. »Im Augenblick sind eine Menge Fahrzeuge unterwegs.«

»Gut. Schicken Sie die Veteranen und Ihre taktische Gruppe dorthin. Wir sind in einer Minute unten.«

Tremayne nickte. »In Ordnung. Ich hoffe für Sie, daß Ihr Grund wirklich stichhaltig ist.« Er winkte Bakshi, und die beiden verließen gemeinsam den Raum.

»Was werden Sie ihnen erzählen?« fragte Caine.

»Die Wahrheit. Alles bis auf die Tatsache, daß Sie der einzige sind, der die Schiffe finden kann; obwohl die anderen sich das selbst ausrechnen können.«

»Halten Sie das für klug? Wenn sich tatsächlich ein Spion unter ihnen befindet, dann können Sie genausogut den Sicherheitsdienst anrufen und es ihm direkt erzählen.«

»Dagegen hätte ich gar nichts. Ich will jetzt, daß der Sicherheitsdienst Bescheid weiß.«

Caine kniff die Augen zusammen. »Ich verstehe Sie nicht.«

Lathe seufzte. »Also. Der Sicherheitsdienst muß inzwischen begriffen haben, daß wir den Planeten verlassen wollen. Nachdem wir ihnen die Veteranen entführt haben, können sie es am einfachsten dadurch verhindern, daß sie alle Raumschiffe wegschließen.«

»Okay«, stimmte Caine zu. »Aber Sie sind auf Plinry recht mühelos in den Raumhafen eingedrungen.«

»Es hat nur deshalb mühelos ausgesehen, weil wir es seit dreißig Jahren geplant hatten und weil wir Galway überrumpelt haben. Hier verfügen wir über keinen dieser Vorteile.«

»Was gewinnen wir also, indem wir ihnen bestätigen, was sie bereits vermuten?«

»Wir gewinnen, indem wir ihnen eine Attraktion anbieten. Fünf Novas wären ein ungeheurer Gewinn, und sie können diese Schiffe am ehesten bekommen, indem sie sich von uns zu ihnen führen lassen.«

Caine starrte Lathe an und bemerkte zum ersten Mal die Falten um seine Augen, die die Behandlung mit Idunin nicht beseitigt hatte. »Sie wissen doch, was Sie jetzt gesagt haben? Sie führen uns vorsätzlich in eine Falle.«

»Ich weiß es.« Lathe sprach leise, ohne das Selbstbewußtsein, das er vor den Argentianern zur Schau trug. »Es grenzt an Wahnsinn, aber die Tatsache, daß uns eine Falle erwartet und wir das wissen, gibt uns vielleicht den notwendigen Vorsprung. Außerdem wüßte ich nicht, was wir sonst tun könnten.«

»Warum erfinden wir nicht einfach etwas? Wir können ihnen einreden, daß wir die Erde befreien wollen, oder etwas Ähnliches.«

»Das würde nicht funktionieren. Die Kollies müssen wissen, daß sie eine Beute machen können, die den Einsatz wert ist, sonst lassen sie uns nicht vom Planeten fort. Außerdem ist es nur fair, wenn wir den Veteranen sagen, worauf sie sich einlassen.« Der Comsquare schob seinen Stuhl zurück und erhob sich.

»Sie haben wahrscheinlich recht.« Caine war ebenfalls aufgestanden, legte aber Lathe die Hand auf den Arm, um ihn zurückzuhalten. »Es wird doch einen Weg aus der Falle geben, nicht wahr?«

Lathe zuckte die Achseln. »Es gibt aus jeder Falle einen Weg. Die eigentliche Frage besteht darin, ob wir ihn rechtzeitig finden und was es uns kostet, wenn wir ihn benützen.« Sein Gesicht wurde ernst. »Ganz gleich, wie hoch dieser Preis ist, Sie können darauf wetten, daß er in Menschenleben bezahlt wird.« Er deutete auf die Tür. »Gehen wir!«

Obwohl viele Autos und Lieferwagen unterwegs waren – wie Caine erfuhr, auf Spähtruppunternehmen als Folge der Operation Cerbe – war die Garage überfüllt. Die Veteranen der Raumflotte sahen alle wie Dreißigjährige aus, ein Hinweis darauf, daß sie ständig Idunin genommen hatten. Caine revidierte widerwillig seine Einschätzung des Radix – es war kaum anzunehmen, daß die Regierung sie freiwillig mit der Droge belieferte.

Tremayne hatte sich auf einen der noch vorhandenen Wagen gestellt, und als Caine und die Blackcollars auf ihn zugingen, hob er die Hand. »Ich weiß, daß Sie sich fragen, was hier los ist«, begann er, als die Gespräche verstummten. »Der Mann, der Sie aus Cerbe herausgeholt hat, wird es Ihnen erklären: Blackcollar-Comsquare Lathe, früher auf Plinry.« Er sah zu Lathe hinüber und winkte ihm.

In der Menge bildete sich eine Gasse, aber Lathe folgte ihr nur bis zum ersten Wagen, auf den er stieg.

Caine nahm an, daß Tremayne sich über Lathes Eigenwilligkeit ärgern würde, doch als Lathe zu sprechen begann, hörte der Radixführer gespannt und interessiert zu.

Lathe war sichtlich kein Redner; er schilderte die Ereignisse einfach, ohne Effekthascherei und Angeberei, und dennoch hatte Caine nur selten erlebt, daß eine so große Menge einem Redner so aufmerksam zuhörte. Caine spürte hier stärker als bei der Blackcollargruppe auf Plinry tiefreichendes Verständnis dafür, was fünf Novas heute in strategischer Hinsicht bedeuteten. Er sah sich unauffällig um und stellte fest, daß die Raumfahrer nachdenklich nickten und vielsagende Blicke wechselten. Es überraschte ihn auch nicht, daß die Angehörigen der stragetischen Gruppe genauso beeindruckt waren. Miles Cameron und Salli Quinlan hatten die Köpfe zusammengesteckt und sprachen vermutlich über die derzeitige militärische Stärke der Ryqril; ein paar Meter von ihnen entfernt starrten Fuess und sein Blackcollarkamerad Couturie Lathe so aufmerksam an, daß sie beinahe bedrohlich wirkten. Bakshis Gesicht hingegen war eine nachdenkliche Maske.

Lathe hörte auf zu sprechen und in der Garage herrschte Stille, weil die Anwesenden das Gehörte verdauten. Dann öffnete sich in der Menge wieder eine Gasse, ein großer, kräftiger Mann trat vor und blieb auf halbem Weg zwischen Lathe und Tremayne stehen. Er blickte beide Männer nacheinander an und wandte sich schließlich dem Blackcollar zu. »Comsquare, ich bin Commander Garth Nmura, der höchstrangige hier anwesende Offizier der Raumflotte.« Er sprach mit einem Akzent, den Caine nicht zuordnen konnte. »Mir ist aufgefallen, daß Sie uns nicht ausdrücklich befohlen haben, Sie zu unterstützen. Haben Sie vor, einen solchen Befehl zu erteilen, und wenn ja, aufgrund welcher Machtbefugnis?«

»Ich würde freiwillige Kooperation vorziehen«, antwortete Lathe. »Wenn es jedoch erforderlich sein sollte...« – er zeigte auf Caine –, »dann hat mein Kollege Allen Caine von General Kratochwil von der Erde die volle militärische Machtbefugnis erhalten. Ich selbst bin der direkte Nachfolger von General Lepkowski vom Oberkommando des Sektors Plinry.«

»Wir müssen Ihnen allerdings aufs Wort glauben«, wandte Nmura ein.

»Das stimmt. Andererseits wäre ohne sichere Kommunikation kein Dokument, das ich vorlegen würde, über jeden Zweifel erhaben.«

»Das weiß ich«, gab Nmura zu. »Sie müssen verstehen, daß ich nicht einfach eigensinnig bin. Sie fordern uns auf, unser Leben und die Sicherheit unserer Familien aufs Spiel zu setzen, und ich kann das nicht nur aufgrund Ihrer durch nichts erhärteten Behauptungen befehlen. Es könnte sich ja auch um eine verrückte Falle handeln.«

»Für Kollies zu raffiniert«, murmelte Kwon in Caines Ohr. Mordecai, der an Caines anderer Seite stand, brummte zustimmend.

Nmura sah zu Tremayne hinüber. »Außerdem habe ich den Eindruck, daß auch der Radix Sie nicht ganz akzeptiert hat.«

Lathe wollte ihm antworten, aber Tremayne mischte sich unerwartet ein. »Das stimmt nicht, Commander. Wir haben auf Ersuchen von Comsquare Lathe aus stichhaltigen Gründen unsere Aktivitäten stark eingeschränkt, aber ihre Operationen haben immer unsere volle Unterstützung gefunden.«

Caine blickte ihn überrascht an; auf dem Gesicht des Radixführers lag jedoch die gleiche Aufrichtigkeit wie in seiner Stimme. Es gelang Caine, unbeteiligt zu wirken, aber er hätte gern gewußt, worauf Tremayne hinauswollte.

Auch Nmura schien gewisse Zweifel zu hegen. Sein Blick wanderte wieder zwischen Lathe und Tremayne hin und her, bevor er sich an letzteren wandte. »Soll das heißen, daß Sie die Referenzen von Comsquare Lathe anerkannt haben?«

»Seine beste Referenz ist, daß er Blackcollar-Comsquare ist. Auf dieser Basis akzeptieren wir ihn.«

»Ich verstehe«, sagte Nmura langsam. Er zögerte, und Caine hatte plötzlich den Eindruck, daß er einen Mann vor sich hatte, der an einem windstillen Tag die Windrichtung feststellen will. »Dadurch ist natürlich keines der Haupt-Risiken ausgeräumt.«

In einigen Metern Entfernung ging eine Hand in die Höhe. »Darf ich etwas sagen, Garth?«

Nmura verrenkte sich den Hals, um den Sprecher zu identifizieren. »Klar, Rayd, leg los!«

»Ich habe den Eindruck, daß wir lange genug auf unseren Hintern gesessen haben«, begann Rayd. Seine Stimme klang kräftig und selbstsicher, als wäre er daran gewöhnt, die Führung zu übernehmen. »Hier bietet sich eine verdammt gute Chance, die Ryqril zu treffen, und jeder, der das nicht glaubt, sollte darüber nachdenken, ob Blackcollars jemals ihren Hals für ein hoffnungsloses Unternehmen riskiert haben.« Im Kreis erhob sich zustimmendes Gemurmel, und Rayd sprach lauter, um es zu übertönen. »Und wir sollten uns auch daran erinnern, wie oft der Radix Kopf und Kragen aufs Spiel gesetzt hat, um uns Idunin zu verschaffen. Wir wollen doch nicht den Eindruck erwecken, daß Raumfahrer sich alles schenken lassen.«

Mit der Windstille war es vorbei, und es war klar, aus welcher Richtung der Wind wehte. Nmura hob die Hand, um Ruhe zu schaffen, und nickte Lathe zu. »Es sieht so aus, als hätten wir allgemeine Übereinstimmung erreicht«, meinte er trocken. »Also schön, Sie haben sich eine Mannschaft angelacht. Wann starten wir?«

»In zwei oder drei Tagen«, antwortete Lathe. »Wir müssen uns Raumschiffe besorgen, um den Planeten zu verlassen. Und Sie müssen Mannschaften organisieren, und die erforderlichen Startprozeduren ausarbeiten.« Er sah Tremayne an. »Kann der Radix diese Männer solange hier unterbringen?«

»Wir werden es irgendwie schaffen. Jer?« Tremayne hatte Jeremiah Dan entdeckt und zeigte auf Nmura. »Sprich mit dem Commander über Unterkünfte für seine Männer! Wir müssen den nächsten Schritt besprechen, Lathe.«

Die Zusammenkunft war sichtlich zu Ende, und als sich im Raum Gesprächsgruppen bildeten, berührte Kwon Caine am Arm. »Gehen wir wieder hinauf. Lathe wird hier auch ohne uns fertig.«

Caine nickte zerstreut, weil er mit seinen Gedanken ganz wo anders war. Tremayne hatte sich überraschend schnell von der noch vor zwei Tagen zur Schau gestellten Feindseligkeit zu einem Muster an Kooperation gemausert. Diese Schnelligkeit war vielleicht verdächtig. Bestenfalls war es ein politisches Manöver, um den Veteranen gegenüber Einheit zu demonstrieren. Schlimmstenfalls ... Caine ging nicht aus dem Kopf, was Lathe vorhin über die Reaktion der Regierung vorausgesagt hatte. Er wußte, daß er unfair war – Tremayne hatte diese Kehrtwendung wahrscheinlich nur deshalb vollzogen, weil er endlich begriff, wie wichtig die Mission war.

Aber wenn Lathe recht hatte, dann hatte noch jemand im Radix begriffen, worum es ging ... – und wenn sich die Regierung nicht für das Risiko, sondern für die sichere Methode entschied, dann mußten Mordecai und Kwon sich ihren Unterhalt mit harter Arbeit verdienen.

Ein Schauer überlief Caine und er ging schneller.

26. Kapitel

»UNGLAUBLICH«, murmelte Oberst Eakins, starrte in seinen Becher und schüttelte den Kopf. »Wir haben sie die ganze Zeit vor unserer Nase gehabt. Glauben Sie, daß sie noch einsatzfähig sind?«

»Wahrscheinlich.« Galway fröstelte innerlich. Sein Becher stand unberührt vor ihm. Sie werden es eines Tages herausfinden, hatte ihm Lathe am Raumhafen von Plinry gesagt, und Galway hatte daraus geschlossen, daß die Blackcollars hinter etwas Großem her waren. Doch nicht hinter etwas so Großem. »Ihre Systeme sind alle ab- oder auf Warteposition geschaltet, und deshalb kann es höchstens zu einem Aussickern von Treibstoff oder Luft oder zu einer langsamen inneren Korrosion gekommen sein – und letzteres können wir vergessen, wenn man die Innenräume nicht unter Druck gesetzt hat.«

»Sie wissen offenbar sehr viel über das Thema«, meinte Apostoleris, der telefoniert hatte und jetzt den Hörer auflegte.

»Mein Vater war in der Raumflotte«, erklärte Galway kurz. »Hält Jensen immer noch durch?«

Apostoleris nickte. »Wir werden ihn trotzdem zum Reden bringen.«

»Warum machen Sie sich die Mühe? Ihre Spione haben Ihnen schon alles erzählt, was es zu erfahren gibt. Warum machen Sie nicht Schluß und töten ihn?«

»Ein toter Köder lockt keine Fische an«, widersprach der Präfekt. »Oder vergessen Sie etwa Skyler und Novak?«

»Sie würden zu spät erfahren, daß er tot ist.«

Eakins blickte von seinem Becher auf. »Sie deuten

immer wieder an, daß die beiden tatsächlich soweit kommen könnten«, meinte er ärgerlich. »Das ist nicht Cerbe, Galway – diesmal sind wir im Vorteil.«

Galway rieb sich müde die Stirn. »Ich weiß. Ich möchte sie nur nicht noch einmal unterschätzen.«

»Das tun wir bestimmt nicht«, widersprach Apostoleris selbstsicher. »In bezug auf Jensen haben Sie recht – ich glaube nicht, daß er etwas weiß, was uns von Nutzen sein könnte. Aber Skyler und Novak sind die ganze Zeit mit Lathe zusammen gewesen und müssen mehr über seine Pläne wissen.«

»Ihre Spione im Radix haben eine bessere Möglichkeit, diese Informationen zu erhalten«, ließ Galway nicht locker.

Apostoleris schüttelte angewidert den Kopf. »Sie vertragen so etwas einfach nicht, was? Vielleicht haben die Blackcollars deshalb diese ganze Scheiße auf Plinry anrichten können.«

Galway antwortete nicht. Ihm war zu spät klargeworden, daß Apostoleris die Operationen der Blackcollars persönlich nahm – beinahe, als würde er ein privates Duell mit Lathe austragen. Diese Verhaltensweise war gefährlich – wenn sich der Sicherheitspräfekt auf kleine Scharmützel konzentrierte, konnte er leicht den Krieg aus den Augen verlieren. In vieler Hinsicht verhielt sich Apostoleris wie ein Schachdilettant, der seine Kampfstärke an der Zahl der geschlagenen Figuren mißt. Galway blickte seufzend auf die Uhr. Noch vierzig Minuten bis Sonnenuntergang, dem frühesten Zeitpunkt, zu dem Skyler etwas unternehmen würde. Die Blackcollars hatten sich den Sprengstoff und die gefälschten Ausweise beschafft, und den letzten Berichten zufolge war Apostoleris' dreifache Falle bereit zuzuschnappen. Es würde funktionieren – und es würde bestimmt eine Menge Menschenleben kosten. Vielleicht hatte Apostoleris recht, vielleicht ertrug er unnötige Tote tatsächlich nicht. Anderseits zwang ihn das Leben auf Plinry, mit seinen Hilfsmitteln sparsam umzugehen.

Nun griff Galway nach seinem Becher und nahm einen Schluck.

Achtunddreißig Minuten bis zum Sonnenuntergang.

27. Kapitel

»Zehn Minuten bis zum Sonnenuntergang«, berichtete Valentine vom Vordersitz ihres geparkten Wagens.

Skyler nickte wortlos. Die dichte Wolkendecke über Millaire war noch vorhanden, die Sonne unsichtbar. Die Straßenbeleuchtung war bereits eingeschaltet worden, und Skyler fand, daß es beinahe genügend dunkel war, um das Unternehmen zu starten.

»Wann gehen wir los?« fragte Novak und blickte zu Skyler zurück.

»In einer halben Stunde. Wir brauchen eine weitere Stunde, um den Sprengstoff fertigzumachen, und bis dahin wird es finster genug sein.« Während er sprach, hatte er die Umgebung rasch überblickt. Niemand war in Sicht; er hatte vor einer Stunde während der Hauptverkehrszeit in einer Geschäftsstraße geparkt und jetzt war der Häuserblock so gut wie leer. Mit zusammengebissenen Zähnen zog er geräuschlos den *nunchaku* aus dem Futteral. Er holte tief Luft, schwang den Stock in einem harten, kurzen Bogen und traf Valentine an der Schädelbasis.

Noch während der Argentianer zusammenbrach, hatte Novak bereits seinen *nunchaku* in der Hand und drehte sich instinktiv um. »Was ...«

Skyler schnitt ihm mit einem scharfen Kopfschütteln das Wort ab und gab mit der Hand rasch vier Zeichen. Novak legte seinen *nunchaku* weg, griff unter das Armaturenbrett und hielt im nächsten Augenblick zwei losgelöste Leitungen in der Hand. Er übernahm den tragbaren Wanzenstörer von Skyler, schloß ihn an die Leitungen an und schaltete ihn ein. Das Gerät erwachte zum Leben, und ein grünes Lämpchen flackerte kurz auf.

»Keine Wanzen«, murmelte Skyler. »Sie sind ihrer Sache sicherer, als ich geglaubt habe.«

»Wer, die Kollies?« fragte Novak noch immer verständnislos.

»Ja. Wahrscheinlich finden sie, daß ihr Spion als Aufpasser genügt.«

Novak blickte Valentines zusammengesunkene Gestalt und dann wieder Skyler an. Seine Augen verlangten eine Erklärung.

Skyler seufzte. »Du hast selbst seinen Versprecher gehört. Weißt du noch, daß er ein sanftes Eindringen vorgeschlagen hat? Er meinte, daß wir es genauso machen sollen wie Lathe und O'Hara. Woher wußte er, daß es O'Hara war, der den Angriff auf das Cerbe-Gefängnis durchgeführt hat?«

Novak runzelte die Stirn. »Angeblich hat er es von den Radix erfahren ...«, begann er langsam.

»Richtig. Aber woher konnten sie wissen, welche Blackcollars daran beteiligt waren? Lathe hat es nicht verraten und es ist bestimmt noch nicht allgemein bekannt. Damit bleibt genau eine einzige Quelle übrig.«

Novak schüttelte den Kopf. »Das ist ein sehr fadenscheiniger Beweis, wenn man einen Mann hängen will.«

»Ich bin noch nicht fertig.« Skyler holte seinen neuen Ausweis aus der Tasche. »Was wolltest du ihn noch fragen, als er seinen Fälscher zum ersten Mal erwähnte?«

»Als du mich unterbrochen hast? Ich wollte wissen, warum sich jemand die Mühe macht, etwas zu fälschen, womit man sich so rasch verraten kann.«

»Eine gute Frage. Ich wollte wissen, warum Tremayne diesen angeblichen Radixfälscher nie erwähnt hat.« Skyler hielt den Ausweis gegen das schwächer werdende Licht. »Eine großartige Arbeit. Ich habe ihn vorhin zehn Minuten lang untersucht und keinen einzigen Fehler entdeckt.«

Novak betrachtete Valentine nachdenklich. »Lathe

hat gesagt, daß er mit einem einfachen visuellen Check in den Strip gelangt ist. Wenn die Kollies wissen, daß gefälschte Ausweise im Umlauf sind, sollte man doch annehmen, daß sie genauer sein würden.« Er griff nach Valentines rechter Hand, an der ein Drachenkopfring glitzerte, und zog ihn mit einiger Mühe ab. »Nur so eine Idee«, meinte er und musterte den Ring im abgeschirmten Licht seiner Stabtaschenlampe. »Wenn er ein Kolliespion ist, dann muß sein Ring eine Fälschung sein – hmmm. Er weist hinter dem Kamm das Emblem von Centauri A auf.« Er fuhr mit einer Spitze des Kamms über die stählerne Dachstrebe, und untersuchte dann die Spitze sowie den von ihr hinterlassenen Kratzer. »Und er besteht aus echtem Panzerstahl«, seufzte er und reichte Skyler Ring und Taschenlampe.

»Könnte gestohlen sein«, meinte Skyler, aber er war nicht mehr ganz überzeugt. Er war hundertprozentig sicher gewesen, doch infolge des Ringes waren es nur noch achtzig Prozent. Und in diesem Fall konnte er eine rasche Hinrichtung nicht rechtfertigen. »Ich glaube noch immer, daß er uns nicht begleiten sollte.«

»Okay. Wir lassen ihn hier und verhören ihn, wenn wir zurückkommen.«

»Ich nehme an ...« Skyler unterbrach sich, als ihm etwas an Valentines Ring auffiel.

»Was ist los?« fragte Novak.

»Sieh dir die Augen an.« Skyler reichte Ring und Taschenlampe zurück.

»Es sind die üblichen, in das Metall geschnittenen geschlitzten Pupillen«, meinte Novak. Dann untersuchte er den Ring genauer, und als er wieder aufblickte, war sein Gesicht schwarzes Eis. »Die ursprünglichen Augen sind entfernt worden und die Schlitze wurden später hinzugefügt. Das war der Ring eines Comsquare.«

»Oder der eines Tactors oder gar eines Secturions. Sie haben vielleicht das gesamte TDE nach einem Ring abgesucht, der ihm paßt.«

»Er hat uns bewußt getäuscht.« Novaks Stimme klang hart. »Damit ist der Fall wohl geklärt. Wir sind gefährdet und wir müssen unsere Pläne ändern.«

Skyler verzog das Gesicht. »Ich weiß. Ich habe den ganzen Nachmittag über versucht, mir etwas anderes einfallen zu lassen, das durchführbar ist.«

»Dann hast du dich nicht willkürlich bemüht, denn die Antwort liegt auf der Hand.« Novak setzte ihm seinen Plan auseinander.

Skyler schüttelte den Kopf. »Das kommt nicht in Frage.«

Novak wurde ungeduldig. »Du versuchst, edel zu sein, aber du vergeudest nur Zeit. Du weißt genau, daß es die einzige Möglichkeit ist, uns einen Fluchtweg zu schaffen, mit dem wir aus der Stadt gelangen.«

Skyler wußte es; aber dadurch fiel es ihm auch nicht leichter, einverstanden zu sein. »Ich kann nicht zulassen ...«

»Wenn Jensen dort drinnen gefoltert wird, Rafe, will ich ihn herausholen – oder ihm einen sauberen Tod verschaffen. Er ist mein Freund – bitte laß mich dieses Risiko für ihn eingehen.«

Skyler seufzte. »Also gut«, meinte er schließlich. »Wir lassen den Wagen hier – wahrscheinlich kennen sie ihn ohnehin. Es wird uns nicht schwerfallen, ein anderes Fahrzeug zu finden.« Er riß sich zusammen und zog ein Messer aus der Scheide am Unterarm. Die Hinrichtung eines Spions ist kein Mord, sagte er sich. »Valentine bleibt natürlich auch hier.«

Als er das Messer an die Kehle des Bewußtlosen setzte, berührte ihn Novak am Arm. »Laß es mich tun! Wahrscheinlich ist er daran schuld, daß Jensen gefangengenommen wurde.«

Einige Minuten später stiegen die beiden Blackcollars aus dem Auto und gingen die Straße hinunter, die Säcke mit Ausrüstung und Sprengstoff auf den Schultern.

Hinter der äußeren Mauer und dem Hof hob sich das neun Stock hohe Regierungsgebäude dunkel von Millaires Skyline ab; nur im Erdgeschoß und in den ersten beiden Stockwerken drang aus einigen Fenstern Licht. Skyler betrachtete sie vom leeren Bürogebäude auf der gegenüberliegenden Straßenseite aus und checkte noch einmal die Pläne der einzelnen Stockwerke, die sie unter den Straßenkarten in ihrem Wagen gefunden hatten. »Du weißt ja, wohin du gehen mußt?« fragte er den Schatten neben ihm.

Novak nickte. »Erdgeschoß West; Kontrollraum und zusätzlicher Stützpfeiler.« Er sprach ruhig und seine Hände zitterten nicht, während er die Knoten an dem Bündel überprüfte, das er sich über die Schulter gehängt hatte. Das Bündel bereitete Skyler Sorgen; obwohl das hochexplosive Material, das es enthielt, in den Flexarmor des verstorbenen Valentine gehüllt war, konnte es durch einen Volltreffer mit einem Laserstrahl vorzeitig gezündet werden. Aber sie hatten nicht genügend Zeit gehabt, um etwas Sichereres zusammenzustellen.

»Okay.« Er wäre noch viel zu sagen gewesen, aber Skyler spürte, daß Novak es nicht hören wollte. Er schluckte krampfhaft und begnügte sich damit, dem anderen die Hand kurz auf die Schulter zu legen. Dann ging er schweigend voraus und sie verließen das Haus.

Ihre Ablenkungsexplosionen setzten planmäßig an verschiedenen, wenige Häuserblocks vom Regierungsgebäude entfernten Stellen ein. Bei der dritten Explosion strömten die Sicherheitsleute bereits zum Tor hinaus; bei der siebenten tröpfelten sie nur noch.

»Sehr beeindruckend«, murmelte Novak durch seinen Gasfilter, während sie in einem Seitengäßchen kauerten. »Vielleicht ist wirklich keiner im Gebäude zurückgeblieben.«

»Vielleicht. Jedenfalls ist es ein ganz schöner Haufen, mit dem wir nicht mehr fertigwerden müssen.« Skyler holte tief Luft und entfernte die Sicherung auf dem Funk-Sprengzünder, den sie gebastelt hatten. »Es geht los.« Er drückte sich neben Novak an die Mauer und legte den Schalter um.

Der blauweiße Blitz erhellte die Straßen, und das Geräusch der Explosion hallte wie ein wildgewordener Querschläger zwischen den Gebäuden wider. Skyler blickte vorsichtig um die Ecke und rannte dann zu dem verblassenden roten Schein an der Stelle, wo ihre handgemachte Sprengladung ein Loch in die Mauer gerissen hatte. Obwohl seine Ohren dröhnten, vernahm er die aufgeregten Rufe der Wachposten. Sie würden allerdings noch einige Sekunden lang nicht merken, daß das Drehbuch geändert worden war. Skyler schlitterte zum Stillstand, beugte sich vor und schob Arme und Oberkörper durch das Loch; es war eng, aber er würde es schaffen. Novak, der eine halbe Sekunde nach ihm eintraf, packte seine Beine, schob nach und stieß ihn unsanft auf der anderen Seite auf den Boden. Skyler erhob sich in die Hocke und sah sich um. Der Hof war leer und bis auf einen Kiesweg ungegliedert. Hinter ihm kam Novaks Bündel durch das Loch, und dann Novak selbst. »Wie sieht es aus?« flüsterte er und schlang sich den Packen wieder über die Schulter.

»Keine sichtbaren Abwehreinrichtungen; vermutlich überall Nadelminen, außer unter diesem Weg.« Skyler zeigte auf das Gebäude. »Das dort sieht wie der Notausgang aus, den wir auf dem Plan gefunden haben. Gehen wir – und halte dich genau hinter mir, für den Fall, daß sie etwas Wirkungsvolleres als Nadelminen vergraben haben.«

Sie liefen wie ein Zwillingsgespenst über den Hof, während draußen am Tor dem Sicherheitsdienst allmählich klar wurde, daß etwas schiefgelaufen war.

Jensen wurde nur nach und nach bewußt, daß dieser Verhörzyklus zu Ende war und man ihm nicht mehr die entkräftenden Brechmittel verabreichte, die seinen Magen während der letzten Stunde umgestülpt hatten. Er holte tief Luft, zwang sein mitgenommenes Verdauungssystem, sich zu beruhigen, und versuchte, den Geruch nach Erbrochenem nicht zu beachten. Die Kollies hatten bezeichnenderweise das Licht wieder eingeschaltet, damit er sehen konnte, wie er sich zugerichtet hatte. Doch diese Feinheit war verschwendet, weil er zu erschöpft war, um die Augen offenzuhalten.

Vor ihm ging eine Tür auf und ein leichter Luftzug traf ihn, so daß er heftig erschauerte. Trotz seiner geschwächten Muskeln hob er den Kopf und erblickte Präfekt Galway, der die Verhörzelle betrat und die Tür hinter sich schloß. Er stieg über die Schweinerei auf dem Boden und setzte sich rechts von Jensen auf einen Schemel. Er hatte einen Revolvergurt umgeschnallt.

Einen Augenblick lang musterte der Präfekt Jensen schweigend. »Nicht leicht, was?« fragte er im Gesprächston, und Jensen hatte das Gefühl, daß seine Stimme aus weiter Ferne kam. »Schmerzblockierende Techniken sind bei indirektem Schmerz wie Erbrechen nicht sehr wirkungsvoll.«

»Sie funktionieren gut genug«, krächzte Jensen. »Wenn Sie sich an meinem Anblick weiden wollten, sind Sie zu früh gekommen.«

Galway schüttelte den Kopf. »Ich weide mich nicht an Schmerz. Wenn es nach mir ginge, wären Sie bereits tot.«

Jensen blinzelte, um die Tränen der Müdigkeit zu vertreiben, und versuchte, im Gesicht des anderen zu lesen. Doch er fand keine Bosheit, sondern nur Unerbittlichkeit und vielleicht eine Andeutung von Mitgefühl. »Danke«, sagte er.

»Machen Sie sich nicht die Mühe«, wehrte Galway ab. »Wenn ich der Meinung wäre, daß Sie etwas Wertvolles wissen, wäre es mir gleichgültig, wie man es aus Ihnen herausbekommt. Doch eigentlich demütigen wir

Sie nur noch grundlos. Es ist reine Zeitvergeudung; außerdem werden viel zu viele Leute dadurch gebunden.«

»Haben Sie Angst, daß ich fliehen würde?« Die Vorstellung, daß er in diesem Zustand aus dem Hauptquartier des Sicherheitsdienstes ausbrechen sollte, brachte Jensen beinahe zum Lächeln.

»Das befürchten wir tatsächlich.« Galway zog den Laser aus dem Halfter, überprüfte die Sicherung und legte die Waffe auf seinen Schoß. »In diesem Augenblick befinden sich Skyler und Novak auf der gegenüberliegenden Straßenseite und bereiten alles für einen Befreiungsversuch vor.«

Jensen bereits schmerzende Magenmuskeln verkrampften sich wieder. Nein – das war unmöglich. Galway log.

Der Präfekt deutete Jensens Gesichtsausdruck offenbar falsch. »Machen Sie sich keine sinnlosen Hoffnungen – die beiden können es unmöglich schaffen. Wir kennen den Plan, den sie ausgearbeitet haben, und einer unserer Spione befindet sich bei ihnen. In dem Augenblick, in dem sie sich auf den Weg machen, schließt sich die Zange, sie sitzen zwischen der äußeren Mauer und einem Bataillon in Schutzanzügen fest, und haben nicht die geringste Deckung. Sie werden Ihnen nicht einmal so nahe kommen, daß Sie den Lärm hören.«

Jensen sah den Laser auf Galways Schoß an. »Warum sind Sie dann hier?«

Galway lächelte bitter. »Ich habe Sie einmal unterschätzt und werde es kein zweites Mal tun. Präfekt Apostoleris begreift noch immer nicht, wie gefährlich Sie sind – vielleicht, weil während all dieser Jahre vier seiner Spione einen von Ihnen täuschen konnten. Doch ganz gleichgültig weshalb, er erwartet immer noch, daß Sie gradlinig denken und handeln. Und daß Sie sich wie normale Menschen verhalten.«

»Während wir in Wirklichkeit Wechselbälge sind.«

Eine Welle von Übelkeit erfaßte Jensen, und er biß die Zähne zusammen, bis sie vorüber war.

»Sie scherzen, aber es liegt ein Körnchen Wahrheit darin. Je öfter ich Sie in Aktion erlebe, desto mehr glaube ich, daß Ihre Ausbildung Ihren Geist bleibend verändert hat. Sie sind – anders – vielleicht monomanisch.«

»Warum? Weil wir nicht aufgeben und den Ryqril zuliebe sterben?« Jensen schüttelte müde den Kopf. »Lesen Sie in der Geschichte nach, Galway. Die Menschen sind Eroberern nie freundlich gegenübergestanden. Guerillakämpfer haben immer schon Invasoren das Leben sauer gemacht und waren für gewöhnlich erfolgreicher, als man aufgrund ihrer Zahl erwarten konnte.«

»Das gebe ich zu – aber Guerillas brauchen ein gewisses Maß an Unterstützung durch die Bevölkerung, und auch den moralischen Auftrieb durch wiederholte Überfälle auf den Feind. Auf Plinry haben Sie keines von beiden gehabt, und konnten dennoch innerhalb weniger Stunden einen verheerenden Angriff organisieren.« Galway griff nach seinem Laser und fuhr nachdenklich mit dem Daumen über den Lauf. »Haben Sie gewußt, daß mein Vater im Jahr 2414 Mitglied der militärischen Studiengruppe war, die den Vorschlag mit den Blackcollars machte? Er war einer der drei Andersdenkenden, denn er fand, daß wir statt dessen das Programm der Gehenden Panzer ausbauen sollten.«

Jensen hustete kurz. »Das war vielleicht ein Fiasko. Es muß vierzig verschiedene Möglichkeiten geben, wie eine Rakete einen Mann in einem Schutzanzug aufspüren kann, und die Ryqril kannten sie alle. Es gab nach Navarre keine einzige Schlacht, in der die Geher nicht innerhalb der ersten halben Stunde ausgelöscht wurden. Kampfanzüge sind eine teure Form des Selbstmords.«

»Ich weiß. Es tut mir trotzdem leid, daß er sich nicht durchgesetzt hat. Plinry hat auch ohne die Schwierigkeiten, die Sie dem Planeten demnächst bereiten werden, genügend Kummer erlebt.« Galways Blick ruhte plötzlich intensiv auf Jensen. »Oder ist es Ihnen gleichgültig, was die Ryqril Ihretwegen Plinry antun werden?«

»Sie können die Schuld für die Vergeltungsmaßnahmen der Ryqril nicht uns zuschieben«, widersprach Jensen. »Wir befinden uns im Kriegszustand und haben eine Aufgabe durchzuführen. Wenn Sie glauben, daß wir den Schwanz einziehen und uns davonschleichen, weil Sie unschuldige Menschen bedrohen, sind Sie nicht einmal mehr verachtenswert.«

»Sie mißverstehen mich. Ich versuche nicht, Ihre Handlungen zu beeinflussen. Sie bekommen das alles nur zu hören, weil Sie Ihre Freunde nicht wiedersehen werden; weil ich ...« – er unterbrach sich, und fuhr dann fort: »Wahrscheinlich wollte ich, daß jemand weiß, wie sehr mir das Schicksal der Bevölkerung von Plinry am Herzen liegt, auch wenn ich loyalitätskonditioniert wurde. Ich will nicht, daß sie wegen einer größenwahnsinnigen Mission, die unmöglich gelingen kann, leidet. Deshalb möchte ich, daß Sie alle sterben, bevor Sie weiteres Unheil anrichten können. Vielleicht sind die Vergeltungsmaßnahmen dann nicht so hart.«

Jensen schwieg einen Augenblick lang; er hatte Schmerzen und Müdigkeit beinahe vergessen. »Sie sprechen sehr überzeugend, das muß ich Ihnen lassen. Aber wieviel davon ist Wahrheit und wieviel rationale Erklärung für etwas, wozu Sie Ihre Konditionierung ohnehin zwingt?«

»Ich habe nicht erwartet, daß Sie verstehen würden ...« Galway unterbrach sich plötzlich und blickte ins Leere. Einen Augenblick später hörte Jensen es ebenfalls: das leise Geräusch laufender Füße. Galway hob den Laser, glitt vom Schemel, ging in die Hocke, hielt die Waffe wie ein Scharfschütze mit beiden Händen und zielte auf die Tür. Mit wild klopfendem Herzen holte Jensen tief Luft und sammelte seine letzten Kraftreserven für eine entscheidende Anstrengung.

Sie mußten nicht lange warten. Die Tür wurde unvermittelt aufgestoßen und krachte gegen die Wand.

Galways erster Schuß kam einen Sekundenbruchteil zu spät und entlud seine Energie in den Türrahmen, während eine schwarz gekleidete Gestalt hereinstürzte. In der Hand des Eindringlings blitzte ein Messer auf, während Galway neuerlich zielte; aber bevor der Präfekt feuern konnte, warf Jensen sein gesamtes Gewicht gegen den kreuzförmigen Rahmen, an den er gefesselt war, schob mit einem Arm und zog mit dem anderen. Das Querstück bewegte sich nur um einige Grad, doch das genügte, um Galways Aufmerksamkeit zu erregen, so daß er instinktiv den Laser leicht zu Jensen hinüberschwenkte. Damit ging auch sein zweiter Schuß daneben, und schon traf der rechte Fuß des Blackcollar Galways Unterarm; der Laser wurde beiseitegeschleudert; das Messer näherte sich dem Hals des Präfekten ...

»Töte ihn nicht!« krächzte Jensen.

Doch der Blackcollar hatte das Messer bereits anders gepackt, so daß die Klinge seitlich wegstand, als stattdessen seine Faust Galways Hals traf. Der Präfekt brach mit ersticktem Keuchen zusammen; noch bevor er auf dem Boden aufschlug, hatte sich der Blackcollar umgedreht und schnitt die erste von Jensens Fesseln durch.

Jetzt erst erkannte Jensen das Gesicht unter der Schutzbrille. »Skyler?« keuchte er.

»Ja.« Skylers Messer blitzte noch ein halbes Dutzend mal, dann war Jensen frei.

»Wo ist Novak?« fragte er, während er schwankend aufstand. Nur Skylers rascher Zugriff bewahrte ihn davor, aufs Gesicht zu fallen, als seine Knie nachgaben; er sank auf den Stuhl zurück.

»Laß dir Zeit!« beruhigte ihn Skyler. »Wir haben es nicht eilig.«

»Das glaubst du selbst nicht.« Jensen wartete, bis die

weißen Flecken vor seinen Augen verschwanden. »Dieses Gebäude ist eine einzige riesige Todesfalle.«

»Das haben wir gemerkt.« Skyler stieg über den bewußtlosen Galway und begann, ihm den graugrünen Waffenrock auszuziehen. »Aber im Augenblick haben sie sich selbst hereingelegt. Sie haben ihre Hauptstreitkraft außerhalb der Mauer eingesetzt, wo sie auf uns warten sollte, und sie versuchen noch immer, unseren Vorsprung aufzuholen. Außer im Kontrollzentrum am anderen Ende des Korridors befinden sich relativ wenig bewaffnete Wächter im Gebäude.«

»Aber klar.« Jensen versuchte nicht erst, die schmutziggrauen Spuren von Lasertreffern auf Skylers Flexarmor zu zählen.

»Jedenfalls jetzt nicht mehr.« Skyler begann, Jensen Galways Uniform anzuziehen. »Es tut mir leid, daß ich keinen Flexarmor für dich habe, aber der Spion, den sie uns untergejubelt haben, hatte nicht die gleiche Größe wie du.«

Jensen schluckte und konzentrierte sich darauf, sich anzuziehen. Durch den Nebel in seinem Gehirn wirbelte ein Dutzend Fragen, doch er stellte nur eine: »Wo ist Novak?«

»Er ... er kümmert sich um unseren Fluchtweg.«

Etwas in Skylers Stimme zerstreute den Nebel. »Was meinst du damit? Was tut er?«

Skyler kniete nieder und half Jensen in Galways Stiefel. »Der Kontrollraum muß ausgeschaltet werden – sie koordinieren hier alle Sicherheitsoperationen in Millaire und Umgebung. Doch er befindet sich hinter einer dikken Wand, für die unser Sprengstoff zu schwach ist.«

»Novak ist in ihn eingedrungen?« Jensen wurde von etwas Ähnlichem wie Panik erfaßt; er schüttelte Skylers Hand ab und zwang sich in die Höhe, und diesmal blieb er stehen. »Komm schon, wir müssen ... ihm helfen!« keuchte er. »Es müssen viele Wächter ... drin sein ...«

In diesem Augenblick schwankte der Raum leicht und

eine Explosion erschütterte den Fußboden. »Was ...?« begann Jensen.

Skylers Antwort war Action. Wie ein Feuerwehrmann legte er sich Jensen wortlos über die Schulter und rannte zur Tür. Er blickte im Korridor rasch in beide Richtungen und wandte sich dann nach rechts – und erst jetzt fiel Jensen auf, daß auf die kurze Erschütterung der Explosion ein bedrohliches Dröhnen folgte, das scheinbar aus allen Richtungen kam.

Dann begann die Decke einzustürzen.

Jensen, der noch schwach und durch die Drogen betäubt war, empfand den Sprint durch den Korridor beinahe als Verlängerung des bisherigen Alptraums. Die Welt schwankte wie verrückt, schleuderte Mauerstücke nach ihm und dröhnte wie eine Felsenzerkleinerungsmaschine. Skyler erreichte das Ende des Korridors, bog nach links ab und blieb drei Schritte später vor einer langen, glatten Wand stehen. Er ließ Jensen beinahe grob auf den wankenden Boden fallen und beugte sich schützend über ihn. Das Dröhnen hielt an; Jensen hustete heftig, als die aufsteigende Staubwolke in seine Lunge drang. Irgendwo in dem Chaos gingen die Lichter aus, und während sich sein Husten in trockenes Würgen verwandelte, hatte er das Gefühl, lebendig begraben zu sein.

Dann war der Spuk vorbei. Der Fußboden beruhigte sich, das Dröhnen verstummte, und Jensen brachte es fertig, den Husten zu unterdrücken. Seine Augen tränten, und in dem schwachen Licht war Skyler nur eine undeutliche Gestalt, die sich neben ihm erhob.

Schwaches Licht? Jensen wandte den Kopf. In nicht einmal zwanzig Metern Entfernung endete der mit Trümmern bedeckte Korridor in einer gezackten Öffnung, durch die der Schein von Millaires Lichtern hereinfiel. Während er aufmerksamer lauschte, vernahm er in der Ferne Rufe und gelegentlich Schmerzensschreie.

Skyler hatte ihn am Arm gepackt und zog ihn auf die

Beine. »Novak?« fragte Jensen. Die Frage war beinahe rhetorisch; er wußte jetzt, was geschehen war.

Skyler nickte dennoch, während die beiden Männer sich auf die Öffnung vor ihnen zubewegten. »Aus den Plänen für die einzelnen Stockwerke und der äußeren Konstruktion hat er berechnet, daß der Kontrollraum um den Hauptpfeiler für den westlichen Teil des Gebäudes herumgebaut wurde. Es war ein großes Risiko, aber die Verhörzellen befinden sich im zentralen Abschnitt in der Nähe der wichtigsten tragenden Wand, und er nahm an, daß uns nichts geschehen würde.«

»Als die Explosion erfolgte, befand er sich noch im Kontrollraum, nicht wahr?«

Skyler zögerte, nickte dann jedoch. »Wir verfügten nicht über genug Sprengstoff, um einfach eine Bombe hineinzuwerfen und zu rennen. Der Sprengstoff mußte sorgfältig am Hauptpfeiler befestigt werden. Die Chance, daß er das tun und noch rechtzeitig herauskommen konnte, war sehr gering, und er hätte seinen Pocher verwendet, wenn er es geschafft hätte.« Skyler unterbrach sich kurz. »Es tut mir leid, Jensen. Er wollte nicht, daß ich es tue.«

»Ihr hättet mich hierlassen sollen.«

»Damit wäre er auch nicht einverstanden gewesen.«

»Ich weiß.« Jensen stolperte, als sie über den Schutt am zerstörten Ende des Korridors kletterten, aber Skyler hatte ihm den Arm um die Taille gelegt und stützte ihn. Draußen war eine unglaubliche Menge Baumaterial über eine Art Hof verstreut. Die Mauer, die die äußere Umgrenzung des Hofes bildete, wies an mindestens drei Stellen Breschen auf, und zu einer dieser Breschen führte ihn Skyler. »Was ist mit den Kolliewächtern?« fragte Jensen.

»Wenn Novaks Timing gestimmt hat, haben sich die meisten in dem Teil befunden, der zusammengebrochen ist. Gib acht!« fügte er hinzu, als Jensen wieder stolperte. »Wir müssen hier raus, bevor die Kollies die

Reste ihrer Wachmannschaft zusammengetrommelt haben. Wenn wir Glück haben, dann haben diese Trümmer die Minen zur Explosion gebracht – wenn keiner von uns sich den Knöchel verstaucht, sollten wir es bis zum Wagen schaffen.«

Jensen nickte. Der Marsch erschöpfte seine letzten Kraftreserven, und er war etwas benommen. »Galway hat mir erzählt, daß es im Radix vier Spione gibt, und daß sie einen Blackcollar getäuscht haben.«

»Also alle vier?« bemerkte Skyler grimmig. »Irgendwie überrascht es mich nicht.«

»Ich möchte sie töten.«

Eine kurze Pause folgte. »Wir kriegen sie, mach dir keine Sorgen.« Er wechselte das Thema. »Es war also tatsächlich Galway. Ich habe schon geglaubt, daß ich Halluzinationen habe. Habe ich richtig gehört, daß du mir gesagt hast, ich soll ihn nicht töten?«

Vor Jensens Augen tanzten Nebelschleier. »Ja.« Seine Stimme wurde immer leiser. »Das ... war ich Plinry ... schuldig.«

Das letzte, was er spürte, bevor er in Dunkelheit versank, war Skylers Arm um seine Taille.

28. Kapitel

MORDECAI FAND DIE richtige Tür und blieb einen Augenblick vor ihr stehen, um zu lauschen. Er hörte leise Stimmen; obwohl es spät war, waren die Bewohner des Raums noch wach. Er blickte sich noch einmal im leeren Korridor um und klopfte dann leise.

Einige Sekunden später wurde die Tür geöffnet. »Mordecai!« sagte Fuess erstaunt und lächelte dann. »Kommen Sie herein!«

Mordecai trat ein, überließ es dem Argentianer, die Tür zu schließen, und sah sich um. Der Raum war relativ groß und gut ausgestattet. An den einander gegenüberliegenden Wänden standen jeweils zwei Feldbetten, und zu jedem gehörte ein extra großer Militärspind. Die Mitte des Raumes wurde von einem ovalen Tisch eingenommen; McKitterick und Couturie saßen einander mit Spielkarten in den Händen gegenüber.

»Hallo.« Couturi nickte Mordecai zu, legte seine Karten auf den Tisch und stand auf. Sein Drachenkopfring glitzerte im Licht. »Möchten Sie einen Drink?«

»Nein. Das ist kein Besuch.«

Fuess war inzwischen zu McKitterick getreten. »Was können wir dann für Sie tun?«

»Lathe hat gerade von einer Telefonzelle aus, die sich nur wenige Kilometer außerhalb von Millaire befindet, einen Anruf erhalten. Der Anrufer war Skyler. Er hatte Jensen bei sich.«

Sie waren wirklich gut; keiner wirkte besonders überrascht, nur Fuess reagierte begeistert. »Sie haben ihn herausgeholt? Großartig! Wann werden sie hier sein?«

»Bald«, antwortete Mordecai. »Wir haben Verluste gehabt – Novak und Valentine.«

Fuess wirkte einen Augenblick lang verunsichert,

doch dann murmelte er: »Diese verdammten, stinkenden Quislinge.«

Mordecai schüttelte den Kopf. »Sie sind an Valentines Tod unschuldig. Skyler hat ihn hingerichtet, weil er ein Verräter war.«

»Was?« riefen Fuess und Couturie gleichzeitig. McKitterick sah ihn nur verständnislos an.

»Das ist lächerlich«, protestierte Couturie. »Er war ein Blackcollar!«

Mordecai blickte den empörten Argentianer an. »Haben Sie während des Krieges mit ihm gedient? Oder kennen Sie jemand persönlich, der es getan hat?«

Couturie zögerte angesichts der Falle. »Ja also ... nein. Aber er hat Operationen geschildert, von denen ich weiß, daß sie stattgefunden haben.«

»Na und? Ich kann Operationen aus dem Krimkrieg auf der Erde schildern.«

»Wollen Sie damit andeuten, daß Valentine überhaupt kein Blackcollar war?« fragte Fuess langsm.

»Sehr gut, aber um ein paar Jahre zu spät. Warum haben Sie ihn nie verdächtigt?«

Sie wechselten keinen Blick; aber wie auf ein Zeichen hin begannen Fuess und Couturie, sich beinahe unmerklich vom Tisch zu entfernen. Für Mordecai war es gleichbedeutend mit einem Geständnis: sie hatten die logische Folgerung aus seiner Fragestellung gezogen und versuchten, ihm in die Flanke zu fallen. »Sie tun, als wäre es so einfach, einen Betrüger von einem echten Blackcollar zu unterscheiden, der einen Nervenschaden davongetragen hat.« McKittericks Ton schwankte zwischen feindselig und beleidigt. »Soviel ich weiß, hat dieses Gas sogar Ihren Kameraden Dodds erwischt – warum ist er nicht getötet worden?«

»Weil er kein Spion war wie Valentine – oder wie Sie drei.«

Ihre Gesichter blieben unbewegt, was ein weiterer Beweis dafür war, daß sie diese Feststellung erwartet hatten. »Sie sind verrückt«, erklärte Fuess. »Vollkommen übergeschnappt. Wie kommen Sie zu einer so absolut ungerechtfertigten Behauptung?«

Mordecai sah ihn an. »Wenn ich an Ihrer Stelle wäre, würde ich mir etwas Besseres einfallen lassen, als mich als verrückt zu bezeichnen. Haben Sie vergessen, daß ich Sie in Aktion gesehen habe? Man braucht mehr als nur Backlashreflexe, um ein Blackcollar zu sein – zum Beispiel Sinn für Teamwork und Respekt vor den Vorgesetzten.«

»Ich bin also kein perfekter Blackcollar. Ist das ein Verbrechen?«

»Und was ist mit uns?« fragte McKitterick ruhig. Er saß noch immer am Tisch, und Mordecai wunderte sich einen Augenblick lang über ihn. War er tatsächlich unschuldig, oder hatte er es nur versäumt, sich zum Handeln bereitzumachen? »Sie haben Couturie und mich nur bei taktischen Gruppenübungen gesehen, aber nie in einer Kampfsituation. Wie können Sie sich anmaßen, uns zu beurteilen?«

Mordecais Lippen verzogen sich zu einem ironischen Lächeln. »So rasch lassen Sie den Beschuldigten fallen? Die Jahre haben Ihre Loyalität nicht gerade verstärkt.«

»Unsere Loyalität gehört dem Radix und hat ihm immer gehört«, mischte sich Couturie ein. Er ging um das Ende des Tisches herum, als wolle er zu Fuess, doch in Wirklichkeit näherte er sich dadurch Mordecai. »Und wenn Fuess ein Verräter ist ...«

»Moment mal«, wandte Fuess ein, und in seiner Stimme lag leichte Panik. »Du wirst ihm doch nicht aufs Wort ...«

Wieder gaben sie einander kein sichtbares Zeichen, doch sie griffen mitten in Fuess' Satz an. Der noch immer sitzende McKitterick wuchtete den Tisch auf Mordecai; gleichzeitig nahmen Fuess und Couturie den Blackcollar mit einem Sprung in die Zange. Es war eine ausgezeichnet koordinierte Aktion, die bei einem durchschnittlichen Blackcollar vielleicht sogar erfolgreich gewesen wäre.

Aber Mordecai war kein durchschnittlicher Blackcollar, und die drei konnten unmöglich auf einen Kämpfer wie ihn gefaßt sein. Noch während der Tisch zu Boden krachte, trat Mordecai mit einem raschen Schritt nach links direkt in Fuess' Angriff und außer Reichweite von Couturie. Fuess war bereit; sein Fuß schnellte seitlich auf Mordecais Knie zu, und seine Hände schlugen in einer blitzschnellen Kombination nach Kopf und Unterleib. Mordecai machte sich nicht erst die Mühe, die Angriffe abzublocken, sondern drehte sich nur und beugte sich ein paar Zentimeter, so daß sie ins Leere gingen. Sein Gegenangriff war wirkungsvoller: er wirbelte um hundertachtzig Grad herum und versetzte Fuess einen Tritt in den Brustkorb, so daß dieser einen Meter nach hinten und gegen einen der Spinde flog. Mordecai hatte sich im gleichen Augenblick wieder der Mitte des Raumes zugewandt; noch bevor Fuess zusammenbrach, erfolgte Couturies Angriff. Er kam geduckt auf Mordecai zu, seine rechte Hand zielte mit gekrümmten Fingern auf Mordecais Augen, und sein rechter Fuß fegte waagrecht über den Boden, um dem Blackcollar die Beine unter dem Körper wegzuziehen. Mordecai wehrte mit der linken Hand den Stoß gegen seine Augen ab, indem er Couturies Handgelenk mit dem Unterarm wegschlug, und schaffte es dank seiner raschen Reflexe, einfach über das Bein seines Gegners zu springen. Dann faßte er das Handgelenk, das er abgelenkt hatte, drehte es und nützte gleichzeitig Couturies eigenen Schwung aus, so daß der Argentianer gleich darauf mit dem Rücken zu Mordecai stand, dessen Arm in einem Hammerlock über Couturies Schulterblättern lag. Im nächsten Augenblick schmetterte Mordecai seine Faust so heftig gegen Couturies Nacken, daß die Wirbelknochen brachen.

Mordecai ließ den schlaffen Körper fallen und wirbelte wieder zur Mitte des Raumes herum. McKittericks Gesicht war vor Angst und Wut verzerrt; er war hinter dem umgestürzten Tisch endlich von seinem Stuhl hochgekommen und richtete eine Kompaktpistole auf den Blackcollar. Da Mordecais Kopf und Hände nicht durch Flexarmor geschützt waren, blieb ihm nichts anderes übrig, als aus der Schußlinie zu verschwinden. Er drehte sich zur Seite und gelangte mit einem langen Überschlag in den Schutz des umgestürzten Tisches. Das Geräusch, das er vernahm, erinnerte an zerreißendes Papier, doch die Schüsse schlugen harmlos in die Wand und die Tischplatte ein.

Infolge des Schwungs durch den Überschlag wäre es für Mordecai am einfachsten gewesen, auf der anderen Seite auf die Füße zu kommen oder sich auf die Knie zu rollen. Er tat keines von beiden, sondern fing den Schwung ab und änderte die Richtung, so daß er seine Deckung an der gleichen Seite des Tisches verließ, an der er sie gesucht hatte.

Das Gambit funktionierte. McKitterick hatte die Pistole über die Tischplatte gehoben und wollte angreifen. Er hatte gerade noch Zeit, seinen tödlichen Fehler zu erkennen – jedoch nicht genug, um den Revolver auf den Angreifer zu richten. Mordecais *shuriken* flog über die Lücke und grub sich in McKittericks Hals. Er brach zusammen und rührte sich nicht mehr.

Auch Mordecai blieb zunächst liegen und wartete auf das Geräusch laufender Füße oder neugieriger Stimmen, doch er vernahm nur das leise Pochen seines Herzens. Er stand auf, überzeugte sich davon, daß alle drei Argentianer tot waren, und zog seinen *shuriken* aus McKittericks Körper. Er überlegte kurz, ob er den Raum durchsuchen sollte, beschloß jedoch, es bleiben zu lassen, und ging zur Tür.

Dort blieb er noch einmal stehen und betrachtete die Leichen, die er zurückließ. Er empfand kein Bedauern und hatte auch nicht das Gefühl, daß er soeben gemordet hatte. Er hatte ein gerechtes Urteil vollzogen.

Er verließ den Raum und schloß die Tür leise hinter sich.

29. Kapitel

ALS CAINE UND LATHE ihre Plätze am Tisch ansteuerten, traf die Feindseligkeit im Konferenzraum Caine wie eine eisige Welle. Alle Blicke ruhten auf ihnen, alle Gesichter waren kalt. Während sie sich setzten, warf Caine Lathe rasch einen Blick zu, doch falls der Comsquare den Grund für diese ganz unerwartete Zusammenkunft kannte, ließ er sich nichts anmerken. Die vier Plätze, die Bakshis Blackcollars für gewöhnlich einnahmen, waren leer.

Tremayne vergeudete seine Zeit nicht mit langen Einleitungen. »Comsquare Lathe, ist Ihnen bekannt, wo sich Ihre Männer heute nacht zwischen einundzwanzig Uhr und Mitternacht aufgehalten haben?«

»Eigentlich nicht«, erwiderte Lathe, »aber das ist auch nicht notwendig. Ich habe den Befehl erteilt, sie zu töten.«

Die Spannung im Raum schien vor Überraschung nachzulassen, und wurde im nächsten Augenblick noch dichter. »Wer wurde auf Ihren Befehl hin getötet?« fragte Caine, dessen Magen sich verkrampfte.

»Fuess, McKitterick und Couturie«, erwiderte Tremayne. »Außerdem habe ich gehört, daß Valentine nicht mit Skyler und Jensen zurückgekehrt ist.«

»Das stimmt.« Lathes Stimme klang ruhig, obwohl die Bitterkeit in ihr unüberhörbar war. »Auch Novak ist nicht zurückgekehrt. Valentine und die anderen drei sind für seinen Tod verantwortlich.«

»Was soll das heißen?« fuhr Miles Cameron auf.

»Sie waren Spione der Regierung.«

Die verblüffte Stille, die auf diese Feststellung folgte, hielt nur einen Augenblick lang an, dann setzte ein Gewirr von ungläubigen Kommentaren ein. Eine Stimme durchschnitt den Lärm wie ein Messer. »Was für Beweise besitzen Sie?«

Lathe wandte sich Faye Picciano zu. »Ich kann Ihnen keine unwiderlegbaren Beweise liefern. Wenn wir über die erforderlichen Einrichtungen verfügten, könnte ein Biochemiker feststellen, daß keiner von ihnen jemals mit Backlash behandelt worden ist. Aber ich kann Ihnen indirekte Beweise vorlegen.«

»Und zwar?« Fayes Stimme war kühl, aber im Gegensatz zu den anderen war sie bereit, ihm zuzuhören.

»Zum Beispiel ihr lautstarker Haß auf die Ryqril und auf die Regierung. Bakshi zeigt keine dieser Emotionen, genauso wenig wie meine Männer. Blackcollars, die ihren Gefühlen nachgeben, können keinen Zermürbungskrieg überleben – sie verausgaben sich viel zu schnell. Doch Sie haben alle die typische Blackcollarpersönlichkeit erwartet – korrigieren Sie mich, wenn ich mich irre –, deshalb haben die vier diese Tarnung gewählt.«

Caine wandte den Blick von Lathes Gesicht ab und musterte die Anwesenden. Sie wirkten immer noch feindselig, aber da und dort ließ eine gerunzelte Stirn darauf schließen, daß Lathes Worte ihnen zu denken gaben. Caine hatte das Gefühl, daß man ihm seinen gesamten Halt geraubt hatte.

»Skyler hat auch Valentines Drachenkopfring mitgebracht«, fuhr Lathe fort, »und ich kann Ihnen zeigen, daß er umgearbeitet wurde, um zu Valentines angeblichem Rang als Kommandomann zu passen; er muß vorher einem hohen Offizier gehört haben. Und schließlich haben die drei, die Mordecai getötet hat, ihn zuerst angegriffen, nicht umgekehrt.«

»Das hat ihnen aber nicht viel genützt, nicht wahr?« Tremayne blickte an Caine vorbei zu Mordecai und Kwon, die schweigend an der Tür standen. »McKitterick wurde durch einen Wurfstern getötet, Couturie hatte ein gebrochenes Genick, und bei Fuess waren beide Lungenflügel kollabiert und in seinem Herzen steckten Knochensplitter. Sie hingegen hinken nicht einmal.«

Mordecai schwieg weiter. »Tatsache ist«, fuhr Lathe fort, »daß echte Blackcollars auf keinen Fall angegriffen hätten. Sie hätten sich mühelos reinwaschen können.«

»Wie?« knurrte Cameron. »Ihr Wort gegen das Mordecais?«

Unerwarteterweise mischte sich Bakshi ein. »Benützen Sie Ihren Verstand, Miles. Wir sind alle in das gleiche Ausbildungszentrum auf Centauri A geschickt worden. Es gibt Tausende kleiner Einzelheiten über die Menschen und Vorgänge in den Zentren, die jeder echte Blackcollar kennen würde.«

Die Aufmerksamkeit der Gruppe wandte sich Bakshi zu. »Wollen Sie damit sagen, daß Lathe recht hat?« fragte Tremayne sichtlich überrascht.

»Ich weiß es nicht sicher, und es gibt keine Möglichkeit mehr, sie einem Kreuzverhör zu unterziehen.«

»Das kommt sehr gelegen«, fügte Cameron sarkastisch hinzu.

»Aber wenn Lathe recht hat«, fuhr Bakshi unbeirrt fort, »wäre dies die Erklärung dafür, warum im Lauf der Jahre so viele Kommandoaktionen schiefgegangen sind.«

»Auch wenn sie keine echten Blackcollars waren«, ließ Cameron nicht locker, »muß das noch lange nicht heißen, daß sie Spione waren.«

»Das glauben Sie doch selbst nicht«, spottete Faye. »Was sollten Sie denn sonst sein?«

»Gehe ich recht in der Annahme, daß Sie die vier in den Radix gebracht haben, Cameron?« mischte sich Lathe ein.

Cameron wurde rot. »Was wollen Sie damit sagen?«

»Nur, daß Sie sie verteidigen wie jemand, der schlecht dastehen würde, wenn sie sich als Verräter entpuppen.«

»Das tue ich nicht ... ach, verdammt! Ja, eine meiner Kontaktpersonen hat mich mit ihnen bekanntgemacht, und ich habe Ral vorgeschlagen, sie hierherzuholen, damit sie uns bei der Strategie und der Taktik unterstützen. Aber das ist alles.« Er zeigte auf Bakshi. »Serle hat sie ebenfalls für echt gehalten, wie konnte ich da anderer Meinung sein?«

»Warum haben Sie sie akzeptiert, Serle?« fragte Faye neugierig. »Sie haben gerade gemeint, daß es Fragen gab, mit denen man sie in die Enge treiben konnte.«

Bakshi zuckte die Achseln; er wirkte genauso verlegen wie Cameron. »Ich hatte keinen Grund, an ihnen zu zweifeln. Sie verfügten über genügend Kenntnisse in bezug auf die Taktik und das Können der Blackcollars, so daß ich ihnen unbesehen glaubte. Sie dürfen nicht vergessen, daß die Blackcollarteams innerhalb der ihnen zugewiesenen Gebiete voneinander unabhängig operierten. Man konnte von mir nicht erwarten, daß ich sie persönlich kenne.« Er nickte Lathe zu. »Ihre Einheit wurde doch auf die gleiche Art aus den Resten anderer Einheiten zusammengestellt. Wenn ich mich richtig erinnere, hat auch einer Ihrer Männer Nervenschäden erlitten, genau wie angeblich Fuess und die anderen. Wenn Sie sie bis jetzt nicht durchschaut haben, müssen sie die Symptome sehr gut simuliert haben.«

Lathe nickte zustimmend – und Caine bemühte sich um einen unbeteiligten Gesichtsausdruck, während ihm alle seine alten Fragen über Dodds wieder einfielen. Wenn Fuess und die anderen fähig gewesen waren, Bakshi so lange zu täuschen, welchen Beweis gab es dann dafür, daß Dodds nicht das gleiche auf Plinry getan hatte? Überhaupt keinen ... außer, daß Lathe offenbar persönlich für Dodds gebürgt hatte.

Caine schüttelte den Kopf, um seine Gedanken zu klären. Lathe war ganz sicher über jeden Verdacht erhaben – ein Beweis dafür war, daß er während dieser Mission sein Leben immer wieder aufs Spiel gesetzt hatte. Dennoch fiel Caine auf, daß Lathe durch die Ausschaltung der vier Argentianer auch seine vier lautesten Gegner in der taktischen Gruppe des Radix zum Schweigen gebracht hatte. Das störte Caine, ohne daß er genau wußte, warum; er hoffte beinahe, daß Cameron oder Tremayne weitere Beweise für Lathes Behauptung fordern würden. Die Reaktion des Comsquare darauf konnte aufschlußreich sein.

Da aber Bakshi und Faye Lathe mehr oder weniger unterstützten, legte sich der Streit um die Hinrichtung allmählich, jedenfalls vorläufig. Lathe fand offensichtlich, daß das Thema erledigt war; er war zur Tagesordnung übergegangen, hatte eine Landkarte herausgeholt und breitete sie auf dem Tisch aus. Caine hörte mit halbem Ohr zu, als Lathe den Plan erläuterte, den er und Hawking ausgearbeitet hatten, um auf dem Militärraumhafen Brocken, der etwa fünfzehn Kilometer südlich von Calarand lag, Raumtransporter zu kapern. Es wurde sehr rasch klar, daß die Opposition gegen Lathes Methoden nicht mit Fuess & Co. gestorben war.

»Sie sind offenbar davon überzeugt, daß dieser Hokuspokus mit dem Streubombardement uns tatsächlich einen Weg durch die äußeren Verteidigungsanlagen bahnen wird, bevor entweder die Laserkanonen auf den Türmen das Feuer eröffnen oder die Ryqril Bodentruppen in das Gebiet bringen.« Salli Quinlan schüttelte den Kopf. »Ich glaube Ihnen, wenn es um Blackcollars geht, aber jetzt sprechen Sie von Raumhäfen der Ryqril, und ich weiß, daß die Sicherheitsmaßnahmen der Ryqril besser sind, als Sie annehmen.«

»Das stimmt«, gab Lathe zu, »aber das ist nur der erste Angriffsvektor. Der zweite kommt von hier ...« – er zeigte auf eine Stelle auf der Karte – »und wird von zwei Blackcollars mit doppelter Flexarmor-Ausrüstung durchgeführt, die uns einen Weg durch die Minen im Vorfeld bahnen werden. Weil es dort nicht zu dem üblichen Bombardement kommt, werden die Ryqril nicht gewarnt, so daß unsere Leute sich zwischen den abgestellten Raumschiffen befinden, bevor der Gegner reagieren kann.«

»Vorausgesetzt, daß die Luftabwehrlaser nicht automatisch auf eindringende Bodentruppen feuern«, wandte Tremayne ein. »Ich schließe mich Salli an; das Ganze ist undurchführbar.« Er funkelte Lathe wütend an. »Oder handelt es sich wieder um eine Finte wie bei der Operation Cerbe?«

Lathe schüttelte den Kopf. »Nein, das ist der richtige Plan. Und er wäre undurchführbar, wenn wir versuchen wollten, den Raumhafen zu besetzen. Aber da wir nichts anderes vorhaben, als die Veteranen in zwei Raumschiffe zu verfrachten und zu starten, ist der Plan ziemlich sicher.«

»Wie kommen Sie auf diese Idee?« fuhr ihn Tremayne an.

»Weil die Ryqril die Novas haben wollen«, mischte sich Faye ein, die Lathes Gesicht nicht aus den Augen gelassen hatte. »Damit rechnen Sie, nicht wahr?«

»Mein Gott!« Dan sah sich betroffen um. »Sie hat recht, Ral – Fuess und McKitterick waren dabei, als Lathe uns von den Schiffen erzählt hat.«

Tremayne musterte Lathe nachdenklich, dann wandte er sich Faye zu. »Was meinen Sie damit, daß er sich darauf verläßt?«

»Es ist ganz einfach«, erwiderte Faye. »Die Ryqril wissen jetzt, warum die Blackcollars hier sind, und haben die Wahl: entweder sie greifen uns an und würgen die Operation ab, oder sie lassen uns starten und versuchen, uns zu folgen.«

Lathe lächelte. »Sehr gut überlegt.«

»Danke. Vielleicht hören Sie mir jetzt zu, wenn ich Ihnen erkläre, daß Sie die Ryqril zu einer Entscheidung gezwungen haben. Weil Apostoleris' Agenten tot sind, muß er uns daran hindern, den Planeten zu verlassen. Er kann uns nicht zum Versteck der Novas folgen –

seine Schiffe müßten zu weit hinter uns bleiben, und wenn sie uns dann endlich einholen, könnten wir bereits eines oder mehrere Raumschiffe aktiviert haben.«

»Wenn sie dreißig oder mehr Korsaren hier stationiert haben?« Lathe schüttelte den Kopf. »Die Ryqril wissen, daß wir angesichts der Zahl von Raumfahrern, über die wir verfügen, vierzig oder fünfzig Stunden brauchen, um den Antrieb auf volle Kraft zu bringen. Sie können unsere Rücktrift von hier aus verfolgen und mit ihren Korsaren immer noch rechtzeitig dort sein.«

»Die Voraussetzung dafür ist, daß die Novas von Argent aus innerhalb von vierzig Stunden erreichbar sind«, warf Bakshi ein.

»Das sind sie. Kommen Sie – inzwischen hat sich doch jeder von Ihnen ausgerechnet, wo sie versteckt sind.«

Es folgte eine kurze Stille, dann fragte Tremayne: »Irgendwo im Diamanten?«

»Natürlich. Da draußen muß es über achtzigtausend Asteroiden in der erforderlichen Größe geben. In jeden einzelnen von ihnen konnte man fünf Höhlen bohren, die Novas in ihnen verstecken und mit Sensoren abschirmen. Und die Ryqril könnten sie zehn Jahre lang suchen, ohne sie zu finden. Nein, sie werden sich gern von uns den Weg zeigen lassen.«

»Da bin ich aber wirklich erleichtert«, knurrte Cameron sarkastisch. »Warum machen wir dann überhaupt weiter, wenn Apostoleris uns in drei Zügen matt setzen kann?«

»Weil wir etwas wissen, das der Sicherheitsdienst nicht weiß«, antwortete Lathe. »Einer meiner Leute kennt ein neues, abgekürztes Verfahren, durch das wir die Waffen der Novas in weniger als vier Stunden aktivieren können. Wenn wir die Schiffe in die richtige Position manövrieren, sollten wir imstande sein, die Ryqril so lange abzuwehren, bis wir den Antrieb auf volle Touren gebracht haben.«

»Warum haben wir noch nie von dieser Wunderkur

gehört?« fragte Tremayne mißtrauisch. »Und welcher Ihrer Leute kennt sie angeblich?«

»Nicht ›angeblich‹«, stellte Lathe sanft richtig. »Und Sie haben nicht davon gehört, weil das Thema noch nicht zur Sprache gekommen ist.«

»Wer ist es?«

»Jensen natürlich. Er ist unser Fachmann für Raumschiffe.«

Tremayne sah Lathe finster an, und Caine war schon davon überzeugt, daß er Beweise verlangen würde. Doch Lathe erwiderte den Blick, ohne mit der Wimper zu zucken; und der Radixführer wandte als erster den Kopf. »Denken Sie nur daran, daß auch Ihr Hals in der Schlinge steckt, wenn die Sache schief geht.« Er zeigte auf den Plan der Brocken-Basis. »Und drücken Sie uns die Daumen, daß die Quislinge der gleichen Ansicht sind wie Sie. Sonst werden viele Männer für nichts und wieder nichts sterben – und Sie und Ihre Rads werden auch nicht davonkommen.«

»Im Gegenteil, wir werden an der Spitze der Liste stehen«, sagte Lathe. »Oder haben Sie vergessen, daß wir beide Angriffskeile anführen werden?«

Tremayne musterte ihn abschätzend. »Also gut. Wann greifen wir an?«

Lathes Antwort erfolgte sofort. »Heute nacht.«

Das schmerzstillende Mittel, das Galway bekommen hatte, war ihm fremd; es betäubte zwar den Schmerz in seinem gebrochenen Arm und in den gezerrten Muskeln in seinem Nacken, ohne jedoch seine Denkvorgänge zu beeinträchtigen. In gewisser Hinsicht bedauerte er es; ein Teil von ihm wäre gern der Erinnerung an die letzten Stunden entgangen. Als er zu sich kam, war er unter Tonnen von Schutt begraben gewesen – ihn schauderte bei der Erinnerung. Und doch schmerzte es ihn beinahe noch mehr, daß es den Blackcollars geglückt war, das angeblich Unmögliche zu vollbringen.

Außerdem wußte er, daß er zum Teil selbst an der jetzigen Krise schuld war.

»Ich bin sicher, daß er es erfaßt hat«, erklärte er Oberst Eakins noch einmal. »Er war bei sich, und Blackcollars überhören solche Hinweise nicht.«

»Noch dazu, wenn man es ihnen auf dem Präsentierteller serviert.« Eakins lehnte sich zurück. Galway hatte den Eindruck gehabt, daß Eakins sich merkwürdig unbehaglich fühlte, als er vor einer Stunde Platz genommen hatte – er hatte wahrscheinlich noch nie auf dem Stuhl des Sicherheitspräfekten gesessen. Inzwischen hatte er mehrere Dutzend Anrufe erledigt und vielleicht doppelt so viele Befehle erteilt, und sah nur noch müde aus.

»Ich weiß.« Daß Galway wahrscheinlich nur deshalb mit dem Leben davongekommen war, weil er sich in Jensens Verhörzelle befunden hatte, als es losging, verringerte sein Schuldbewußtsein nicht; von den Leuten im Kontrollzentrum hatte nur Präfekt Apostoleris überlebt, und auch sein Leben hing im Krankenhaus von Millaire an einem seidenen Faden.

Eakins schnaubte, aber dann schüttelte er den Kopf. »Ach, vergessen Sie es! Auch wenn Sie nichts gesagt hätten, wären sie durch die Verbindung mit Valentine auf die drei anderen gestoßen. Ich hoffe nur, daß wir bereit sind, bevor Lathe den nächsten Schritt unternimmt.«

Galway zeigte mit dem unversehrten Arm auf das Telefon. »Glauben Sie wirklich, daß Sie genügend Leute haben, um alle Raumhäfen auf dem Planeten abzuriegeln?«

Eakins seufzte. »Ich habe keine andere Wahl. Wir besitzen im Rat des Radix keine Ohren mehr, und können deshalb die Koordinaten der Novas nicht so rechtzeitig bekommen, daß die Ryqril vor den Blackcollars dort sind.«

»Warum lassen wir sie nicht einfach hinfliegen und

folgen ihnen?« fragte Galway. »Sie können dafür sorgen, daß jedes Schiff, das sie stehlen könnten, weittragende Antwortsender an Bord hat. Die Blackcollars würden die Novas als erste erreichen, aber sobald sie dort sind, würde es nur Stunden dauern, bis sich eine Staffel Ryqril-Korsaren an Ort und Stelle befindet.«

»Daran habe ich auch schon gedacht.« Eakins studierte die Maserung von Apostoleris' Schreibtischplatte. »Alle unsere Fachleute behaupten, daß es machbar ist, daß die Blackcollars mindestens zwei Tage brauchen werden, um die Novas einsatzbereit zu kriegen.« Er sah Galway verzweifelt an. »Aber irgendwo steckt ein Fehler, den wir nicht erkennen. Das Ganze ist so einfach, daß Lathe es unmöglich übersehen haben kann, und dennoch bereitet er seine Operation unbeirrt vor. Entweder haben wir uns verrechnet, oder Lathe weiß etwas, das wir nicht wissen. Ich kann es mir nicht leisten, sie noch einmal zu unterschätzen.«

Das Telefon klingelte und Eakins hob ab. »Büro des Sicherheitspräfekten, Eakins«, meldete er sich. Im nächsten Augenblick bekam er große Augen. »Ja, danke.« Er legte auf.

»Was ist los?« fragte Galway nervös.

»Ein Ryq ist zu uns unterwegs«, zischte Eakins. Die Worte waren noch nicht verklungen, als die Tür aufgestoßen wurde, und einer der Aliens eintrat.

Galway hatte vielleicht ein Dutzend Mal in seinem Leben Ryqril aus der Nähe gesehen, aber dieser hatte etwas an sich, das den damaligen Eindruck unerträglich verschärfte. Der Ryq war groß; obwohl er sich leicht vorbeugte, streifte er beinahe den oberen Rand des Türrahmens, und die Wucht seiner schweren Schritte war sogar durch den dicken Teppich spürbar. Doch das genügte nicht als Erklärung für die Präsenz, die der Alien ausstrahlte, für das Gefühl von Macht und Autorität, das Galway noch nie bei einem Ryq erlebt hatte. Noch während er und Eakins aufsprangen, wanderte sein

Blick zu dem verzierten Gürtel und dem Gehenk mit dem Laser und dem Kurzschwert, und suchte ein Rangabzeichen oder ein vertrautes Symbol, das er wiedererkannte. Doch er kannte keines der Muster.

Der Ryq blieb vor dem Schreibtisch stehen, und die schwarzen Augen richteten sich auf Eakins. »Re'ekt A'steleris?« fragte er. Seine tiefe, gutturale, heisere Stimme verzerrte die Worte.

Eakins schluckte sichtlich. »Ich bin Oberst Eakins, stellvertretender Präfekt«, antwortete er betont deutlich. »Präfekt Apostoleris ist schwer verwundet.«

Der Ryq vollführte eine Armbewegung, und Galway zuckte unwillkürlich zusammen, bevor ihm klar wurde, daß der Fremde nicht nach seinem Schwert griff. Doch auch diese geringfügige Bewegung genügte, um die Aufmerksamkeit des Alien kurz auf Galway zu lenken. »Ich bin Hrarkh – 'Rieger *khassq*«, stieß er hervor, und seine Pfote berührte einen Teil seines Gehenks.

Galway wurde kalt. Krieger der Khassq-Klasse stellten in der Gesellschaftsordnung der Ryqril die oberste Schicht dar – sie standen unendlich höher als die auf Plinry stationierten Versorgungsabteilungen. Galway wußte nicht, welchen Posten dieser Ryq in der Regierung von Argent oder in der gegen die Chrysellie aufgebotenen Kriegsmaschinerie innehatte, aber das war unwichtig. Die Machtbefugnis eines Khassq-Kriegers stand über jeder anderen Befehlsgewalt.

Eakins wußte das alles natürlich besser als Galway. »Was befehlen Sie?« fragte er.

»Alle Sicher'eits'rieger müssen von allen Land'ahnen rück'zogen wern«, antwortete der Alien prompt. »'eindlicher An'riff darf er'olgen.«

Eakins blinzelte. »Also – ja, natürlich. Aber – wissen Sie, daß der Feind unsere Spitzenspione ausgeschaltet hat?«

»Sie 'ragen noch?« Hrarkhs Stimme war um eine Oktave tiefer gerutscht und Galways Mund wurde trokken. Er hatte diesen Ton erst einmal von einem Ryq gehört und sofort nachher waren drei Männer gestorben.

»Ich stelle weder Ihren Befehl noch Ihre Befugnis in Frage«, versicherte ihm Eakins hastig. »Ich stelle nur in Frage, ob wir fähig sind, die Interessen der Ryqril zu schützen, wenn wir unsere Verteidigungskräfte zurückziehen, obwohl wir keine Informationen mehr von unseren Spionen erhalten.«

Hrarkh entspannte sich, ohne dabei einen Muskel zu verziehen, und seine Stimme kehrte zu der früheren Tonhöhe zurück. »Ihr 'utz 'ird nicht 'braucht. Ryqril 'aben Situation unter 'ontrolle.«

»Selbstverständlich.« Eakins nickte heftig. »Wir werden unsere Streitkräfte sofort zurückziehen.«

Der Blick des Ryq wanderte noch einmal zu Galway, dann drehte er sich ohne ein weiteres Wort um und verließ den Raum.

Eakins setzte sich vorsichtig wieder, als klammere er sich an den letzten Rest seiner Würde. Galway schickte seinen Stolz auf Urlaub und brach hemmungslos in seinem Stuhl zusammen. »Auf Plinry besagt ein Gerücht, daß die Ryqril deshalb die Menschen in ihren Büros aufsuchen, damit sie, wenn sie einen Wutanfall bekommen, kein Büro der Ryqril, sondern eines der Menschen in Kleinholz verwandeln.«

»Das ist kein Gerücht – ich habe es erlebt.« Eakins' Gesicht glänzte vor Schweiß.

Galway blickte zur offenen Tür. »Was, zum Teufel, sollte das Ganze?«

Eakins fuhr sich mit der Hand über die Stirn. »Es klingt, als hätten sie sich für Apostoleris' ursprünglichen Plan entschieden.«

»Das ist gefährlich. Falls Lathe noch eine Überraschung für uns vorbereitet hat, könnten die Ryqril alles verlieren – davon hatten Sie mich gerade überzeugt.«

»Das stimmt«, gab Eakins zu. »Aber vielleicht müssen

sie nicht mit dem Eingreifen warten, bis Lathe die Novas erreicht hat.«

Galway runzelte die Stirn, als er begriff, worauf der andere hinauswollte. »Sie glauben, daß die Ryqril einen eigenen, hochrangigen Spion im Radix haben?«

»Es würde mich nicht überraschen.«

Die beiden Männer sahen einander schweigend an, und aus ihren Blicken ging klar hervor, daß beide das private Spionagenetz der Aliens ablehnten. Aber keiner von ihnen sprach, und schließlich richtete sich Eakins auf und griff nach dem Telefon. Er mußte eine Menge Befehle rückgängig machen.

Wenn man einen Angriff plant, muß man sehr viele Details berücksichtigen, und Lathe fand erst am späten Nachmittag Zeit, in den Raum der Blackcollars zurückzukehren. Weil er sich in Gedanken immer noch mit dem Plan beschäftigte, bemerkte er erst nachdem er die Tür geschlossen hatte, daß die drei Männer Gesellschaft hatten. Am anderen Ende des Raumes unterhielt sich Lianna Rhodes leise mit Caine.

Der Comsquare runzelte leicht gereizt die Stirn und trat zu Hawking, der von seinem Platz am Tisch aus das Gespräch genau beobachtete. »Wie geht es Jensen und Skyler?« fragte Hawking.

»Besser«, erwiderte Lathe. »Jensen leidet vor allem unter Dehydrierung sowie einem gestörten Verdauungssystem, und hat auch einige Verbrennungen durch Laser und elektrischen Strom davongetragen. Skyler hat beinahe am ganzen Körper Verbrennungen erlitten, aber das wird in ein bis zwei Tagen wieder in Ordnung sein. Heute abend wird er allerdings pausieren müssen.« Er deutete mit dem Kopf auf Lianna. »Wie lange ist sie schon hier?«

»Seit etwa zehn Minuten«, antwortete Hawking mißbilligend. »Ich wollte sie nicht hereinlassen, aber Caine hat darauf bestanden. Offenbar hat er es mit ihr sofort nach dem Treffen mit Tremaynes Leuten ausgemacht, bevor ich den Wachdienst von Kwon übernommen habe.«

Lathe sah Mordecai an, der in der Nähe an der Wand lehnte und ihm bestätigend zunickte. »Worüber sprechen sie?«

»Von dem, was sie sagt, bekomme ich nicht viel mit, aber weil ich Caines Antworten von den Lippen ablesen kann, nehme ich an, daß es sich um einen Situationsbericht handelt.«

Lathe brummte. »Sie muß trotzdem gehen – wir haben nicht soviel Zeit, daß Caine General spielen kann.« Er hob leicht die Hand, um Caines Aufmerksamkeit zu erregen; doch im gleichen Augenblick standen die beiden auf und gingen zur Tür. Lianna nickte im Vorübergehen dem Comsquare zu. Caines Gesichtsausdruck war um etliche Grade kühler. Mordecai ließ Lianne hinaus, und als er die Tür hinter ihr schloß, wandte sich Caine Lathe zu.

Der Comsquare war schneller. »Worum ist es gegangen?«

»Ich habe sie gebeten, unauffällig von Cameron und Salli Quinlan ein paar Informationen einzuholen.«

»Und?«

»Bis vor drei Stunden wimmelte der Brocken-Raumhafen vor Sicherheitsmännern, die außerhalb des Zauns Abwehreinrichtungen anbrachten. Dann hörten sie plötzlich damit auf und zogen ab. Die Berichte von anderen Raumhäfen melden ähnliche Vorfälle. Und noch etwas Seltsames: seit heute mittag ist eine ungewöhnlich große Zahl von Korsaren gestartet, und niemand hat sie wieder landen sehen.«

»Rückversicherung«, murmelte Hawking hinter Lathe. »Die Ryqril verteilen sie wahrscheinlich im Diamanten und hoffen, daß einer oder zwei sich dadurch näher bei den Novas befinden werden als die Schiffe, die uns von Argent aus folgen sollen.«

»Klingt vernünftig«, meinte Lathe.

»Ja«, sagte Caine und nickte. »Aber kommt es Ihnen nicht merkwürdig vor, daß uns der Sicherheitsdienst geradezu in den Brocken-Raumhafen einlädt?«

»Eine vernünftige Frage. Finden Sie es nicht seltsam, daß die Ryqril das Bedürfnis haben, Korsaren als Empfangskomitee vorauszuschicken?«

»Hawking hat recht: es ist eine Rückversicherung.«

»Eine Rückversicherung gegen Jensens magische Kräfte, wenn es um die Waffensysteme der Novas geht?«

Caine brauchte ein paar Herzschläge lang, bis er begriff. »Wollen Sie damit andeuten, daß es in der Gruppe noch einen Spion gibt?« fragte er ungläubig. »Ist das nicht sogar für Apostoleris ein bißchen übertrieben?«

Lathe zuckte die Achseln. »Vielleicht irre ich mich.«

»Ich hoffe sehr, daß Sie sich irren – denn wenn Sie recht haben, hat diese Lüge den Sicherheitsdienst gezwungen, sein Netz etwas enger zusammenzuziehen. Sie haben doch in bezug auf Jensen gelogen?«

»Beruhigen Sie sich; diese Lüge hat Tremayne veranlaßt mitzumachen.«

»Großartig – wir können also dem Sicherheitsdienst gemeinsam in die Arme laufen.« Caine sah Lathe in die Augen. »Sie werden einen verdammt guten Trick brauchen, Lathe, um diese Sache durchzuziehen.«

»Ich weiß. Vielleicht besitze ich einen solchen Trick; wir müssen nur abwarten, ob er wirkt.«

»Verraten Sie ihn mir!«

»Es tut mir leid, das kann ich nicht.«

»Dodds ist daran beteiligt, nicht wahr? Hat er seinen Korsaren mit schweren Waffen aus einem geheimen Versteck bewaffnet, oder sowas?«

Lathe schüttelte den Kopf. »Es tut mir leid; es bleibt Ihnen nichts anderes übrig, als mir noch etwas länger zu vertrauen.«

Caine preßte die Lippen zusammen. »Diesen Spruch

höre ich schon sehr lange. Doch ich trage ebenfalls die Verantwortung für diese Mission, und auch meine Geduld hat ihre Grenzen. Wenn Sie mein Vertrauen haben wollen, müssen Sie mir das Ihre schenken.«

»Wir haben alle unser Leben aufs Spiel gesetzt, indem wir hierher gekommen sind«, antwortete Lathe ruhig. »Wir haben auf Plinry eine Menge guter Männer verloren, wir haben hier Novak verloren, und wir werden vielleicht heute nacht noch mehr Männer verlieren, wenn die Kollies ihre Verteidigung zu realistisch aufziehen. Was wollen Sie noch?«

»Das habe ich Ihnen gesagt – ich will wissen, was geschieht, wenn wir die Novas finden.«

Im Raum war es sehr still. Lathe spürte, daß Hawking und Mordecai dem Gespräch aufmerksam lauschten; die beiden hätten ebenfalls gern gewußt, was er plante. »Es tut mir leid«, meinte er abschließend. »Kommen Sie jetzt hier herüber«, fügte er hinzu und wandte sich dem Tisch zu, an dem Hawking noch immer saß. »Wir haben nicht viel Zeit, und wir müssen noch eine Menge planen.«

»Das stimmt«, gab Caine zu.

Lathe hörte die Verärgerung in Caines Stimme, ging aber darüber hinweg. Sie waren zur letzten Hürde unterwegs, und keiner würde Zeit haben, in seinem Zelt zu sitzen und zu schmollen.

Was immer Caines Gefühle verletzt hatte – er würde es sehr bald vergessen.

30. Kapitel

OBWOHL CAINES praktische Erfahrungen äußerst gering waren, besaß er doch ein recht umfassendes Wissen über theoretische Kriegsführung; noch dazu hatte er einen Aussichtspunkt auf einem der Transportlastwagen bezogen, die in einigen Kilometern Entfernung von Brocken abgestellt waren, und konnte daher die Vorgänge auf dem Schlachtfeld von einem Tribünenplatz aus beobachten. Alles, was er sah, führte unweigerlich zu einem einzigen Schluß.

Der Angriff verlief lächerlich mühelos.

Caine, der auf dem Bauch lag, ließ den Feldstecher sinken und schob die Schutzbrille soweit über seine Kampfhaube hinauf, daß er sich die Augen reiben konnte, die infolge des salzigen Schweißes brannten. Beide Angriffskeile der Blackcollars fegten praktisch unbehindert über den hell erleuchteten Flughafen und stießen nur sporadisch auf Widerstand durch die Ryqril. Lathe hatte vollkommen recht gehabt: die Aliens wollten sie vom Planeten entkommen lassen und hatten die Zahl der Verteidiger verringert, damit die Angreifer nicht den Mut verloren und sich zurückzogen.

Caine schluckte, und plötzlich war ihm die Laserpistole, die er an seinen Schenkel geschnallt hatte, sehr deutlich bewußt. Es konnte kein Zweifel daran bestehen, daß sich noch immer ein Spion unter ihnen befand, und der Gedanke daran, was er demnächst tun mußte, führte zu einer unerträglichen Spannung in seinen Halsmuskeln.

»Caine!« flüsterte jemand unterhalb von ihm.

Caine glitt einen Meter vor und spähte über den Rand des Daches hinunter. Im schwachen Licht konnte er gerade noch ein Dutzend dunkle Gestalten erblicken, die sich zwischen den Lastwagen bewegten; direkt unter ihm stand jemand und blickte herauf. »Ja?« flüsterte Caine.

»Zeit zu gehen«, antwortete Mordecais Stimme.

Caine hielt sich am Rand des Daches fest, schwang die Beine über die Kante und steckte eine halbe Minute später zwischen Mordecai und Skyler in dem mit Veteranen vollgestopften Lastwagen. »Wie hat es ausgesehen?« erkundigte sich Skyler.

»Wir haben sie überfahren«, antwortete Caine. Dann wurden die Türen des Lastwagens geschlossen und das Fahrzeug setzte sich mit einem Ruck in Bewegung, der seine Insassen durcheinanderrüttelte. Die Fahrt war nicht lang, und obwohl Caine angestrengt lauschte, vernahm er nichts Besonderes. Einmal hörte er weiter vorn eine leise Explosion – wahrscheinlich war das Haupttor des Raumhafens gesprengt worden; einige Minuten später krachte es noch einmal, diesmal leiser. Eine scharfe Biegung, eine kurze Strecke im Höchsttempo, und dann kam der Lastwagen mit quietschenden Bremsen zum Stillstand. Die Männer in ihm hatten das Gleichgewicht noch nicht wiedergefunden, als die Türen aufgerissen wurden, und ihnen laute Stimmen befahlen, sich zu beeilen. Caine befand sich in der Nähe der Tür; er sprang hinunter und sah sich um.

Sie befanden sich zwischen zwei riesigen Frachtraumschiffen am zivilen Ende des Flughafens. Vier oder fünf Lastwagen waren vor ihnen eingetroffen, und ihre Insassen strömten zu den Türen hinaus und rannten zu den Ladeluken der Frachter. Ringsum standen mit Lasern bewaffnete Radixleute, die sowohl als Wachtposten als auch als Verkehrspolizisten fungierten. An jedem Ende des Korridors zwischen den beiden Schiffen bewachten weitere Gestalten den Zugang. Hinter ihnen schien die Gegend in dem überraschend hellen, flakkernden Licht zu zucken, das aus der Richtung kam, in der die Gebäude des Raumhafens lagen. »Was brennt?« fragte er Mordecai, als dieser ihn zu einem der Schiffe winkte.

»Nichts Wichtiges«, erklärte Skyler, der etwas steif an Caines anderer Seite auftauchte. »Unser erster Lastwagen war mit leicht brennbarer Flüssigkeit beladen und so ausgerüstet, daß er das Zeug vorn und hinten versprühen konnte. Spadafora hat ihn zwischen uns und dem Tower geparkt und angezündet. Das Ergebnis ist eine etwa fünfzig Meter lange und bis zu zehn Metern hohe Flammenwand. Sie hindert den Feind daran, seine Leute zu verlegen, und stört die Infrarotschicht.«

»Ist Sparafora in Ordnung?«

»Aber klar. Tardy ist der geborene Pyromane – er hat mehr Feuerwände errichtet als wir alle zusammen. Er befindet sich übrigens auf dem nächsten hier eintreffenden Lastwagen. Eine Art Rückversicherung für den Fall, daß es sich die Ryqril anders überlegen.«

Der Frachter, den sie bestiegen, war wesentlich größer als derjenige, mit dem sie Plinry verlassen hatten, und mindestens um zehn Jahre jünger. Skyler kannte offenbar die innere Anlage und führte sie zur Brücke, ohne auch nur einmal in einen falschen Korridor einzubiegen.

Eine kleine Gruppe war bereits anwesend; sie bestand aus Lathe, Bakshi, Tremayne, Commander Nmura und drei von dessen Männern. Nmura checkte gerade die Steueranlage des Raumschiffs, Tremayne saß am Kommunikationspult, und Lathe und Bakshi bedienten die Kommunikatoren der Blackcollars. Bakshi trug außer seinem *nunchaku* eine Laserpistole. Caine fand einen freien Winkel im Hintergrund der Brücke, lehnte sich an die Wand und wartete mit laut pochendem Herzen.

Der Start erfolgte einige Minuten später, und zwar so sanft, daß Caine ihn beinahe nicht bemerkte. Die Lichter des Raumhafens und die immer noch brennende Flammenwand waren noch für kurze Zeit auf den Monitoren zu sehen, aber Nmura hatte es offenbar eilig, aus der Reichweite der Boden-Flugabwehr zu gelangen, und die Landschaft unter ihnen verschwamm infolge der Geschwindigkeit und der Höhe rasch zu einer undefinierbaren Masse. Als der Frachter Argents Atmosphäre hinter sich ließ, wurden auf den übrigen Monitoren die Sterne deutlicher. Caine legte unauffällig die Hand auf den Griff seines Lasers und zwang sich dazu, sich zu entspannen.

»Orbit erreicht«, berichtete einer der Raumfahrer, dessen Gesicht von einer Sensorenhaube verdeckt war. »*Chainbreaker II* befindet sich hinter uns; keine Hinweise auf eine Verfolgung.«

»Das wird nicht lange so bleiben.« Nmura wandte sich Lathe zu. »Jetzt muß ich erfahren, wohin wir fliegen, Comsquare.«

Lathe nickte Caine zu. »Okay, Caine, es ist soweit.«

»Noch nicht ganz«, widersprach Caine und zog den Laser aus dem Halfter. »Zuerst muß noch ein Agent der Regierung ausgeschaltet werden.«

In der plötzlichen Stille klang das Summen des Antriebs wie Donnergrollen. Lathe sah Caine an, als weigere er sich, den auf seine Brust gerichteten Laser zur Kenntnis zu nehmen. »Was, zum Teufel, soll das?« fragte er.

Caine überhörte die Frage. »Keiner kommt mir in die Schußlinie«, befahl er. »Wenn Sie damit einverstanden sind, sich fesseln und unter Beruhigungsmittel setzen zu lassen, Lathe, bekommen Sie die Chance, sich vor Gericht zu verteidigen. Wenn nicht, töte ich Sie sofort. Wofür entscheiden Sie sich?«

»Ich hoffe, daß Sie eine verdammt gute Erklärung dafür haben, Caine«, warnte ihn Skyler, dessen Hand sich seinem Messer näherte.

»Lathe ist ein Spion«, wiederholte Caine. »Ich besitze keine Beweise – noch nicht –, aber die Hinweise stimmen. Wie hätte ihm sonst alles, was er unternahm, reibungslos glücken können?« Er bewegte den Laser leicht. »Also, Lathe – lassen Sie sich von Bakshi und Nmura fesseln?«

»Verdammt – Caine, Sie haben den Verstand verloren. Aber wenn Sie sich dann besser fühlen, von mir aus.« Lathe hob die Hände in Schulterhöhe – und sprang.

Die Bewegung erfolgte abrupt, ohne Warnung, aber Caine hatte sie erwartet, und noch ehe Lathe die drei Meter, die sie trennte, hinter sich gebracht hatte, ließ sich Caine auf ein Knie sinken und feuerte. Dann warf er sich zur Seite, weil der Schwung den Comsquare an ihm vorbeischleuderte, so daß Lathe in die Ecke krachte. Er glitt auf den Boden hinunter und blieb regungslos liegen.

Die Stille, die jetzt eintrat, war bedrohlicher als noch Sekunden zuvor. Caine kauerte mit schußbereitem Laser auf dem Boden und behielt Lathe im Auge, um etwaige Lebenszeichen zu entdecken. Lathe lag beinahe in Fetushaltung auf der Seite, der rechte Arm war über den Kopf gebogen, während der linke Arm den durch den Laser verursachten, verschrumpelten grauen Riß auf seiner Brust bedeckte. Sogar in einem Meter Entfernung roch Caine den beißenden Gestank von verbranntem Fleisch.

Als Caine aufstand und den Laser einsteckte, zitterten seine Muskeln als Reaktion auf die Anspannung. Er wandte sich den anderen zu. »Jetzt sind wir soweit, daß wir uns auf den Weg machen können.«

Skyler bewegte sich wie im Traum, als er sich von der Gruppe beim Steuerpult löste und sich neben Lathes regungslose Gestalt hockte. Seine Hände berührten den verbrannten Flexarmor und tasteten unter der Kampfhaube vorsichtig nach der Halsschlagader. Er behielt die Stellung einen Augenblick lang bei, bevor er sich mühsam aufrichtete, und Caine war darüber froh, daß das

Gesicht des anderen zu einem großen Teil hinter der Schutzbrille verborgen war. »Caine ...«, begann er mit tödlich kalter Stimme.

»Er hat sich selbst verurteilt«, unterbrach ihn Caine. »Es ist der gleiche Beweis, den er gegen Fuess und dessen Freunde geltend machte. Er hat zuerst angegriffen.« Er wandte Skyler bewußt den Rücken zu und trat zu Nmura, der wie betäubt am Steuerpult saß. »Ich habe zwei Serien von Zeit-Raum-Koordinaten für die Novas, Commander. Kann dieser Computer damit eine Bahn berechnen?«

Nmura nickte unsicher.

»In Ordnung.« Caine löste sorgfältig die geistigen Sperren, die er vor einer Ewigkeit errichtet hatte, und holte die kostbaren Zahlen aus seinem Unterbewußtsein hervor. Er hatte ein seltsames Gefühl, als wäre ein Teil seines Ichs dagegen. »Serie erste Position: Standard Solar/galaktisches Koordinatensystem ...«

Er brauchte nicht einmal eine Minute, um die Zahlen aufzusagen, und innerhalb einer halben Minute hatte der Computer den Orbit berechnet, ihn um dreiunddreißig Jahre nach vorn extrapoliert, dabei alle bekannten Perturbationen berücksichtigt, und sowohl den jetzigen Standpunkt der Novas als auch drei mögliche Zugangsrouten von der jetzigen Position des Frachters aus aufgezeigt.

»Ja, das ist tatsächlich irgendwo im Diamanten«, bemerkte Caine, während er die Zahlen studierte. »Zielen Sie nicht direkt darauf – wir möchten nicht, daß unser Kurs extrapoliert wird.«

Nmura nickte kurz und streckte die Hand nach dem Kommunikationspult aus. »Ich muß *Chainbreaker II* einen vorläufigen Kurs bekanntgeben«, erklärte er dann.

»Schenken Sie sich das!« sagte eine leise Stimme hinter ihnen. »Heute nacht fliegt niemand mehr irgendwohin.«

In dem Ton lag etwas, das alle von hastigen Bewegungen abhielt. Caine hielt die Hände vom Körper weg und drehte sich langsam um. Bakshi stand in einiger Entfernung von der Gruppe und hatte seinen Laser auf sie gerichtet.

31. Kapitel

ES GIBT EINEN PUNKT, an dem der menschliche Geist seine Fähigkeit verliert, emotionell auf Streß zu reagieren; wo aufeinanderfolgende Schocks schwächere Reaktionen oder gar keine mehr auslösen ... – und als Caine Bakshis steinernes Gesicht betrachtete, spürte er, daß die Gruppe diesen Punkt erreicht hatte. Daß er Lathe erschossen hatte, lag so kurze Zeit zurück, daß die einzige Reaktion nur verständnislose Erstarrung sein konnte.

»Was tust du eigentlich, Serle?« knurrte Tremayne; seine Frage klang in der Stille albern. Caine stand hinter dem Radixführer und sah, wie verkrampft seine Nakken- und Schultermuskeln waren.

»Treten Sie näher zu den anderen, Skyler!« befahl Bakshi, ohne sich um Tremayne zu kümmern. »Lassen Sie Ihre Hände in Brusthöhe – vergessen Sie nicht, daß meine Reflexe genauso gut sind wie die Ihren! Und verstellen Sie mir nicht den Blick auf Caines rechte Hand!«

Caine sah aus den Augenwinkeln, daß Skyler gehorchte und einen halben Meter neben Caines rechter Schulter halt machte. »Wen wollen Sie erschießen?« fragte er Bakshi sarkastisch.

»Niemand muß sterben«, antwortete Bakshi so leise wie vorher. »Für alle, die an dieser Mission teilgenommen haben, auch für Caine und Ihre Blackcollars, wird es eine Amnestie geben, vorausgesetzt, sie ergeben sich friedlich. Teilen Sie dem anderen Frachter mit, Commander Nmura, daß sie beide wieder in Brocken landen werden.«

»Und wenn ich mich weigere?« fragte Nmura.

»Die anderen haben nichts davon, wenn sie hier

draußen bleiben – sie wissen noch nicht, wo sich die Novas befinden«, rief ihm Bakshi ins Gedächtnis.

»Du Verräter.« Tremayne sprach mit einer Bitterkeit, die Caine nicht für möglich gehalten hätte. »Du dreckiger, mörderischer Verräter.«

»Senden Sie den Befehl, Commander.« Bakshis Augen und sein Laser waren unverwandt auf einen Punkt links hinter dem Steuerpult gerichtet, an dem Nmura saß. Das machte Caine neugierig – und reizte offenbar Tremayne. »Sieh mich an, verdammt noch mal!« knurrte er plötzlich. »Oder hast du nicht den Mut dazu?«

Bakshi verzog die Lippen zu der Andeutung eines Lächelns und schüttelte leicht den Kopf. »Es tut mir leid, Ral, aber im Augenblick stellst du keine Gefahr für mich dar. Bei Kommandomann Mordecai ist es etwas anderes.«

»Mordecai?« Tremayne blickte nach links.

Caine sah sich langsamer um. Lathe hatte Mordecai einmal als den besten lebenden Nahkämpfer bezeichnet; doch als er jetzt regungslos in Bakshis Schußlinie stand – er war um einen Kopf kleiner sowie um fünfundzwanzig Kilo leichter als der Argentianer –, sah er nur alt aus. »Sie überschätzen mich, Comsquare«, murmelte er, als spräche er Caines Gedanken aus.

»Das glaube ich nicht. Fuess, McKitterick und Couturie waren zwar keine Blackcollars, aber verdammt gute Kämpfer. Ich habe sehr viel Achtung vor jemandem, der sie so mühelos ausschalten konnte, wie Sie es getan haben – viel zu viel Achtung, um Sie aus den Augen zu lassen.«

»Sie haben also die ganze Zeit über gewußt, daß die vier Spione waren«, stellte Caine fest. »Das gilt natürlich auch umgekehrt. Ein Jammer, daß Mordecai sich nicht mehr Zeit gelassen hat, als er sie tötete.«

»Es hätte Ihnen nichts genützt. Sie hatten keine Ahnung von mir. Ich habe an die Ryqril direkt berichtet.«

»Die Ryqril.« Tremaynes Stimme war leise, beinahe ruhig, aber sein Gesicht war blaß, und in seinen Augen brannte der Haß. »Du hast deine eigenen Leute für – wie hoch ist der Betrag heutzutage? Immer noch dreißig Silberlinge pro Person?«

Bakshi seufzte. »Ich erwarte nicht, daß du mich verstehst, aber ich wollte helfen.«

»Natürlich. Ohne die Hilfe eines Verräters hätten wir unmöglich funktionieren können.«

»Ihr hättet nicht überleben können«, fuhr ihn Bakshi an, dessen eisige Tünche für einen Augenblick Risse bekam. Er fand mit sichtlicher Mühe seine Selbstbeherrschung wieder – und als er weitersprach, lag unendliche Trauer in seiner Stimme. »Begreifst du denn nicht, daß die Ryqril niemals einen erfolgreichen Untergrund in unmittelbarer Nähe der Chrysellifront bestehen lassen konnten?«

»Deshalb hast du dich entschlossen, uns zu entmannen«, stellte Tremayne fest.

»Ich hatte die Wahl zwischen dieser Vorgangsweise oder einer massiven Vernichtung. Apostoleris hatte die Hauptquartiere in Calarand und Millaire von oben bis unten infiltriert. Wenn die Ryqril es befohlen hätten, wärt ihr in einer einzigen Nacht ausgelöscht worden. Mit den Außenstellen wären die Ryqril noch härter verfahren – wahrscheinlich hätten sie die Einwohner ganzer Städte getötet, um sicher zu sein, daß sie niemanden übersehen haben. Hättest du das für Argent wollen, Ral? Hättest du es wirklich gewollt?«

Tremayne holte tief Luft. »Es gibt Schlimmeres, als für eine Sache zu sterben, an die man glaubt. Zum Beispiel, als zahmes Haustier zu leben.«

»Ich habe nicht angenommen, daß du mich verstehen würdest«, meinte Bakshi müde. »Und laß die Hand vom Laser. Du kämst nicht einmal dazu, ihn zu ziehen.«

»Nein.« Tremayne war jetzt vollkommen ruhig. »Ich will nicht mehr von der Mildtätigkeit der Ryqril leben, sondern sehen, ob deine rückgratlose Speichelleckerei dir auch den Mut geraubt hat, mich niederzuschießen.«

»Ral ...«, begann Bakshi warnend.

Etwas Silbernes flog rechts von Caine durch den Raum, prallte auf Bakshis Handgelenk und schlug ihm die Hand zur Seite.

Der Aufprall war nicht besonders heftig; Bakshi hatte die Waffe nicht losgelassen und hätte nur eine halbe Sekunde gebraucht, um sie wieder auf Mordecai zu richten. Doch für Mordecai war eine halbe Sekunde mehr Zeit als genug.

Er schlug Bakshi mit dem Fuß den Laser aus der Hand, der an die Wand prallte und zerbrach. Bakshi antwortete mit einem wirkungslosen Tritt gegen Mordecais Unterleib, sprang dann einen Meter zurück und blieb in Kampfstellung stehen. Mordecai griff ihn sofort an, und einige Sekunden lang standen die beiden Männer einander gegenüber und nur die blitzschnellen Armbewegungen verrieten, daß ein Kampf im Gang war. Sie lösten sich kurz voneinander, und Caine sah das hellrote Blut, das zwischen Bakshis fest zusammengepreßten Lippen hervorsprudelte. Dann warf sich der Argentianer mit einem letzten, verzweifelten Angriff auf Mordecai, der keinen Zentimeter zurückwich ... und dann war es vorbei.

Tremayne schüttelte die Lähmung ab und zog endlich seinen Laser. Er wußte aber offenbar nicht, auf wen er ihn richten sollte, denn sein Blick wanderte zwischen Bakshis leblosem Körper und der Ecke, in der Lathe aufgestanden war, hin und her. »Sie können die Waffe weglegen«, sagte Lathe. »Jetzt ist alles vorbei. Geben Sie dem anderen Schiff den Kurs, Nmura, und bringen Sie uns auf den Weg, bevor den Ryqril klar wird, daß sie den Ball verloren haben.«

»Hmmm ... ja, Sir.« Nmura sah sehr verwirrt aus, als er sich wieder dem Steuerpult zuwandte.

Während Lathe zu Bakshi hinüberging, lösten sich

Flocken von verkohltem Flexarmor von seiner Brust, und der Gestank von verbranntem Fleisch begleitete ihn. Er hockte sich kurz neben Bakshi und suchte den Pulsschlag. Dann richtete er sich auf und drehte sich zu Tremayne um, der immer noch seinen Laser umklammerte. »Es ist alles vorbei«, wiederholte er. »Es sei denn, Sie zweifeln immer noch daran, daß Bakshi ein Spion war.«

Tremayne steckte den Laser langsam in das Halfter zurück und betrachtete den Riß in Lathes Flexarmor. »Wieder einer von Ihren kleinen Tricks, was?« fragte er bitter. Dann sah er Caine zornig an. »Wahrscheinlich war Caines Laser besonders präpariert, nicht wahr?«

Lathe schüttelte den Kopf. »Er war genauso tödlich wie der Ihre, sonst wäre Bakshi nicht darauf hereingefallen. Ich trage eine doppelte Schicht Flexarmor mit einem dünnen Stück Fleisch dazwischen, um den richtigen Geruch hervorzurufen. Wenn Caine danebengezielt und meinen Kopf getroffen hätte, wäre ich jetzt genauso tot wie Bakshi.« Er hatte während des Sprechens die Handschuhe ausgezogen und fuhr sich müde mit der Hand über die Stirn.

»Wir sind unterwegs, Comsquare«, meldete sich Nmura zu Wort. »Kurs weicht um etwa zehn Grad vom Ziel ab.«

»Sie hätten es mir trotzdem sagen können«, knurrte Tremayne. »Oder haben Sie geglaubt, daß ich nicht objektiv sein würde, weil es um meinen Stellvertreter ging?«

»Es ging nicht um Ihre Objektivität«, erklärte Lathe, »sondern ich war Ihrer Loyalität nicht sicher.«

Tremayne erstarrte, aber die erwartete Explosion kam nicht. »Ich nehme an, daß Sie das erklären können.«

»Erinnern Sie sich an den Hinterhalt, den uns der Sicherheitsdienst in Calarand gelegt hat, als ich mir Henslowe ansehen wollte? Der Wagen, der uns aufhielt, war mit vier Paar schweren Magnetschloß-Handschellen ausgerüstet. Vier, nicht drei. An diesem Morgen waren nur Sie und Bakshi in der Garage gewesen, und Sie waren die einzigen, die wußten, daß Caine mitkam. Wir befanden uns in einem geschlossenen Kastenwagen, deshalb konnten uns die Späher des Sicherheitsdienstes nicht sehen, und ich hatte mich vergewissert, daß sich außer uns niemand in der Garage befand. Also war einer von Ihnen beiden ein Spion, und wir mußten ihm die Möglichkeit geben, den Hals selbst in die Schlinge zu stecken. Das war die Lösung, die uns eingefallen ist.«

»Sie haben recht«, gab Tremayne zu, »absolut recht. Und mir ist auch nicht der geringste Verdacht gekommen.« Er blickte auf Bakshi hinunter. »Ein Blackcollar. Ich kann es immer noch kaum glauben.«

Lathe sah plötzlich sehr alt aus. »Mir ging es genauso. Deshalb habe ich auch so lange gewartet. Ich wollte wissen, warum er es getan hat, um ihn zu verstehen.«

»Wahrscheinlich hat er geglaubt, daß er uns einen Dienst erweist«, meinte Tremayne. »Die Überfälle auf Transporte mit Nahrungsmitteln und Idunin sind immer geglückt, nur fiel es mir nicht auf. Vermutlich gehörte es zu seinem Abkommen mit den Ryqril.«

Lathe trat ein paar Schritte vor und bückte sich nach der Waffe, mit der er Bakshis Handgelenk getroffen hatte. Einen Augenblick lang starrte er die glitzernden Augen des Drachenkopfes an, dann schob er sich den Ring beinahe heftig auf den Finger. »Es war nicht seine Aufgabe, Ihnen das Leben zu erleichtern – seine Aufgabe war, gegen die Ryqril zu kämpfen.« Er warf Skyler und Mordecai einen Blick zu, deutete auf Bakshis Leichnam und wandte sich dann Nmura zu. »Wann schätzen Sie, daß wir im Diamanten eintreffen werden, Commander?«

»Beide Frachter haben den Orbit verlassen«, berichtete der Sicherheitsmann und drückte eine Taste auf seinem

Steuerpult. Die Monitore erwachten zum Leben und zeigten den Standort des Schiffes und den vorgesehenen Kurs. »Soll ich die möglichen Ziele berechnen, Oberst?«

Eakins schüttelte den Kopf. »Es wäre dumm von ihnen, direkt zu den Novas zu fliegen. Warten Sie, bis sie den Kurs geändert haben.«

»Ja, Sir.«

Eakins kehrte in die Mitte der Kommandozentrale zurück, wo ihn Galway erwartete. »Haben Sie mitgehört?«

Galway nickte. »Haben Sie eine Ahnung, wann die Ryqril die Falle zuschnappen lassen wollen?«

»Nein.« Eakins blickte zu den Monitoren hinüber. »Wenn ich der mit der Operation betraute Ryq wäre, hätte ich sie bereits zuschnappen lassen. Nehmen Sie an, daß etwas schiefgegangen ist?«

»Ich weiß nicht.« Galways Nacken schmerzte wieder. »Vielleicht hat Caine ihnen nur den Kurs und nicht das genaue Ziel angegeben. Oder vielleicht hat Lathe den Agenten der Ryqril hereingelegt.«

Eakins sah ihn scharf an. »Sie hoffen, daß Lathe das geschafft hat, nicht wahr? Sie würden sich freuen, wenn die Ryqril die Auseinandersetzung verlören?«

»Ich weiß es nicht«, gab Galway zu. »Sollte ich plötzlich mit einem Laser in der Hand an Bord des Schiffes stehen, würde ich unter Einsatz meines Lebens versuchen, sie aufzuhalten. Aber ich befinde mich hier, wo ich in keiner Richtung etwas unternehmen kann ... es ist schwer zu erklären. Seit meiner Loyalitätskonditionierung war mein Dienst für die Ryqril immer mit dem Dienst für die Bevölkerung von Plinry verbunden. Als Sicherheitspräfekt halte ich die Ordnung zum Teil deshalb aufrecht, weil man es mir befohlen hat, aber zum Teil auch deshalb, weil die Ryqril Vergeltunsmaßnahmen ergreifen würden, wenn ich es nicht tue.« Er deutete mit einer Kopfbewegung auf die Monitore. »Jede erfolgreiche Aktion von Lathe kostet Plinry etwas –

selbst wenn die Korsaren ihn schließlich erwischen werden. Aber wenn es ihm irgendwie gelingt durchzukommen, kann er die Ryqril vielleicht dazu zwingen, die Zügel etwas lockerer zu lassen.« Er wollte den Kopf schütteln, zuckte aber vor Schmerz zusammen. »Habe ich mich halbwegs verständlich ausgedrückt?«

Eakins schüttelte den Kopf. »Um die Wahrheit zu sagen, eigentlich nicht. Aber Sie sind ja auch schwer verwundet. Kommen Sie, unten stehen ein paar Feldbetten. Uns beiden wird der Schlaf gut tun, und die Blackcollars brauchen mindestens dreißig Stunden, um irgendwohin zu gelangen.«

»Ja«, stimmte Galway zu. Aber ihm kam es so einfach vor – bis er versuchte, es zu erklären. War es wirklich so schwer zu begreifen, daß er seine Welt liebte?

Zum Teufel mit der ganzen Geschichte. »Ja«, wiederholte er. »Und außerdem könnte ich eine Tablette vertragen.«

Chainbreaker I war vor einigen Stunden auf Nachtbeleuchtung umgestellt worden, und als Lathe die Brücke betrat, fiel ihm auf, wie hell im Vergleich dazu die Sterne auf den Monitoren wirkten. Einige dieser Sterne waren allerdings Asteroiden.

Als die Tür aufging, drehte sich der einzige Mann auf der Brücke um. »Hallo Comsquare«, grüßte er. »Was kann ich für Sie tun?«

»Ihr Offizier müßte innerhalb der letzten Stunde ein verschlüsseltes Signal von dem anderen Schiff erhalten haben, und ich wollte mich davon überzeugen, daß es das richtige Signal war. Wo befindet er sich?«

»Leutnant Inouye macht eine kurze Pause und befindet sich im Gesellschaftsraum. Ich hole ihn gern, wenn Sie inzwischen die Brücke übernehmen.«

»Bitte.«

Der andere streifte den Sicherheitsgurt ab und verließ die Brücke. Nachdem sich die Tür geschlossen hatte, zählte Lathe bis fünf und machte sich dann an die Arbeit.

Er brauchte nur einige Sekunden, um die neuesten Daten über die Position der Novas vom Computer abzurufen. Wesentlich länger dauerte es, bis er den Kommunikator neu eingestellt und den richtigen schmalen Strahl gefunden hatte, aber das ging nicht anders: die Nachricht mußte einen großen Teil des Diamanten erreichen, durfte aber nicht von *Chainbreaker II,* der sich in einer Entfernung von hundert Kilometern neben ihnen befand, aufgefangen werden. Doch endlich war alles bereit. Das Verschlüsseln der Positionszahlen war einfach; er hing an jede eine vorher festgelegte Zahl an und stellte dann ihre Reihenfolge um; das konnte er im Kopf tun, während er sie dem Impulsübermittler eingab. Als er fertig war, hielt er sich im Geist die Daumen und drückte fünfmal nacheinander auf den Knopf »Senden«.

Er wartete nicht auf eine Bestätigung – es würde keine kommen –, sondern löschte sofort die Daten im Impulsübermittler und auf dem Computerdisplay, und stellte den Kommunikator dann wieder auf die ursprünglichen Werte ein.

Als der Raumfahrer mit Leutnant Inouye zurückkam, saß Lathe vor dem Sensorendisplay und suchte den Himmel nach etwaigen Verfolgern ab.

32. Kapitel

»HIER«, TREMAYNE KLOPFTE mit dem Finger auf den Monitor. »Das muß es sein.«

Caine betrachtete die beiden Zahlenreihen auf dem Bildschirm des Computers und stellte fest, wie gering der Unterschied zwischen der augenblicklichen Position von *Chainbreaker I* und der Position der Novas war. »Sie dürften recht haben«, stimmte er zu.

»Das verdammte Ding muß einen Durchmesser von fünf Kilometern haben«, murmelte Nmura, während er den unregelmäßigen Felsen betrachtete, der die Mitte des Bildschirms einnahm. »Wenn sie die Novas auch noch mit Sensoren abgeschirmt haben, kann es Stunden dauern, bis wir sie finden.«

»Wir müssen nur eine finden«, widersprach Tremayne. »Wenn Jensen auch nur auf einer Nova die Waffen funktionsbereit machen kann, haben wir eine Chance.«

Caine sah Lathe scharf an. Er hatte angenommen, daß der Comsquare Tremayne bereits die Wahrheit über Jensens angebliche Zauberkünste gestanden hatte, doch das hatte dieser offensichtlich nicht getan. »Tremayne ...«, begann er.

»Wie lauten die letzten Nachrichten über die Korsaren?« unterbrach Lathe Caine und blickte ihn warnend an. Caine schluckte und klappte den Mund zu.

»Die drei Korsaren, die von Argent kommen, werden in etwa sechs Stunden hier sein«, berichtete der Raumfahrer, der vor dem Sensorendisplay saß. »Aber ich sehe die Rücktrift vier weiterer Antriebe, die aus den unterschiedlichsten Richtungen auf uns zukommen.«

»Beginnen Sie sofort mit der Suche«, befahl Tremayne Nmura. »Es wird ohnehin sehr knapp.«

Für Caine waren die nächsten drei Stunden die kürzesten und zugleich die längsten seines Lebens. Obwohl beide Frachtschiffe den Zielasteroiden in einander ergänzenden Mustern absuchten, war die Suche frustrierend – die Novas waren zu gut abgeschirmt und die beiden Frachter zu langsam. Seine Frustration wurde dadurch schlimmer, daß er nicht helfen konnte, sondern untätig danebenstehen und zusehen mußte, wie die felsige Oberfläche des Asteroiden über den einen Bildschirm kroch, während auf dem anderen die Rücktrift der Korsaren immer deutlicher zu sehen war.

Sein Blick wanderte immer öfter zu diesen Rücktriften zurück. Die Korsaren näherten sich mit voller Kraft, und versuchten nicht einmal, sich abzuschirmen. Offensichtlich hatte Bakshi Lathes Lüge an seine Vorgesetzten weitergegeben und die Krieger der Ryqril wollten einer Deadline zuvorkommen, die es gar nicht gab. Caine fragte sich mehr als einmal, ob Lathe die Möglichkeit in Betracht gezogen hatte, daß die Korsaren vielleicht aus der ersten sich bietenden Schußposition Raketen abfeuern und dem Comsquare keine Chance lassen würden, den Plan, den er sich ausgetüftelt hatte, zu verwirklichen.

Lathe. Caine war praktisch seit seiner Ankunft auf Plinry dem Blackcollar gefolgt, hatte seine Befehle ausgeführt und auch sonst nach seiner Pfeife getanzt. Jetzt ließ ihm die erzwungene Untätigkeit Zeit zum Nachdenken, und ihm wurde klar, daß ihm der Mann immer noch ein Rätsel war. Er hatte jahrelang auf Plinry den senilen Trottel gespielt; dann hatte er sich übergangslos in den Führer verwandelt, den seine Männer bedingungslos unterstützten – obwohl er ihr Leben mit einem geheimen Plan aufs Spiel setzte, über den er nicht einmal sprechen wollte. Warum folgten sie ihm mit so blindem Vertrauen?

Und warum tat Caine es ebenfalls?

Caine wußte es nicht ... und es sah immer mehr so aus, als würde er nicht lang genug leben, um die Antwort auf diese Frage zu erfahren. Er würde allerdings auch keine Antworten auf andere Fragen mehr finden.

»Ich habe etwas!« rief der Mann an dem Sensorendisplay plötzlich. Der Rudergänger wartete Nmuras Befehl nicht ab, sondern leitete eine Notbremsung ein und gab vorsichtig Gegenschub. Einen Augenblick lang knisterte die Luft auf der Brücke vor Spannung. Dann ... »Wir haben es, Panzerstahl ... Ich glaube, daß es der Bug ist, Commander. Warten Sie – ich schaue weiter ... ja, ja, da ist auch ein zweites Schiff.«

»Sehen Sie her.« Tremayne zeigte aufgeregt auf den Monitor. »Sie sehen hier den Umriß der Höhle oder des Schachtes.« Er fuhr mit dem Finger eine auf der zerklüfteten Oberfläche kaum sichtbare Linie entlang. »Hier und hier. Das da kann auch eine Nova sein – ich könnte wetten, daß sich alle fünf hier befinden.« Er sah Lathe an. »Stecken Sie Jensen gleich in einen Raumanzug, damit er sofort auf das erste Schiff hinüberwechselt, wenn wir den Eingang gefunden haben. Uns bleibt nicht viel Zeit.«

»Ja also ...« Lathe blickte zu den Monitoren hinüber. »Ich fürchte, daß ich Ihnen gegenüber in dieser Beziehung nicht ganz aufrichtig gewesen bin. Jensen kann mit den Novas nichts Besonderes tun.«

»Was?« fragte Tremayne leise.

»Doch zufällig ist unser Zeitlimit auch nicht mehr kritisch«, fuhr Lathe fort. Er zeigte auf die Monitore.

Caine drehte sich um, schaute – und erstarrte.

»Du meine Güte«, flüsterte Tremayne. »Wo kommt das denn her?«

Selbst Caine war die Antwort klar. Die Rücktrift des riesigen Kriegsschiffes, das langsam auf sie zukam, war praktisch unsichtbar. Daher hatte eine einfache Abschirmung genügt, damit die Geräte des Frachters das Schiff nicht wahrnahmen. »Sie müssen beinahe gleichzeitig mit uns eingetroffen sein«, erklärte Caine automatisch. Etwas in ihm wehrte sich dagegen aufzugeben ... aber er wußte, daß es vorbei war.

»Wie haben sie es wissen können?« knurrte Tremayne. Auch er wußte unüberhörbar, daß sie erledigt waren.

»Weil ich ihnen vor beinahe zwanzig Stunden die Position durchgegeben habe«, erklärte Lathe ruhig.

Caine fuhr herum und griff nach seinem Laser. »Was haben Sie getan?«

»Entspannen Sie sich«, riet ihm Lathe, »und sehen Sie noch einmal hin! Es ist nicht das, was Sie glauben.«

Caine gehorchte. Das Kriegsschiff, das beinahe die Größe einer Nova erreichte, war immer deutlicher zu erkennen, während es allmählich den ganzen Monitor füllte.

Nmura war der erste, der es bemerkte. »Das ist kein Ryqrilschiff«, erklärte er erstaunt. »Jedenfalls habe ich so etwas noch nie gesehen.«

»Das wäre auch kaum möglich«, meinte Lathe. »Es ist ein Chrysellischiff.«

»Ein Chryselli?« stieß Nmura hervor. »Was, zum Teufel, sucht ein Chryselli hier?«

In diesem Augenblick funkte es bei Caine. »Dodds!« jubelte er. »Also das hat er getan. Er hat Hilfe geholt!«

Lathe trat an das Kommunikationspult und änderte eine Einstellung. »Comsquare Damon Lathe an Bord von *Chainbreaker I* an Frank Dodds; bitte kommen!«

Dodds hatte offensichtlich darauf gewartet; beinahe im gleichen Augenblick tauchte sein breit grinsendes Gesicht auf dem kleinen Kommunikationsmonitor auf. »Dodds an Lathe und *Chainbreaker I*«, dröhnte seine Stimme aus dem Lautsprecher; er klang genauso erleichtert wie Caine. »Ich freue mich, daß Sie es geschafft haben. Wie ist die Lage?«

»Einige Korsaren kommen auf uns zu, aber ich glaube nicht, daß die Ryqril schwerere Schiffe unterwegs haben«, erwiderte Lathe. »Können Sie sie abwehren, bis wir die Novas aktiviert haben?«

Dodds wandte den Kopf und sagte etwas zu den fremden Gestalten, die im Hintergrund herumgingen. »Meine Gastgeber meinen, daß es kein Problem darstellt. Sie sollten sich trotzdem beeilen, weil wir an ein paar ganz schön großen Schiffen vorbeigekommen sind; ich möchte, daß die Novas einsatzbereit sind, bevor die Ryqril Verstärkungen anfordern.«

»In Ordnung.« Lathe sah Nmura an. »Sie haben es gehört, Commander. Stellen Sie Ihre Teams zusammen und überprüfen Sie die Novas. Ich übernehme inzwischen die Brücke.«

»Ja, Sir.« Nmura sah Tremayne fragend an. »Es gibt eine Menge nicht-technischer Arbeiten, bei denen uns Ihre Leute helfen können, wenn Sie damit einverstanden sind.«

»In Ordnung.« Tremayne sah Lathe an, doch in dem Blick lag kaum Feindseligkeit. »Natürlich mit Ihrer Erlaubnis, Comsquare.« Dann folgte er Nmura hinaus, so daß nur Caine und Lathe bei der Crew auf der Brücke blieben.

»Wie ich sehe, hat Ihr Führungsstil nichts von seinem Rammpanzer-Charme verloren«, bemerkte Dodds trokken.

»Er ist nur ein wenig verstimmt«, meinte Lathe. »Er wird sich bestimmt besser fühlen, sobald ihm klar wird, was wir geschafft haben.« Er streckte sich müde und sah Caine an. »Sie können auch gehen, wenn Sie wollen. Mordecai und die übrigen sind unten, um mögliche Kolliespione ausfindig zu machen, und sie können bestimmt noch ein Augenpaar brauchen.«

Caine nickte. »Selbstverständlich.« Er zögerte. »Vorher möchte ich mich aber noch für etliches entschuldigen, das ich im Lauf der letzten Wochen über Sie gedacht und gesagt habe. Jetzt ist mir klar, warum Sie Ihre Pläne geheimhalten mußten, solange Bakshi und die übrigen Spione noch nicht gefaßt waren. Aber damals habe ich es nicht verstanden.«

Lathe winkte ab. »Vergessen Sie es – man bekommt den rotäugigen Drachenring nicht, damit man beliebt wird.«

»Das erste Mal auf dem Schlachtfeld ist immer hart, Caine«, fügte Dodds hinzu. »Sie haben es offensichtlich gut überstanden, besser als andere Leute, die ich erlebt habe.«

»Danke.« Caine sah Lathe an. »Trotzdem tut es mir leid, daß Sie uns nicht schon vor drei Stunden über das Chrysellischiff informiert haben. Damals war es für die Ryqril zu spät, etwas dagegen zu unternehmen, und es hätte meinem Blutdruck sehr gut getan.«

»Ich hatte meine Gründe«, meinte Lathe achselzuckend.

»Er hatte mir etwas versprochen«, murmelte Dodds vollkommen unerwartet.

»Dodds ...«

»Nein, Lathe, es ist schon in Ordnung«, beruhigte ihn Dodds. »Irgendwann muß es ja herauskommen. Und dank der neuen Schiffe hat sich die Lage wesentlich verändert.«

Caines Blick wanderte zwischen den beiden Männern hin und her ... und das letzte Stück des Puzzles fügte sich ein; es gab einen einzigen Menschen, den Lathe zu den Chryselli geschickt haben konnte, um Hilfe zu holen; einen einzigen Mann auf Plinry, der die Aliens so gut kannte, daß er ihnen die Bitte vortragen konnte; einen einzigen Menschen, den die Chryselli kennen und dem sie vor allem vertrauen konnten.

Lathe war sichtlich noch immer nicht überzeugt, aber Dodds hatte Caines Gesicht beobachtet und lächelte leicht, weil er wußte, daß Caine es sich zusammengereimt hatte. Dieser wandte sich dem Bildschirm zu, nahm Haltung an und grüßte Dodds so zackig, wie es ihm möglich war. »Es ist mir eine Ehre, Sie endlich kennenzulernen, General Lepkowski. Offenbar sind die Berichte über Ihren Tod etwas verfrüht gewesen.«

33. Kapitel

AUF DEN SCHIFFSPLÄNEN war der Raum als Offiziersaufenthaltsraum Nr. 3 bezeichnet, aber wenn das Licht ausgeschaltet und die schützende Kuppel aus Panzerstahl eingezogen war, wurde er zu einer phantastischen Welt, die zum Teil Beobachtungsdeck, zum Teil Planetarium und zum Teil privater Zufluchtsort war. Die Sterne schienen sich um die durchsichtige Halbkugel aus Kunststoff zu drängen, und Caine stellte sich vor, daß die Asteroiden Teil eines abstrakten Mobiles waren. In der Nähe war eine der anderen Novas sichtbar; neben ihr wirkten die beiden Frachtschiffe wie Leichter. Halb hinter dem Rand der Kuppel verborgen hielt das Chrysellischiff stumm Wache gegen neuerliche Angriffe der Ryqril; bis jetzt hatten diese bereits ein halbes Geschwader Korsaren eingebüßt.

Die Tür zum Aufenthaltsraum glitt auf und dann wieder zu. Caine lauschte aufmerksam, doch als die schattenhafte Gestalt näherkam, entspannte er sich. »Hallo, Lathe«, sagte er in die Dunkelheit.

»Hallo. Ich habe mir gedacht, daß ich Sie hier finden würde.« Der Blackcollar nahm Caine gegenüber Platz.

Caine nickte. Er hatte in den letzten Tagen viel Zeit hier verbracht – praktisch seit dem Augenblick, in dem er entdeckt hatte, daß die Nova über einen solchen Raum verfügte. Man konnte hier gut nachdenken ... und es gab sehr vieles, worüber er nachdenken mußte. »Was haben Sie auf dem Herzen?« fragte er.

»Sie. Wie ich höre, sind Sie über den Standpunkt, den wir bei den Verhandlungen einnehmen, nicht glücklich.«

Caine seufzte. »Das kann man nicht so sagen. Ich nehme an, daß ohnehin alles in Ordnung ist. Es ist natürlich schön, wenn in beschränktem Ausmaß interplanetarische Reisen möglich werden, und ich bin unbedingt der Ansicht, daß das TDE die wirtschaftlichen Spritzen brauchen kann, die Sie fordern. Ich habe nur den Eindruck, daß wir verdammt mehr verlangen könnten.«

»Zum Beispiel, daß die Ryqril sich gänzlich aus dem TDE zurückziehen?«

Caine wurde rot. »Ich habe daran gedacht«, gab er zu. »In meiner Phantasie habe ich diese Mission immer als den glänzenden Einfall gesehen, der das TDE der Vorkriegszeit wieder herstellen würde.«

»Das wäre schön«, gab Lathe zu. »Aber die wirkliche Welt funktioniert leider nicht so. Wenn wir so drastische Forderungen stellen, dann bleibt den Ryqril nichts anderes übrig, als uns mit ihrer gesamten Kampfkraft anzugreifen, um uns zu vernichten. Das würde den Chryselli bestenfalls eine kurze Atempause bringen, uns hingegen gar nichts. Verwechseln Sie jedoch nicht eine Annäherung durch die Hintertür mit einer Kapitulation.« Lathe zeigt auf die Sterne. »Mit den beiden Schiffen, die wir den Chryselli überlassen, ist an dieser Front die Kriegsmaschinerie der Ryqril noch stärker gebunden, so daß sie auf Ereignisse im TDE nur mit erheblicher Verspätung reagieren können. Die Novas und die Erleichterungen bei interstellaren Reisen werden uns inzwischen die Möglichkeit geben, die Anstrengungen zu einem interplanetarischen Widerstand auf eine Weise zu koordinieren, wie es bis jetzt noch nicht möglich war.« In der Dunkelheit spürte Caine Lathes Lächeln mehr, als er es sah. »Ich kann nicht vorhersagen, was bei einer solchen Mischung genau herauskommen wird, aber es geht darum, daß wir bei diesem Geschäft wesentlich besser abschneiden werden, als es den Anschein hat.«

»Vielleicht.« Caine zögerte. »Erzählen Sie mir von Dodds!«

Lathe verstand ihn. »Es gibt eigentlich nicht viel zu erzählen. Neu-Karachi wurde belagert, und ich bekam den Auftrag, Lepkowski in eine Ersatz-Kommandozentrale zu bringen, die inzwischen eingerichtet worden war. Wir mußten uns durch zwei Einheiten der Ryqril-Angriffstruppen durchkämpfen ... Es kostete mich den Rest meines Teams.« Sogar nach fünfunddreißig Jahren hörte Caine den Schmerz heraus, der diese Erinnerung weckte. »Und eine halbe Stunde später begann der Bodenfeuer-Angriff. Als er zu Ende war, endete auch der offizielle Widerstand auf Plinry.« Lathe verstummte.

»Und daraufhin haben Sie den General in einen Blackcollar verwandelt?« wollte Caine wissen.

»Ja, aber erst nach langen Auseinandersetzungen. Die wenigen Überbleibsel seiner Armee traten zu einem letzten Angriff an, und er wollte aus dem Versteck herauskommen und ihnen befehlen, sich zu ergeben.« Lathe seufzte. »Sein Schweigen kostete viele seiner Leute das Leben; wahrscheinlich hat er deshalb nie jemandem verraten, wer er wirklich ist, nicht einmal den anderen Blackcollars. Das Geheimnis hatte von uns beiden einen hohen Preis gefordert, und wir wollten deshalb nicht das geringste Risiko eingehen.«

»Das kann ich verstehen«, sagte Caine.

»Das bezweifle ich«, widersprach Lathe, doch sein Ton war nicht scharf. »Sie werden es erst verstehen können, wenn Sie selbst Befehle erteilen.« Er schwieg eine Weile. »Was werden Sie unternehmen, wenn die Verhandlungen zu Ende sind? Auf die Erde zurückkehren?«

Caine hatte sich in letzter Zeit sehr viel mit dieser Frage beschäftigt. »Ich weiß es nicht«, gab er zu. »Ich bin dort zu Hause und es wäre der Ort, an dem ich am liebsten gegen die Ryqril kämpfen würde. Aber ...« Er verstummte.

»Sind Sie vielleicht noch auf den Widerstand auf der

Erde wütend, weil man Ihnen nicht gesagt hat, daß Sie ein Klon sind?«

»Ach nein. Es geht nur darum: wenn die Regierung tatsächlich kurz vor meinem Abflug die obersten Führer des Widerstandes geschnappt hat, dann sind alle Leute, die ich jemals gekannt habe, entweder tot oder im Gefängnis. Ich wäre vollkommen auf mich selbst gestellt.«

»Dagegen ist doch nichts einzuwenden.«

»Nur dann, wenn ich nicht vorhabe, etwas zu unternehmen. Sie vergessen, daß ich eine Waffe war, die zu einem einzigen Zweck eingesetzt wurde: ich sollte Alain Rienzi darstellen und soviel Schaden wie möglich anrichten, bevor man mich erwischte. Das habe ich getan, und weiter reicht meine Programmierung nicht. Niemand hat mir je allgemeinere Kenntnisse beigebracht, zum Beispiel, wie man eine Untergrundbewegung organisiert, oder wie man Missionen plant und durchführt. Ich habe nicht einmal gelernt, wie ich in der Bevölkerung untertauchen kann, wenn der Feind auf mich Jagd macht.«

»Nehmen Sie an, daß die Ryqril hinter Ihnen her sein werden?«

»Ich bezweifle, daß die milden Bedingungen, die Sie für Plinry und Argent ausgehandelt haben, auch für mich gelten werden. Ich bezweifle außerdem, daß den Ryqril klar ist, was für eine geringfügige Bedrohung ich jetzt darstelle.«

»Dann müssen wir verhindern, daß die Ryqril aufgrund von falschen Annahmen handeln«, meinte Lathe. »Vielleicht möchten Sie mit uns nach Plinry kommen.«

Die Versuchung war groß – Zuflucht bei den Blackcollars. »Danke, aber nein«, erwiderte Caine bedauernd. »Ich wäre nur eine Belastung.«

»Sie haben mich mißverstanden – ich biete Ihnen kein Versteck an. Lepkowski wird ausgebildete Guerillakämpfer brauchen, und Plinry ist zumindest für den Augenblick der logische Ort, an dem er sich an die Arbeit machen kann. Wir haben im TDE die besten Lehrer; was wir jetzt brauchen, sind vielversprechende Studenten.«

»Sie meinen eine komplette Blackcollarausbildung?«

»So komplett, wie es uns möglich ist. Sie müssen allerdings begreifen, daß wir ohne die Backlashdroge keinen echten Blackcollar aus Ihnen machen können. Und Ihnen sollte auch klar sein, daß Sie auf diese Art noch mehr Schwierigkeiten mit den Ryqril bekommen. Galway ist bereits nach Plinry unterwegs, und er wird uns wie ein hungriger Fan-Drache beobachten.«

Doch die Ryqril waren ohnehin schon hinter ihm her ... und Caine fiel noch etwas ein. Falls es die Formel für die Backlashdroge noch irgendwo gab, dann vermutlich auf der Erde. Ein lohnendes Ziel – vielleicht, in den richtigen Händen, noch viel wertvoller als fünf Raumschiffe der Nova-Klasse. Caine konnte sich sehr gut vorstellen, wem diese Hände gehören würden. »Also gut«, erklärte er Lathes Silhouette. »Sorgen Sie nur dafür, daß ich nach meiner Ausbildung auf die Erde zurückkann – und vergessen Sie nicht, daß ich einen Vorrat des Anti-Asthma-Medikaments brauche, solange ich mich auf Plinry befinde.«

»Kein Problem«, antwortete Lathe, ohne zu zögern. »Ich habe dem Labor bereits befohlen, für Sie eine Lastwagenladung von dem Zeug zusammenzumischen.«

Caine starrte ihn an. »Sie sind Ihrer Sache aber sehr sicher. Was wäre gewesen, wenn ich nein gesagt hätte?«

»Dann wäre ich auf eine Wagenladung Histrophyn sitzengeblieben. Aber ich habe angenommen, daß Sie ja sagen würden. Sie und ich sind einander nämlich sehr ähnlich.« Er erhob sich und ging zur Tür. »Ihr erster Unterricht findet morgen um neun Uhr im Bereitschaftsraum achtern statt; auf Wiedersehen bis dahin.« Die Tür glitt auf und zu und er war fort.

Caine sah ihm kurze Zeit nach und genoß das Kompliment. Er war Lathe sehr ähnlich? Wirklich ein hohes Lob, und er würde sein möglichstes tun, um Lathe nicht zu enttäuschen.

Er blickte zu den Sternen hinauf und lächelte boshaft. Die Ryqril wußten es noch nicht, aber ihnen standen schwere Zeiten bevor.